THE LAST HOUSE ON NEEDLESS STREET

ニードレス通りの果ての家

カトリオナ・ウォード
中谷友紀子 訳

CATRIONA WARD

早川書房

ニードレス通りの果ての家

THE LAST HOUSE ON NEEDLESS STREET
by
Catriona Ward

Translated by
Yukiko Nakatani
First published 2023 in Japan by
Hayakawa Publishing, Inc.
This book is published in Japan by
arrangement with
Andrew Nurnberg Associates Ltd, London
through Tuttle-Mori Agency, Inc., Tokyo.

装画／太田侑子
装幀／早川書房デザイン室

二〇二〇年八月十四日生まれの甥、リヴァー・エマニュエル・ウォード・イーノックに

テッド・バナーマン

今日は〝アイスキャンディの女の子〟の日だ。十一年前、湖のほとりにいたその子は消えた。それだけでも悪い日だというのに、ぼくは気づいてしまった。身近に殺戮者がいることに。

朝いちばん、オリヴィアがどさっと腹の上に飛びのり、いつものようにかん高い鳴き声をあげる。ベッドに猫、それ以上にすてきなものがあるとしても、ぼくは知らない。あとでローレンが来ると姿を消してしまうから、いまのうちにしっかり撫でてやる。娘とうちの猫は同じ部屋にいたためしがない。

「よし、起きた！　朝食作りはそっちの番だぞ」オリヴィアは黄緑色の目でぼくを見ると、くるりと背を向ける。床に落ちた光の輪に気づいて飛び降り、ちらっと振り返る。猫に冗談は通じない。

玄関前の階段へ新聞を取りに行く。地元紙のいいところは、珍しい野鳥の目撃情報が掲載されることだ。ハシボソキツツキやヤマヒバリ、そういう特別な鳥を見かけたら投書できる。まだ朝早いのに、薄暗い外の空気は生温かい。通りはいつにも増してひっそりとしている。なにかを思いだして、息をひそめているかのように。
新聞の第一面に目をやったとたん、胃がよじれ、締めつけられる。そこにあの子がいる。今日がその日なのを忘れていた。日付や時間を覚えるのは得意じゃない。

記事に使われるのはいつも同じ写真だ。帽子のつばの陰から覗く大きな目、誰かに取りあげられまいとするように木の棒を握りしめた手。濡れてぺたりと頭にへばりついた、少年みたいに短い髪。泳いだあとらしいが、誰もやわらかいタオルで包んで身体を拭いてやっていない。どうかと思う。風邪を引いてしまうかもしれない。もう一枚の、ぼくの写真は載っていない。まえに載せたときに大問題になったからだ。ぼくとしては、あれでも足りないくらいだが。
あの子は六歳だった。大騒ぎになった。このあたりの、とりわけ湖の周辺ではそういう問題が起きていたから、対応は早かった。警察は子供に悪さをする恐れがある郡内の人間の家をひとつ残らず捜索した。

捜索中、家を追いだされたぼくは外の階段に立って待った。夏だったので、そこは恒星の表面のようにぎらぎらまぶしく、灼熱の暑さだった。午後が過ぎるにつれて皮膚がじりじりと焼けていった。耳を澄ますと、居間のみっともない青のラグがめくられ、床板が引きはがされる音に続いて、クロゼットの壁に穴をあける音まで聞こえてきた。奥に空洞がありそうだと疑われたらしい。犬たちがそこらじゅうを嗅ぎまわった。庭も寝室も。それがどういう犬なのかはわかった。その目には白い死の木が宿っていた。カメラを持ったやせぎすの男がやってきて、突っ立っているぼくの写真を撮った。止めようとは思いつきもしなかった。

「写真がなきゃ話にならんからね」その人はそう言って立ち去った。どういう意味かはわからなかったが、愛想よく手を振られたので、ぼくも振り返した。

「どうかしました、ミスター・バナーマン？」女の刑事はオポッサムに似ていた。ひどくくたびれて見えた。

「別に」ぼくは震えていた。**おとなしくしてろ、リトル・テディ。**寒気に襲われたみたいに歯が小さく鳴っていたが、身体はかっかと熱かった。

「大声でわたしの名前を呼んでいたでしょ。それと、〝緑〟という言葉も聞こえたと思うけど」

「たぶん、子供のころに自分がこしらえた話を思いだしたせいです。いなくなった少年たちが、湖で緑色のものに変わるっていう」刑事がぼくを見た。おなじみの目つきで。そんなふうに見られるのは毎度のことだ。ぼくは前庭の低いナラの幹をきつくつかんだ。木が力を貸してくれた。なにか伝えるべきことがあるだろうか。あるとしても、それは頭の端のほうの、手の届かないところを漂っていた。

「ミスター・バナーマン、住居はここだけですか。近くにほかの家屋は？　狩猟小屋とか、そういったものもなし？」刑事は鼻の下の汗を拭った。金床《かなとこ》でも背負っているみたいに、ストレスで押しつぶされそうに見えた。

「いいえ」とぼくは答えた。「いいえ、ありません、なにも」週末の場所のことは理解してもらえるはずがない。

　結局、警察はあきらめた。そうするしかなかったからだ。ぼくは午後ずっと〈セブン‐イレブン〉にいて、大勢の証言もあった。防犯カメラの映像も。普段からよくそこへ行って、自動ドアの前の歩道にすわっていた。ブーンと音がしてドアがあき、ひんやりした空気とともに人が出てくると、キャンディをねだるのだ。持っているキャンディをもらえることもあれば、買ってもらえることもあった。

母さんが知ったら恥じ入っただろうが、キャンディは大好物なのだ。ぼくは湖にも、アイスキャンディの女の子にも近づいたりしていない。

ようやく捜索が終わって家に入れるようになると、そこらじゅう警察のにおいがした。コロンに汗、キュッキュッときしむゴム、それに薬品のにおい。大事なものを見られたのも許せなかった。たとえば、母さんと父さんの写真とか。その写真はすでに褪せてきていて、ふたりの顔も薄くなっていた。ふたりともぼくを置いて、白く消えようとしていた。それに、暖炉の上の壊れたオルゴールも見られた。母さんが遠い故郷から持ってきたものだ。オルゴールは鳴らなかった。ロシア人形を粉々にしたのと同じ日、ぼくが壊したからだ。ネズミのことがあった日に。小さなバレリーナは根もとから折れ、倒れて死んだ。なにより気が咎めたのはそのことかもしれない（そのバレリーナをぼくはエロイーズと呼んでいる。なぜかはわからない、いかにもエロイーズという感じなのだ）。母さんの美しい声が耳の奥で聞こえた。**なにもかもわたしから奪うのね、セオドア。奪って、奪って、奪ってばかり。**持ち物をじろじろ見られ、あれこれ詮索されたせいで、そこはもう自分の家ではなくなったような気がした。

ぼくは目を閉じて気を落ち着けようと深呼吸した。瞼をあけると、ロシア人形がにやにや笑ってこちらを見ていた。その隣にはオルゴール。バレリーナのエロイーズは堂々と背筋を伸ばし、両腕を完璧な形に頭上に掲げていた。写真のなかで微笑む母さんと父さん。ソフトカプセルみたいな足触りの、きれいなオレンジ色のラグ。

すぐに気持ちは晴れた。なにもかも大丈夫。ここはうちだ。

てのひらにオリヴィアが頭を押しつけた。ぼくは笑って抱えあげた。それでいっそう気持ちは晴れた。けれども、屋根裏部屋では緑の少年たちが蠢いていた。

次の日、ぼくは新聞に載った。見出しは〝容疑者の自宅を捜索〟。家の前に立つぼくがそこにいた。ほかの家も捜索されたのに、記事にはぼくの家だけだったように書かれていた。ほかの連中は知恵を働かせて顔を隠したんだろう。**写真がなきゃ話にならんからね。**ぼくとアイスキャンディの女の子の写真が並んで載せられていて、たしかにしっかり話ができあがっていた。

通りの名前は写っていなかったが、それでも気づく人たちはいたらしい。石やレンガが窓から投げこまれた。いくつもいくつも。ガラスを一枚嵌めなおしたかと思うと、また次の石が飛んできた。頭がどうにかなりそうだった。あまりにたびたび起きるので、しまいにあきらめて窓にベニヤ板を打ちつけた。それでましになった。なにも壊せないなら、石を投げても楽しくはない。ぼくは昼間に出歩くのをやめた。あのときはつらかった。

階段下の納戸にアイスキャンディの女の子をしまいこむ——いや、その子の写真が載った新聞を。身をかがめてそれを古新聞の山の底に押しこむ。と、その山に半分隠れるように棚に置かれたものが目に入る。テープレコーダーだ。

とたんに思いだす。母さんのだ。棚のレコーダーを手に取る。触れたとたん、奇妙な感じに襲われる。聞こえるか聞こえないかくらいの声で、誰かが耳もとで囁きかけてくるような。

レコーダーには使いかけのカセットテープが入ったままで、片面の半分ほどまで録音されている。古いカセットで、黄色と黒のストライプのラベルが貼られている。色褪せた母さんの几帳面な字。

〝記録〟

テープは聴かない。中身はわかっている。母さんはいつもはっきりした声で吹きこんでいたから。

母さんの話し方には子音を引っぱるようなかすかな癖があり、それがいつまでも消えなかった。海を思わせる響きだった。母さんは遠いところで生まれた。暗い星のもとで。

テープはそのままにしておこう。見つけたことも忘れてしまったほうがいい。


ピクルスをひとつ食べたので気持ちがずいぶん落ち着く。だいいち、あれはずっと昔に起きたことだ。外が明るいので、今日はきっといい天気になる。鳥たちも来ているだろう。朝になると森からいっせいに飛んできて、うちの裏庭に下りてくる。カオグロアメリカムシクイ、キクイタダキ、ホオジロ、イスカ、スズメ、クロウタドリ、カワラバト。にぎやかできれいだ。眺めるのは楽しい。ベニヤ板のちょうどいい場所に、ちょうどいい大きさの覗き穴をあけてあるので、裏庭全体を見渡せる。餌箱はいつも満杯にしてあり、水も欠かさない。この暑さは鳥たちにも酷だ。

いつものように外を覗こうとしたとき、胃がきゅっと締めつけられる。ときどきそんなふうに、頭より先に身体の奥でなにかに気づくことがある。おかしい。今朝は静かすぎる。落ち着け、と自分に言い聞かせて深呼吸をしてから、片目を穴に押しあてる。

最初に目に入ったのはカケスだ。芝生のまんなかに転がっている。色とりどりの羽は油を塗ったようにてかてかしている。小刻みに身を震わせているようだ。長い翼を片方伸ばし、飛びあがろうと必死に空《くう》を掻いている。地べたにいる鳥は奇妙に見える。長いあいだ下にいるようにはできていないからだ。

震える手で裏口のドアにつけた大きな三つの錠に鍵を挿しこむ。カチャン、カチャン、カチャン。こんなときでも、鍵はちゃんとかけなおす。庭一面、干からびた芝生の上に鳥たちが散らばっている。黄色っぽい紙のようなものがへばりつき、哀れに身を引きつらせている。死んでいるものも多い。二十羽はいるだろうか。そうでないものもいる。まだ動いている心臓が七つ。苦しげな息、苦痛にこわばった細長く黒い舌。

考えがアリのようにせわしなく駆けめぐる。三回呼吸をして、ようやく目の前にあるものを理解する。夜のあいだに誰かが餌場のすべてにネズミ捕りの粘着シートをしかけたのだ。鳥かごのまわりにも、紐に吊るした餌玉にも貼りつけてある。夜明けに鳥たちが餌を食べに来たとき、肢やくちばしが粘着剤にへばりつくように。

殺戮、殺戮、殺戮……。頭のなかがその言葉でいっぱいになる。誰が鳥たちにこんなことを？　そしてはっと気づく――片づけないと。ローレンに見せるわけにはいかない。

トラ柄の雌の野良猫が金網フェンスのツタの茂みにうずくまり、琥珀色の目でこちらを見つめている。

「あっちへ行け！」そばに落ちているビールの空き缶を投げつける。缶は勢いあまってフェンスの支柱にあたり、ガツンと音を立てる。猫はたまたまその気になったような顔で、爪の抜けた肢を引きずりながら悠々と歩み去る。

まだ息のある鳥たちを拾い集めると、それは手のなかでくっつきあい、塊になったままひくひくと震える。悪夢に出てくる怪物みたいだ、肢と目玉だらけの。くちばしを開いて必死に空気を吸おうとしている。引きはなそうとすると羽根が身から剝がれる。鳥たちは声もあげない。それがなによりつらい。鳥は人とは違う。苦しいと黙りこむ。

家のなかへ入り、粘着剤を溶かせないかと、思いつくかぎりの方法を試すことにする。けれども、少しやってみただけで事態を悪くしているだけだと気づく。鳥たちは目をつぶったまま、しきりに息をあえがせている。お手上げだ。こんなふうにくっついてしまうと二度と剝がれない。助かる見込みはないが、まだ死んではいない。水に沈めるか、それとも金槌で頭を殴るか。そんなことを考えるとますます気分が悪くなる。鍵をかけて戸棚にしまってあるノートパソコンを出してこようか。インターネットでなにか見つかるかもしれない。でも、鳥たちをどこに置けばいいかわからない。ところかまわずへばりついてしまう。

と、テレビで見たことを思いだす。やってみる価値はあるし、うちには酢もある。片手で適当な長さにホースを切りとる。大きなプラスチック容器と重曹、そしてシンク下のホワイトビネガーを用意する。鳥たちをそっと容器に入れ、蓋をして、そこにあけた穴からホースを差しこむ。袋のなかで重曹と酢を混ぜ、輪ゴムでホースの口に留める。ガス室の完成だ。容器のなかの空気が変わりはじめ、小刻みな羽根の震えはゆっくりになっていく。それを最後まで見届ける。死者は見送られるべきだ。鳥であっても。長くはかからない。熱気と恐怖で、鳥たちはすでにあきらめかけていた。最後にこと切れたのはハトだ。丸々とした胸の動きが浅くなり、やがて止まる。

殺戮者のせいで、ぼくまで殺戮者になってしまった。

死骸は裏口の外のゴミ箱に捨てる。ぐにゃりとした身体はまだ温かく、やわらかい。近所で芝刈り機がうなりだす。刈られた芝のにおいが風に運ばれてくる。人々が起きだしている。

「大丈夫かい、テッド」オレンジジュース色の髪の男だ。毎日、大きな飼い犬を散歩に連れていく。

「ええ、まあ」男はぼくの足を見ている。そういえば、靴も靴下も履いていない。生白く毛深い足。片足でもう一方の足を隠してみても、なんにもならない。犬が息をあえがせながらにらんでいる。たいていの場合、ペットのほうが飼い主より賢い。犬も猫もウサギもネズミも、みんな気の毒だ。人間と暮らさないといけないばかりか、もっと悪いことに、飼い主を愛さないといけない。ただし、オリヴィアはペットじゃない。それよりずっと大事なものだ(みんなが飼い猫に対して同じような気持ちでいてくれればいいが）。

鳥殺しの犯人が冷えびえとした闇にまぎれてうちのまわりをうろつき、裏庭に罠をしかけるところが頭に浮かぶ。家のなかを覗きこみ、生気のない虫みたいな目でぼくとローレンとオリヴィアを見ていたかもしれない。そう考えると心臓が変になる。


はっとわれに返る。チワワのおばさんが目の前に立っている。手をぼくの肩に置いている。珍しい。みんなきまってぼくに触るのをいやがるのに。腕に抱えられた犬はぶるぶる身を震わせ、飛びだしそうな目をきょろきょろさせている。

いま立っているのは、チワワのおばさんの家の前だ。黄色い壁に緑の窓枠。なにかを忘れているような、いまにもそれを思いだしそうな感じがする。集中しろ、と自分に言い聞かせる。おかしな素振りを見せるな。そういうのは人に気づかれる。記憶に残る。

「……それに、その足」と、おばさんが言っている。「靴はどうしたの」そういう口調には覚えがある。小柄な女性は大きな男の世話を焼きたがる。不思議なことに。「もっとちゃんとしなきゃ、テッド。お母さんが見たら、それはそれは心配するはずよ」

見下ろすと、片足から血が流れてコンクリートにどす黒く滴っている。なにかを踏んだみたいだ。

「野良猫を追っかけているんです。いや、追っかけていたんです。庭に来る鳥を狙うのがいやで」

（ときどき時制を間違える。すべてがたったいま起きているような気がして、過去に起きたことなのを忘れてしまうことがある）

「ほんとに困ったものね、あの猫は」きらりとおばさんの目が光る。うまく気をそらせた。「厄介そのものよ。野良猫もほかの害獣と同じに扱うべきね」

「ええ、ほんとに。そうですね」

(人の名前は覚えられないが、相手を見定めて記憶するすべは知っている。なによりもまず、ぼくの猫にやさしいかどうかだ。この人をオリヴィアに近づけるのはやめておこう)

「それじゃ、どうも。もう平気です」

「よかった。明日、アイスティーでも飲みにいらっしゃいよ。クッキーも焼くから」

「明日は無理です」

「だったら、またいつでも。ご近所なんだから。助けあわなきゃね」

「ぼくもいつもそう言ってます」と話を合わせる。

「あなた、いい笑顔ね、テッド。気づいてる？　もっと見せてくれなきゃ」

ぼくはにっこりして手を振ってみせ、血が出ている足をかばうように引きずりながら、痛そうなふりで歩きだし、相手が角を曲がるのを待つ。

ぼんやりしていたことをチワワのおばさんに気づかれなくて助かった。記憶は飛んでいるが、そんなに長いあいだではなかったらしい。足もとの歩道はまだ熱いというより生温かい。芝刈り機も近所のどこかでうなりつづけていて、刈られた芝の青臭いにおいが漂っている。ほんの二、三分だったはずだ。それでも、道端でそんなふうになるのはまずい。家を出るとき靴も履くべきだった。うっかりしていた。


足の傷を緑色のプラスチック瓶の消毒液できれいにする。皮膚ではなくて床や調理台に使うものだったようだ。足はますますひどくなり、皮膚が真っ赤にただれている。耐えがたいはずだ、痛みを感じられるなら。とりあえず傷口はきれいになった。足にガーゼを巻く。ガーゼや絆創膏ならたくさんある。うちではちょくちょく事故が起きるから。

手がまだべたついている。なにかがへばりついているみたいだ、ガムとか死が。そういえば、鳥にはシラミがいるとなにかで読んだ。いや、魚だったかもしれない。床の消毒液で手もきれいにする。身体が震えている。数時間遅れで薬を飲む。

十一年前の今日、アイスキャンディの女の子がいなくなった。今朝は誰かがぼくの鳥たちを殺した。そのふたつは無関係かもしれない。この世は意味なんてないことだらけだ。でも、つながっているかもしれない。明け方にたくさんの鳥がうちの庭へ餌を食べに来ることを、犯人はどうやって知ったんだろう。このあたりのことに詳しいのだろうか。そんなことを考えるとどうにも落ち着かない。

リストをこしらえる。上のところにこう書く――〝犯人〟。そんなに長いリストじゃない。

オレンジジュース色の髪の男
チワワのおばさん
知らない誰か

鉛筆の尻を嚙む。問題は、近所の住人をよく知らないことだ。母さんは知っていた。人に好かれるのが得意だったからだ。なのに、ぼくが近づいてくるのに気づくと、みんなあさっての方向へ歩きだす。くるりと背を向けてそそくさと離れていくところを実際に何度も見てきた。だとすると、犯人はいまもこのあたりにいるかもしれない。二、三軒先でピザかなにか食べているか、ぼくを嘲笑っているかもしれない。リストに付け足す。

カワウソ男かその妻か子供たち
青い家に住んでいるふたりの男
ドーナツのにおいのおばさん

この通りの住人はそれでほぼすべてだ。

そのなかに本当に犯人がいるとは思わない。たとえばカワウソ一家のように、いまは旅行中でいない人たちもいる。

うちの通りには妙な名前がついている。ときどき家の前にある傷だらけの標識のところで誰かが足を止めて写真を撮っていくこともある。そしてすぐに引き返していく。その先には森しかないからだ。ためらったあと、リストにもうひとつ名前を足す。〝デッド・バナーマン〟。いちおう念のために。

それから文房具をしまってあるクロゼットの鍵をあけ、ローレンが見向きもしない古いチョークの箱の下に注意深くリストを隠す。

ぼくが人を判断する基準はふたつだ。動物をどう扱うかと、好きな食べ物はなにか。好物がサラダの類いなら、間違いなく悪人だ。チーズ入りのなにかなら、たぶん問題ない。

まだ午前十時にもなっていない。ベニヤ板の覗き穴から床に差しこんだ光の輪の位置でわかる。なのにもう最悪な日になりつつある。だから、早めに昼食をこしらえることにする。とっておきのメニューだ、世界一の。そうだ、録音するやつを取ってこよう。

まえからこのことは考えていた。レシピを記録するのにレコーダーを使えばいいのではと（母さんはいやがるだろう、きっと。首筋のあたりが熱いのは、〝困った子ね〟と母さんなら言いそうなことをやろうとしているからだ)。

新品のカセットテープの封を切る。においがいい。一本をレコーダーに入れる。子供のころはいつもこれで遊んでみたかった。レコーダーにはピアノの鍵盤みたいな形の大きな赤いボタンがあり、押すとガチャンと音がする。さて、母さんの古いテープをどうしよう。決められずにいらいらする。捨てたり壊したりするわけにはいかないが——そんなのは問題外だ——せっかくの新品のテープといっしょに置いておきたくもない。だから階段下の納戸に戻しに行き、古新聞の下に押しこむ。アイスキャンディの女の子の下に。よし、準備完了だ。

テッド・バナーマン流チーズとハチミツのサンドイッチのレシピ。フライパンに煙が立つまで油を熱する。パン二枚の両面にバターを塗る。チーズはチェダー。スライスがおすすめだけど、お好みでどんなものでも。自分の昼食なんだから。ハチミツをパン二枚の片面に塗る。その上にチーズをのせる。チーズの上には薄切りのバナナを。それからサンドイッチを閉じ、両面がキツネ色になるまでフライパンで焼く。焼けたら塩胡椒、チリソースをたっぷりかける。半分に切る。チーズとハチミツがとろりとあふれだすところを目で楽しむ。食べるのがもったいない気がする。なあんて——気がするだけだ。

なんてひどい声だ! 腹のなかにカエルでも飼っている不気味な子供みたいだ。やれやれ、レシピは録音するにしても、必要のないかぎり聴くのは二度とごめんだ。

録音は虫男のアイデアだった。〝感情日記〟をつけてみろと言うのだ。聞いただけで、警戒せずにはいられなかった。虫男はこともなげに続けた。**どんなことが起きて、どう感じたかをしゃべればい**

い。いや、そんなのは論外だ。でもレシピを残しておくのはいい考えだと思う。いつかぼくがいなくなり、覚えておいてくれそうな人も残らなかったときのために。明日は酢とイチゴのサンドイッチにしよう。

母さんは食事に厳しかったが、ぼくは食べるのが楽しい。シェフになってランチの店でもやれないかと考えたこともある。〈テッドの店〉――すごい！　でなければ、レシピ本を書くとか。どちらも無理だ、ローレンとオリヴィアがいるから。放ってはおけない。

そういう話を誰かとするのも楽しいだろう（もちろん、虫男以外と。虫男にはぼくのことを知られてはいけない、それが肝心だ）。友達にレシピを教えてあげたいが、ひとりもいない。

サンドイッチを持ってソファにすわり、テレビでモンスタートラックのレースを見る。モンスタートラックはすごい。爆音をあげ、なんでも乗り越え、突きやぶる。誰にも止められない。チーズとトラック。ご機嫌になれるはずなのに、頭のなかは羽根とくちばしでいっぱいだ。もしもぼくがネズミ捕りにかかったら？　突然いなくなったら？　誰も見送ってはくれないだろう。

脇腹になにかがやさしく触れる。オリヴィアがぼくの手に頭を押しつけ、すべすべした小さな肢でずしりと膝に乗ってくる。一度、二度と向きを変えてから、膝の上で丸くなる。ぼくの不安を、オリヴィアはすかさず感じとる。喉を鳴らす音がソファを震わせる。

「さあ、子猫ちゃん、箱に入る時間だ。ローレンが来るから」オリヴィアは目を閉じてだらんと力を抜く。両手のあいだからすべり落ちそうになりながらキッチンまで運ばれるあいだも、ゴロゴロと喉を鳴らしている。ぼくは古い壊れた横型の冷凍庫の蓋をあける。さっさと捨ててしまえばいいのだが、なぜかオリヴィアはこれをすっかり気に入っている。ずっと昔に故障したままだが、いつものようにプラグが抜けているのをたしかめる。先週は蓋の穴をふたつ増やした。空気が足りなくならないように。なにかを殺すのはもちろんつらいが、安全で健康に過ごさせるほうがずっと大変だ。そう、そのことならいやというほど知っている。

いまはローレンお気に入りのゲームをふたりでしている。たくさんのルールがあるゲームで、家のなかでピンクの自転車を猛然と走らせながら首都の名前を当てるというものだ。正解なら二回、不正解なら四回、ローレンがベルを鳴らす。騒々しいが、ためにはなるので付きあうことにしている。ドアがノックされ、ぼくはベルを手で押さえる。

「誰か来たから静かに。音は立てちゃだめだ。覗くのもなし」ローレンがうなずく。

チワワのおばさんだ。犬がバッグからそわそわと首を突きだしている。黒光りする、落ち着きのない目だ。

「にぎやかに遊んでるようね。子供は騒がしいくらいでなきゃ、ね」

「娘が来ているんです。だからいまはちょっと」

「何年かまえに、娘さんができたと聞いたけど。誰からだったかしら。ええっと、思いだせないけど、とにかく娘さんができたと聞いたのは覚えてる。ぜひお顔が見たいわ。ご近所同士、仲良くしないとね。ブドウを持ってきたの。ヘルシーだし甘いから、誰でも好きでしょ。子供もブドウは好きよね。天然のキャンディだもの」

「どうも。でも、もうなかへ入らないと。長くは娘といられないので。それにほら、うちは散らかっていて」

「元気なの、テッド。本当に、大丈夫？」

「元気です」

「お母さんは？　手紙でもくれたらうれしいんだけど」

「元気です」

「わかった」一分は過ぎたかと思ったころ、そう返事がある。「それじゃ、またね」

「ねえ、父さん！」チワワのおばさんを見送ってしっかりドアを閉じたとたん、ローレンが大声で呼ぶ。「チリは？」

「サンチアゴ！」

ローレンがかん高い声をあげ、家具のあいだを縫うように自転車を乗りまわす。ペダルを漕ぎながら大声で歌いだす。自作のダンゴムシの歌だ。自分が親でなければ、ダンゴムシの歌でこんなに微笑ましい気持ちになるとは、思いもしなかっただろう。でも愛とはそういうものだ。手のように心をわしづかみにする。

ローレンがいきなり自転車を止め、床板の上でタイヤをきしませる。

「ついてこないで、テッド」

「でも、ゲームをするんだろ」ずんと心が沈む。またはじまった。

「もうやらない。あっち行って、むかつく」

「ごめんよ、子猫ちゃん。それはできない。ついてないと困るかもしれないだろ」

「困らない。それに、ひとりで自転車に乗りたい」声が張りあげられる。「ひとりで家に住んで、ひとりで食べて、ひとりでテレビも見て、二度と誰にも会いたくない。サンチアゴに行きたい、チリの」

「そうかい。でも、子供ひとりじゃ無理だ。大人が面倒を見ないと」

「いつかはやってやる」

「ほらほら、子猫ちゃん」できるだけやさしい声を出す。「わかってるだろ、そういうわけにはいかない」ローレンにはなるべく嘘はつかないようにしている。

「テッドなんか大嫌い」何度その言葉を聞いても、同じ気持ちになる。後ろからがつんと殴られたような気持ちだ。

「父さんだろ、テッドじゃなく。それに、本気じゃないよな」

「本気」蜘蛛みたいにか細くひっそりとした声。「大嫌い」

「アイスクリームでも食べるかい」われながらおもねるような声になる。

「わたし、生まれてこなければよかった」そう言ってローレンはベルを鳴らしながらすっと離れ、自分で描いたばかりの絵をタイヤの下敷きにする。エメラルドグリーンの目をした黒猫の絵。オリヴィアだ。

さっきおばさんに言ったのは嘘ではなく、家のなかはひどく散らかっている。ローレンがキッチンでゼリーをこぼしてそれを自転車で踏んだせいで、家じゅうにべたべたのタイヤの跡がついている。折れたクレヨンが散らばったソファ、そこらじゅうに置きっぱなしの汚れた皿。食器棚の皿を片っ端から出して舐めるゲームもローレンのお気に入りのひとつだからだ。そうしておいて、「父さん、お皿がみんな汚れちゃった!」と叫ぶのだ。やがてローレンは自転車から床へすべり降りて、うなり声をあげながら這いずりはじめる。トラクターの真似だ。「お好きにどうぞ」とぼくはつぶやく。まったく、子育てってやつは。

昼の分の薬を水で飲もうとしていると、ローレンがぶつかってくる。水がグラスから青いラグにこぼれ、小さな黄色い粒も手から落ちてぴょんとはずんで、見えなくなる。ぼくは膝をついてソファの下を覗きこむ。どこにも見あたらない。こっちも気力が尽きてくる。

「くそ」思わずそうつぶやく。「くそったれ」

ローレンが金切り声をあげる。その声がサイレンのように響きわたり、しまいに頭が爆発しそうになる。「なんでそんなこと言うの！」泣き声になっている。「このでぶっちょの大ばか、そんな言葉使わないで！」

限界だ。キレたくはないが、どうしようもない。〝でぶっちょ〟にかっとなったわけではないと言いたいが、否定はできない。「いいかげんにしろ！　さあ、もう終わりだ」

「いや」ローレンが顔を引っかき、鋭い爪で目を狙おうとする。

「行儀よくできないなら遊ばせない」どうにか背中から押さえこむと、ようやくローレンはおとなしくなる。

「さあ、少し眠ったほうがいい、子猫ちゃん」ローレンを寝かせてレコードをかける。ターンテーブルの低いうなりが心を落ち着かせる。女の歌手のきれいな声が部屋を満たす。冬の夜、誰もベッドを貸してはくれない、キャンディも恵んでくれない……。歌手の名前は出てこない。思いやり深そうな目をした人だ。母親らしい感じがするが、おっかない母親じゃない。

クレヨンとマーカーペンを拾い集めて数える。よし、全部そろっている。

ローレンの寝かしつけにはずっとこのレコードを使ってきた。小さいころから駄々っ子で、気難しい思春期を迎えつつある。あれはなんと呼ぶんだったか？　プレティーンだ。今日みたいにひどく子供っぽくなり、ピンクの自転車ばかり乗りまわす日もある。こんな調子だと心配だ。心配事は山ほどある。

なにより大きな問題がひとつ——記憶が飛ぶことが増えてきている。それが起きるのはストレスを感じたときだ。もしもいつか、そうなったまま戻ってこられなくなったら？　ローレンとオリヴィアだけになってしまう。もっと強い薬が必要だ。虫男に相談しなくては。手に持った冷たいビールのプルタブを引くと、怒ったヘビのような音があがる。ディルピクルスを瓶から三本出して半分に切り、ピーナッツバターを塗る。歯ごたえがいい。とびきりのおつまみで、ビールに最高に合うのに、気持ちは晴れない。

二番目の心配事は物音だ。わが家は通りの突き当たりで、その先には森しかない。左隣はずっとまえから空き家で、窓の内側に貼ってある新聞紙が黄ばんで丸まっている。だからだんだん気が緩んできて、ローレンにも自由に叫んだり歌ったりさせていた。考えなおさないといけない。チワワのおばさんに聞かれてしまった。

キッチンテーブルの下に黒い糞が散らばっている。またネズミだ。ローレンはまだ弱々しく泣いているが、声は小さくなってきている。それでいい。音楽が効いている。うまい具合にしばらく寝てくれれば、夕食のときにまた起こしてやれる。好物のホットドッグとスパゲッティを作ってやろう。

三つ目の心配事は、いつまでローレンがホットドッグとスパゲッティを好きでいるかだ。ぼくはいつまで娘を守れるのか。あの子はひとときも目を離せない。子供というのは、心臓か首に巻きついた鎖のようなもので、親をあちこちに引っぱりまわす。あの子はあっという間に大きくなっていく。親なら誰でもそう言うのだろうが、まさに真実だ。

落ち着け、と自分に言い聞かせる。なにしろオリヴィアだって、いまはこの状態に満足しているのだ。子猫のころはドアをあけるたびに飛びだそうとした。外では生きていけやしないのに、それでも逃げようとした。いまはちゃんとわきまえている。したいことが自分にとって最善だとはかぎらない。猫がそれを理解できるなら、ローレンもできるはずだ。たぶん。

一日の終わりに近づき、夕食がすむとローレンが去る時間になる。

「じゃあな、子猫ちゃん」

「じゃあね、父さん」

「また来週」

「うん」ローレンはバックパックの紐をもてあそんでいる。平気そうな顔だが、ぼくのほうはいつもこの瞬間がつらい。それでも動揺は見せないようにしている。またレコードをかける。女の歌手の声がむっとする夕方の空気に漂いはじめる。

調子の悪い日、ぼくには〝現在〟と〝過去〟の区別が難しい。家のあちこちで母さんと父さんの声がすることがある。どちらが買い物に行くかふたりが言いあらそう声だったり。玄関ホールの古いダイヤル式電話をジーコジーコとまわし、ぼくがまた病気で休むと学校に伝える母さんの声だったり。朝食ができたと母さんに呼ばれて目を覚ますこともある。なにもかも、はっきりと耳に聞こえる。けれどもまた静けさが戻り、ふたりは行ってしまったのだと思いだす。神々のみが知る場所へ。

神々のいるところは意外に近い。森のなかに住んでいる。爪で破れそうなほど薄い膜一枚の向こうに。

オリヴィア

肢のかゆいところをせっせと舐めていたとき、テッドに呼ばれました。もう、いま忙しいのに。でも声の調子が気になったので、舐めるのをやめてテッドを探しに行きました。絆の紐をたどればいいから簡単です。今日、その紐は鮮やかな黄金色に輝いています。

テッドは居間に立っていました。ぼんやりした目で。「子猫ちゃん」と、何度も何度も繰り返します。皮膚の下にもぐりこんだミミズみたいに、テッドのなかの記憶があっちへ行ったりこっちへ行ったりしているのがわかります。空気もピリピリしています。ああ、大変。

テッドに脇腹をこすりつけると、震える手で抱きあげられました。息が吹きかけられて、毛並みに筋がつきます。テッドの頬に顔を寄せてわたしは喉を鳴らしました。空気が緩んできて、ピリピリも弱まりはじめます。テッドの息もゆっくりになっていきます。その顔にわたしの顔をこすりつけると、テッドのいろんな感情がどっと流れこんできました。つらいけど、受けとめられます。猫はなにごとも引きずらないから。

「ありがとう、子猫ちゃん」テッドが囁きました。

ね、そんなふうに、忙しいときに呼ばれても、わたしはちゃんとテッドのところへ行ったんです。

〈主《しゅ》〉から与えられた役目だから、喜んでそうします。絆というのはとても繊細なもので、日々の努力が大切なので。

女の〈テッド〉が悲しげに歌っています。どの曲もすっかり覚えてしまいました。かすかにためらうような響きも、草原の歌でほんの少し調子っぱずれになるところも。ローレンがいないとき、歌は昼も夜も繰り返し流れつづけます。テッドは誰かにそばにいてほしいみたいです。猫じゃだめみたい。期待すると腹も立つんだろうけど、気にしてもしかたがないんです、〈テッド〉たちはわがままだから。あくまで一般論として。わたしが知っている〈テッド〉はうちのテッドだけなので。それに、そう、ローレンと。

そもそものはじまりからお話ししましょうか。嵐のなかでテッドに拾われ、わたしたちが絆で結ばれた日のことから。

生まれたときのことは覚えています。ここにはいなくて、気づいたらいた、そんな感じ。ぬくぬくしたところから冷たい場所に押しだされて、ねばねばの膜に絡みつかれたまま、わたしは弱々しく肢を動かしてもがいていました。初めて毛皮に空気を感じて、初めて口をあけて鳴き声をあげたんです。すると、空みたいに大きななにかが覆いかぶさりました。首に感じる温かい舌、温かい口。**いらっしゃい、おちびちゃん、ここは安全じゃないから。**母さん猫です。ほかの子たちは泥のなかに置いていくしかありませんでした。出てきたときにはもう息がなかったから。何カ月も暗いなかでいっしょに過ごしたみんなのやわらかい身体は、ぴくりともせず雨に打たれていました。**いらっしゃい。**母さんは怯えていました。生まれたばかりのわたしにも感じられるくらいに。

嵐は長く続いたと思います。何日だったかはわからないけれど。身体を温め、隠れられる場所を探してさまよいました。目はまだあいていなかったから、覚えているのはにおいと手触りだけです。ねぐらにした場所のやわらかい土の感触、つんとするネズミのにおい。鼻先に感じる、わたしを包みこむ母さんの毛皮、濡れたヒイラギの葉の香り。

目があいてくると、まわりがぼんやり見えはじめました。きらめくナイフみたいに雨が降りそそいでいて、目の前のすべてがぶつかりあい、震えていました。そんな様子しか知らなかったから、いつも嵐なんだと思っていました。

立てるようになって、少しずつ歩き方も覚えました。そのうち、母さんの身体の具合が悪いことに気づいたんです。動きがゆっくりになって、お乳も減る一方でした。

ある晩、森のなかの窪みにもぐりこんだときのことです。頭の上ではキイチゴの茂みが強い風になぶられていました。母さんはわたしを温めてくれ、お乳をくれながらゴロゴロと喉を鳴らしました。でも、その音はだんだん弱くなって、身体も冷たくなっていきます。やがて母さんは動かなくなって、寒さがしのび寄ってきました。

そのとき、轟音が響いて、目もくらむような光が近づいてきました。空でぴかぴかしている光とは違って、黄色く丸い形のものです。蜘蛛の巣みたいな形の肉の塊が雨に濡れて光っていました。そのときはまだ、それが手というものだとは知らなかったんです。そのなにかがわたしを包みこんで、母さんから引き離しました。

「なんだ、これ」声の主は濡れた土のにおいをぷんぷんさせていました。袖口は泥だらけ。すぐそばで大きな獣がうなっていて、わたしはそのなかに入れられました。雨が金属の屋根を小石のように叩いています。身体が温かいものに包まれました。黄色に青い蝶の柄が入った毛布です。それは自分が知っている誰かの、でなければ知りたくてたまらない誰かのにおいがしました。不思議ですね。まだ誰のことも知らなかったのに。

「かわいそうに、子猫ちゃん。ぼくもひとりぼっちなんだ」わたしはその親指を舐めました。

そのときです。相手の胸の、心臓があるあたりにやわらかな白い光の塊ができたのは。光は紐に形を変えてするすると伸びてきました。わたしのほうへと。わたしは鳴き声をあげて必死にもがきました。でも、あっけなくつかまってしまいます。光が首に絡みついて、わたしと相手の心臓をつなぎました。痛みもなにもなく。そうやって、わたしたちは絆で結ばれたんです。テッドも同じように感じたかはわかりません。そうだといいけど。

それから暖かくて居心地のいいこの家に連れてこられ、好きなだけ寝ていられて、撫でてもらえるようになりました。いやなら外も見なくていいし！　窓という窓が板でふさがれているからです。飼い猫になってからというもの、なにひとつ心配はなくなりました。ここはわたしたちだけの家で、ほかには誰も入れません。もちろんナイトタイムは別。緑の少年たちとローレンも。はっきり言って、いなくていいのもなかにはいるけれど。

わたしたちのことを説明しておかないと。物語ではそうするものと決まっているから。でも迷います。テレビに出てくる〈テッド〉たちは見分けがつかないし、なにが特徴なのかもよくわからないので。とりあえず、うちのテッドは砂っぽい色と言えばいいでしょうか。顔にはところどころ赤い毛が生えていて、頭にはもっと暗めの、ニスを塗った板みたいな色の毛がびっしり生えています。

テッドはいつもわたしを〝おまえ〟か〝子猫ちゃん〟と呼びます。でも、わたしの名前はオリヴィアです。毛並みは真っ黒で、胸のところに目立つ白い筋が一本入っています。尻尾は細長くてよくしなる枝みたい。大きくてよく動く耳はデリケートな部分です。とても敏感だから。目はアーモンド形で、カクテルに入ったオリーブみたいな緑色。美しいと言ってもいいんじゃないかと思います。

テッドとは最高にうまくやれることもあれば、喧嘩になるときもあります。そういうものですよね。テレビでは、〈テッド〉だろうと猫だろうと、ありのままに受け入れなさいと言います。でも、線を引くことも必要です。境界線は大事なので。

いまはこのくらいで。ああ、感じたことを話すのって疲れる。


わたしはうたた寝からはっと目を覚ます。遠くでチャイムが鳴ったか、かん高い声に呼ばれたような気がする。

首を振ってその音を夢から締めだそうとする。でも、あいかわらず鳴りつづけている。どこかで小さい誰かが歌っているとか？　いやな音だ。ィィィィイイイイィィィ。

ラグが心地よく肉球をくすぐる。小さくてやわらかいカプセルの上を歩くみたい。色は海に沈む夕日のようなオレンジ色。覗き穴から差しこんだ光が壁に斑点をつけている。壁は心安らぐ深い赤。テッドもわたしもきれいな色だと思っている。たまには意見が一致することもないと！　テッドの安楽椅子は頭と肘掛のところの革が古びててかてかしている。ダートバイクのレースを見ていたテッドがステーキナイフを刺した穴があいていて、そこは銀色のガムテープでふさいである。この部屋はどこもかしこもお気に入り。ただし、暖炉の上のオルゴールの隣にあるふたつは別にして。

嫌いなもののひとつはロシア人形というのだそうだ。なかに少し小さい人形が入っていて、そのなかにさらに小さい人形が、というふうにいくつも重なっている。ぞっとする。まるで囚われの身だ。真っ暗なかで動くことも話すこともできない人形たちが悲鳴をあげているところが頭に浮かぶ。外側の人形の顔は大きくて、薄笑いを浮かべている。子供たちを閉じこめて、いかにも満足げだ。

ふたつ目の嫌いなものは暖炉の上の壁に飾られた写真。ガラスの奥にテッドの両親が並んで写っている。とにかくなにもかもが気に入らない。ばかでかい銀の額縁には、ブドウやら花やらリスやらの飾りがついている。気味が悪い。リスの顔は溶けて黒焦げになったように見える。生きたリスにどろどろの銀を注いで、そのまま冷ましたみたい。でも最悪なのは、額縁のなかの写真そのものだ。黒々とした鏡のような湖が後ろに写っていて、砂浜にふたりが立っている。顔にはぽっかりと穴があいている。両親はテッドにやさしくなかった。写真に近づくたびに、ふたりの魂が虚ろな力で引き寄せようとするのを感じる。

でも、オルゴールは好きだ。まっすぐ伸びあがった小さな女の人形は、天国に向かって手を差しのべているように見える。

イィィイイィィィ。かん高く鳴りつづける音の出所は両親じゃないらしい。わたしは写真に背を向け、尻尾を上げてふたりにお尻を見せる。

ピンクの自転車が居間のまんなかに横倒しになり、補助輪がごくかすかにまわっている。ローレン。テッドの小さな〈テッド〉だ。そうじゃなく、どこかよその〈テッド〉のもので、うちのテッドが世話をしているだけだったとか？　忘れた。ローレンのにおいがラグにも椅子の肘掛にも残っているけれど、あたりは静かだ。もう帰ったらしい。よかった。でも、いつもこうやってむかつく《ガッデム》自転車をほったらかしなんだから。おっと。〃gd〃と言わなきゃ、神様の罰《ガッデム》が当たるだなんて――ゴホン、ゴホン。あの方の名前をみだりに使ってはいけない。

ローレンが来ているあいだ、わたしは箱にもぐりこむ。そこなら考えごとができる。いつも暗くて居心地がいい。こんなことを言ったら〈主〉のお気に召さないだろうけど、小さい〈テッド〉たちは最悪だ。なにをやらかすか想像もつかないから。おまけにローレンには〃精神的な問題〃があるようだ。詳しいことは知らないものの、ひどく口が悪くて騒々しいのはそのせいらしい。猫は音に敏感だ。

耳と鼻でものを見る。もちろん、目でも見るけれど。

わたしの箱はキッチンの壁際にある。ひんやりした箱の側面に耳をつけてみる。かん高い音の出所はそこでもなさそうだ。テッドがその上にまた重たいものを置いているから、なかへは入れない。いらつく。冷蔵庫の横のホワイトボードいっぱいに、ローレンが落書きしたぐちゃぐちゃの文字が残っている。書いてあるのはくだらないことばかりだ。〝テッドはテッド。オリヴィアは猫〟。すばらしい発見だこと。将来有望だ。冷蔵庫がうなり、蛇口から水が滴っている。そのどちらも、耳の奥で鳴りつづけている小さな音とは違う。

音はしているものの、室内はどこも普段と変わらない。戸棚は残らず閉まっている。鍵のかかった扉の奥で機械が低くうなっている。携帯電話、ノートパソコン、プリンター。生き物のような音がするので、いつも話しかけてきそうに思うけれど、それはまだ一度もない。

チャイムのような、かん高い声のような音は、あいかわらず小さく聞こえている。機械の音でもない。

二階へ上がってみる。二階へ行くのは好きだ。なにかいいことがありそうな気がする。階段のまんなかの段で眠るのもお気に入りだ。宙に浮かんでいるような気分になれる。カーペットが黒いので、わたしはすっかり溶けこんでしまう。ときどきテッドがつまづく。酔っぱらってばかりだから。

部屋から部屋へと歩きまわっても、音の大きさは変わらない。変なの。屋根裏部屋へのドアには近寄らないように大まわりをする。よくない場所だから。後肢で立って寝室のドアハンドルを引きさげる。カチッといい音がしてドアが大きく開く（ドアは大好き）。テッドのベッドの上にはガムテープが五、六個置いてある。いつもまとめて買ってくる。いったいなにに使うのやら。テープを舐めてみる。べたべたしていて、変な味がする。耳の奥でまだかすかに音がする。ィィィォォォィィィ。じれったくて鳴き声が漏れる。ただの気のせいだろうか。どこか金属的な、空洞っぽい音のような気もする。パイプから聞こえているとか？

バスルームに入って、ひょいと飛びあがり、蛇口を調べてみる。奥のほうで空気が流れる音以外、なにも聞こえない。金属を舐めてみてから、洗面台の端っこにこびりついた汚れのにおいを嗅ぐ。テッドはあまりきれい好きじゃない。バスルームはテレビに出てくるのとは大違いだ。

戸棚があいたままになっていて、茶色い筒が棚にずらりと並んでいる。それを尻尾の先で撫で、軽く押してみる。筒がばらばらと落っこちて、薬がその口からこぼれだす。ピンク、白、青。テッドはいつも蓋をちゃんと閉じない。安全キャップなので、酔っぱらうとあけられないからだ。薬は汚いタイルの上でごちゃ混ぜになった。テッドが朝にシャワーを浴びたときの水たまりのなかにも二粒落ちて、早くも溶けてピンクににじんでいる。緑と白のカプセルをひとつ、はじき飛ばす。

イイイイィォォォィィィィ。かん高い呼び声みたい。きっとなにかのメッセージだ。たぶん、わたしだけに向けられた。でも、突きとめている時間はない。あの子が来るころだから。

わたしはテッドと絆で結ばれていて、〈主〉の思し召しで彼を守っている。だからといって、テッドが生活のすべてでもない。ほかにも興味の対象はある。まあ、ひとつだけど。そろそろあの子が来るはずなので、胸がどきどきしている。

階段を駆けおりて窓のところへ急ぐ。ピンクの自転車を避けるためにソファの後ろを通ると埃に足跡がつく。大丈夫だとわかっているのに、遅れやしないかと焦らずにはいられない。でも壁に差しこんだ光の輪はぴったりの位置にある。小さな緑色のマクラメ編みのマットがのせられたテーブルに飛びのる。後肢で立って少し身を伸ばすと、ちょうど覗き穴のひとつから小さなナラの木ごしに通りを眺められる。わたしの後ろには、ぼうっと銀色に光る紐が伸びている。

ほかの覗き穴はテッドの目の高さにあるから届かない。この穴からだけ外を覗ける。小さな穴で、二十五セント玉くらいだろうか。見えるものは多くない。よじれたナラの幹、葉の落ちた冬の枝、その隙間から見える数十センチほどの歩道。見ていると、灰色の空から雪が静かに舞い降りはじめる。歩道はだんだん白く覆われ、木々も雪化粧をはじめる。

これがわたしの知っているすべて、コインサイズのちっぽけな世界だ。不満かって？　外に出たいかって？　ちっとも。外は危ない。わたしにはいまのままで十分、あの子さえ見られれば。

テッドがこのテーブルを動かしたりしませんように。いかにもやりそうなことだから。そうなったら本気で怒らないといけない、怒るのは嫌いなのに。

あの子の姿が見えなくても待ちつづけるつもりだ。そう、それが愛だから。根気と忍耐。〈主〉にそう教わった。

あの子のにおいが先にやってきて、トーストに垂らすハチミツみたいに空気を満たす。優雅な足取りで、彼女が角を曲がって現れる。その姿をどんなふうに言い表せばいい？　毛並みはくすんだ色で、小さなトラみたいな縞模様。黄色い目は熟れた金色のリンゴの皮か、おしっこと同じ色。きれいだという意味だ。あの子は美しい。立ちどまって念入りに伸びをして、長く黒い爪を伸ばす。雪の欠片が鼻に舞い落ちると目を瞬かせる。口からは銀色のものがはみだしている。尻尾かなにかだ。イワシとか、そういう小さい魚の。本物の魚はどんな味がするのか、ずっと気になっている。わたしがもらうのはナチョスのチーズソースと残り物のチキンナゲットとか、〈セブン-イレブン〉の値引き品の棚で買った傷みかけの牛肩肉とか。ひもじくてたまらないときは、ナイトタイムに獲物を狩ってもらわないといけない（暴力には断固反対だけれど、わたしがこの世をこしらえたわけじゃないし、背に腹は代えられない)。

おいしい魚だといいね、とわたしはトラ柄のあの子に心で語りかける。前肢でベニヤ板を引っかく。愛してる。風がうなりをあげ、渦を巻く雪が視界をさえぎり、黒と金の色をひらめかせてあの子は消える。見物は終わり。〈主〉は与え、〈主〉は奪う。

いつもなら、あの子を見たあとは腰を落ち着けてしばらくもの思いにふけることにしている。でも、あのいやな音がまた聞こえはじめる。さっきよりはっきりと。耳が赤むけになってひりつくまで前肢でこする。変化なし。いったい、どこから聞こえてる? オオォォォィィィィォォォォィィ……。そんなふうにひたすら響いている。どうしたら耳のなかのこれをどうにかできるだろう。すぐそばに小さな時計でもあるみたいだ。もっと悪いことに、それが自分のなかにあって、止めようがない気さえしてくる。とたんに不安になる。なぜ時計が鳴ったりするの? なにかが近づいてきてるとか? お導きが必要だ。

わたしの聖書のところへ行く。まあ、いまはわたしのもののはず。元はテッドのお母さんのものだったらしい。でもいなくなったし、戻ってくるまで使わせてもらうのはかまわないと思う。ページは薄くぱりぱりしていて、干からびた花びらに似ている。表紙の金の飾りが秘密めいていて目を引く。テッドはそれを居間の高いテーブルの上に置いている。はっきり言って無用の長物だ、テッドは開きもしないから。見た目はみすぼらしくなってきているけれど、それでも儀式には欠かせない。

わたしは聖書の脇に飛びあがる。いつも落っこちそうになるので楽しい。テーブルの上で危なっかしくぐらつく。それから聖書を前肢で押して、端から落とす。

ばたんと大きな音がして、聖書は開いた形で床に落ちる。しばし待つ。まだ続きがある。少しして家ががたつき、地面がうなる。初めてそれが起きたとき、わたしは悲鳴をあげてソファの下に隠れた。

でもじきに、わたしが正しいことを示す〈主〉のお告げなのだとわかってきた。テーブルから飛び降り、四本の肢をきちんとそろえて着地すると、〈主〉のお導きに従ってそこにある一節に目を通す。

愛する者たち、互いに愛しあいましょう。
愛は神から出るもので、愛する者はみな、
神から生まれ、神を知っているからです。

聖句の正しさに身が震える。わたしはテッドと、トラ猫と、わが家と、この暮らしを愛している。幸運な猫だ。

好きな聖句が見つかると、覚えることにしている。いま読んだものみたいな。でも、一言一句を丸暗記するのは難しい。床に置いたビー玉入りのカップを倒すみたいに、言葉は四方八方に散らばって、暗がりに吸いこまれてしまう。

ただし、聖書は参考にするだけだ。猫のための〈主〉のお言葉とは違う気がする。猫には直接語りかけてくださるから。わたしたちと〈テッド〉たちではものの見方も違うし。

光の輪が差しこんだソファに身を落ち着ける。テッドにわたしのしわざだとばれないように、床に落ちた聖書にわざとお尻を向けて寝そべる。うるさい音はいくらかましになった。

なのに、なぜまだ気持ちが晴れないんだろう。なにがいけないの？　聖句は文句なしに明るい内容だったのに。ともかく、いやなことは寝てやりすごす、それがうまく生きるコツだ。

テッド

母さんの思い出を記録しておかなくてはとずっと考えていた。ぼくが消えてしまっても、思い出は消えないように。母さんが忘れ去られないように。でも、どれを選ぶかはまさに難題だ。秘密にしておきたいことがほとんどで、残すにはふさわしくない。

そうだ。湖で過ごしたあの日のことはどうだろう。それならなにも隠す必要はない。レコーダーを見つけるのに少し手間取る。最後に見たのはキッチンだったはずだ。ひとしきり探しまわったあと、ようやく居間のソファの裏で見つける。不思議なことに。まあ、ぼくの脳みそはこうだからしかたがない。

では、ぼくが鳥好きになったきっかけを話そうと思う。夏に家族で湖へ行った。ぼくは六歳で、当時のことはあまり覚えていないが、あのときの気持ちは忘れられない。

母さんはあの日、お気に入りの濃い青のワンピース姿だった。細くあけたウィンドウから吹きこむ熱い風に服の裾がはためいていた。お団子にしてピンで留めた髪からは後れ毛が垂れて、白くて長い首を鞭のように打っていた。車を運転する父さんの帽子が、逆光のなかで黒い山並みみたいに見えた。

ぼくは後ろの席で足をばたつかせながら、流れていく空を見上げていた。

「子猫を飼っていい？」もう何度もねだっていた。でもいきなり切りだせば、母さんの返事が変わると思ったのかもしれない。

「うちでは動物を飼わないのよ、テディ。ペットのことを母さんがどう思っているか知ってるでしょ。生き物を閉じこめておくなんて残酷なことよ」母さんが地元育ちじゃないのは誰でもわかったはずだ。話し方にまだ故郷の国の訛りがかすかに残っていたから。縮こまったような〝r〟の音あたりに。でもそれ以上に、後ろから殴られないかと身がまえているような姿勢に、それが表れていた。

「ねえ、父さん」

「母さんの言うことを聞くんだ」

それを聞いてぼくは泣き顔をこしらえた。心のなかだけで。困った子だと思われたくはない。手を上げて撫でる仕草をしながら、すべすべした毛並みや、硬い頭や、ぴんと立った耳の手触りを想像した。物心ついたときからずっと猫を飼いたかった。母さんの答えはいつもノーだった（母さんはぼくの知らないなにかを知っていたのかもしれない、朝焼けの地平線みたいに、未来を見通していたのかもしれないと思わずにいられない）。

湖が近づいてくると、空気には水辺のにおいが混じりはじめた。

早く着いたのに湖畔はすでに家族連れでいっぱいで、白砂にはチェス盤の升目のようにブランケットが広げられていた。まぶしい砂の上にカゲロウの群れが飛び交い、強烈な朝の日差しが酸のように肌をひりつかせた。

「ベストは着ていなさい、テディ」母さんが言った。暑かったけれど、逆らっても無駄だ。

ぼくは父さんと水に入って遊んだ。母さんは椅子にすわって青いシルクの日傘を差した。縁飾りが風にはためいていた。本は読まなかった。森や岸辺や湖面を見渡しているだけだった。ぼくたちには見えないものを探すように。夢を見ているようにも、敵を警戒しているようにも見えた。いま思えば、その両方だったんだろう。

土産物屋で、地元の森の松を使った木彫りのキーリングを見つけた。犬や魚や馬がかたどられていて、すごくきれいだった。動物たちはゆらゆらと揺れながら木でできた目でぼくを見つめ、銀色のリングが光を浴びてきらめいていた。水に浸かりすぎてしわしわになった指で、ぼくはひとつずつ触れていった。ラックの奥にあの子がいた。背筋をまっすぐ伸ばし、前肢をそろえてすわった、完璧そのものの子猫が。クエスチョンマーク形の尻尾、優美な耳。木目を使ってなめらかな毛並みが表現されている。欲しくてたまらなかった。お互いのために生まれてきたんだ、そんなふうに感じた。

母さんの手が肩に置かれた。「戻しなさい、テディ」

「でも、本物の猫じゃないよ。ただの木なんだ。家に置いておいてもいいでしょ」

「お昼にしましょ。いらっしゃい」

母さんはぼくの首にナプキンを巻いて、小さな瓶をふたつとスプーンを手渡した。瓶には青と白のラベルが貼ってあって、それぞれリンゴとニンジンのピュレが入っている。実際はどうだかわからないが、人からじろじろ見られているような気がした。まわりにいる子供たちはホットドッグやサンドイッチを食べている。それを見ているぼくに母さんが気づいた。

「あんなもの、脂肪と保存料がどっさりよ。うちのお昼は栄養満点だから。その瓶の中身だけで必要なビタミンがそっくり摂れるの。お金もかからないし」母さんはなだめるような口調でそう言った。

いつもより子音がはっきり発音された、落ち着いた声で。母さんは勤め先の病院で病気の子供の世話をしていた。だからそういうことに詳しいのだ。看護師っぽく諭されると逆らえない。父さんは失業中だった。暗い割れ目に落っこちて、そこから這いだせずにいるようだった。だからプルーンとライスプディングだけの食事にも文句は言わなかった。日に焼けた大きなその両手のなかで、瓶がやけに小さく見えた。それから父さんはコーヒーの魔法瓶を取りだした。

すぐそばで、いらついて顔を赤くした女の人が赤ん坊にものを食べさせていた。青と白のラベルの瓶から。赤ん坊は父さんと同じミルク粥を食べている。そう気づいて、氷につらぬかれたみたいにぞっとした。「そんなの捨てちゃって。みんなが見るよ!」

母さんはぼくを見ただけでなにも言わず、「食べてしまってね」とやさしく父さんに声をかけた。食事がすむと、母さんはクーラーボックスにきちんと瓶をしまってからこう言った。「わたしの故郷は知ってるわね、テディ」

「ロクロナンでしょ。ブルターニュ、フランスの」知っていたのはそれだけだ。母さんはその場所のことをなにも語らなかった。

「うちの村に、男の子がいてね」湖の向こうに目をやった母さんの声は、もうぼくに向けられてはいないようだった。「両親はインフルエンザの大流行で亡くなったの。ナイフでバターを切るみたいに、ロクロナンはずたずたにされた。うちの家族はその子にできるだけのことをした。でも、自分たちも余裕がなくてね。その子にはうちの家畜小屋で寝起きしてもらっていたの、ロバや羊といっしょに。名前はなんだったかしら。村人たちには豚《ペモッハ》と呼ばれていてね、豚と同じような場所で寝ているから。毎朝、ペモッハは勝手口にやってきた。わたしはミルク一杯とパン半分をあげていた。たまに日曜日の牛肉料理の残り汁も。夕方にもまたやってきた。わたしは残飯をあげた。カブの葉とか、割れた卵とか。その子はいつも三回お礼を言った。トルガレズ、トルガレズ、トルガレズって。忘れられないわ。空腹のせいで食べ物を受けとる手が震えているときもあった。粗末な食事のために、父の畑で朝から晩まで働いていてね。そんなことが何年も続いたのに、いつでも心からお礼を言っていた。感謝を忘れない子だったから。自分がどんなに幸運かをわかっていたの」母さんは立ちあがった。「三十分ほど歩いてくる」父さんはうなずいた。青空の下、青いワンピースの母さんは歩きだした。母さんが暑がるところは見たことがなかった。

コーヒーを飲んだばかりなのに、父さんは帽子を顔にかぶせてぐっすり眠りこんだ。いつも寝てばかりだった。起きているだけで耐えがたいほど疲れてしまうみたいに。赤い顔の女の人がこちらをじろじろ見ていた。ぼくたち三人がベビーフードを食べていたのに気づいたらしい。その人の顔が赤いのはひどい火傷を負ったせいで、じきに死んでしまうんだとぼくは想像しようとした。相手の死を全力で願いさえしたが、午後はなにごともなく過ぎた。湖の対岸は水際まで木立が迫っていて、そのあたりでコガモの群れがたわむれていた。父さんはいびきをかきはじめた。眠らずにぼくを見ていないといけないのに。

その少しまえ、湖畔で少年が失踪した。グループホームの子供たちがときどき週末にそこへ遠足に来ていた。いまもたぶんそうだろう。その子は一日の終わりにバスに戻ってこなかった。なにが起きたのかときどき想像しては、ぞくぞくするような興奮を覚えずにはいられなかった。きれいな赤い鳥か鹿でも追いかけて人目につかない奥まった入り江に迷いこんだのかもしれない。つまずいて水に落ち、悲鳴をあげたけれど誰にも聞こえなかったのだ。でなければ、緑の天蓋の下をはてしなくさまよい歩くうちに頭のなかまで緑に染まり、木漏れ日に溶けこんで、なにかほかのもの、少年ではないものに変わってしまったのかもしれない。でもおそらくはヒッチハイクで街へ戻ったということだろう。

問題児だと言われていたから。

「ほら、テディ」頭に触れた母さんの手はやさしかったが、ぼくは殴られでもしたように息を呑んだ。なにかを手渡され、日差しのまぶしさで一瞬目がくらんだあと、それがなにかわかった。あの猫だ。てのひらの上で、猫が満足げに背中を丸めたように見えた。

痛いほどのうれしさがどっと押し寄せた。ぼくは猫を指で撫でた。「ああ、ちびちゃん、子猫ちゃん!」

「気に入った?」母さんの声には微笑むような響きがあった。

「うん、すごく。大事にするね」喜びのなかを、血の流れのように不安が駆けめぐった。「高かった?」うちにお金がないのはわかっていた。それに気づいていないふりをするべきなのも。

「大丈夫。そんなこと心配しなくていいの。名前はつけるつもり?」

「オリヴィアにする」エレガントでミステリアスな名前だと思った、木彫りの猫にはぴったりの。

ささやかなその贅沢のせいで、ぼくたちの気持ちははずんだ。ぼくはオリヴィアで遊び、人目を気にするのはやめた。母さんは鼻歌を歌い、父さんでさえにこやかな顔でおどけて歩きだし、靴紐を踏んだふりで砂浜に尻餅をついてみせた。


遠出のときにはできるだけ長くいるのが母さんの方針だったので、まわりにほぼ人影がなくなるまで、ぼくたちはぐずぐずと帰らずにいた。影が長くなり、山並みに太陽が吸いこまれはじめた。帰るころにはすっかり日が落ちてコウモリたちが飛び交っていた。昼間の熱が溜まったままの車内はかまどのようだった。火傷しそうなほど熱いシートに父さんがタオルを敷いてくれ、やっとのことで後部座席にすわれた。オリヴィアはズボンのポケットに大事にしまってあった。

「わたしが運転する」母さんがやさしく父さんに言った。「朝はしてもらったから。公平にね」

父さんは母さんの顔に触って言った。「まさに女神だな」

母さんはにっこりした。遠くを見るようなまなざしがまだ消えていなかった。何年もたってからようやく気づいたことだが、母さんは午後には父さんに運転をまかせようとしなかった。父さんがコーヒーの魔法瓶に口をつけ、千鳥足で歩きはじめたあとは。

宵闇のなかを車に揺られながらぼくは幸せだった。内側も外側も、すっぽりとやさしさに包まれていた。そんな安らぎを味わえるのは子供のときだけだ。いまならわかる。いつのまにかうとうとしていたのか、頭をぱしんとやられたように、はっと目を覚ました。

「うちに着いたの？」

「いいえ」母さんが言った。

ぼくは寝ぼけまなこで首を伸ばして外を見た。ヘッドライトの光を頼りにたしかめると、車が未舗装路の端に寄せてとめられているのがわかった。人影も歩道もほかの車も見あたらない。ダチョウの羽根みたいな大きなシダの葉がウィンドウをこすっていた。その向こうには木々のざわめきや香りが広がり、チッチッチという虫の音が響いていた。

「車が故障したの？」

母さんが振りむいてぼくを見た。「降りなさい、テディ」

「どうする気だ？」父さんの声に混じったものが恐れだということに、そのときは気づかなかった。はっきりしていたのは、父さんのことをうとましく感じたことだけだ。

「いいから寝ていて」母さんは続いてぼくに言った。「テディ、さあ、お願い」

車を降りると、濡れた布を頬に押しつけられたみたいなねっとりとした空気に包まれた。うねるような闇のなかで自分をちっぽけに感じた。でも一方では、母さんと夜の森を歩くことに胸がはずんでいた。母さんのすることは一風変わっているからだ。母さんはぼくの手を引いて車を離れ、ライトから離れて、森の奥へ歩きだした。ワンピースがぼんやりと闇に浮かんで見えた。深海を漂う生き物のように。

　森のなかでは、よく知っているものでさえ違って感じられた。夜露のしずくが滴る音は冷えびえとした地下牢を思わせた。木の枝のきしみは鱗だらけの巨人の身じろぎだ。袖に枝が引っかかると、骨ばった指につかまれたような気がした。緑の光のなかに迷いこんだきり戻らなかった、かつては子供だったなにかの指に。ぼくは怖気づいた。母さんの手をぎゅっと握った。母さんも握り返した。

「これから大切なことを伝えるわね、テディ」母さんの声は普段どおりで、その日のサンドイッチの中身を教えるような調子だったので、少し落ち着いた。闇に目が慣れてくると、薄暗がりのなかにまわりのものが浮かびあがりはじめた。まるで空気そのものに明るさがあるかのように。

　モミの大木の下で立ちどまった。「ここにしましょう」母さんが言った。ざわめく枝々のずっと向こうで、ヘッドライトの光がまだぼんやりと見えていた。

「今日、猫を買ってあげたでしょ」ぼくはうなずいた。「あの猫が大事？」

「うん」

「どのくらい？」

「うーんと……アイスクリームより好きなくらい」小さな木彫りの猫に対する思いをうまく表わす言葉が見つからなかった。

「お父さんの仕事が見つかることよりも大事？　本当のことを言って」

　ぼくは考えた。「うん、そうだね」

「わたしが病院でお世話している女の子のこと覚えているでしょ、がんにかかっている子。その子が元気になるのより、猫のほうが大事？」

「ううん」そうだなんて言えない。ひどい、ひどいやつになってしまう。

母さんの冷たい手が肩に置かれた。「本当に？」

喉にナイフがぎっしり詰まったように感じながら、首を振った。「猫のほうが大事」

「よろしい。正直な子ね。それじゃ、ポケットから出して。そこの地面に置きなさい」

ぼくは木の根もとの苔の上にそっと猫を置いた。離れるのは耐えがたかった、ほんの一瞬でも。

「さあ、車に戻るのよ。家に帰るの」母さんが手を差しだした。

オリヴィアを拾いあげようとしたのに、母さんの指が手錠みたいに手首に食いこんだ。「だめ。それは置いていくの」

「なんで？」かすれ声になった。こんな暗いところに置き去りになんてしたらどんなに寒くて寂しいだろう、雨で濡れて腐ってしまうだろうし、きれいな頭をリスに齧られてしまう。

「これは訓練よ。いつかきっと母さんに感謝するはず。人生はすべてが別れの練習なの。賢明な人間だけがそれを知っているのよ」

母さんに引っぱられて森のなかを車へ引き返した。目の前が真っ暗でぼんやりかすんでいた。あんまり大泣きしているせいで、胸が張り裂けるかと思った。

「こうすることが力になる、そう感じてほしいの。愛するものと離れることが。強くなれるような気がしない？」

星形に光るヘッドライトに近づくと、車のドアが閉じる音がした。プラムプディングと汗が混じったにおいをさせた父さんがぼくを抱きしめて、「どこへ行ってたんだ？」と母さんに訊いた。「いったいどうした？　泣いてるじゃないか」そう言って、怪我はないかとぼくの顔をしげしげ眺めた。

「そんなに大げさにしないで」母さんは看護師っぽい調子で言った。「フクロウを探しに行っていただけ。このあたりに巣があるはずだから。そうしたら、この子が猫のキーリングを落として、暗いから見つからなくて。それで泣いているのよ」

「おやおや、そうか。たいしたことじゃないだろ、な？」父さんの腕はなんの慰めにもならなかった。それからは一度も子猫をねだらなかった。欲しくなんかないと自分に言い聞かせた。好きになったりしたら、森に捨てないといけない。そうでなくても、いつかは死んでしまうし、それだって同じようなものだ。

つまり、母さんは自分がいなくなる準備を早くからはじめていたということだ。いまなら少しは理解できる。ぼくも親になり、子供を心配する気持ちはわかる。ローレンのことを考えると、不安で身体が透明になりそうな気がすることがある。ガラスみたいに。

家に着くと母さんはぼくを風呂に入れ、やさしく身体じゅうを調べた。ふくらはぎに血がにじんだ切り傷が見つかった。母さんは縫合セットで丁寧に傷口を二針縫った。ぼくを傷つけては手当てする、その繰り返し。それがぼくの母親だった。

次の日、母さんは庭に鳥の餌台を置いた。小鳥たちが集まるようにと、かご型の餌入れを六つも用意した。リスに横取りされないように、それを高いポールの上に吊るした。地面に置いた台にはチーズ、巣箱には穀物、プラスチックの筒にはヒマワリの種、紐で吊るしたバードケーキ、それに岩塩の塊も。

「鳥は恐竜の末裔なのよ。昔は地球を支配していたの。でも生きづらくなったから、小さくて身軽な姿に変わって、木の上で暮らすようになったの。そうやって生き延びることを鳥たちは教えてくれる。自然のなかでちゃんと生きている動物なのよ、テディ。キーリングよりもいいでしょ」

最初は餌をやるのも眺めるのも怖かった。「鳥たちとも別れなきゃだめ？」とぼくは母さんに訊いた。

母さんは驚いた顔で答えた。「なぜそんなことを？　鳥はあなたのものじゃないでしょ」そうやって、安心して好きになっていいものもあるのだと教えてくれたのだと思った。

もちろん、それはみんなネズミの事件のまえの話だ。母さんがぼくのことを恐れるようになるまえの。そしていま、鳥たちは殺され、奪われた。母さんはそんなことはないと言ったのに。


つらくなって録音を止めた。

いまの話は、アイスキャンディの女の子が同じ湖畔で行方不明になった年よりさらに十五年前のことだ。湖、アイスキャンディの女の子、鳥殺し。それらがみんなつながっているとは考えたくないが、物事は互いに響きあうものだ。いまの話にもやはり秘密が隠れているのかもしれない。記憶を録音するのはもうやめる。するんじゃなかった。

ディー

それは旅行二日目の出来事だった。ポートランドから車で来る途中、父が二回も道を間違えた。そのうち水のにおいがしてきたので、ようやく元のルートに戻れたのがわかった。

こまごまとしたことまで、ディーは鮮明に覚えている。ルルのアイスキャンディから緑色のどろどろが指に垂れていたこと、自分が紫に染まった舌でしごくようにスティックを舐めていたこと。靴にもショートパンツにも砂がもぐりこんで気持ちが悪かったこと。隣のブランケットに同じ年頃の女の子がすわっていて、目が合ったこと。その子はうんざりしたように目で天を仰ぎ、指を喉に突っこんで、オエッという仕草をしてみせた。ディーは笑った。たしかに、家族といっしょなんて恥ずかしい。

ルルがそばにやってきた。白いビーチサンダルのストラップがよじれている。「助けて、ディー・ディー」姉妹はどちらも母親譲りの目をしていた。褐色のなかにくすんだ緑が交じった、ぱっちりとした瞳、黒いまつ毛。ルルの目を覗きこんだディーは、いつものやりきれなさを感じた。自分のほうが見劣りすることには気づいている。

「はいはい、大きい赤ちゃんだこと」

抗議するルルに頭を叩かれながらも、ディーはストラップのよじれを直し、白いビーチサンダルを履かせてやってから、変顔をこしらえた。それで仲直りだ。それから水飲み器のところにルルを連れていったが、鉛筆の味がすると言ってろくに飲もうとしなかった。

「考えてること、当てっこしよ」ルルが言った。その夏、ルルはそのゲームに夢中だった。まえの年はポニーだ。

「いいよ」

ルルは囁き声が聞こえないように十歩離れた。ディーの目を見つめながら、両手で口を覆う。そして熱心になにやらつぶやいた。「なんて言った？　なにか聞こえた？」

ディーは考えた。「聞こえたと思う」ゆっくりそう答えた。

「なんて聞こえた、ディー・ディー？」ルルは期待で身を震わせんばかりだった。

「すごく変なこと。ここに立って考えごとをしてたら、ルルの声が耳のなかでこう言ったの、〝わたしはだめな子で、お姉ちゃんのディーは最高〟って」

「違う！　そんなこと言ってないもん！」

「変なの。たしかにそう聞こえたけど」

「そんなことない！」ルルはいまにも泣きだしそうだった。「ちゃんとやってよ、ディー・ディー」

ディーは妹を抱きしめた。身体の形を腕に感じる。華奢な骨格、日差しで火照ったやわらかい肌。うなじはむきだしになり、やわらかな茶色の髪は男の子みたいに短い。頭が蒸れるのをいやがるからだ。その年は丸刈りにしたいと言いだして、母がやっとのことで説き伏せた。

からかって悪かったとディーは思った。「ちょっとふざけただけだって。ほら、もう一回」そう言って自分の口を両手で覆った。温かい息が手のなかに溜まる。「セールで買ったオーバーオールがお気に入り。でも、いまはジーンズには暑すぎるから秋までお預け」自分の言葉が妹の耳に届くようにと念じた。やるならちゃんとやらないと。

「ダンスの学校に行きたいんでしょ。それが夢なのに、ママとパパに邪魔されてると思ってるんだ」

ディーは両手を下げた。「ううん、違う」少ししてそう言った。

「心が読めたもん。ほかのことをつぶやいてみて、ディー・ディー」

ディーはうつむいて温かい両手で唇を包んだ。

「同じクラスのグレッグのこと考えてるんでしょ。フレンチキスしたいって」

「やっぱり」ディーはかっとなった。「わたしの日記、こそこそ読んでたんだ。この嗅ぎまわり屋！」ルルが告げ口したら、母も父もきっと怒る。バレエスクールのこともだめになるかもしれない。ディーは九月からパシフィック・ノースウェスト・バレエスクールに入学する予定だった。でもそのためには、品行方正でいなくてはいけない。ボーイフレンドはだめ、いい成績をとって、門限を守り、妹の面倒も見なくてはならない。

「やめて、ディー・ディー。怒鳴ったりしないで」ルルの声は一オクターブも跳ねあがり、ひどく幼く聞こえた。まずいことをしたと悟ったらしい。

「わかった。母さんと父さんのところに戻ろう。だいたい、遊んであげようなんて思わなければ……」

「やだ、戻りたくない！　まだ喉がからからだし、猫ちゃんと遊びたいもん」

「さっき水飲んだでしょ。ここには猫だっていないし」そう答えたとき、クエスチョンマーク形の黒い尻尾がゴミ箱の陰に引っこむのがちらりと見えた気がした。黒猫は縁起が悪い。それともいいんだっけ？

ルルがまん丸な目で見上げ、小さく言った。「意地悪言わないで」

ふたりは無言で引き返した。ルルが手をつなごうとし、人込みなのでディーもその手を取ったものの、なるべく力はこめず、ぎゅっと握られても握り返さなかった。ルルは顔をくしゃくしゃにしてしょげかえっていた。悲しげな様子に、いい気味だとディーは思った。動悸がおさまらなかった。日記は床の換気口のなかに隠してあった。毎回、きちんとねじを締めておいたのに。ルルはそれをしげしげと見ていたにちがいない。そして父の道具箱からねじまわしを持ちだして換気口をあけ、日記を読んで、またねじを締めなおした……。そう考えると、妹の顔をぴしゃりとやって泣かせてやりたくなった。その気になれば、ルルはこちらの人生をめちゃくちゃにできるのだ。

五歳のときから、パシフィック・バレエスクールに行くのがディーの夢だった。十一年もかけて必死に両親を説得したのだ。そこは男女共学校で、ディーは学校の寮に入ることになる。そのことが話題にのぼるたび、両親は不安をいっぱいに漂わせた。なにかが起きて入学が白紙になるのを両親がなかば望んでいることもわかっていた。だから完璧ないい子でいないといけない。

「しゃべったりしないから、ディー・ディー」ルルが言った。「約束する。二度と読まないし」だがディーは首を振った。いつかはしゃべるに決まっている。そのつもりはなくても、きっとそうなる。そういう子だから。日記はどこか外のゴミ箱に捨てて、ルルの作り話だと言うしかない。それですめばいいけれど。

ルルはパラソルの下にいる母の足もとにすわりこんだ。母は胸の上の雑誌に手をのせたままうたた寝をしていた。父はストライプ柄のキャンバスチェアで本を読みながら目をこすっている。やはり疲れているようで、こくりこくりと居眠りをはじめた。

ルルは口もとをこわばらせたまま、バケツとスコップで砂遊びをはじめた。「きれいな石、見つけた。ディー・ディー、欲しい?」そう言って、訴えるような目でてのひらの石を差しだした。

ディーはそれを無視して父に訊いた。「泳いできていい？」

「三十分だぞ。それまでに帰らなかったら警察に通報するからな」

「わかった」父が背を向けると、ディーはうんざりした顔をしてみせたが、内心では意外だった。父はよっぽどくたびれているのだ。普段なら、ひとりでうろつくのを許したりしない。

「遠くへ行っちゃだめよ、デライラ」後ろで母の声がした。「妹も連れていってあげて」

それなりに離れたところまで来ていたので、ディーは聞こえなかったふりで足を速めた。そうして色とりどりのブランケットとビーチパラソルとウインドブレーカーの迷路をぶらついた。なにかを、あるいは誰かを探しているわけではなく、ひとりになれればよかった。そうすればなにか起きそうな気がした。

人込みを縫うように歩きながら、踊っているつもりになってみた。一歩一歩に意味をこめながら足を進める。バレエ教室の学期末の課題だった《不思議の国のアリス》で、ディーは芋虫役を踊った。芋虫の気持ちになってみた瞬間、シェネやアラベスク、デヴェロッペといったステップがまるで別物に感じられたことを忘れられずにいた。だからいまも、ダンスのステップを踏みながら、すてきなロマンスへと向かっているのだと思うことにした。すれちがう人たち（男の子たち）に見られている自分を想像してみる。実際は誰も見てはいないけれど。どう思われているかも想像した。あの子の髪はなんて長くてつやつやなんだろう、ほかの子たちとは違ってなんて特別なんだろう、それになんてミステリアスなんだろう、秘密でも抱えているみたいだ。その想像にできるだけ集中して、ほかの考えを締めだそうとした。お尻が大きすぎることも、顎の形が悪いことも。

浜辺へ向かい、波打ち際の濡れた砂に腰を下ろした。浅瀬では腕に浮き輪を着けた幼児たちがぷかぷか浮かんでいた。その向こうのブイがあるあたりの湖面は静かで、さかさまになった木立と空を暗く映しだしている。つるりとした緑の水面のすぐ下にモンスターたちがひそんでいそうだ。ハンバーガーを焼くにおいがしてきたので、ディーはオェッという顔をしてみせた。食べ物なんて見るのもいやだというふりをするのがかっこいい、そのときはそう思っていた。誰も見ていなくてもそうすることが肝心だと。バレリーナはハンバーガーなんて食べない。

「やあ」背後になにかが現れ、長い影を落とした。ならした砂に腰を下ろすと、そのなにかは人間のサイズになった。年上の男の子だ。細身でブロンド。青白い肌に白いローションを塗りたくった跡が残っている。

「どうも」ディーは答えた。相手は少なくとも十九歳には見える。ふと気づけばディーのてのひらは汗ばみ、心臓が早鐘を打っていた。なにを話せばいい？

「トレヴァーだ」手が差しだされ、それがひどくダサく思えてディーは鼻で笑った。そのくせ親しみも感じてほっとした。母なら〝育ちがいい〟と言いそうだ。

ディーは片眉を上げた。やり方を覚えたばかりだ。「楽しんでる？」手は握らなかった。

トレヴァーは顔を赤くした。「まあね」そう言って、最初からそうするつもりだったように手をショートパンツで拭った。「家族と来てるの？」

ディーは肩をすくめた。「うまくまいてやったとこ」

トレヴァーは冗談が気に入ったのか、にっこりした。「親はどこ？」

「あっちの見張り台のそば」ディーはそちらを指差した。「寝てるから、退屈しちゃって」

「お父さんとお母さん？」

「それに妹」

「何歳？」

「六歳」家族の話はもう十分。「学校はどこ？」

「ワシントン大学」

「へえ」やっぱり大学生だ。「わたしはパシフィック・バレエスクールに行く」きっとそうなるはず。

「へえ」トレヴァーが興味を引かれたように目を輝かせた。バレリーナは男受けがいい、それはディーも知っていた。フェミニンでミステリアスだから。「アイスでもどう？」

ディーは少し考えてから肩をすくめ、立ちあがって砂を払った。

トレヴァーも腰を上げて言った。「ええっと、なにかついてる。短パンの後ろに」

ディーは首をまわしてたしかめた。白いデニムに黒っぽいしみがついている。「やだ、変なところにすわっちゃったみたい」そう言ってTシャツを脱いで腰に巻いた。「先に行ってて。追いつくから」

急いで向かった女子トイレには行列ができていた。めいめいが個室に子供たちを、ときには三人を同時に連れて入り、全員が用を足してから出てくるので、ひどく時間がかかりそうだ。待っているあいだに、ますますまずいことになっているのがわかった。内腿を血が伝い落ちるのを感じる。それで、ペーパータオルをごっそり取って拭いた。やがて前に並んだ大柄で汗まみれの女の人に声をかけた。

「あの、もしかしてナプキンありません？」

相手は無愛想にディーを見た。「自販機があるでしょ。あそこの壁際に」

ディーは列を離れて自販機のところへ行った。二十五セント玉しか使えない。「誰か一ドル札を両替してくれませんか」

真っ赤な顔の赤ん坊をおんぶした母親が言った。「お母さんはどうしたの。母親が面倒を見るべきでしょ」

「ねえ、誰か両替してもらえません？」いまにも泣きだしそうなのを隠すために、わざとふてくされた、怒ったような口調で訊いた。

ブロンドのボブカットの女の人が二十五セント玉を四枚くれた。ところが自販機は壊れていて、何度入れても硬貨は音を立てて吐きだされた。ディーは涙をこらえてお金を返した。

それからできるだけ汚れをきれいにした。洗面台でショートパンツを洗うところを、列に並んだ人たちがじろじろ見た。ほかの人と同じように水着姿になっただけなのに。腰まわりはTシャツですっぽり隠せるので助かった。ディーはもう一度列に並んで待った。

アイスクリーム屋に行ったときにはトレヴァーの姿はなかった。何分か待ってみたものの、来ないのはわかっていた。トイレに時間がかかりすぎてしまったのだ。それとも、生理がいつ来るかも知らないような子にアイスを奢る気になれなかったのかもしれない。

ディーはTシャツを岸に脱ぎ捨てて湖に入り、浮き輪の幼児たちのあいだを抜けて、膝から腿、さらに腰が浸かるあたりまで進んだ。とたんにほっとした。ここなら人目につかない。真昼の暑さのなかから冷たい水に入って一気に身体が冷え、その刺激で背筋がぞくぞくした。砕けた鏡のような水面を指でなぞってみる。のっそりとした獣みたいに、まわりで湖が揺らめいている。さらに顎まで水に浸かるところへ進むと、ゆるやかなうねりに押しあげられて石ころだらけの湖底から足が離れそうになった。遠くの浜辺で響くにぎやかな避暑客の声が湖面を運ばれてくる。なんだか不思議な響きだ。冷たい水と日の光のおかげか、お腹の痛みはすっかり楽になってきた。トレヴァーが待っていてくれなかったことも、急にどうでもよくなった。自分の身体のことだけで手いっぱいだ。最近は身体の機嫌が気になってしかたがない。気心の知れていない友達みたいに、これまで知らなかった意外な振る舞いを見せるようになったからだ。痛みも悦びも、いまでは新しい顔を持つようになった。まるで自分が、一分ごとに語りなおされる物語になったみたいだ。ディーはひんやりした湖の抱擁のなかで目を閉じた。なにもかもが変わろうとしている。

つるりとしたものが頬を撫でた。もう一度、またもう一度、ふざけてついているみたいだ。ディーは目をあけた。灰色と黒の鱗に覆われたものが視界を横切った。思わず息を呑んだ。ヘビだ。身体は水中に隠れているが、頭は白鳥のように水面の上にもたげられている。ヘビはもの珍しげにゆっくりとディーのまわりを泳ぎはじめた。その腹が腕をかすった。体熱に引きつけられているらしい。なんのヘビだろう? ディーは震える頭を働かせようとつとめた。ヌママムシに似ているけれど、このあたりにはいないはず。ほかの考えが頭にしのびこみ、必死でそれを締めだそうとした。**ガラガラヘビ**。そのとき、頭がもうふたつ、左のほうの湖面に突きだしているのが見えた。さらに三つ目、四つ目が現れる。群れなのだ、家族かもしれない。子供のヘビと若ヘビが数匹ずつ、そして唇のない口でにたにた笑う年老いた大きなヘビが一匹。正確な数などわからない——心臓さえ止まった気がする。平たい頭がゆるゆると顔に向かって近づいてくる。ディーは目を閉じて心でつぶやいた。終わりだ。鋭い牙と毒が、腐臭のする口が襲ってくるのを待った。舌先で顎をくすぐられた気がした。耳の奥で鼓動が雷鳴のように響く。水のうねりに揺られながら、できるだけ動くまいとつとめた。気配を消して石になったふりをする。なにかが肩をすっと撫でた。

どのくらいそうしていただろう、時間が引きのばされ、そしてぺしゃんこになった。ようやく目をあけてみると、水面は平らで空っぽだった。いなくなったのだろうか。でも、見えないように水中にひそんで、手足にまとわりつこうとしているのかもしれない。どこもかしこも触れられているような感じがした。全身の震えが止まらず、強烈な日差しにじりじりと頭を焼かれる。脚の力ががくんと抜けて水に沈み、必死にあえぐと、口のなかに金気が広がった。後ろを向いて岸へ引き返そうとするものの、水につかまれ、いやになるほどゆっくりとしか進めない。手足に絡みつかれているような感じが消えなかった。

ようやく岸にたどりついた。力を振りしぼって水からあがると、身体にずしりと重みが戻った。思わずよろけ、倒れこんだ。脇腹に感じる砂が心地いい。そのまま身を丸め、日焼けした子供たちが駆けまわるなかで、こっそりと泣いた。

ディーはブランケットやパラソルを縫うようにして、のろのろと引き返した。熱気のなかに甘ったるいにおいが漂い、砂が足首にまとわりつく。腕時計はしていないが、三十分はとっくに過ぎているはずだ。いまはただ、安心できる家族のもとへ戻りたかった。母は身を震わせて叫び声をあげ、ディーを抱きしめるだろう。ルルは怯えと興奮の入り混じった顔で何度も訊くにちがいない。ヘビ、何匹いた？　どんなヘビ？　父はきっとかんかんに怒って、監視員はなにをやってたんだと息巻く。父の怒りに、ディーは愛されていることを、ぬくもりを実感する。そのうちこの出来事は家族の語り草になって、ときどきひそめた声で語りあわれることになるだろう。ディー・ディーがヘビに襲われたときのこと覚えてるでしょ、と。そうやってこれが自分だけの記憶でなくなれば、思いだすたびに骨の髄を凍らせることもないはずだ。

両親が動転しているのが遠目にもわかった。母は金切り声をあげ、父も怒鳴っている。ふたりの監視員がそこにいて、ほかの人たちもトランシーバーで通信中だった。ディーはたじろいだ。やだ、恥ずかしい。ちょっと遅れただけなのに、まったくもう。

そばまで行くと、父がこう言うのが聞こえた。「ほんの一分、うとうとしただけなんだ。たったの一分」

ディーはブランケットのところへ行ってパラソルの陰に腰を下ろした。「母さん、ごめん……」

「黙ってて、ディー、お願いだから。この人たちがどうにかしてくれるように、お父さんが訴えているところだから」母の唇は震え、マスカラが黒い血みたいに頬に垂れていた。「ルル！」と、いきなり立ちあがってそう叫んだ。近くにいる人たちが振りむく。「ルル！」

「髪は短いんです」父は何度も繰り返していた。「しょっちゅう男の子と間違えられる。伸ばすのをいやがるんです」

ディーはふたつのことに気づいた。ひとつ、自分がずっといなかったことに両親は気づいていない。ふたつ、ルルがいない。ディーはため息をついて髪を耳の後ろにかけた。生理痛がひどくなってきた。怒りが頭をもたげる。ルルのやつ、また注目を集めようとしてる。こんなんじゃ誰にも慰めてもらえないし、ヘビの話を忘れさせてもらえない。

長く暑い午後が過ぎるにつれて人が集まりはじめ、本物の警官も現れた。「ローラ・ウォルターズ、呼び名はルル」と誰もがトランシーバーに向かって繰り返し、そのあとホットドッグの屋台脇のポールに取りつけられた大きなスピーカーでも呼びかけが行われた。「ローラ・ウォルターズ、六歳。茶色い髪に、はしばみ色の瞳。水着の上にデニムのショートパンツと赤いタンクトップを着用」夕暮れが来て湖畔に人けがなくなって初めて、ルルがその日は見つかりそうにないことがようやくディーにもわかった。永遠に見つからないことがわかるまでには、ずっと長い時間がかかった。どこにいて誰といっしょなのかもわからないまま、ルルはそれきり戻らなかった。

数週間後、遠く離れたコネチカット州に住む家族が、ビーチグッズにまぎれた白いビーチサンダルを見つけた。それがなぜそこにあるのか、そもそもルルのものであるかどうかもはっきりしなかった。見つかったときにはほかの服といっしょに洗濯されたあとだった。

ルルは今年、十七歳になっていたはずだ。なった、とディーは心で訂正する。ルルは十七歳になった。

最後にルルにかけられた言葉はこうだった――**きれいな石、見つけた。**その石のことしか考えられない日もある。どんな石だった？　すべすべだったのか、ざらざらだったのか、色はグレー、それとも黒？　鋭く尖っていたのか、ルルの小さなてのひらにすっぽりおさまるような、丸くずっしりしたものだったのか。それを知ることは永遠にない。ディーは立ちあがって目もくれずに歩み去ったのだから。

ウォルターズ一家は情報を求めて一カ月のあいだワシントン州に留まった。といって、なにができるわけでもなく、父の上司もいらだちはじめた。それでポートランドへ戻った。ルルのいない家はすっかり変わった。ディーは夕食のたびに三人分ではなく四人分の食器を並べてしまい、そのたびに母を泣かせた。

まもなく、母は家を出ていった。ディーにはわかっていた。失った娘の劣化コピーのようなディーを見るのが耐えがたかったのだ。母は口座を空にして姿を消した。ディーは責める気になれなかったが、父の思いは違ったようだ。そして、あんなことが起きた。

その前夜、しんとした空から灰のように雪が舞っていた。父は一階の居間でプラモデルの飛行機をこしらえていて、エポキシ接着剤のにおいが階段の上まで漂っていた。父はいつも、煙で目が真っ赤に充血するまで何時間もそうしているのだった。夜明け近くになってようやく二階のベッドに入ることもあった。明日はちゃんと話をしようとディーは思った。絶対に。

バレエスクールはまるまる一学期休んでしまったが、追いつけるはずだ。経済的にも厳しいけれど、アルバイトが見つかるはず。父はプラモデルを作っているか、暗闇をぼんやり見つめているかのどちらかだから、どうせそばにいる必要もない。罪悪感に胸を刺され、ディーは大きく息を吸った。空気には熱した接着剤と絶望のにおいが入り混じっていた。こんな人生はいや、これじゃ幽霊みたいだ。熱い涙が頬を伝った。

翌朝ディーはベッドにいる父のためにとっておきのコーヒーを淹れた。サンフランシスコで買った上等のガラスのコーヒーメーカーを使い、長い時間をかけてドリップした。苦くて川底の泥みたいにざらざらしたそのコーヒーは父の大好物だった。もしかすると、父は愛情のすべてをそのコーヒーメーカーに注いでいたのかもしれない。それより大事なものと向きあうのがつらすぎて。ディーのほうは、家族がそろっていたころを思いださせるので、そのコーヒーメーカーが大嫌いだった。コーヒー粉の上に熱湯を注ぐと濃褐色の香りがキッチンを満たした。朝のうちに父と話すつもりだった、本気で。

ディーは長袖をめくって手首の上に熱湯を少し垂らした。うめき声が出る。そして皮膚にブレスレットのような赤い火ぶくれができるのをじっと見守った。これでいい。それから袖を伸ばして隠し、トレイに必要なものを並べた。今日こそは言わないと。父は怒るだろうし、悲しむだろう。でもこれ以上はひとりで抱えられない。**きれいな石。**

父の寝室に入ってテーブルにトレイを置いた。コーヒーの香りで目覚めれば、父の機嫌もよくなるはずだ。カーテンをあけると外は白銀の世界だった。家々も、郵便ボックスも、車も、あらゆるものの尖った部分が白い雪にやわらかく覆われていた。ほら、ひと晩でこんなに積もってる、とディーは振りむいて声をかけようとした。そのとき父の様子に気づいた。まばゆい雪景色のなか、ベッドに横たわったその身体は硬直したままぴくりとも動かなかった。顔に浮かんだ表情がなんなのか、ディーには少しのあいだ読みとれなかった。しばらくして、それが安堵だと気づいた。

死因は脳卒中。ルルの失踪とディーの母の家出が原因だとは誰にも言われなかった。言うまでもないからだ。ルルを奪った人間はディーの母を奪い、さらに父も奪った。ディー自身も奪われた。いまの自分になにが残っただろう？　大きくて暗い、空っぽの部屋みたいな気分だった。

学費を払えないのでバレエスクールへは行けなかった。高校も中退した。ドラッグストアで仕事を見つけた。でも本当の仕事は別にあった。妹を奪った者を探すことだ。あの日湖にいた男性全員を突きとめ、あらゆる目撃情報に当たり、疑わしい者を洗いだす。それがいまのディーの仕事だ。

週に少なくとも一度は、くたくたのカレンに電話をしている。くたくたのカレンというのはルルの事件の担当刑事で、いつも疲れとあわただしさをにじませた話し方をする。表情豊かな顔には、これまでに見たすべての悲しみが、手を置いたすべての肩が、手渡したすべてのティッシュが、泣きながら詰め寄られたすべての顔が刻まれている。

しばらくのあいだ、カレンは親しく接してくれ、若くして身寄りをなくしたディーを気遣ってくれた。**カレンと呼んでね。**電話するたびにいろいろ教えてくれた。いまはこう言うだけだ。「捜査は続けてる」

テッド

いつもはあやふやなことだらけだが、今回は確信がある。これからしようとしているのは重要なことだ。ぼくは友達を作ろうと思う。このところ、記憶がはっきりしないことがますます増えている。ある日ぼくが戻らなくなったら、誰がローレンとオリヴィアの面倒を見る？　ぼくはひとりしかいないし、それでは心もとない。

母さんはぼくを三度森へ連れていった。最後に行ったときには、ひとりで帰された。そう、鬱蒼とした木々の下にいまも母さんを感じる。地面に降りそそぐ木漏れ日のなかに。それにそう、シンク下の戸棚にいることもある。でも実際は、あの日からぼくはひとりだ。

これはローレンとオリヴィアのためだ、そう自分に言い聞かせている。それは本当だ。でもそれだけじゃなく、ひとりがいやになったからでもある。

ローレンがいないときを見計らうことにする。やろうとしていることを知られたら——まあ、ろくなことにはならない。居間の戸棚の南京錠を外してノートパソコンを出してくる。暗い部屋のなかで、四角い画面の光が死者の国のドアみたいにぼうっと浮かびあがる。

ウェブサイトを見つけるのは簡単だ。何百もある。でも、次はどうすれば？　画面をスクロールする。顔が次々に現れる。目や名前や年齢、存在の断片が。自分になにが必要か、ローレンにとってなにが最善かを真剣に考える。女は男よりも子育てに向いているそうだ。なら、女にしよう。ただし、こちらの事情を理解してくれる、とても特別な人でないといけない。ふたりいてもいいかもしれない。たとえばこのサーフィン好きの三十八歳とか。瞳は青、後ろに写っている水と同じ青で、やさしそうだ。肌は少し潮焼けしている。バター色の髪、きれいにそろった白い歯。明るい笑顔。思いやりがありそうに見える。次の人はありとあらゆる森の色をしている。茶、緑、黒。美しい服が身体にぴったりくっついている。職場はPR会社。口紅は真っ赤な油みたいにてかてかしている。

家の鏡はローレンがいやがるから何年もまえに残らず外してあるが、鏡なんてなくても自分がどんな見てくれかはわかる。ローレンの言葉はぐさりときた。**でぶっちょ。**ぼくの腹はゴムの袋だ。くくりつけられたみたいに垂れさがっている。どんどん膨らむ一方だ。ついそれを忘れて、ものを倒し、ドア枠にぶつかってばかりいる。自分の身体がどれくらい場所をとるかをわかっていない。外出もろくにしないので肌は青白い。近頃ローレンはぼくの髪を引きむしるのが癖になっていて、茶色い頭にはところどころつるりとした白い地肌が覗いている。家にはカミソリもハサミも置いていないので、ぼうぼうの髭が胸まで伸びている。なぜだか髭のほうは色も手触りも髪とは違い、赤くて硬い。まるで付け髭みたいだ。海賊役の役者が使うような。手と顔は引っかき傷だらけで、爪は嚙んですっかり短くなっている。足の爪はもうずっと見る気にもなれない。あとの残りは――まあ、なるべく考えないようにしている。最近はにおいがするようになった。キノコのような、土くさいにおいだ。身体がぼくに楯突いている。

画面をスクロールする。このなかに友達が見つかるはずだ。ぴかぴかの肌で目を輝かせた女たちがこちらを見ている。プロフィールには楽しそうな趣味や気の利いたジョークが添えられている。こちらはなんと自己紹介すべきだろう。〝シングルファーザー、アウトドア好き〟と入力する。白い木立の神々のしもべ……。だめだ。いったいなに考えてる?

先週、ビールを買いに〈セブン‐イレブン〉へ行った。めまいがしたので、少しのあいだ店の外の階段にすわった。昔からの習慣でそうしたんだろう。たんにくたびれていただけかもしれない。いつもくたびれている。目をあけると、若い男がぼくの足もとに二十五セント玉をいくつか置こうとしていた。ぼくが熊みたいにうなるのを聞いて、相手はぎょっとしたように逃げだした。硬貨はもらっておいた。画面のなかの彼女たちと部屋でふたりになるところなど想像もつかない。

パソコンを閉じようとしたとき、かすかな物音がする。うなじの毛がゆっくりと逆立つ。パソコンはあけたままにする。真っ暗闇でひとりになるのはごめんだ。頭蓋骨のなかで目玉がきょろきょろ動くのがわかる。画面の青白い光のせいで、ひっそりと並んだ家具の影がいつもと違って見える。見られているような感じが消えない。

胃がきゅっとよじれる。そもそも、ここはどこだ? そろそろと立ちあがってあたりを見まわす。みすぼらしい青のラグ、チェック。暖炉の上には、壊れたオルゴールのなかに死んだように横たわるバレリーナ。いまいる場所はわかった。でも、ほかには誰が?

「ローレン?」かすれ声で呼びかける。「おまえかい」沈黙。ばかだな、いるはずがない。「オリヴィア?」いや、それも違う。

母さんのひんやりした手が首に触れ、耳もとで囁き声がする。**あれをよそへ移しなさい。あなたの正体を誰にも知られてはだめ。**

「いやだよ」われながらローレンの泣き言みたいだ。「怖いし悲しくなる。そんなことさせないで」

母さんのスカートがさらさら音を立て、香水のにおいが薄くなる。でも、いなくなることはない。これからもずっと。家のどこか別の場所でしばらく過ごすのだろう。雪のように深く積もった記憶のどこかで。たとえば、酢の大瓶をしまってあるシンク下の戸棚とか。そこに青いオーガンザの布に包まれた母さんがいて、暗がりからにっと笑いかけてくるときはぎょっとする。

冷蔵庫から出してきた缶は、てのひらに貼りつきそうなほど冷えている。栓をあけるとプシュッという音が静まりかえった家のなかに響き、ほっとする。さらに下へ下へとスクロールしていくつもの顔を見ていくが、頭のなかで鳴り響く母さんの声が邪魔をする。だからシャベルを取りに行く。森の草地へ行かなくては。


戻ってきた。腕を怪我したわけを忘れるといけないから録音しておく。ときどきなにがあったかわからず、怖くなるからだ。

ブーンという音で目が覚めた。唇の上をなにかが這いずっていた。朝の光のなか、孵ったばかりのハエがいくつもの群れをなして飛び交っていた。夢かと思ったが、目は覚めている。初夏の日差しが木々のあいだに張りめぐらされたコガネグモの巣をきらめかせていた。それであの詩を思いだした。

〝「ぼくのうちへ来ないかい」蜘蛛がハエに呼びかけました〟。ハエを気の毒がるべきなんだろう。でも、本当の話、誰もハエなど好きじゃない。

片腕がおかしな角度に曲がっていた。きっと転んだんだろう。舌に金気を感じた。意識をなくしたときにきつく嚙んでしまったらしい。ナナカマドの根もとに血を吐きだした。頭上の枝から呼びかけている鳥たちへの捧げ物だ。血には血を。あんな殺戮のあとでは、庭へはもう来ないだろう。鳥たちはそういうことを教えあうから。

どうにか家へ戻った。カチッと鍵のかかる音がひどく心地よかった。もう安全だ。

記憶がだんだん戻ってきた。神々をよそへ移そうとしていたんだった。もう一年かそこらも同じ場所におさめてある。本当は、一カ所に留めておけるのは二カ月までだ。それが過ぎると、人々が引きつけられてしまう。だから掘りだしに行く途中だった。でも森には森の思惑がある。とくに夜には。それを思いだすべきだった。地面がうねり、足もとで根っこが蠢いた。それとも、酔っぱらっていたせいかもしれない。なんにせよ、転ぶ羽目になった。最後に覚えているのは、地面に叩きつけられたときに肩がボキッと鳴ったことだ。

顔は引っかき傷だらけで、腕全体が黒い花に覆われている。まっすぐに伸ばすこともできない。古いTシャツで三角巾をこしらえた。折れてはいないと思う。怪我をすると、たとえ痛みは感じなくても、身体も頭もおかしな具合になる。いまは考えがあちこちに飛んでばかりだ。

さっき下へ行ったとき、オリヴィアがまとわりついて離れなかった。興味しんしんでぼくの顔を舐めた。血が大好物なのだ、あの猫は。

オリヴィア

「やあ、子猫ちゃん」ドアの枠にもたれたテッドの姿は、光を背にして陰になっている。立ち方がどこか変だ。倒れこむように家に入ってきて、震える手でドアに鍵をかける。何度かしくじったあと、ようやく全部の鍵がかかる。

「とんだ目に遭ったよ、子猫ちゃん」テッドの腕はおかしな角度に曲がっている。咳きこむと小さな血の塊が宙を舞う。オレンジ色のカーペットにそれが落ちてどす黒い玉になる。

「寝ないとな」テッドは二階へ上がっていく。

カーペットのどす黒いものを舐めてみると、かすかに血の味がする。オォォォォォイイイイイイイイイ、ォォォォォォイイイィ。かん高い音が戻ってくる。

今日、覗き穴にのぼってみるとトラ猫はもう来ていて、草ぼうぼうの歩道の脇にすわっています。その姿に胸が熱くなって、わたしは喉を鳴らして前肢で窓ガラスを叩きます。トラ猫の毛皮は寒さですっかり膨らんでいて、身体が倍になったみたい。わたしには目もくれずに前庭のナラの幹をそっと嗅いでまわり、歩道の凍った水たまりのにおいをたしかめていいます。そして、ああついに、まっすぐこっちを見てくれます。目と目が合うと、なんてすてき、いまにも吸いこまれそう。あの子は話しかけられるのを待っているみたい。もちろん、とっさにかける言葉なんてひとつも思いつきません。だから悲しいことに背を向けられてしまうけれど、そのあともっとひどいことが起きます。白い猫が歩道を向こうからやってくるではありませんか。首輪に鈴がついた大きなやつが。そしてあの子に呼びかけて、頬と頬をこすりつけようとします。わたしの喉がやかんみたいにシューシュー鳴ります。

　白猫は自分のにおいをこすりつけようとするけれど、あの子はばかじゃありません。背中を弓なりにして、するりと歩み去ります。ほっとして泣きそう。でも、すぐに悲しみがやってきます。あの子が行ってしまったから。そういうときはいつも、一セント玉みたいにぎらぎらした鋭い痛みを感じます。

　白猫というのがどんなやつらか、ひとこと言っておかないと。ずるくて意地悪で、並み以下の知能しか持っていないんです。そういうことは〝政治的に正しくない〟から口にすべきじゃないのはわかっているけど、正真正銘の事実だし、誰だって知っています。

　産み落とされたときのことはもちろん覚えているし、そのことはもう話しました。でも、本当の意味で生まれたのはもっとあとのことです。さて、あなたは〈主〉のことを知りたいですか？　〈主〉はあなたをお知りになりたいはず。ははっ、なんて冗談、たぶんそんなことはないでしょう。なにしろ選り好みが激しいお方なので。誰にでも姿を見せてくださるわけじゃないんです。もしも自分が選ばれたら、ああ、それはもう最高。

　あの日、わたしは自分の使命を知りました。すべての猫には使命があるんです。すべての猫が気配を消したり、心を読んだりできるように（いちばんの得意技は最後のこれ）。

テッドが助けてくれたことを、最初から感謝していたわけじゃありません。しばらくのあいだは、家飼いの猫になったのがいやでたまりませんでした。テッドにここに連れてこられたあとは、寂しくて泣いてばかりだったんです。雨のなか、隣で冷たくなっていった姉妹たちが恋しくて。母さん猫が恋しくて。喉を鳴らすあの大きな音、温かい胸。仲良くなる暇さえないなんて。みんなが死んでしまったのはこの目で見たからわかっていて、その悲しみが重たい石のように消えませんでした。でも一方で、みんな死んでいないとも感じていました。外に出られさえすればまた会える、そう信じていたんです。

逃げだす方法をひたすら探してみたものの、見つかりません。ドアがあいたときに、そちらへダッシュしてみたことも何度かあります。じっくり考えるタイプじゃないので。テッドは怒りもしないでわたしを抱きあげました。そしてソファへ連れていって、撫でたり毛糸でじゃらしたりして、鳴きさわぐわたしを落ち着かせました。「悪い人たちがおまえをひどい目に遭わせたり、ぼくと引き離そうとしたりするかもしれない。ここでいっしょにいるのはいやなのかい、子猫ちゃん？」たしかに。だから、しばらくのあいだは脱出のことは考えるのをやめました。でも幸せな気分は長続きせず、そうするとテッドの言いなりになった自分に腹が立って、また悲しみに呑みこまれてしまうんです。

だからある日、今日こそはと決めました。今度は計画もばっちり。ただし、タイミングが完璧でないといけません。肝心なのは、〈テッド〉たちがいつもどおりに行動するかどうか。毎日だいたい同じだということはわかっていました。

覗き穴の前で起きること以外にも、わたしは外の世界についていろいろ知っています。目には見えなくても、聞こえるし、においも感じるし。だから毎日同じ時間に、革と清潔な皮膚のにおいのするどこかの〈テッド〉が、大きくてやかましい怪獣を連れて通りを歩いてくるのも知っています。たいていいつも、うちの家のそばで立ちどまって怪獣を撫でることも。目で見たわけではないので怪獣の姿はわからないけれど、においから判断して、ひどく醜いやつなのはたしかです。ウンチでいっぱいの靴下みたいな悪臭がするから。いつも身をくねらせ、くんくん鼻を鳴らし、お尻を振るたびにタグをジャラジャラいわせています。猫の魂は尻尾に宿っていて、〈テッド〉たちは大きな濡れた目の奥に心があります。でも怪獣の気持ちはどこよりもお尻に表れるみたいです。

通りかかったよその〈テッド〉は、言葉が通じるわけでもないのに怪獣に話しかけます。「なあ、チャンプ。おまえはいい子だよな？　そうさ、そうだとも、おまえはいい子だ、なあ、でっかいでっかいお間抜け野郎や」まあ、〝お間抜け野郎〟はたまにしか言わないけれど。怪獣の毛皮からは愛情のにおいがだだ漏れで、よだれを垂らす音も聞こえます。たしかに、でっかいお間抜け野郎かも。チャンプはわたしを殺したくてうずうずしているはず。この身に宿った古くからの叡智がそう言っています。〈テッド〉たちはそういう叡智をずいぶん失ってしまったけれど、猫にはまだまだたくさん残っているんです。

頭に叩きこんだタイミングが来るのを、わたしはじっと待ちました。テッドは毎日同じ時間にキャンディとビールを買いに行きます。テッドが玄関の階段をのぼってきたとき、ちょうど怪獣を連れたよその〈テッド〉が家の前を通りかかることがあります。よその〈テッド〉がやあと声をかけ、テッドがもごもごと返事をすることも。

今日こそはと思うと、心臓がハチドリみたいにせわしなく脈打ちます。でも、きっとうまくいく。いくにきまってる。

そのころのわたしはまだちびでした。ソファの下をまっすぐ歩いても、耳の先っぽが裏地をかすりもしないくらいに。だから玄関ホールの傘立てのなかに隠れることにしました。それにしても、なんて無駄なものなんだろう！　テッドは何本傘を持っているつもり？　とはいえ、隠れるのにはもってこいです。

テッドの足音が聞こえました。いろんなものの欠片がブーツに踏まれてじゃりじゃりと音を立てます。早めに出かけて帰ってきたところみたい。よかった、テッドは歩くのが遅いから（テッドはお酒を飲むと引きずるような足取りになるんです。ひどく単調なダンスでもしているみたい――スクエアダンスとか）。わたしは身を低くして尻尾をしならせました。首の後ろに伸びた絆の紐がぴんと張りつめます。その日の紐は焦げたようなオレンジ色で、身動きするたびに暖炉の炎みたいにパチパチと音を立てていました。

背中を丸めて飛びだすときを待ちます。テッドがなにかを口ずさむ声、鍵が順にあけられる音。外のにおい。土のぬくもりの。怪獣の毛皮のにおい、割れて古くなった卵みたいな息のにおいも感じました。ドアが開き、ひと筋の光が玄関の闇を切り裂きます。わたしは小さな肢を必死に動かしてそちらへ駆けだしました。まずは前庭のナラの木まで走る、そう決めてあります。そのあとは？　きっと自由になれる。

戸口のところで目の前が真っ白になり、あわてて止まりました。なにも見えない。痛いほどまぶしい光の割れ目がそこにあるだけです。ほとんどずっと薄暗い家のなかで暮らしてきたせいで、目が明るい光に耐えられないんです。わたしはうなり、ぎゅっと目を閉じました。と、鼻先になにやら冷たい空気が触れました。もしかして、目を閉じたままでも出られるかも？

ドアがさらに開いていきます。わたしのにおいが外に漏れたのか、怪獣がひと声大きく吠えました。興奮の、殺意のにおい。騒々しいタグの音。怪獣がいきりたって階段を駆けのぼってくるのがわかりました。すべてがゆっくりになり、いまにも止まりそうになります。まばゆい白い光のなかで、死が迫ってくるのを感じました。最低な計画だった。木のところまで行けるはずがないのに。目をあけて木を見ることさえできないんだから。怪獣はすぐそばにいます。細長くて薄汚い洞穴みたいな口をあけているのがにおいでわかります。そのとき、炎の輪が首を取り巻くのを感じました。絆の紐がゴーッと音を立てて熱を発しています。燃えたつ紐が、家の奥の安全な暗がりへとわたしを引きもどしました。またたく間に。テッドがドアを閉じた音が聞こえました。

目をあけると、なかに戻っていました。もう安心。外でテッドが怒鳴っていました。怪獣がしきりに吠えたて、ドアの下に顔を突っこもうとします。隙間から悪臭がもぐりこんで家のなかに充満しています。ああ、情けない。こんなのがいい考えだなんて、なぜ思ったんだろう。ちっぽけな自分を思い知らされました。か細い骨も、血管も毛並みも、美しい目も、みんな脆くてはかない。すべてを危険にさらしてまで外に出ようとするなんて、どうして考えたりしたのか。わたしなんて、ひと口で怪獣に食われてしまうのに。

「なにするんだ！」テッドが怒鳴りました。「犬を押さえて」怒っています。怒ったときのテッドはおっかないんです。

吠え声と悪臭がいくらか遠ざかりました。よその〈テッド〉が怪獣を引きもどしたみたいです。

「娘がなかにいるんだ。すっかり怯えきってる。もっと気をつけてもらわないと」

「悪いね。遊びたいだけなんだ」

「なんでつないでおかないんだ」

怪獣のにおいが遠ざかり、遠くの森の香りと混じりあいました。やがて気配が消えました。テッドが急いで入ってきます。カチャン、カチャン、カチャンと鍵のかかる音。それを聞いて心の底からほ

「かわいそうに、子猫ちゃん。怖かったろ」

わたしはテッドの腕のなかにもぐりこみました。炎の輪がまばゆい光の子宮に変わって、ふたりを包みこみます。

「だから家から出ちゃいけないんだ。外は危ないから」

ごめんなさい、とわたしは答えました。**知らなかったの。**

もちろんテッドには伝わりません。それでも、口に出して言わなきゃと思いました。身体がぬくもりに満たされます。わたしたちは温かな黄色い火の玉に包まれました。

そのときです、あの方を見たのは。炎のなかに、もうひとり誰かがいるのを感じたのです。あの方はそれまでに見たどんなものにも似ていませんでした。それでいて、そのすべてにも見えました。そのお顔は、刻一刻と変わっていきます。黄色いくちばしのタカに見えたかと思うと、赤いカエデの葉に変わり、今度は蚊に。どこかにわたしの顔もあるのがわかりました。でも見たくはありません。それを見るのはきっと最期のときだから。息を引きとった瞬間にあの方が現れ、そのとき目にする顔がわたしのものになるのです。

おまえのいるべき場所はここだ、とあの方はおっしゃいました。**特別な使命のためにおまえを救ったのだよ。互いに助けあうがいい、おまえと彼とで。**

かしこまりました、とわたしは答えました。すっかり納得がいきました。たしかにテッドにはたくさんの助けが必要です。ひどく厄介だから。

それからというもの、わたしたちはうまくやってきました。お互いを守りながら。お腹がぺこぺこなので、いまはここまで。

ディー

金持ちの男は深い青色の瞳をしている。「デライラ、ようやく会えてうれしいよ」低い位置でポニーテールにされた純白の髪、ゆったりとした麻のズボンとシャツ。深い色合いのレッドシダー材とガラスが使われた美しい屋敷は木々に囲まれ、陸屋根が梢近くにまでそびえている。ディーにとっては夢の家だ。室内には日差しを浴びた緑の香りが漂い、すぐそばの水差しに入ったレモネードのさわやかな芳香と混じりあっている。レモネードにはミントの小枝が浮かべてある。氷がカランときれいな音を立てる。ふたりが腰を下ろすと同時に、家政婦がしずしずとそれを運んできた。

テーブルの上のレモネードの隣には黄色い封筒が置かれている。冷えた水差しの側面を水滴が伝い落ち、封筒の角に黒っぽいしみをつける。ディーはそこから目を離せずにいる。気になってしかたがない。もしも中身までだめになっていたら？

「わたしが知るかぎり、これ一枚しかないはずだ」ディーの視線に気づいて、相手が落ち着いた調子で言う。「その写真を撮った人間は数年前に心臓発作で死んだ。記事は小さな地方紙のものだから、記録も残っていない。おそらくは、現存する唯一の写真だろう」封筒を水差しから遠ざけようとしないので手を伸ばしたくなるが、ぐっとこらえる。

「見せてもらったらすぐに帰ります。お邪魔してすみません」

男が首を振る。「あげよう。持っていけばいい。ひとりで見たいだろうから」

「どうも」ディーはとまどう。「その――どうも」

「オレゴンでの一件のようなことは繰り返さないだろうね。あれはやりすぎだ。運よく刑務所送りにはならなかったが」

ディーは顔をしかめた。まあ、ああいったことが耳に入るのはしかたがない。オレゴンの男。あの日、湖にいたひとり。くたくたのカレンはうっかりディーにその男の詳細を漏らした。男が使っている狩猟小屋の場所を。

データは頭に叩きこんである。ルルの事件の犯人像は二十七歳前後、未婚。失業中、または単純労働に従事。社会的弱者。凶悪犯罪での逮捕歴がある可能性。赤の他人による児童誘拐のおもな動機は――そこから先を考えるのはやめる。長年のあいだに、必要に応じて頭を空白にするすべが身についた。

あらゆる点でオレゴンの男は条件に一致していた。ルルが消えたとき、遠く離れたホクィアムの街にその男がいて、車のパンクで立ち往生していたことをディーは知らなかった。目撃者が九人いることも。相手はディーを訴えなかった。けれどもそれ以降、カレンはよそよそしくなった。

「いくらですか」ディーは金持ち男の淡々とした青い目を覗きこむようにして訊く。

相手もじっと見つめ返す。そして震える手でゆっくりとレモネードをグラスに注ぐ。わざと弱々しいふりをしているのだ。前腕には筋肉が浮きでている。

「金じゃなく、別のものが欲しい」

皮膚がぞわぞわしはじめる。

「いや、心配はない」男がなだめるように笑う。「ごく簡単なことだ。わたしの趣味は知っているね。ありとあらゆる珍しい品を収集することだ。なかでもとくに重要な、コレクションの核ともいえるものは、この屋敷に保管してある。それを見てほしいんだ。保管庫のなかを見てまわってほしい、一度だけ」

「お金なら払います」

「それじゃ意味がない」男がにこやかに言う。「わかるだろう」

ディーは木々に囲まれた広大な敷地と、男の皺ひとつない服に目をやる。財力に裏付けられた自信が感じとれる。たしかにお金じゃ意味がない。本当に信用できるのかとも、封筒には約束どおりのものが入っているのかとも訊かずにおく。いまさら気にしてもしかたがない。

だからうなずく。ほかに手はない。

男に屋敷の中央へ案内される。地下への階段を下りたところで男は扉の鍵をあける。扉は……まさか、御影石？　思わず身震いする。入ったら鍵をかけられて、閉じこめられてしまうかもしれない。

屋敷の奥の奥まで細長い保管庫が続いている。窓はない。空気はひんやりとして、一度刻みで調節されているようだ。陳列ケースや額縁入りの写真が両側の壁にずらりと並び、控えめなスポットライトで一点ずつ照らされている。コレクションがおさめられたこの場所を、男は博物館と呼んでいる。ディーも噂は聞いていた。その方面に興味がある者にはよく知られた場所だ。大半の人間には不可能なものでも、この男は手に入れることができる。人の目に触れるべきでないものを。集められているのは死の芸術だ。証拠品保管庫から盗まれた血液サンプル、凝ったヴィクトリア様式の飾り文字で書かれた手紙、引きとり手のない遺体の一部、殺人犯が逮捕されるまえに食べ残した遺体の一部。

ディーにとってそこは悪夢の通路だ。どれもこれもが、ルルの身に起きたかもしれない恐ろしい出来事の遺物に思える。左側の壁のモノクロ写真がちらりと目に入る。あわてて目をそらす。

「見なさい。それが条件だ」男に心を見透かされている。声にそれが表れている。

ディーは通路を進みはじめる。それぞれの展示物をきっかり三秒見てから次に移る。頭を真っ白にして、ホワイトノイズで満たす。男がぴったりと横について歩く。その皮膚からかすかに金気が漂っている。息を殺しているようだ。

薄暗い通路の奥までたどりつくと、ディーは相手に向きなおって手を差しだす。少しのあいだ男は動かず、表情のない青い目でディーの身体を上から下まで見まわす。ディーのことを、この瞬間をコレクションに加えているのだ。遺物はガラスケースにしまえるものばかりとはかぎらない。なにか起きる、吐きそう、と頭で声がする。やがて男は小さくうなずくと、封筒をディーに手渡す。

外に出ると明るさに目がくらむ。木々が見えたとたん、ほっとして泣きだしそうになる。でも、これ以上相手を喜ばせる気はない。

「気をつけてお帰り」そう言って男は木造りの豪邸のなかへ引き返す。望みのものは手に入れたので、ディーはもう用ずみなのだ。ゆっくりと車に戻ると、ディーは助手席に無造作に封筒を置いて、並木のあいだをつとめてのんびりしたペースで走りだす。まだ見られているかもしれない。アクセルペダルを踏む足が震え、息はあがったままだ。

森のなかをのびる長い私道から公道へ出たとたん、ディーはアクセルをぐっと踏みこむ。エンジンが悲鳴をあげる。

黒々とした細い道をはてしなく走ると、木立が牧草地と馬の群れと家畜小屋へと変わり、やがて一階建ての小さなショッピングモールが現れはじめる。空気に重たいガソリン臭が混じる。氷のようなあの青い目から何キロも何キロも離れてから、ディーはようやくパーキングエリアに車をとめる。ハンドルに突っ伏し、荒く息をつく。ばかでかいトラックが轟音をあげて横を通りすぎ、ちっぽけな車を震わせる。ありがたいことに、その音が声をかき消してくれる。

やっとのことで息が整ってくる。ディーは身を起こす。いよいよ買ったものをたしかめるときが来た。こみあげる吐き気を抑え、封筒を開いて写真を取りだす。

これだ。覚えがある。欠けているのは〝容疑者の自宅を捜索〟というキャプションだけだ。そこに容疑者の男が写っている。目の上に手をかざして日差しをさえぎる姿。この写真のことは知っていて、すでに何度もカレンに尋ねていた。

男にはアリバイがあり、家宅捜索でもなにも見つからなかったとカレンからは聞かされた。だからほかの線をあたることにしたのだと。

「でも、コンビニの前での目撃情報が間違ってるのかも。しょっちゅうそこにいるから、いたと思いこんでるだけかも。ほら、記憶の空白を、見慣れた歩道の風景で埋めたのかもしれない。実際はそこにいなかったのに」そういうことが起きるのを、ディーはよくよく知っている。

「防犯カメラに映っているの」

「映ってるってずっと？　カレン、あの日の午後はずっと映ってるの？」カレンは黙っていたが、返事は不要だった。すぼんだ肩を見ればノーだとわかった。そのころはオレゴンの男の件が起きるまえで、カレンもまだ情報を教えてくれていた。

ディーがいま手にしているものを見たら、カレンは心配するだろう。写真は新聞に掲載されたものと違ってトリミングされていない。撮影者の手で現像したものかもしれない。

この写真では、カットされていた周囲の風景もすべて見ることができる。ディーの胸が高鳴る。はやる気持ちを抑え、ひとつずつ丁寧にたしかめていく。目で見て、知り、理解する。

家の向こうの離れたところに木立が写っている。鬱蒼とした、太平洋岸北西部によくある植生で、木と木が密生して枝が重なりあっている。毛むくじゃらのテリアをリードにつないで歩道を歩いていく帽子の女性の後ろ姿も見える。少し離れた家の窓から、興味しんしんの小さな白い顔が覗いている。子供たちだ。

最も重要な点をたしかめるのは最後にする。失敗ばかりの長く苦しい年月を過ごしたせいで、成功の受け入れ方を忘れてしまったかのように。通りの角の道路標識は鮮明に写っていて、難なく読みとれる。ニードレス通り。

気絶というものがどんなときに起こり、どんな感じがするのか、初めてディーにもわかる。頭のなかで白い閃光が走り、続いて真っ黒い衝撃に襲われる。この男が住んでいた場所が、いまも住んでいるかもしれない場所がようやくわかった。呼吸が浅く速くなる。それだけでも十分なのに、ほかにもわかったことがある。

「あの日、ここへ行った」かすれ声になる。「父さんが道を間違えて」口いっぱいに記憶とバブルガムの味が広がる。遠いあの日の車内で、三十個はガムを嚙んだ気がする。湖に行くつもりで父が出口を間違ったせいで、すっかり道に迷い、森の周囲に延々と広がる灰色の住宅街をさまようことになった。やがて通りぞいに並ぶ平屋がまばらになり、ペンキの剝げたヴィクトリアン様式の家々に取って代わられると、むっとする生い茂った森のにおいが強くなりはじめた。そのあたりにはどこにも通じていない通りがいくつもあった。写真に写った標識の前を通りすぎながら、ほんと、こんなクソみたいなところ、用無し《ニードレス》そのものだと思ったのを覚えている。たしかこの通りも行き止まりだったはず。

それで父が眉の汗を拭って小さく悪態をつき、車を方向転換させて引き返したのだ。

そのあとすぐ国道101号線に戻れたので、通りの名前はディーの頭の隅に追いやられた。ガソリンスタンドにとまったときの係員の制服の色だとか、ディーをいちばん好きだと言ってくれるクラスメートのことだとか、あのバンドのベースは誰だとか、そういったくだらない情報といっしょくたに。ただの偶然だろうか、一度はそう考えてみる。だがその考えを頭のなかで勢いよく押しやる。なにかしらつながりがあるはず。そうに決まっている。

道に迷ってうろうろしているわが家の車をこの男は見たのだろうか。退屈そうなルルの顔が窓からちらっと見えて、湖までつけてきたんだろうか。もしかして父が話しかけたとか？　車をとめて道を訊いたのかもしれない。それなら跡をつける必要さえない。行き先がわかっているのだから、まっすぐ湖に向かえばいい。父がどこで車をとめたか、なんとか思いだそうとしてみる。けれども、あの日の出来事は烙印のように身に焼きついているものもあれば、おぼろげであいまいになっているものもある。その通りのことも、行き止まり道のひとつとしか思わなかった。ディーもルルも子供で、退屈していたし、暑さでぼんやりしていた。ふたりとも、それが最後の平穏なひとときになるとは思いもしなかった。雷に打たれたように世界が砕け散り、すべてが永遠に変わってしまうとは。

理性が警察に通報しろと告げている。いまも捜査を担当しているくたくたのカレンに電話するべきだと。ルルは行方不明者で、遺体は発見されていない（以前のディーは、死を受け入れるよりも行方不明のほうがましだと思っていたが、長年のあいだに考えは変わった）。

「こんなことが起きるなんて」いつかカレンはディーに言った。「警察官のほとんどは、子供の誘拐事件なんて退職まで一度も扱わない。これほどの重圧だとは想像もつかなかった。ときどき思ってしまって、なぜここなの、なぜわたしなの、って」

ディーは答えた。「ひとつ訊いていい？　だったら仕事すれば？」カレンは赤面した。

「いなくなったのはルルが初めてじゃない」ディーは続けた。「調べたから知ってる。あの湖には元から問題があったのに」カレンとの関係が本格的に気まずくなったのはそのときだったと思う。気まずかろうがどうだろうが、すぐに電話すべきだ。

いや、しない。これは自分だけに与えられた特別なプレゼントだ。それに、どろどろとした怒りも渦巻いている。警察がすべてを教えてくれていたら、とっくの昔に通りの名前を思いだして、つながりに気づいていたはずなのに。あまりにも、あまりにも長い時間を無駄にした。

写真はもうひとつ秘密を明かしてくれる。ディーは容疑者のシャツに目を凝らす。近づきすぎると粒子が荒いせいでぼやけてくる。それでも、胸ポケットに文字が刺繍されているのは見える。新聞に載ったものはぼかしてあったにちがいない。名前らしきものが読みとれる。エドかテッド、そしてバナーなんとか。

長い長い戦いの末に最後のパンチを叩きこむ、そんな気分だ。これで氏名の一部と通りがわかった。気づけば涙がこぼれている。なぜだろう、心はこんなに確信に満ち、激しく燃えたっているのに。そのときふと、ほんの一拍のあいだだけ、ルルをすぐそばに感じる。車内が火照った肌と日焼け止めローションの香りに満たされる。やわらかいふっくらした頬が、ディーの頬にそっと押しつけられる。妹の髪のさわやかな香り、甘い息。

「行くからね」

テッド

　今日はたしかにその日なので、朝から虫男のところへ行く。虫男のことはインターネットの案内広告で見つけた。普通のところほど高くはないので、二週間に一度ならセッションを受けられる。予約はいつも、誰もがまだ寝ていそうな早い時間にとる。そのころならほかに誰もいないだろうから。そこへ行くのは楽しい。オリヴィアをどんなにかわいがっているかとか、どんなテレビ番組を見たかとか、どんなキャンディを食べたかとか、明け方にどんな鳥が来るかとか、そういったことを話す。母さんと父さんのことを話すこともある。ごく簡単に。もちろん、ローレンの事情とか、神々のことは話さない。毎回、くだらない質問のなかに本当に訊きたいことをまぎれこませる。少しずつ肝心の質問に近づきつつある。じきに切りだすつもりだ。ローレンの件がますます厄介になってきている。ときには話をすることで楽になることもある。薬はいつも出してくれ、そっちは効果抜群だ。四十五分の道のりをどうにか歩く。雨降りとまではいかないが、生温かくむっとする靄が立ちこめている。ヘッドライトが濡れた路面をぼんやりと照らし、ぬるぬるしたピンクのミミズが歩道でのたくっている。

　虫男のオフィスは、雑に積んだおもちゃの積み木みたいなビルにある。待合室は空っぽなので、ほっとして椅子に腰を下ろす。こういった、合間の時間を過ごす場所が好きだ。玄関ホールとか、待合室とか、ロビーとか、取りたててなにも起きない場所が。気持ちがずいぶん軽くなり、落ち着いてものを考えられる。

きつい洗剤のにおいが漂っている。花畑をイメージした薬品のにおいだ。そのうち、本物の花畑のにおいを知っている人間がほとんどいなくなるんじゃないかと思う。そのころには本物の花畑そのものがなくなり、花も実験室で作られるようになっているかもしれない。そうなれば当然、遺伝子操作で花に洗剤のにおいをつけるだろう。それが正しいにおいだと考えられるだろうから。すると一周まわって元どおりだ。こんなふうに面白いことを考えられるのは、待合室にいるときか、横断歩道を渡っているときか、スーパーの列に並んでいるときくらいだ。

虫男が出てきてぼくを奥に通し、ネクタイをまっすぐに直す。ぼくを見ると落ち着かないのだ。でかい身体のせいで。普段は滅多にそんな動揺を見せることはない。虫男のほうは、母さんのお気に入りだった薄くて硬い丸型クッションみたいな腹をしている。髪はまばらなブロンド。眼鏡の奥の目は青く、ほぼまん丸だ。

名前はどうしても思いだせない。見た目は愛想のいい小さなカメムシか、コガネムシに似ている。だから虫男と心のなかでは呼んでいる。

室内は淡いパステルカラーで、ここではまず必要なさそうな数の椅子が置いてある。サイズも形も色もばらばらだ。おかげで選ぶのに苦労する。ひょっとして、虫男はこうしてぼくの心の状態を判断しているのだろうか。ときにはローレンになったつもりで、あの子ならどの椅子を選ぶだろうかと考えてみる。きっとそこらじゅうに放り投げるだけだろう。

選んだのは傷だらけのパイプ椅子だ。この地味な選択で、真剣さが伝わればいいが。

「また髪が減ったね」虫男が穏やかに言う。

「猫が夜中に引っこ抜くらしくて」

「それに、左腕にひどい痣がある。どうしたんだい」

長袖を着てくるべきだったのに、考えがまわらなかった。

「デート中に、相手がうっかり車のドアにぼくの腕をはさんだんです」実際はまだデートしていないが、口に出せばそうなりそうな気がする。呪文をかけるみたいに。

「それは災難だったね。ところで、デートのほうはうまくいったかい」

「ええ、はい。楽しめました。ところで、最近新しい番組を見るようになって。人殺しの男の話なんですが、殺すのはそうされて当然な人間だけなんです。つまり悪人ばかり」

「その番組のどこが面白いと思う？」

「面白いわけじゃないです。くだらないと思う。行動を見ただけじゃ人は判断できない。悪人じゃなくても悪いことはするし、悪人がたまたまいいことをすることもある。本当のところはわからない、そう思っただけです」虫男がなにか訊こうと息を吸いこむのを見て、急いで続ける。「別の番組で見た男は、大勢を殺したあと事故で頭を怪我して、目が覚めたときには十年前だと信じこんでいたんです。人を殺したことも、新式の携帯電話のことも、妻のことも忘れていて。人殺しだったときとは別人になった。そんなふうに、自分ではどうしようもない状態になったとしても、罪は罪なんでしょうか」

「きみも自分の振る舞いを、自分ではどうしようもないと感じることがあるかい」

気をつけろ。

「それに、しゃべる犬の番組も見ました。ある意味そっちのほうが、善人と悪人を見分けるよりずっと実現可能なんじゃないかな。うちの猫はしゃべれるわけじゃないですが。でも、考えていることならいつだってわかる。しゃべれるのと同じようなもんです」

「猫が大事なんだね」

「親友なので」ここに通いはじめて六カ月、本当のことを言ったのはこれが初めてかもしれない。沈黙が落ちるが、気まずくはない。虫男は黄色いリーガルパッドにメモをとっている。それとも買い物リストかなにかかもしれない。まともな話はなにもしていないから。

「ただ、心配があって」ぼくは目を上げる。「たぶんオリヴィアは……」と口ごもる。「うちの猫は、その、どう言えばいいか。同性愛というか、ゲイというか。雌猫が好きみたいなんです」

「なぜそう思う？」

「窓の外に来る雌猫を見てるので。ずっと見てるんです。夢中なのははっきりしてます。同性愛の猫を飼っていると知ったら、母なら大騒ぎだと思う。そういうことにはひどくうるさかったから」酢のにおいがふっと漂い、吐き気がこみあげる。こんなことを話す気はなかったのに。

「きみの猫は――」

「これ以上は話せない」

「だが――」

「だめだ。だめ、だめ、だめ、だめ、だめ、**だめだ**」

「わかった。娘さんはどうしてる？」

ぼくはたじろぐ。まえに一度、うっかりローレンの話をしたことがある。とんだ失敗だった。それからしつこく訊かれつづけている。「学校にいる時間が長いので、顔を合わせることもあまりなくて」

「いいかい、テッド、これはきみのためのセッションなんだ。秘密は守る。ここではなにを話してくれてもいい。ここでしか本心を明かせないという人たちもいる。普段、身近な人には考えや気持ちを話すのが難しいこともあるからね。そのせいでひどく寂しい思いをすることもある。秘密を抱えているのは孤独だから。だからこそ、安心できる場所を持つことが大切なんだ、ここみたいな。わたしにはなんでも言ってくれていい」

「その、ときどき誰かといっしょに過ごせたらなと思うことがあって。あなたとじゃなく、ほかの誰かと」

虫男が両眉を上げる。

「ゆうべモンスタートラックの番組を見ていて、思ったんです。モンスタートラックはすごい。大きくてにぎやかで楽しい。大型トラック好きの誰かとそのうち出会えたら最高だろうなって」

「それはいい目標だね」相手の目がどんよりと曇る。ふたつ並んだ青い大理石みたいだ。

ここ二週間、虫男に聞かせるためになるべく退屈な話を溜めこんであった。一時間を埋めるだけの話題を考えつくのに苦労するときもある。でも、いまの話は自然と口から出たものだ。

「わたしの本には、解離という自己を防御する……」

もう聞いていなくても平気だ。虫男はしょっちゅう自分の本の話をする。本といっても、出版されたわけでもなんでもない。書き終えてさえいないと思う。初めて会ったときからずっと執筆中だと聞いている。誰にでも、なにより大事なものがある。ぼくにとってはローレンとオリヴィア。虫男にとっては、書き終わることのない本がそうなのだ。

セッションの終わりに、子供が学校へ持っていくサンドイッチでも入っていそうな茶色い紙袋を手渡される。中身は飲み薬が四箱、これでずっと楽になる。

虫男のところへ通うのは、われながら利口なやり方だと思う。最初に思いついたのはずいぶんまえ、アイスキャンディの女の子のことがあって少ししたころだ。

ローレンは何日か微熱が続いていた。抗生物質を買ってやりたかったが、方法がわからなかった。医者にはうちの事情など理解できっこない。自然に治るかと思ったが、何日たっても同じだった。むしろ悪化した。インターネットで調べて、町の反対側に無料の診療所を見つけた。

「どんな具合だい」とぼくはローレンに訊いた。「詳しく教えてくれ」

「身体が熱くて、肌を虫が這いまわってるみたい。頭もぼうっとして、すごく眠たい。口をきくだけでくたびれちゃう」声が少ししゃがれていた。ぼくはひとことも漏らさず聞きとり、それを紙に書きとめてポケットにしまった。

日が暮れてから、町へ出て診療所を訪ねた。

診てもらうのに二時間待ったが、平気だった。待合室は殺風景で小便のようなにおいがした。でも静かだった。腰を落ち着けてしばらく考えごとをした。さっきも言ったように、待合室ではどこよりもいい考えが浮かぶ。

怒った顔の女の人に名前を呼ばれたので、ポケットの紙を出した。それを三回読んだ。ちゃんと全部覚えられただろうか。個室に入るとくたびれた顔の医者がいて、症状を訊いた。ぼくは少ししゃがれた声を作り、ローレンが言ったことをゆっくりと伝えた。「身体が熱くて、肌を虫が這いまわっているみたいです。頭もぼうっとしていて、すごく眠たい。口をきくだけでくたびれます」完璧だ。それに、うまくいった！　抗生物質の処方箋をもらい、安静にしているようにと言われた。隣の小さな薬局へ行って薬を受けとった。あまりにほっとして、通路で踊りだしそうだった。帰りは顔を上げて歩き、まわりからじろじろ見られようが気にしなかった。花の形のネオンサインや、星形をした果物を売る露店が目に入った。大きな赤いハンドバッグに黒い小型犬を入れている女性も。抗生物質の入った紙袋をしっかり握りしめて歩いた。

家の前の通りにたどりついたときにはへとへとだった。往復で十五キロかそこらは歩いたはずだ。ローレンには薬を食事に混ぜて与えた。それでじきによくなった。思ったとおり！

ローレンとうまくいかなくなったとき、解決法を見つけなくてはと思った。身体ではなく心の問題の。それで虫男のところへ通って、自分の話をするふりをしてローレンのことを相談しようと思いついたのだ。抗生物質を手に入れたときと同じやり方で、今度は薬ではなく情報をもらおうと。

ふと気づくと、うちの家のある通りにいる。目の前には黄色い壁に緑の窓枠の家。またチワワのおばさんの家だ。今度もなにかを思いだしそうな感じがする。頭のなかでアリたちが小さな肢をしきりに動かして行進しているみたいな感じだ。

電柱になにかが貼りつけられている。迷い猫のポスターだろうと思い、前まで見に行く。猫は利口で独立心旺盛だが、それでも人の助けは必要だ。

今回は迷い猫じゃない。同じひとつの顔の不鮮明なコピーが、遠くのほうの電柱までずらりと並んでいる。少しして、ようやく気づく。いまよりもずっと若いし、犬も連れていないが、これはチワワのおばさんだ。日差しの下で壁にもたれて笑みを浮かべている。幸せそうに。

前回電柱に貼られたポスターは、アイスキャンディの女の子のものだった。

なかへ入ると、ローレンが待っている。

「どこ行ってたの？」呼吸がひどく速い。

「落ち着くんだ、子猫ちゃん。気絶してしまうよ」まえにもそうなったことがある。

「女の人と会ってるんだ」ローレンが声を張りあげる。「わたしを捨てるんでしょ」そう言って、尖った歯でぼくの手に嚙みつく。

どうにかこうにかローレンを寝かしつける。モンスタートラックの番組を見るつもりだったが、今日はもうくたくただ。感情というものはややこしい。

夜中にいきなり目が覚める。息が切れている。手で触れられたように、暗闇を肌に感じる。レコードプレーヤーはエンドレスリピートにしてあるはずだが、もう古いし、もしかするとぼくがヘマをしたのかもしれない。静寂のなか、ローレンが床を這いずる音が聞こえる。小さな尖った歯を嚙み鳴らしている。

「やなやつ」かすれ声。「出ていけ、出ていけ、出ていけ」

なだめて落ち着かせようとするが、ローレンは叫び声をあげてまた手に嚙みつく。今度は血があふれだす。そうやって夜どおし暴れ、泣きわめく。

「誰かと会っていたって、いちばん大事なのはおまえなんだ」

そう言ったとたんに、まずかったと気づく。

「やっぱり、会ってるんだ！」ローレンに引っかかれ、叩かれているうちに、ほの白い朝がしのびこみはじめる。


一日のはじまりから疲労困憊で痣だらけだ。ローレンは遅くまで寝ている。その隙に〝日記〟をつけてしまうことにする。母さんから受けついだ習慣だ。

週に一度、母さんは家のなかを上から下までチェックした。チェックはかならず二度、それが決まりだった。人はミスをするからだ。母さんはなにも見逃さなかったが。埃ひとつ、蜘蛛一匹、タイルのひび一本でさえ。すべてを本に書きこんだ。そしてそれを父さんに渡して、その週のうちに直してもらった。〝壊れた物の日記〟とその本のことを呼んでいた。母さんの英語はほぼ完璧だったので、そんなふうにたまに言葉の使い方を微妙に間違うことがあると、意外に感じた。父さんもぼくも訂正はしなかった。

そういうわけで、毎週土曜日は朝いちばんに本を持って家を見まわることにしている。日の入りの直前にもう一度。まずは敷地をぐるりとまわって、フェンスに異常がないかたしかめる。それから輪を縮めてもう一周し、家が傷んでいないかチェックする。緩んだ釘とか、ネズミやヘビの巣穴とか、シロアリの痕跡とか、そういったものがないかを。難しくはないが、大事なことだ。

裏口のドアの三つの鍵をあけると大きな音がする。カチャン、カチャン、カチャン。そのまま待つ。ローレンが聞きつけて起きるかもしれない。でも、眠ったままのようだ。日差しはまばゆく、足もとの地面は干上がって老人の皮膚みたいにひび割れている。鳥の餌箱は空っぽだ。木々をわたる風もなく、うだるような暑さのなかで、どの葉もそよとも動かない。まるで死がこの通りに指を置き、押さえつけているかのようだ。ドアの鍵をかけなおし、家の横手の物置小屋に向かう。

小屋のなかはひんやりとして薄暗く、錆と油のにおいがこもっている。物置小屋はどこも同じにおいがする。気をつけろ——においは記憶への直通道路だ。手遅れだった。小屋の隅の暗がりに、父さんがのっそりと立っている。そして、ねじの箱とその奥に隠した茶色い瓶に手を伸ばす。リトル・テディがその手を引っぱる。車に乗って出かけたいのだ。でも、父さんは母さんの用事を先に片づけないといけない。

急いで工具を手にして外に飛びだし、照りつける日差しの下で瞬きをする。やれやれだ。小屋の鍵を閉める。**そこでおとなしくしてて、父さん。おまえもだ、リトル・テディ。外には居る場所なんかないんだ。**

それからすべてをくわしく本に書きつける。もちろん同じ本じゃない。ぼくの〝壊れた物の日記〟は、ローレンが使わなくなった教科書だ。地図の上に書きこんでいく。

〝キッチンにまたネズミがいる〟と、パプアニューギニア沖の水色の海のなかに丁寧に記入する。

〝バスルームの洗面台——蛇口が水漏れ。テーブルの聖書がまた落ちた?!?!? なぜだ? テーブルの脚がぐらついたせいか?!?!?〟

まだまだ続きがある。寝室のドアの蝶番がきしむので、油を差すこと。居間の窓のベニヤ板が一枚緩んでいるので、釘を打ちなおすこと。屋根の板も二枚剝がれている。アライグマのしわざだ。屋根に悪さをするから。でも、やつらの小さくて黒い器用な手は好きだ。

いまできることはしてしまい、残りは週のあいだに片づける。ローレンのために、母さんの役も父さんの役もこなさないといけない。家の修理は好きだ。隙間なく穴をふさぐ。ぼくの許可なしにはなにも出入りできないように。

チョコチップパンケーキが焼けたとき、ローレンが目を覚ます。ぼくに言わせれば、パンケーキなんて、熱いタオルの切れ端でも食べるのと同じくらい時間の無駄だ。でも、ローレンはこれが好物なのだ。

「手洗いが先だ。父さんは外で家の手入れをしてきたばかりだし、おまえも自転車を手で漕いでただろ」ローレンは賢い。自転車のシートに腹這いになり、両腕でペダルをぐるぐるまわして進む。なにものにも邪魔はさせない。

「手のほうが簡単だし」

ぼくはキスをする。「そうだな。それに近頃はずいぶん速くなった」

ふたりでキッチンのシンクで手を洗い、爪のあいだもしっかりブラシでこする。

ローレンはおとなしく食べはじめる。昨日はひどかった。最後は怒り疲れて眠った。明日は帰るので、離ればなれだと思うと、お互いひどく沈んだ顔になる。「今日はなんでも好きなことをしよう」思わずそんなことを言ってしまう。

ローレンがぱっと反応する。「キャンプに行きたい」

どうしろっていうんだ。そんな思いが熱い塊になって押し寄せる。キャンプには行けない。ローレンだって知っている。なぜそんなに困らせるようなことばかり言うのか。雄牛の肢にまとわりつくチンケな犬よろしく、しつこく責めたて、嚙みつくのか。こっちがキレるのも無理はない。

とはいえ、やるせなさにもまとわりつかれている。たしかに理不尽だ。森へ行くのも、火をおこしてキャンプするのも、たいていの子供にはできる。特別なことでさえない。鳥を殺されて悲しかったせいか、自分も家にいるのに飽き飽きしているせいか、ぼくはこう答える。「わかった。キャンプに行こう。日が落ちたら出発だ」

「ほんと？　いいの、父さん？」

「いいとも。なんでも好きなことをしようと言ったろ」

ローレンが喜びで顔を輝かせる。

バックパックに必要なものを詰める。懐中電灯、毛布、防水シート、エナジーバー、水のボトル、トイレットペーパー。背後でさらさらとスカートの音がする。やめてくれ。ぎゅっと目をつぶる。

ひんやりとした粘土のような母さんの手が首筋に触れる。**あなたの正体を誰にも知られてはだめ。**

「わかってる。ちょっとローレンを喜ばせたいだけだ。今回だけ、誓うよ。二度と行きたいなんて言わせないようにする」

あれをよそへ移しなさい。

太陽がゆっくりと梢の向こうに沈む。森に面した西側の覗き穴からそれを見届ける。あたりがほぼ暗くなるのを待って、バックパックを背負って明かりを消す。

「出かけよう。ペンとクレヨンをくれるかい」

ローレンから一本ずつそれを受けとり、しまいこむ。全部そろっている。

「出るまえに水を飲まなくていいかい。トイレは？　最後のチャンスだ」

ローレンは首を振る。パチパチとはじける火花みたいに、あふれる興奮が目に見えるようだ。

「抱えていかないとな」森のなかではピンクの自転車は役に立たない。

「いいよ」

裏口を出て鍵をかける。誰もいないかしっかりとチェックしてから、家の陰から通りへ出る。人けはない。低くうなる黄色い街灯のまわりにコバエが群がっている。隣の家が新聞紙に覆われた目でこちらを見つめている。通りの先の家々はまるで違う。窓はあけ放たれ、物音と温かい光が漏れている。どこかでピアノの音がし、ポークチョップを焼くかすかなにおいも感じる。

「ドアをノックしに行ったら？　こんばんはって。夕食を勧めてくれるかも」

「キャンプしたいんじゃなかったのか。行こう、子猫ちゃん」

通りに背を向け、紫の空にシルエットを描く木々のほうへと歩きだす。木の柵をくぐると、とたんに森に呑みこまれる。懐中電灯が大きくぼんやりした光を行く手に投げかける。

歩きはじめると人里の気配はたちまち遠ざかる。ぼくたちを取りかこんだ森が目覚めはじめている。真っ暗ななかにホーホー、チッチッとしきりに音がする。カエルやセミ、コウモリもいる。ローレンがぶるっと身を震わせ、その興奮がこちらにも伝わる。こうやって娘のそばにいられるのがうれしい。こんなふうに逆らいもせず、素直に抱えさせてくれたのはいつ以来だろう。いつもは手を借りるのをひどくいやがるのだ。

「誰かが来たらどうするんだった？」とぼくはたしかめる。

「わたしは静かにしてて、父さんが話をする。このにおい、なに？」

「スカンクだ」興味を引かれたのか、スカンクはしばらくのあいだぼくたちと並んで遊歩道を歩く。そのうち真っ暗な森の奥へ引っこみ、においも薄れる。

こちらは奥までは行かず、一・五キロほどのところで止まる。道を外れて五十メートルほど行ったあたりに小さな草地がある。大きな岩や蔓延った灌木に隠れているので、場所を知っていないと見つけられない。ぼくはよく知っている。ここは神々の住まいだ。

ヒマラヤスギとワイルドタイムの香りがワインのように濃く漂っている。でも、草地を取り巻く木々はヒマラヤスギでもモミでもない。青白くひょろ長い幽霊たちだ。

「父さん」ローレンが声をひそめて言う。「なんで木が白いの？」

「この木はペーパーバーチというんだ。シラカバともいう。ごらん」ぼくは樹皮をひとかけ剝いでみせる。ローレンがざらざらしたその表面を撫でる。本当の名前は〝骨の木〟だが、それは教えずにおく。

北西の隅にちょうどいい場所を見つけ、昼間の熱が残る地面に防水シートを広げて腰を落ち着ける。ローレンに水を飲ませてエナジーバーを食べさせる。頭上の枝の隙間から星が覗いている。ローレンは口数が少ない。気配を感じているのだ。神々の。

「こういうのもいいな。ふたりで出かけるのも。おまえが小さかったころを思いだすよ。あのころは楽しかったな」

「そんなことなかった」とローレンが答える。その言葉にいらっとする。いつも口答えばかりだ。でも、穏やかに言って聞かせる。

「この世の誰よりもおまえが大事なんだ」正直な気持ちだ。ローレンは特別だ。この草地はほかの誰にも見せたことがない。「おまえが安全でいることだけが望みなんだよ」

「父さん、もうこんなの無理。ときどき生きるのがいやになるくらい」

呼吸を整えてから、なるだけ平静な声でぼくは言う。「秘密を教えよう、子猫ちゃん。誰でもときにはそういうふうに思うんだ。うまくいかないことばかりで、未来が見通せないこともある。雨の日の空みたいに、なにもかもが曇って見えてね。でも、時の流れは速い。なにごとも永遠には続かないんだ、悪いことも。厚い雲もいつかは消える。そういうもんなんだ、約束するよ」

「でも、わたしはみんなと違う」ローレンの鋭い声に切り裂かれそうになる。「たいていの人はここまで自分で歩いてこられたはず。でもわたしはできない。それは変わらないし、雲みたいに消えたりしない。これからもずっとこのまま。でしょ、テッド？」

ぐっと詰まる。答えようがない。ローレンにテッドと呼ばれるのも腹が立つ。「いいから星でも見よう、子猫ちゃん」

「もっといろんなことをさせてよ、父さん。子供扱いはやめて」

「ローレン」怒りが湧きあがる。「聞き分けがないな。すっかり大人になったつもりでいるんだろ。でも、まだ助けが必要なんだ。ショッピングモールでのことを覚えてるだろ？」

「あんなのずっとまえのことでしょ。いまは違う。ほら、こうやって外に出ても、ぜんぜん平気だし」

そう言ったとたん、ローレンは異変に気づく。「なにか咬んだ」声には驚きしか感じられない。まだ怯えはない。

ぼくも咬まれはじめる。脚を二ヵ所立てつづけに。もちろん痛みは感じないが、見る見るうちに皮膚が赤くぷっくりと腫れていく。早くも全身を這いまわっている。ローレンが悲鳴をあげる。「なんなの、これ。やだ、父さん、どうなってるの？」

「ヒアリだ。ここは巣の上らしい」

「取って。痛いから、取ってってば！」

ぼくはバックパックをひっつかみ、ローレンを抱えて木々のあいだを駆けだす。木の根やイバラに足を取られる。遊歩道まで戻って立ちどまり、ふたりの身体をせっせとはたく。皮膚がむきだしになったところは水で流す。

「服のなかには入ってないか」

「うん、ないと思う」すっかり涙声になっている。「もう帰らない、父さん？」

「いいとも、子猫ちゃん」帰りはローレンをきつく抱きしめて歩く。もう「テッド」とは呼ばないようだ。

「キャンプに行こうなんて、ばかだった。連れて帰ってくれてありがと」

「どういたしまして」

ローレンはすっかりくたびれたのか、家に帰りつくまえに眠りこむ。咬み傷にローションを塗ろうと、ぼくは眠るローレンの肌にそっと触れる。ふくらはぎから膝の裏にかけて真っ赤なミミズ腫れができているが、それだけだ。もっとひどいことになるまえに逃げられた。子供は痛みを強く感じる。どこまで強い痛みになるか、まだ知らないからだ。

朝になり、さよならの時間がやってくる。ローレンがぎゅっとしがみつく。「大好き、父さん」湿った息を髭に感じる。「行きたくない」

「わかってる」唇にローレンの涙の味を感じる。感情が大波のように押し寄せる。その激しさに思わず目を閉じる。「また来週な。心配いらないよ、子猫ちゃん。いい子にしていなさい。そうしたら時間が早く過ぎて、あっという間に戻ってこられるから」

すすり泣きが聞こえるたびに、レンチで殴られたような気がする。

ソファにすわって音楽を聴いてみるが、やるせなくてしかたがない。しばらくして、手の甲にそっとひげが触れるのを感じる。すべすべの頭がてのひらに押しつけられる。隠れていたオリヴィアが出てきたのだ、ぼくが必要としているのを察して。

ぼくは殺虫剤の大型ボトルを持って木立のなかへ入る。昼間の森は様変わりしている。木漏れ日がばら撒かれた種のように地面にちりばめられている。枝の陰から顔を覗かせた鹿が、黒い目をまん丸にして、さっと逃げていく。なぜかはすぐにわかる、オレンジジュース色の髪の男が犬を連れて通りかかったせいだ。いつものように犬がにっと笑いかける。オリヴィアが外へ出ようとしたときのことが頭をよぎる。やがて、おそろいの赤いジャケット姿でハイキング中の家族を追い越す。喧嘩中のようだ。子供たちは小さな顔を曇らせ、父親は疲れて見える。母親は、連れなどいないようにすたすたと先を歩いている。

普段は草地へ行くために脇へそれる場所まで来たが、そこを通り越して歩きつづけ、切り株に腰を下ろして待つ。一家が無言で通りすぎる。父親が会釈をよこす。間違いない、喧嘩中だ。家族はややこしい。

一家の赤いジャケットが日差しを浴びた木々のあいだに消えると、ぼくは引き返して草地に向かう。防水シートが置きっぱなしだ。腐葉土の上で皺が寄り、死んだ怪物の皮膚みたいに見える。アリたちがせわしなくそこを歩きまわっている。残しておくわけにはいかない。この場所が人目についてしまう。長い木の棒を拾い、それでつついてシートを折りたたむ。それから棒に引っかけて持ち、持ってきたゴミ袋に入れる。

アリの行列をたどると、巣穴の入り口がいくつも見つかる。アリたちは日の光を浴びてほとんど透きとおり、無害でちっぽけに見える。ひどい痛みをもたらしそうにはとても見えないはずだ。「ごめんよ」そう言って殺虫剤を巣全体に撒き、穴のなかに流しこみ、さらにシートを入れたゴミ袋にも注ぐ。

この北西の隅にヒアリの巣がまだあるかどうかは知らなかった。でも、たぶんあるだろうと思った。縄張りを大事にする生き物だから。ローレンの悲鳴や、咬まれて痛いと訴える声を聞くのはつらかった。でも必要なことだった――あの子にわからせるために。

とはいえ、最近のローレンはずいぶんましになった。ショッピングモールでの一件のようなことはあれから起きていない。

草地の中央、つまり、しるしの中央に立つ。そこに日だまりができている。神々に挨拶をし、パワーを身に感じる。それぞれが埋められている地面の下から、見えない手が差しのべられる。細い糸で四方八方から引っぱられているようだ。母さんは正しい。腕がよくなったら、すぐに新しい場所を見つけないと。人々が気配を感じはじめている。あの一家は近づきすぎたのだ。

玄関前の階段をのぼりながら、そこがむきだしになっているのに気づく。風で葉やらなにやらが飛ばされてしまったのだ。まずい。誰かが家に近づいたら、音でわかるようにしないといけない。そのために、クリスマスツリーの飾りを粉々にして階段にちりばめてあるのだ。ジャリジャリというかん高い音がするから、誰かやってきてもしっかり知らせてくれる。危なくはない。みんな靴を履いているから。じつを言うと、ぼくはこのあいだ裸足でそこへ出てしまったが、そんな人間は滅多にいない。はっきりしている。

グラスファイバーの切れ端をばら撒いていると、目の端でなにかが動く。気のせいだといいがと思いながらそちらを見やる。気のせいじゃない。隣の空き家の一階の窓を覆っていた新聞紙がなくなっている。見ていると青白い手が黄ばんだ新聞紙をさらに剝がし、そのせいで覆いのなくなった窓は、深く黒々とした目に見える。窓ガラスが押しあげられ、鍋いっぱいの埃が無造作に外に捨てられる。それから、掃除の音が盛大に響きはじめる。

ぼくは家に引っこんで玄関の鍵をかける。東向きの覗き穴に目をあてがい、空き家の様子を窺う。伸びすぎたオオアワガエリの穂が窓ガラスをこするが、それでも十分に見える。そこへ白いトラックがやってきてとまる。サイドにオレンジの文字で〝らくらく引越社〟と書いてある。玄関から女性が出てきて、軽やかに階段を駆けおり、トラックのテールゲートを下ろす。口もとが硬くこわばっている。そのせいで年より老けて見えそうだ。あまり寝ていないように見える。茶色い作業着の男がトラックの運転席から降りてくる。ふたりそろって荷物を降ろしはじめる。いくつかの箱、ランプ、トースター。安楽椅子。物は多くない。

その彼女が覗き見しているぼくのほうを向く。オオアワガエリの覆いをつらぬき、ぼくがすわっている暗い部屋のなかまで見通しそうな目だ。見えるはずはないのに思わず身をかがめる。これはまずい。人には目と耳があり、女は男よりも目ざとく、耳ざとい。

気が動転し、キッチンへ行ってブルショットをこしらえずにはいられない。残念ながらこのカクテルはぼくの発明じゃない。レシピはどこでも見つかるだろうが、自分流に少しアレンジを加えたので、録音しておくことにする。

さんざん探しまわってようやくベッドの下にレコーダーを見つける。うっかり蹴り入れてしまったのだろう。

バナーマン流ブルショットのレシピ。ビーフブイヨンを少量沸騰させ、胡椒とタバスコで味つけする。マスタード小さじ一杯を加えてもいい。ぼくはセロリソルトも入れる。それからバーボンをワンショット。いや、ツーショットでも。レモン汁も入れることになっているが、レモン好きの人間はサラダ好きと同類だ。うちにはレモンは置かない。

三杯飲んでようやくいくらか気が落ち着く。続けて薬を飲むと、じきにうとうと居眠りをはじめる。母さんによく言われたように、痛みがあれば薬を飲めばいい。傷があれば縫えばいい。誰でも知っている。

母さんはよくアンクーの話をした。母さんの故郷の墓地に住む、たくさんの顔を持つ神の話を。顔がふたつ以上あるなんてぞっとする。どれが本物の自分か、どうすればわかるのか。子供のころ、夜中に部屋で寝ていてアンクーを見たと思ったことが何度かある。暗がりのなかに年老いた男が浮かんでいて、手には長いナイフを持ち、その刃が瞳に映ってきらめいていた。かと思うと、血まみれの鋭い角を生やした雄鹿の姿をしていたこともある。石のように微動だにせずこちらを見つめるフクロウだったことも。ぼくにとってアンクーは怪物だった。母さんからアンクーのことをなんと聞かされたかも、どこからが夜中に頭のなかで付けくわえた部分なのかも、すでにはっきりしない。アンクーのことを考えるといまだに身震いせずにはいられない。でもいまはオリヴィアがいる。毛並みを撫でるだけでも、家のどこかでオリヴィアがいらだって立てる小さな物音を聞くだけでも、自分は安全だと思いだすことができる。アンクーははるか遠くにいるのだと。

まどろみのなかで、虫男の言葉がぐるぐると頭をめぐる。**秘密を抱えているのは孤独だから。**よくわからない。ある意味ぼくはひどく孤独だが、一方では、世話するものが多くて手に余るほどだ。

そのまま寝入りかけたとき、ドアベルがドリルのように静けさを破る。

オリヴィア

むかつくドアベルが鳴っているのに、テッドは起きない。森に行ったあとはいつもお寝坊だ。スネアドラムみたいないびきが聞こえる。ほらまた。ブルルルルルルルル。いや、スネアドラムじゃない。ノコギリか、頭に釘でも打つ音みたいだ。まったくもう、ノブをまわせる手があるテッドが起きてベルに応えてくれないと。わたしには無理だから、でしょ？　猫なんだから。ああもう、しょうがない。

上へ駆けあがって、顔を踏んずけてやると、ようやくテッドは目を覚ます。うーんとうなって、どうにかこうにか服を着る。温かい身体の形が残ったシーツの上を歩きながら聞いていると、雷のようなテッドの足音が一階へ下りていく。それから鍵をあける音。カチャン、カチャン、カチャン。ドアが開く。誰かの声がなにか訴えている。女の〈テッド〉みたいだ。わたしは安心して待つ。テッドはさっさと追っぱらうはずだ。ベルを鳴らされるのが大嫌いだから。なにしろ、〈テッド〉たちは危険なのだ。うちのテッドからさんざん聞かされている。

それなのに、あろうことか、テッドは女の〈テッド〉をなかに入れる。ドアが閉じたとたん雷鳴が轟く。家全体が震えだす。足もとのカーペットがずるずるすべる。わたしは悲鳴をあげて爪で必死にしがみつく。屋根の板がうめき、叫び、壁ががたつく。布という布がいまにも裂けてしまいそうだ。
ゆっくりと揺れがおさまりはじめる。でも、ベッドの下から動けない。恐怖で身がすくみ、心臓は早鐘を打っている。女の〈テッド〉の嗅ぎなれないにおいが家のなかに、鼻のなかにもぐりこんでくる。ものが焼けたような、黒胡椒のようなにおい。おかげでおかしくなりそうだ。いったい何者で、どういうつもりなんだろう?

下のふたりはなにごともなかったように話している。キッチンにいるようだ。盗み聞きなんてするつもりはない、それはそうなのだけど、聞こえてくるものはしかたがない。女の〈テッド〉は隣に住むそうだ。それから、猫を洗濯機に入れるとかいう話をしている。ああ、〈主〉よ。とんでもないサイコ女だ、テレビに出てくるみたいな。

テッドの声に奇妙な音が混じっている。これは——興味? 喜び? とにかく最悪だ。もしテッドがまた来るように言ったら? たびたびこんなことが起きるようになったら? 話は延々と続いていて、しまいにこんなことまで考える——ああもう、いっそここに住めばって誘ったらどう? いつまでしゃべってるつもり? ようやく、本当にようやく、ふたりの声が玄関へ戻っていく。テッドが相手を送りだす。

女の〈テッド〉は、折れた腕がどうのこうのという話をして、「なにかできることがあれば、いつでもどうぞ」と言い残して帰っていく。

やっとのことでテッドがドアを閉じる。

もう、あんまりだ。ひどい、ひどい、ひどい。あのいやな音が響きわたり、頭が爆発しそうだ。あんなことをされたら信頼関係にひびが入ってしまう。信頼をなくしたらなにが残る? もしも女の〈テッド〉が犯罪者だったら? またやって来たりしたら? とんでもない。

テッドが上がってきて、いそいそとベッドをきしませる。二度寝する気だ、へえ、そう。名前を呼ばれるけれど、すっかり頭にきているので、わたしは寝室を飛びだす。テッドは気にもしていないようだ。数分もすると、またいびきが聞こえはじめる。

わたしは居間を歩きまわる。覗き穴がぎょろぎょろした目みたいに見ている。どこにいても安心できない。お気に入りのラグを揉んでみても、いつものように安らげない。あまりに動転していて目までおかしくなってくる。なにもかもが違う色に見える。壁は緑で、ラグは青い。テッドに思い知らせてやらないと。今回は、ものを壊すくらいじゃ足りない。

冷蔵庫のドアに飛びつこうと、カウンターの上から何度も必死にジャンプする。やっとのことでハンドルに前肢がかかり、ドアが開く。冷気があふれだす。満足してゴロゴロと小さく喉が鳴る。いまの季節なら、じきになにもかも溶けて床に流れだすはず。ビールもぬるくなる。ミルクも肉も腐る。いい気味。だって、わたしのボウルを見て！　空っぽ！　どんな気持ちがするか、テッドも思い知ればいい。

やっと落ち着きを取りもどす。居間に戻ると、よかった、目も元に戻っている。これでオレンジ色のラグの上で身を丸められる。ひと眠りしたって罰は当たらないはず、あんな目に遭ったのだから。

ディー

なにかがディーの靴の下で音を立てて砕ける。階段を覆っている木の葉や土に、派手な色の欠片が交じっている。クリスマスツリーの飾りをひと箱まるごとぶちまけたみたいだ。熱に浮かされたような非現実感がいっそう高まる。

相手をひと目見ればわかるだろうか。きっと、真実が臭気のように身体から漂っているはず。

三、四十回はドアベルを鳴らしただろうか。窓の奥でなにかが動く気配があるが、応答はない。帰ったほうがいいだろうか。そう考えて、安堵で半分気が抜ける。でも、もう一度試す気力はかき集められそうにない。**さっさとやってしまおう、ディー・ディー。**父の声が頭に響く。ディーと父だけが残されたあの半年のあいだ、それがふたりにとっての苦い合い言葉だった。**さっさとやってしまおう、なんとかやりすごそう。**どんなにいやなことでも、夜中に動悸が静まらなくても、どんな悪夢を見ようとも。**さっさとやってしまおう。**背筋を少し伸ばしたまさにそのとき、家の奥で音がする。かすかな高い声。あれは……猫？　それから、大きな身体が階段や壁や床板に触れる重々しい響き。

三種類の鍵があく音、そして、ガチャリとドアが開く。充血した茶色い目が片方と、髭ぼうぼうの青白い顔が隙間から覗く。髭は赤で、眉にかぶさったこしのない茶色い髪に比べてぐんと明るい。面白い色合いだ。海賊みたいで、陽気な感じにさえ見える。

「こんにちは」

「なにか？」思ったよりも高い声だ。

「隣に引っ越してきました。ディーです。ひとこと——その、挨拶したくて。あと、パイをどうぞ」気まずくなり、詩人なんです、自分でも気づいていないけど、などと口走りそうになるのをこらえる。そしてドラッグストアで買った季節外れのパンプキンパイの箱を差しだす。あらためて見ると、埃をかぶっている。

「パイ？」青白い手がするりと伸びてきてパイをつかむ。日を浴びると皮膚が焼け焦げそうだ、そんな考えが頭をかすめる。湿気た箱からディーが手を離さずにいるので、少しのあいだ軽い引っぱり合いになる。

「お邪魔してごめんなさい。でも、今日の午後まで水道が使えなくて。できれば、お手洗いを使わせてもらえません？　長時間運転してきたので」

片方の目が瞬かれる。「いまは都合が悪いな」

「ですよね」ディーはにっこりしてみせる。「越してきたばかりの隣人が、さっそく迷惑なお願いをして。すみません。通りのほかのお宅にも二、三軒あたってみたんですけど、どこもお留守みたいで」

ドアが大きく開く。男がぎこちなく言う。「まあ、すぐすむなら」

足を踏み入れると、そこはまるで地下の世界、深い洞窟だ。うら寂しい光の筋が差しこんだ床には、ごたごたとものが積みあがり、壊れたものの欠片が散らばっている。窓という窓にベニヤ板が打ちつけられ、明かり取りの穴がいくつかあけられている。

左に居間がある。暗がりに目が慣れるにつれ、本の山や古いラグが散乱した床が見えてくる。褪せた壁紙には、絵か鏡を掛けてあった跡がところどころ残っている。壁紙の色は森のような深緑。ぼろぼろの安楽椅子とテレビ。小さな薬のカプセルを敷きつめたようにぼこぼこした毛足の、みすぼらしい青のラグ。あたりには死のにおいが立ちこめている。腐敗や血のにおいではなく、乾いた骨と塵のにおいだ。とうの昔に忘れられた古い墓地みたいな。すべてが朽ちかけている。裏手の窓の掛け金までがすっかり錆びつき、赤茶色の粉が窓台に積もっている。くたくたのカレンの声がディーの頭で響く。**複雑な家庭環境。未婚。社会的弱者。**

背後で玄関ドアが閉じる。三つの鍵がかけられる音。うなじの毛が一本ずつゆっくりと逆立つ。

「お子さんの?」かたわらに横倒しになったピンクの自転車を目で示してそう訊く。

「そう、ローレンの。なかなか会えなくてね」

「寂しいですね」相手は最初に思ったよりも若そうだ。三十代前半だろうか。十一年前は二十代に入ったばかりだったはず。

「トイレは廊下の奥だ。どうぞ」

「いい曲ですね」あとについて歩きながらディーは言う。家のどこかで流れているその曲にも驚いた。きれいな声の歌手が歌う、情感たっぷりのカントリー・ミュージックだ。テッドの頭の後ろには、小さい手で髪をむしりとられたような禿げがいくつもある。なぜかそれを見て、恐怖にそろりと撫でられたように感じる。

バスルームに入ると、ディーは蛇口をふたつとも開く。ドアの向こうで待っている男の気配を感じる。困惑と、獣じみた息遣いを。自分の身体のことは隅々まで知っている。皮膚は、かかとや硬くなった指先のように丈夫な部分もあれば、瞼みたいにごく薄い部分もある。うっすらとした腕の毛は逆立っている。やわらかい目玉、長い舌と喉、紫がかった内臓。赤い血液を全身に送る、筋肉でできた心臓。いま、その鼓動は速い。こういった脆い部分はみんな、引き裂いたり穴をあけたりできる。血が噴きだし、骨は折れて白い破片になり、目玉は親指で押しつぶされる。身体にどこも別条がないことをたしかめようとディーは鏡を探す。けれども、洗面台にもほかの場所にも、この暗く薄汚れたバスルームには一枚も見つからない。

トイレを流し、手を洗ってドアをあける。

「水をもらえません？　喉がからからで。このあたりはいつもこんなに暑いの？　雨ばっかりかと思ってたのに！」男は無言のまま背を向けてキッチンへ入っていく。

水を飲みながらディーはあたりを見まわす。「狩りをするんですか？　釣りとか」

「いや」少しして、「なぜ？」

「冷凍するものがたくさんありそうだから。冷凍庫がふたつもある」使っているのは小型の冷凍冷蔵庫だけのようだ。もう片方の古い横型の業務用冷凍庫は空っぽで、開いた蓋が壁に立てかけてある。

男が顔を赤らめる。「オリヴィアのお気に入りの寝床なんだ。うちの猫の。壊れたときに捨てればよかったんだが、ほら、喜ぶもんでね。ゴロゴロ喉を鳴らすんだ。だから置いてある。ばかげてるだろうけど」

なかを覗いてみる。毛布や枕といったやわらかいものが敷きつめられている。クッションのひとつに髪の毛がついている。茶色か、赤茶色の。猫の毛には見えない。「オリヴィアは放し飼いに？」キッチンにはどこにも餌や水のボウルが見あたらない。

「いや」むっとしたような声だ。「まさか。そんな危険なことはしない。家飼いの猫なんだから」

「猫は好き」ディーは笑顔を向ける。「でも、わがままでしょ。年を取ると、とくに」

はっ、とぎこちない笑いがあがる。「あの子もけっこうな年なんだ。長く飼ってるから。子供のころ、猫を飼いたくてたまらなくてね」

「うちの猫は乾燥機のなかでよく寝てた。それで父がうなされて。すごく怖がってたから、セーターと間違って洗っちゃうのを……」手をぐるぐるとまわし、ガラス扉の奥でパニックになった猫の顔をしてみせる。

くぐもった笑いがまたあがるのを聞いて、今度は洗濯物といっしょにまわりながらもがく猫の真似をして、軽く踊ってみせる。

「面白いな」いびつな笑みが浮かぶ。しばらく使わずにいて、錆びついたような。「オリヴィアがここに入って出られなくなるのがずっと心配だったんだ。少なくとも、いまは窒息の心配はない」蓋にあけられた穴が示される。

「すてき」ディーは毛布の一枚を指で撫でる。黄色い地に青い蝶の柄で、手触りはアヒルの雛の背中みたいだ。

蓋がゆっくりと、しかし確実に閉じられていき、しかたなくディーは手を引っこめる。ふと、男の前腕の薄い青痣と手の腫れに目が留まる。

「あら、怪我してる。どうしたの?」

「車のドアにはさまれるんだ。いや、はさまれたんだ。丘の上に駐車したときに。まあ、折れてはいないようだけど」

ディーは眉をひそめてみせる。「まだ痛むでしょ。まえに腕を骨折したことがあって。すごく不便だった、ほら、瓶の蓋をあけるとか、そういうときに。手は右利き? なにかできることがあれば、いつでもどうぞ」

「どうも」沈黙が続くままにすると、しばらくして「仕事はなにを?」と男は尋ねる。

「昔はダンサーになりたくて。いまはなにもしてない」不思議だ。いま初めて、そのことを口に出して認めた。

男がうなずく。「ぼくはコックになりたかった。そんなもんさ」

「そんなもんね」


玄関に出て握手を交わす。「じゃあまた、テッド」

「名前を言ったかな。覚えてないが」

「シャツに書いてあるから」

「昔、自動車の修理工場で働いていたんだ。このシャツがすっかりなじんでいてね」**失業中、または単純労働に従事。**

「それじゃ、どうも。ほんとに助かりました。もうお邪魔しないので」

「いつでもどうぞ」そう言ってから、テッドはほっとした表情を浮かべる。ディーが背を向けると、すぐさま鍵がかけられる。

カチャン、カチャン、カチャン。

ディーは干上がった前庭をゆっくりと引き返す。テッドは後ろ姿を見張っているにちがいない。視線の重みを背中に感じる。駆けだしたくなるのを全力でこらえる。いまの対面が思った以上にこたえている。なかへ通されるとは思っていなかった。

震える手で玄関のドアを閉じ、そこにもたれたまま埃だらけの床にへたりこむ。深呼吸をして落ち着こうとするが、身体が言うことを聞かない。まるで誰かに明けわたしてしまったかのようだ。てのひらがひとりでに閉じては開く。熱い波が頭に押し寄せる。喉がぜいぜいと鳴る。耳の奥で心臓がばくばくいっている。パニック発作だ、とぼんやり考える。**なんとかやりすごそう**。でも、まるで砂丘の奥深くへ沈んでいくように、どうしても這いあがれない。

ようやく発作がおさまる。ディーは咳きこみ、あえぐ。と、鼻をつくにおいに気づく。枯れ草とコショウボクと垣根とカメムシのにおいが混じったような。家のなかにあるべきでないものが外から入りこんでいる。子猫のように弱々しく立ちあがって、においの元をたどる。埃まみれの居間の窓ガラスが一枚なくなっている。吹きこんだ枯れ葉が傷だらけの床に散らばっている。なにかがここをねぐらにしていたのだ。まさかスカンクではないと思うが、でもなにかいたはずだ。オポッサムかアライグマが。

「だめ、部屋は貸せない」空っぽの居間に向かって囁く。ガラスが外れた窓の前へ小さな本棚を押していき、穴をふさぐ。たぶん自分で修理することになるだろう。大家はマメなタイプではなさそうだから。別にかまわない。なるべく放っておいてもらったほうが好都合だ。

ひとまず居間を見まわしてみる。壁紙は煙草の煙が茶色くしみつき、四隅には埃が積もっている。ここがわが家だ。そう思うと少し笑える。わが家だと感じられる場所があったのはいつまでだろう。十代のなかば、ルルがまだ隣の部屋で寝ていて、親指をしっかり口にくわえ、軽やかないびきを響かせていたころだろうか。

意外なことにガスは通じている。それで、シューッと音を立てる白いコンロでステーキとサヤインゲンのソテーとベイクドポテトをこしらえる。味わいもせず、さっさと平らげる。食べるものなどどうでもいいが、自分の面倒は自分で見ないといけない。その大切さを、ディーはいやというほど知っている。コンロは火を止めたあとも音を立てつづけ、キッチンにはかすかにガスのにおいが漂っている。これも修理しなくては。明日にするか——ひょっとすると夜のあいだに死ぬかもしれない。そこは運にまかせよう。

　日が落ちると、ディーは居間の床にあぐらをかいてすわる。流れこんだ夜気が部屋の四隅に揺蕩い、潮のように床に広がる。闇を覗くと、闇もまた覗き返す。テッドの家の窓の穴に光が灯る。ひとつの穴の向こうでいくつもの色がちらちら揺れている。きっとテレビだ。やがて一階の穴は暗くなり、二分ほどして今度は二階で月がふたつ輝きはじめる。十時になるとそれも消える。ずいぶん早寝だ。ベッドでテレビを見たり本を読んだりもしないらしい。もうしばらく様子を窺う。明かりは消えても、家が眠ってはいないように思えてならない。しんとしたなかにどこか異様さが感じられる。けれど、そのまま見ていてもなにも起こらない。疲労で手足が震え、目の前の闇がぐるぐるまわりはじめる。こちらも眠らないと。先はまだ長いのだから。

　バスルームは古びた白いタイル貼りで、そこらじゅうにひびが入っている。頭上で低くうなる電球にはガやハエの死骸が溜まっている。ディーは毛布と枕をバスタブに持ちこむ。地震のときにはここがどこより安全なんだと父はよく言っていた。そもそもベッドがない。すぐそばの冷たいタイルの上に釘抜き付き金槌《ネイルハンマー》を置く。目を閉じてそれをつかむ動作を繰り返し、筋肉に覚えこませる。はっと眠りから覚め、黒い影に見下ろされているところを想像しながら。

　ルルの顔を目に浮かべる。太陽を横切るいくつもの雲のように、その顔に浮かぶたくさんの表情を思いだす。

それから『嵐が丘』を読む。残りはほんの二ページだ。読み終わると、適当に本のなかほどを開いてまた読みはじめる。読むのはこの本だけだ。読書は好きだが、読んでどんな気持ちになるかは予想がつかない。不意打ちでダメージを食らうのはごめんだ。少なくとも『嵐が丘』の登場人物たちは、人生とは日々強いられる選択の結果だと知っている。**なかへ入れて**とキャサリンが訴える。**なかへ入れて。**

明かりを消すころには、あたりは漆黒の闇に包まれている。家が人間のように呼吸をし、壁板は昼間の熱を発散しながらうめいている。窓から星々が覗きこむ。ここは町の一部というより、ほぼ森のなかだ。あれが起きた場所もすぐ近くにある。あのときの記憶が空気のどこかにまだ漂っている。その欠片が風に運ばれ、地面に、古い木々に、濡れた苔にいまも留まっている。

照りつける太陽と喪失の恐怖を夢に見る。そして満天の星の下、手をつないで砂漠をさまよう両親が現れる。その姿をいつまでも見ていたいと思うが、やがて赤い鳥たちが飛びたち、空が白く変わり、羽ばたきの音が、なにかを羽根で引っかくようなやわらかい音に変わる。暗闇のなかではっと身を起こすと、心臓が早鐘を打っている。背中と胸の谷間を汗が伝い落ちる。音は夢の外にまでついてきたらしい。階下でまた聞こえる。羽ばたきではなく、やはり引っかく音だ。板に長い爪を立てるような。

ディーは汗でぬらつく手でハンマーのゴムの柄をつかむ。そろそろと一階へ下りる。どの踏み板も足をのせると銃声のような音を立てる。物音は続いている。鋭い鉤爪か人間の爪が板を掻く音。あの世とこの世との境目に重大なずれでも生じたのだろうか。**なかへ入れて——なかへ入れて。**カーテンのない居間の窓からうっすらとした銀色の光が注いでいる。引っかく音はせわしなさを増し、執拗に続いている。その音にまぎれて別の音が聞こえた気がする。かん高い、途切れ途切れの。あれはすすり泣き？　本棚ががたがたと揺れる。その向こうにいるものの怒りと威力が高まるのを感じる。

「入れてあげる」ディーはそう囁いて本棚を脇へ寄せる。うめくようなきしみがあがる。窓の外になにかがうずくまり、こちらを見つめている。ハンマーが床に落ちる。膝をついて、そこにいるものと顔を突きあわせる。子供だ。月光を浴びてまだらになった銀白色の肌、黒いサクランボみたいな口、死の光をたたえてランプのように輝く両目、鳥たちに髪をむしられ、傷だらけにされた頭。

「おいで」ディーは手を差しのべる。

子供はうなり声をあげ、不気味なその響きにディーは息を呑む。氷のように冷たい恐怖が押し寄せて心臓が止まりそうになる。子供が口をあけ、片手を突きだしてディーの腕をつかみ、この世から引きずりだそうとする。得体の知れないものが待ちうける場所へと。頑丈そうな上下の顎にずらりと並んだ真珠のような白い歯。先が欠けた不ぞろいな指。小さな青白い顔はほの暗い光に照らされ、水のなかにいるように波打って見える。

悲鳴をあげると、その響きが夢を切り裂く。いや、夢かどうかもわからない。窓のところにいるのは死んだ少女ではない。猫だ。かっと口を開いてうなり、トラ柄の毛皮を月光に白く輝かせている。ディーを引っかこうと突きだされた前肢はぼろぼろに傷つき、爪が一本も残っていない。ディーは後ろへ下がって小さくシーッと声をかける。逃げだそうとした猫は少しのあいだ振り返る。暗がりのなかで、痩せて尖った顔が不気味に見える。やがて猫は背を向け、真っ暗な庭にするりと溶けて消える。

ディーは震えながら身を起こす。「なんだ、ただの野良猫じゃない。寝る前に怖い本なんか読んじゃだめ、わかった、ディー・ディー? なんでもない。心配なんていらない」昔からの癖だ。父が聞きたがりそうな言葉を口に出し、本当の気持ちを押しかくす。怖気づいている暇なんてない。もう一度ルルを思い浮かべると、それが功を奏する。使命感が心を落ち着かせる。乱れ打っていた鼓動が静まりはじめる。

雑草が絡みあうように蔓延った裏庭に目をやる。荒れ放題で、見通しが悪く、むっとするにおいを夜気に放っている。なにが隠れていてもおかしくない。こっそりと家のそばに、窓の前にしのび寄ってくるかもしれない。そして、長い指を伸ばして……。近所には庭の土がむきだしになった家もある。きっとヘビやネズミの巣を避けるためだろう。ぶるっと身震いする。テッドの庭も同じように荒れている。草ぼうぼうのそちらの庭に目をやる。月明かりの下、そこは音もなく蠢き、のたくっているように見える。吐き気がこみあげ、頭を振ってそれを押しやる。あの日の湖での出来事は自分からほぼすべてを奪ったが、自分のなかに植えつけられたものもある。オフィディオフォビアと呼ばれる、ヘビに対する強烈な恐怖だ。どこにいても、とぐろを巻いたヘビの影が目にちらつく。頭と心が恐怖で麻痺したように鈍くなる。

両手をゆっくりとお椀の形に丸め、口もとに持っていってマスクのようにそこを覆う。てのひらのなかに名前と問いを囁く。何度も何度も。月を横切る雲が光と影を投げかけ、涙に濡れたディーの頬をきらめかせる。

翌朝、ディーは居間の窓辺で見張りを再開する。カーテンは終日閉じたままにし、日が暮れたあとも明かりは点けずにおく。夜の窓明かりが灯台の光のように目立つのは知っている。テッドも同じらしい。窓が板でふさがれた家は、わざとディーに背を向けて森のほうを向いているように見える。

しだいにテッドの習慣がつかめてきた。ときどき森に入り、ひと晩から数晩のあいだ戻らないことがある。たまに町へ出るときの外出時間はおおむね短く、ほんの数時間だとか、夕方から夜にかけてといった程度だ。泥酔状態で帰ってくることもある。ある朝は、前庭に立ってピクルスにピーナッツバターかなにかを塗ったものを食べていた。ぼんやりと遠くを眺め、機械的に口を動かす姿が見えた。

のだろうか。

庭には餌台や吊り下げ式の餌箱が設置されているが、鳥はやってこない。鳥たちはなにか知っているのだろうか。

インターネットでできるかぎりの情報も集めている。テッドはときどき地元紙に珍しい野鳥の目撃情報を投稿している。母親は看護師。肉欲や食欲といったものとは無縁そうな、古風な美貌の持ち主だ。粒子の粗い写真に写ったその人は、ほっそりとした指で賞状を掲げている。郡の最優秀看護師賞の。テッドのような子を持つというのはどんな思いがするものなのだろう。この人はまだ息子を愛しているんだろうか。いまはどこに？

最初に跡をつけようとしたとき、テッドは森の入り口で足を止め、暗がりのなかでしばらくじっとしていた。息を吸いこむ音が聞こえる。ディーは身をすくめる。こちらの鼓動も聞かれてしまいそうだ。ややあって、テッドはのっそりとした獣のような声をあげて森の奥に消える。追いかけるのはやめにする。気配に気づかれたはずだ。

ほっとせずにはいられない。暗い森のなかには夥しい数のヘビが身をくねらせ、這いずっているにちがいない。家に戻るなりディーは嘔吐する。

しかたなくそのまま家を見張ることにする。どのみち、ここへ来た目的はテッドじゃない。辛抱強く待ちつづける。膝には『嵐が丘』を開いてあるが、目もくれない。ひたすら家を見つめ、古びたベニヤ板から剝がれたペンキの一片一片を、錆びた釘の一本一本を、壁際で揺れるトクサの穂やタンポポの綿毛のひとつひとつを目に焼きつける。

二日が過ぎるころには、あきらめかけていた。やがて、セミの鳴き声とハチやハエの羽音とスズメのさえずりと遠くの芝刈り機のうなりにまぎれて、なにかが聞こえる。ガラスが割れたような音。ディーは全神経をその音に集中させる。いまのはテッドの家から？　きっとそうだ。十中八九、間違いない。

ディーは床から立ちあがる。長時間の見張りのせいで身体がこわばっている。そばまで行ってみようか。窓が割れる音を聞いて強盗かと思い、隣人として見に行く……。ごく自然な行動だ。

そうこうするうち、テッドが通りを歩いてくる。やけにそろそろした足取りだ。酔っているか怪我をしているみたいな。手にはレジ袋を提げている。

ディーはあわててすわりなおす。テッドの姿を見ただけで視界の輪郭がぼやけ、てのひらがべたつく。恐怖に対する身体の反応は愛に対するものとよく似ている。

テッドは異様なほど注意深い手つきでドアをあける。少しして笑い声があがる。テレビだろうか。その音にまぎれて、かん高いはっきりとした声が聞こえる。「代数なんてやりたくない」

低くくぐもった男の声が続く。きっとテッドだ。ディーは耳をそばだてる。集中のあまり頭がうずく。二軒の家のあいだに漂う夏の空気が、パン生地のようにねっとりしていて邪魔になる。少女がダンゴムシの歌を歌いはじめる。何日も見張っているあいだ、出入りしたのはテッドだけだ。

安堵と恐怖が押し寄せ、その生々しい味を泥水のように口のなかに感じる。最悪の恐れと最高の希望が現実のものになった。あの家には子供が閉じこめられている。早合点はだめ、と自分を戒める。一歩ずついかないと、ディー・ディー。でも、抑えられない。ローレンとルル。ルルの本名はローラ。ルル、ローラ、ローレン。あまりによく似ている。重ねあわせれば、ほぼ一致しそうなほど。

ディーの耳には少女の歌声が妹のものとそっくりに聞こえる。声の質も、かすかに癖のある発音も。

テッド

「代数なんてやりたくない」すねたように下唇を軽く突きだすローレンの仕草が、ぼくをいらだたせる。

「だめだ。駄々をこねたって無駄だぞ。今日は代数と地理の日だから、歌はお預けだ、いいね。テーブルについて、本を——ほら、早く」思ったよりもきつい声になる。こちらも疲れているし、ローレンにこの調子でごねられるのは耐えられない。しかも、よりによってこんな日に。薬が効きすぎてひどくだるい。

「頭が痛いんだけど」

「なら、そんなふうに髪を引っぱるのをやめないと」ローレンは茶色い髪をほんのひと房握り、毛先を嚙む。それからぐっと引っぱる。頭にはたくさん禿げができている。髪を引っこぬくのが好きなのだ。ぼくのも、自分のも。どちらのだろうと。「早めに帰されたいのか？　いい子にしててくれ、頼むから」

「ごめん、父さん」ローレンがページを覗きこむ。代数をやってはいないだろうが、ふりをするだけの分別はあるようだ。しばらく黙っていたあと、また口を開く。「父さん？」

「うん？」

「今日はわたしが夕食を作る。疲れてるんでしょ」

「ありがとう、ローレン」見られないようにそっと涙を拭う。がみがみ言って悪かった。それに、ローレンが料理に興味を持ってくれたのではと期待せずにはいられない。

当然ながら、ひどいことになる。ローレンはキッチンにある鍋を片っ端から使い、底を焦げつかせたせいで鼻を刺すにおいが家に充満する。

「じろじろ見ないで、父さん。自分でできるから」

ぼくはお手上げのポーズで後ろへ下がる。

パスタはまだ硬く、ソースは水っぽく味がしない。小さな肉の塊は冷たいままだ。それでも出されたものはすべて平らげる。

「こんなうまい夕食は初めてだ。ありがとう、子猫ちゃん。今日買ってきた牛の肩肉を使ったんだね」

ローレンがうなずく。

「おやおや、あまり食べてないね」

「お腹空いてなくて」

「母さんがよく言っていたよ、〝シェフはあまり食べないものよ〟とね。おまえのお祖母《ばあ》ちゃんさ。しょっちゅうそう言っていた。それと、〝女の人にいかれてるなんて言わないで〟ともね」

「わたしのお祖母ちゃんじゃない」ローレンが静かに言う。その言葉は聞き流す。今日はずいぶんがんばったのだから。

片づけにしばらく手間取ったあと、静かに夜を過ごすことにする。ローレンはキッチンの床のまんなかにすわりこむ。夜なのに涼しくならず、むしろ暑くなってきたようだ。ふたりとも肌が汗ばんでいる。

「窓をあけちゃだめ、父さん？」

「だめだ、わかってるだろ」できればそうしたいところだが。部屋には熱気がこもっている。

ローレンが「もうっ」とうんざりした声をあげてブラウスを脱ぐ。肌着が汚れている。そろそろ洗濯をしなくては。紙にマーカーペンを走らせる乾いた音が心地よく響く。その音が止まったのでぼくは顔を上げる。ローレンのまわりにはクレヨンの海とペンの虹ができていて、ペンのキャップはひとつ残らず外れている。

「ローレン！　キャップをはめるんだ、頼むから。ペンだって無料《ただ》じゃないんだぞ」だが、ローレンはぼんやりとした目で遠くを見ている。

「大丈夫かい、子猫ちゃん」返事の代わりに小さなうめき声があがり、心臓が止まりそうになる。額に手をあててみると、そこは石の裏側のように冷たく湿っている。

「ほら、二階へ行こう。ベッドに運ぶから……」

ローレンは返事をしようとするが、その口から熱いゲロをあふれさせる。それを避けようともせずその場に倒れこむ。抱き起こしてみると、漏れてはいけないものが漏れてくる。できるだけ汚れを拭きとり、冷たい水を飲ませ、アスピリンとイブプロフェンで熱を下げようとしてみるが、それもすぐに吐いてしまう。

「しっかりするんだ、子猫ちゃん」そのとき、ぼくにも異変が現れる。自分の声がはるか遠くから聞こえる。白く熱した槍が身体に突き刺さり、はらわたをつらぬく。そこでなにかが煮えたぎりはじめる。なんてことだ。黒と赤が降りてくる。ふたりともキッチンの床に倒れたまま、よじれる腹にうめき声をあげる。

一昼夜のあいだローレンもぼくも起きあがれない。震えと汗が止まらない。時の流れがのろくなり、尺取り虫のように止まっては進む。

ようやく楽になりはじめたところで、ローレンに水と戸棚で見つけたスポーツドリンクを飲ませる。夕方になってからクラッカーにバターを塗ったものを一枚ずつ食べさせる。互いにしがみつくようにして身体を支える。

「そろそろ行かないとな」とぼくは告げる。ローレンの頬にはやや赤みが戻っている。

「行かなきゃだめ？」小さな声。

「いい子でな。また来週会える」ローレンは腕のなかでじっと動かない。やがて叫びだす。ぼくを引っかき、押しのけようとする。嘘だと気づいているのだ。

その身体をきつく抱きしめる。「こうするのがなによりなんだ。頼むよ、子猫ちゃん、暴れないでくれ」

抵抗は続き、しまいにぼくもキレる。「いいと言うまで反省してろ。自業自得だ」

めまいがして腹は煮えている。でもたしかめないと。ゴミ袋を覗く。冷蔵庫をあけっぱなしにしたせいでだめになった牛肩肉がそこに捨ててある。茶色いぐちゃぐちゃの塊のなかで白い蛆虫が蠢いている。中身は朝よりもかなり減っているようだ。喉に熱いものがこみあげるが、どうにか飲みくだす。

ゴミを外に出す。すぐにそうすべきだったのだ。視界がぐらぐら揺れ、空気を固く感じる。こんなに具合が悪くなったのは初めてだ。

ローレンがこんな真似をしたのは数年ぶりだろうか。われながら間が抜けている、友達同士のようなつもりになるなんて。気を緩めたのが間違いだ。

レコードが静寂を切り裂く。女の歌声が家いっぱいに響く。この歌は好きじゃない。タンバリンがうるさすぎる。それでも流したままにする。


ぼくは入念なチェックに取りかかる。ナイフは上の戸棚にちゃんとしまってある。ノートパソコンの戸棚には南京錠が下りている。ただし錠の表面が……なんとなく曇っている。汗ばんだ手でべたべた触られたように。誰かが番号の組み合わせを何度も試したように。娘のことは愛している。でも、あの子が食中毒を起こそうとしたのはまず間違いない。

ペンとクレヨンを数えると、ピンクのペンが足りない。おまけにそれを戸棚にしまいに行ったとき、鳥殺しの犯人候補のリストがクレヨンの箱の上に見つかる。そんなところには置いていないはずだ。手に取ると、そこにはどぎついピンクのインクで名前がひとつ書き足してある。

〝ローレン〟。おぼつかない娘の筆跡。そう、これをずっと恐れていたのだ。

ダンゴムシのようにソファに身を丸めると、視界の端が黒くかすみはじめる。胃がのたうつ。すっかり空っぽにして、おさまったはずなのに。ああ、神よ。

オリヴィア

あの子が来る時間じゃないのは知っているのに、覗き穴から外を見ています。愛は希望でもあるから。灰色の空、まばらな草、凍てついた三角形の歩道。外はひどく寒そうです。こんな日には、家飼いの猫でいるのも悪くないかも。

後ろでテレビの音がしています。早朝の通りをウォーキングとかなんとか。テッドはわたしが寂しくないように、ときどきテレビをつけっぱなしにします。ときどき勝手につくこともあるみたい。ずいぶんおんぼろだから。テレビはたくさんのことを教えてくれます。それに、すっかりおなじみになったかん高い音をかき消してくれるし。イィィィイィ、ィィィィィ。

いつのまにかうとうとしていたのか、声に話しかけられてはっと目が覚めます。〈主〉のお言葉かと最初は思って、急いで身を起こします。なんでしょう?

「トラウマを解き明かす必要がある。その根源を。そこへ戻ってみるんだ、克服するために」

あくびが出ます。ときどきテレビに出てくるこの〈テッド〉は退屈そのものだから。目も好きじゃないし。まん丸で、小さな青い覗き穴みたい。登場するたび、においまで感じる気がして尻尾がぞわぞわします。埃と古くなったミルクみたいないやなにおい。でも、そんなことってある? テレビのなかの〈テッド〉ににおいなんてないのに！

昼間のテレビは最悪なんです。ホームビデオの投稿チャンネルかなにかみたい。ほかの番組に変えられたらいいのに。

自分のテレビ番組を持てたらいいなと思います。すごく楽しそう。番組名は《オリヴィアはニャにしてる？》。その日食べたものの話をします。愛しいあの子への思いも、トラみたいな目のことも、しなやかな歩き方のことも。お昼寝の種類と質について取りあげてもいいかも、いろんなパターンがあるから。つかのまの深い眠り――そういうのは〝井戸〟と呼んでいます。眠りに落ちるか落ちないか、そんな感じに何時間も続く軽いうたた寝は〝スケートボード〟。テレビで面白い番組（いまやっているのは論外）を見ていて、筋は追っているのに意識は遠のいている、そういう眠りは〝ひそひそ声〟。撫でられているうちに眠たくなって、喉がゴロゴロ鳴る音が深い大地の声と混じりあう……それにはまだ名前はなし。でも最高に気持ちがいいんです。

そんなふうに、わたしの経験や貴重な考えの数々を伝えられたら楽しいはず。いましているのと同じようなことを、映像の形にして。わたしはとびきりカメラ映えするから。

テッド

ローレンが恋しくてたまらない。最初のショックから醒めてみると、はっきりわかった。あの子が鳥殺しの犯人のはずがない。そんなことをするはずがないというより、できないからだ。外へは行けないのだから。どうやって罠を手に入れる？　どうやってぼくに気づかれずにそれをしかけられる？そう、ローレンのはずがない。ぼくを動揺させるために自分で名前を書いただけだ。そういうことをよくやるから。

あの子の扱い方がわかるまで離れているしかない。

虫男のところへ行く日が来るころには、体重がごっそり落ちている。身体は震えるが、どうにかふらつかずに通りを歩ける。助かった。訊きたいことがいろいろある。

虫男がちゃんとドアも閉じないうちから、ぼくは話しはじめる。

「最近、新しいドラマを見はじめたんです。すごく面白いやつを」

虫男が咳ばらいをする。落ち着かなげに眼鏡を押しあげる。太い黒縁の四角い眼鏡で、高級そうだ。

この人の毎日はどんなふうなのだろう。人の打ち明け話ばかり一日じゅう聞かされて、うんざりすることはないのだろうか。

「まえにも言ったが、ドラマの話をするのにこの時間を使うのはかまわない――きみのための時間だから。しかし――」

「女の子が主人公の話なんです、十代の。その子は、その、なんというか、難しいところがあって。つまり、暴力的なんです。人や動物を傷つけるのが好きで。母親はその子をとても愛していて、なんとかして守ろうと、殺すのをやめさせようとする。ある日、母親のせいでその子は怪我をして歩けなくなるんです。その、偶然そうなっただけで、そんなことをする気じゃなかったんですが、その子は母親を恨むようになった。わざとやったんだと思いこんでいるんです。それはあんまりじゃないかと、ぼくは思うんですけど。まあそれで、怪我のせいで家を出られなくなったその子は、それ以来ずっと母親を殺そうとしているんです。母親はいつだって娘がやったことの後始末に必死なのに。娘の本性を隠すために」

「ややこしそうだね」

「それで、思ったんです――これが現実の話だったら、母親になにかできることはあるんだろうかって。娘がまともになって、乱暴でなくなるように。それと、こういうことは遺伝で決まるんでしょうか。つまり、母親への怒りでそんなことをするのか、それとも持って生まれたものなのか」

「生まれか育ちかというやつだね。それはなかなか難しい問題だ。もう少し状況がわかればいいんだが」気づけば、虫男はコオロギのようなまん丸な目でしげしげとこちらを見ている。頭の上で揺れる触角まで見えそうだ。

「でも、ほかにはなにもわかりません。ほら、はじまったばかりの番組なので」

「なるほど。ところで、そろそろ娘さんのことを話してみないか」

「だめだ！」

虫男が見つめる。丸い目が、つぶれたコインみたいに平たくなっている。「誰のなかにも怪物がいる。それを解き放ったからといって、食われたりはしないよ、テッド」

とたんに相手がまったくの別人に見える。害のないちっぽけな虫ではなく、猛毒のクワガタムシだ。息がうまくできない。どうしてばれたんだ？　しっかり用心していたのに。

「きみが思うほど、こちらもばかじゃないよ」淡々とした声。「きみは娘さんを非人間化しているね」

「どういう意味です？」

「娘さんを人間として理解するのは手に余るから、猫に譬えて気持ちを推し量ろうとしているんだろ」

「役に立てないんなら、そう言えばいい」ぼくは思わず怒鳴る。そして深呼吸をひとつする。虫男が首をかしげてこちらを凝視している。

「すみません。すごく失礼なことを言って。むしゃくしゃしてるんです、むかつくドラマのせいで」

「ここでは安心して怒りを表してくれていいんだ。さあ、続けよう」相手は元どおりに小さく無害に見える。さっきのは気のせいだろう。いつもの虫男だ。

トラウマや記憶がどうのといったお決まりの話がはじまるが、耳には入らない。トラウマなどないと何度言っても虫男は聞こうとしないのだ。こんなときはシャットアウトするにかぎる。

相手の前でかっとなったのは失敗だった。話が脱線して、知りたい答えが得られなかった。ローレンのせいですっかり余裕がなくなっている。自分を殺そうとしている相手と暮らすのは楽じゃない。

電柱に貼られたポスターは風雨にさらされて黒ずみ、破れかけている。チワワのおばさんの顔は幽霊みたいになりつつある。おばさんの家を見ないようにして前を通りすぎる。家と目が合いそうな気がして怖い。虫男からもらった茶色い小袋を、ぼくはぎゅっと握りしめる。

オリヴィア

窓の外は真っ暗で、星も月も見えない。テッドはずっといない。どのくらいになるだろう、二日？　三日？　ちょっと無責任だと思う。

キッチンのわたしのボウルには、なにかの生き物がのたうっている。もう、そんなもの食べられない。水は蛇口から垂れてくるのを舐めてどうにかする。壁の奥でカサカサとなにかが動きまわる音がする。ひもじくてたまらない。

もちろん、食べ物にありつく方法はあるけれど……。ため息が出る。できればあいつを呼びだしたくはない。わたしはおとなしい猫だから。ほんの少しの光があって、ときどき撫でてもらい、階段の手すりで気持ちよく爪を研げさえすればそれで満足。わたしはテッドの飼い猫で、〈主〉の思し召しどおり、彼を喜ばせたいと思っている。それが絆というものだから、でしょ？　命を奪って喜んだりはしない。でも、ひもじさには耐えられない。

目を閉じるとすぐさまあいつを感じる。心の奥の黒いよどみのなかに身をひそめて、いつでも待ちかまえている。

おれの出番か？

ええ、と仕方なく答える。**あなたの出番よ。**

わたしはテッドの猫。でも、ほかの顔も持っている。少しのあいだなら、そっちの自由にさせてもかまわないはず。誰だってどこかに野蛮な顔を隠し持っていると思う。わたしは自分のそれを、ナイトタイムと呼んでいる。

あいつがするりと身を起こす。わたしと同じで毛並みは黒、でも胸に白い筋はない。自分の一部なのでたしかめるのは難しいけれど、あいつのほうが身体も大きい気がする。オオヤマネコくらいはあるかもしれない。きっとそうだと思う、ナイトタイムは大昔のわたしたちの記憶だから。つまり、殺し屋だ。

狩って、とわたしは告げる。

ナイトタイムがピンクの舌で白い牙を舐める。そして、優雅な身のこなしで暗がりから姿を現す。

われに返ったとたん吐き気がこみあげる。いまいるのはなぜかバスルームだ。ドアは開いていて、階段の上の天窓が見えている。外はまだ漆黒の闇で、東の空もピンクに染まっていない。

目の前のタイルの上に血まみれの骨の山がある。きれいにしゃぶりつくされている。お腹は得体の知れない肉で膨れている。なんの肉だろう。キッチンの壁の奥でいつも鳴いているネズミ？　それともリスかもしれない。屋根裏部屋に巣があるから。ときどきキーキーと鳴きながら梁の上で駆けっこをする音が聞こえている。たぶんリスだと思うけれど、もしかすると幽霊かもしれない。わたしは屋根裏部屋には入らない。窓がないから。窓のある部屋しか好きじゃない。ナイトタイムはそんなことは気にしない。

幽霊のことを考えたせいで、変な感じに胸がざわつく。目の前の残骸がネズミやリスには見えなくなってくる。小さな〈テッド〉の手の骨みたいだ。

なにかが天井を這いずっている。リスよりずっと重たそうななにかが。わたしはダッシュで階段を下りて、暖かく居心地のいい箱にもぐりこむ。

テッドはナイトタイムのことを知らない――というより、わたしたちの違いに気づけない。言葉の壁があるから、もちろん説明することもできない。できたとしても、なんて言えばいい？　ナイトタイムはわたしの一部で、ひとつの身体をわたしと分けあっている。そんなこと、きっと猫にしかわからない。

夜はまだ長く、お腹もまた空いてくる。

またおれの出番か？

そう、出番よ。

ナイトタイムがふたたび躍りでる。喜々とした足取りで。

テッド

バター色の髪の彼女はイエスと言った。驚きだ。もっと警戒されるだろうと思っていたのに。案外、みんな疑うことを知らないのかもしれない。ふたりで夜どおしやりとりをした。〝自分と同じくらい海が好きな人と知りあえてすごくうれしい〟と相手は書いてよこした。それについてはかならずしも事実とは言えないが、会ったときに説明するつもりだ。

でも、いったいいつ、どこで会えばいい？　着ていくものは？　彼女は本当に来るだろうか。いったん考えだすと、なにもかもが悲惨に思えてくる。着ている服に目を落とす。よれよれのシャツ。昔、自動車の修理工場で働いていたときのものだ。赤ワイン色が褪せてピンクに近くなり、綿の生地はところどころ紙みたいにぺらぺらになっている。それにもちろん、胸ポケットには名前が入っている。忘れたときには便利だ、ハハハ。でも女性受けするとは思えない。ジーンズも履き古してすっかり灰色で、あちこちに黒ずんだしみが散っている。ケチャップかなにかだろう。両膝に穴があいているが、おしゃれには見えない。なにもかもが色褪せている。鮮やかな色のほうがいい、うちのすてきなラグのオレンジみたいな。

相手の青い目とバター色の髪のせいで、よけいに惨めになる。なぜぼくにこんな思いをさせるのか。

なぜ話し相手に、デートの相手に選んだりしたのか。ぼくを目にしたときの彼女の表情が早くも思い浮かぶ。きっとくるりと背を向けて逃げだすだろう。

母さんと父さんが銀の額縁のなかから見ている。純銀製の重たい額縁だ。ずるずると先延ばしにしていたが、そろそろ潮時だろう。写真を注意深く取りだす。それにキスをしてからくるくると丸め、オルゴールの底に大事にしまいこむ。壊れた小さなバレリーナが横たわる、メロディつきのその棺に。

母さんがいなくなったあと、ぼくは質屋通いを覚えた。銀のスプーンも、父さんが自分の父さんからもらった懐中時計も、いまはもうない。家はどこもかしこも、ものが置いてあった跡や、空っぽになった場所だらけだ。最後まで残しておいたのが額縁だった。

質屋はむっとする埃っぽい通りにあり、店内は薄暗い。店主から額縁の代金を受けとる。必要な分には到底足りない。でも、これで間にあわせるしかない。こういう場所はあれこれ訊いたりしないから好きだ。お札の手触りが心地いい。オルゴールのなかで暗闇を見つめながら色褪せていく母さんの顔は思い浮かべないようにする。

西へ歩くとショーウィンドウに服が並んだ店が見つかり、なかへ入る。いろんなものが売られている。釣り竿、毛針、餌箱、ゴム長靴、猟銃、銃弾、懐中電灯、携帯用コンロ、テント、浄水器、黄色いズボン、緑のズボン、赤いズボン、青いシャツ、チェック柄のシャツ、Tシャツ、反射材つきジャケット、大きな靴、小さな靴、茶色いブーツ、黒いブーツ……ざっと見ただけでもこんなにある。動悸が急に激しくなる。これじゃ多すぎる。選べない。

カウンター奥の店主は茶色のチェックシャツに茶色のジーンズ、緑色の袖無しの上着みたいなものを着ている。ぼくと同じ髭面で、顔もちょっと似ているかもしれない。それでふと思いつく。

「その服、買えますか」と指差して訊く。

「え？」

辛抱強い人間なので、いま言ったことを繰り返す。

「おれが着てるやつを？　お客さん、ツイてるね、なにからなにまでそろってますよ。なかなかの着こなしでしょ？」

別に気に入ったわけじゃない。幼稚園児みたいな名前入りのシャツでデートに行かずにすむなら、なんだっていい。

「いま着てるやつをもらおうかと思って。脱いでもらっても？」

店主の首がこわばり、瞳孔が狭くなる。怒ったときの哺乳類の反応はみんな同じだ。「いいか、あんた――」

「なんてね」とあわてて言う。「引っかかったね、あんた。あと、ワンピースはあるかな。たとえば、いろんな色を使ってあるやつとか。でなきゃ、青のやつとか」

「うちはアウトドアの店なんでね」店主がけわしい目で見据える。どうやらひどくしくじったらしい。店主は無言でラックから服を取ってくる。試着もせず、ぼくは叩きつけるようにカウンターに金を置いて立ち去る。

待ち合わせのバーには早く着いて、カウンター席にすわる。両脇はキャップに革ジャンの大柄なトラック野郎たちだ。新しい服を着たぼくもそのひとりに見える。だからこの店を選んだ。目立たずにすむ。

店はハイウェイぞいにあり、裏手には長いベンチ席が並んでいる。バーベキュー用の。このところ暑いので、外の席がいいと思った。木々がライトアップされていて感じがいい。女性はそういうのが好きだ。でも、じきに気づく。ここで待ち合わせたのは失敗だった。今夜は雨、それも蒸し暑く陰気な雷雨だ。誰もが店内に押しこめられている。ベンチも夕涼みも木々のライトアップもないと、まるで別の店だ。たまにゲップが聞こえる以外はひっそりしている。音楽もなく、やけにまぶしい天井の蛍光灯が、ビールの空き瓶や空き缶だらけのアルミのテーブルをぎらぎら照らしている。ブーツの泥でぬるぬるしたリノリウムの床。われながら、その、感じのいい店だと思ったのに、いまはひどい。ボイラーメーカー（ビールで割ったウィスキー）を注文する。カウンターの奥は鏡張りで、それもあってこの店を選び、この席についたのだ。入り口がばっちり見えるように。

彼女が雨に濡れて入ってくる。ひと目見てわかる。写真の姿そのままだ。バター色の髪、やさしそうな青い目。店内を見まわしている。その様子を見ると、店のひどさがいっそうはっきりする。女の客はひとりきり。さっきまで気づかなかったが、においもする。掃除が必要なハムスターのケージみたいなにおいだ――あるいはネズミの（だめだ。そのことは考えるな）。

彼女はアルミのテーブルのところへ行ってすわる。お人好しなのか、それとも必死なのだろうか。真っ白な歯をしたストック写真の男が待っていないと気づいたとたん、さっさと引きあげるかと思っていたのに（自分の写真は載せていない。それはいち早く学んだ。使ったのは、どこかの会計事務所のサイトで見つけたものだ。写真の男は書類にサインするポーズをとりながら、カメラに向かって白い歯でにかっと笑っている）。彼女はくたびれた感じのウェイトレスになにか注文する。炭酸水だ。お人好しでも、分別はあるらしい。やわらかなバター色の髪がゆらりと垂れかかり、顔を隠す。着ているのは青いワンピース。ジーンズやチェックのシャツで来る相手もいるが、そういうのは好みじゃない。でも彼女は合格だ。細かいことを言えば、ワンピースはふわりと揺れるオーガンザではなく分厚いコーデュロイかデニムで、履いているのもサンダルじゃなくブーツだが、それでも十分に近い。

メッセージのやりとりで念入りに誘導したせいだ。たとえば、いつも聴いている女の歌手の《ブルー》というアルバムの話をして、お気に入りの一枚なんだと打ち明けたり。青は娘の瞳の色だから好きなんだと伝えたり。打ちとけてくると、きみの瞳の色でもあるからねとも書いた。穏やかな、やさしい海みたいな色だね、と。正直な気持ちだ、本当にすてきな瞳だから。もちろん彼女は喜んだ。〝会うときは、お互いに青い服にしたらどうかな、目じるしに〟と提案すると、すてきなアイデアだと返事が来た。

いま着ているフランネルのシャツは茶色と黄色だ。帽子は緑。ジーンズまで茶色い。新しい服はちくちくするが、少なくとも名前は書いていない！　ひとり目のときと同じく、店に入ってきた彼女がぼくを見るなり帰るのでは、そう思うと耐えられなかった。だからずるをしたのだ。悪いとは思っている。でも、すぐにそばへ行って説明するつもりだ。本当に欲しいのは友達で、デート相手ではないことも。ちゃんと謝れば笑い話になる。いや、どうだろう。緊張のあまり頭がずきずきしはじめる。

彼女が携帯電話に目をやる。ぼくが来そうにないと思っているのだ。というより、白い歯の男が。それでも二十分はたっていないから、まだ待っている。遅刻した相手を二十分待つのは常識だ。それに、希望は最後まで死なないものだからだ。それとも土砂降りのなかへもう一度出ていくまえに、ひと息ついているだけかもしれない。彼女は炭酸水に口をつけて顔をしかめる。飲みつけないもののようだ。こちらはボイラーメーカーのお代わりを注文する。そろそろ声をかけないと。景気づけにこの一杯は飲んでしまおう。

きっかり三十五分待って彼女は立ちあがる。がっかりしたように伏し目になっている。悲しませてしまった、そう思うと気がとがめる。腰を上げて呼びとめようと思うのに、なぜかできない。鏡ごしに見ていると、彼女は青いシルクのようなものを首に巻く。スカーフにしては細く、リボンかネクタイみたいだ。テーブルに五ドル札を置いて彼女が歩きだす。踏ん切りをつけるみたいに早足で。そして槍のように降りしきる雨のなかへ出ていく。

ドアが閉じて彼女が見えなくなったとたんに身体が自由になる。飲み物を喉に流しこみ、上着を着てあとを追う。気後れのせいで、こんなふうに待ちぼうけさせてしまったことが後ろめたくてたまらない。なんとかしないと。あわてたせいで濡れたリノリウムに足をすべらせる。このまま行かせるわけにはいかない。わけを話せば彼女もわかってくれる、きっとそのはずだ。とてもやさしい、とても青い瞳をしているから。どんな料理を作ってあげよう。チョコレート風味のチキンカレーがいい。万人向けじゃないが、彼女なら気に入るはずだ。

ぼくは嵐のなかへ飛びだす。

まだ午後は終わっていないが、雲が分厚く垂れこめていて夕方のようだ。雨粒が銃弾のように水たまりを打っている。駐車場はトラックやヴァンでぎっしり埋まり、彼女の姿が見あたらない。少しして、敷地のいちばん奥にいるのが目に入る。小さな車のなかに、ほのかな明かりに包まれてすわっている。顔が濡れているのは雨のせいか、いや、泣いているようだ。運転席のドアはあいたままで、帰るのをためらっているように見える。首もとに手をやり、バッグを探ってティッシュを引っぱりだす。顔を拭いて洟をかむ。なんて気丈な振る舞いだろう。彼女は人生を変えようとぼくに会いに来た。そして打ちのめされた。待ちぼうけを食ったのだから当然だ。なのにあの姿はどうだ。涙を拭いて気持ちを切り替えようとしている。あんな人にならオリヴィアやローレンをまかせられる。ああいう人柄こそ友達に求めているものだ。彼女なら、ぼくが消えてもローレンたちの力になってくれる。

猛烈な雨のなか、ぼくは頭をかがめ、車と車のあいだを抜けて彼女に近づく。

ディー

「手助けが必要ならどうぞと言ったね」

「え？」日曜日の早朝、ディーがドアをあけるとテッドが立っている。心臓がけたたましく鳴り響きはじめる。ばれたんだ、わたしが何者で、なぜここへ来たのか。しっかりして、ディー・ディー、と自分に言い聞かせる。灰色の日曜日の朝に殺人なんて起きたりしない。いや、もちろん起きる。あくびで怯えを押し殺し、目をこすって眠気を追いはらう。

テッドがそわそわと足を踏み替える。頬ひげはひときわぼうぼうで赤く、皮膚は生白く、目は小さくしょぼしょぼして見える。「その、この腕のせいでなにか不便なことがあったら、手伝ってくれると言ったね。本気じゃなかったかもしれないが」

「もちろん本気。どうしたの？」

「この瓶があかないんだ」

「貸して」ディーが蓋に力をこめると、それはあっけなく開く。中身はメモ一枚。丁寧なブロック体でこう書かれている。〝飲みに行こう〟

「すてき」平静を装いながら、せわしなく考えをめぐらせる。

「その、友達としてね」テッドがあわてて言う。「今夜は？」

「ええっと」

「いや、ここにいない日も多いもんでね」

「へえ」

「これからは、週末の場所で過ごす時間が増えそうなんだ」

「コテージみたいな？」

「まあね」

「湖のそばでしょ」鼓動が速くなる。「あそこ、すてきだから」

「いや、きみは知らないところだ」

「とりあえず、あなたがいなくなるまえに飲みに行ったほうがよさそうね」

「待ち合わせは101号線ぞいのバーで。七時でも？」

「大丈夫。それじゃ、そこで」

「そうだね。よかった。サヨナラ！」後ずさりで離れていこうとしたテッドがよろけ、倒れこみそうになるが、どうにか体勢を立てなおす。

「どうやら」居間に戻ったディーは言う。「デートに誘われたみたい」

黄色い目の猫が顔を上げる。その猫とは気が合うようで、お互い触られるのは苦手だ。

「今夜やらなきゃ、あいつが窓を直すまえに」誰に言い聞かせているつもりだろう、とディーは心でつぶやく。**さっさとやってしまおう。**

午後六時三十分、銀色がかった夕闇のなか、ディーは居間の窓の前にうずくまってテッドの家を見張っている。光の加減ですべてがビロードのようなつやを纏って見える。不可思議な神話の世界みたいだ。しびれた足で待っていると、隣から解錠音が三回聞こえる。裏口のドアが開閉する。今度は施錠の音。テッドの足音が遠ざかり、ピックアップトラックのエンジン音が響く。五分待ってからディーは震える身体を壁で支えて立ちあがる。静かに裏口を出てフェンスをまたぎ、テッドの家の裏庭にしのびこむ。オオアワガエリやシロガネヨシが伸び放題なせいで、通りからは目立たない。それでも急がなくては。居間の裏手の窓のところへ行き、オーバーオールのポケットからネイルハンマーを出す。窓をふさいでいるベニヤ板の釘を抜きにかかる。抵抗するような小さなきしみがあがるが、ようやく板が緩んで外れる。ここの窓の掛け金は錆びついて脆くなっている。このあいだ家に入ったときに気づいた。板を打ちつけてあるので、テッドは忘れているのだろう。窓ガラスを押しあげる。ペンキの欠片が雪か灰のようにあたりに舞う。

なかへ入れて、なかへ入れて。いまは自分が窓の外の幽霊だ。ディーは片足を窓台にかける。なかへ入ると、とたんに見られているような感覚に襲われる。緑色の壁の居間に立ち、埃を吸いこみながら、暗がりに目が慣れるのを待つ。テッドの家には野菜スープとよどんだ古い空気のにおいがしみついている。もの悲しさににおいがあるなら、こんな感じにちがいない。

「おいで、にゃんにゃん」とやさしく呼びかける。「どこにいるの、猫ちゃん」気配はない。ここを出るときにテッドの猫も連れていくつもりでいる。こんなところにいるのはかわいそうだ。そのとき、部屋の隅からなにかが光る目でこちらを見ているような気がする。いや、街灯の光が傷だらけの銀色の箱に反射しただけだ。埃をかぶった暖炉の上にはその箱しか見あたらない。一カ所だけ埃が積もっていないところがあるのは、額縁かなにかが最近までそこにあったのだろうか。

さっそく家じゅうを調べにかかる。時間はあまりない。居間を出てキッチンへ。冷凍庫はあいたままで、蓋が壁に立てかけてある。地下室はなさそうだ。ラグをめくってその下をたしかめ、床板の上を注意深く歩いて跳ね上げ戸がないか探る。

続いて二階へ。カーペット敷きの階段をのぼりきると、埃っぽい板張りの床が現れる。狭苦しい廊下をふさぐように置かれた箪笥の横をすり抜ける。扉は施錠されていて鍵は見あたらない。屋根裏部屋もなさそうだ。

寝室に入ると、壁際にずらりと買い物袋が並んでいる。衣類がそこからあふれだしている。クロゼットのなかには壊れたハンガーが一本、服はなし。引っ越してきたばかりのようにも見えるが、ずっとまえからこのありさまなのは雰囲気でわかる。これまでも、これからも、変わらずこうなのだろう。ベッドは乱れ、毛布は蹴飛ばされたときのままだ。シーツの上には一セント玉がいくつか散らばっている。近づいてみると、それは硬貨ではなく黒ずんだしみだとわかる。においを嗅いでみる。錆びた鉄のにおい。血だ。

バスルームはまえに見たときと同じでほとんど物が置かれていない。ひびが入り小さくなった石鹼、電気剃刀、ドラッグストアの黄色いピルケースに入った薬がいくつか。洗面台の上の、鏡を外した跡。写真を撮っておくべきだが、携帯電話もカメラも持ってきていないので、できるだけ目に焼きつけることにする。鼓動が轟いている。

もうひとつの寝室には事務机と椅子が置かれている。ソファにはピンクの毛布。壁には少しずつ上達が見られる、ユニコーンの絵が何枚か。戸棚はここも施錠されていて、三桁のダイヤル式の南京錠がいくつも取りつけられている。よく見ようと身をかがめ、錠のひとつのダイヤルにそっと触れてみる。

階下で床板がきしみ、心臓をわしづかみにされる。壁の奥からもカサカサと音が聞こえて思わず悲鳴をあげるが、かすれ声しか出ない。ネズミの足音だ。でも普通のネズミにしては音が大きい。ドブネズミかもしれない。壁にもたれて胸の轟きを抑えながら、なんとか頭を働かせようとする。バーにいるテッドはいつまでひとりで待つだろう？　帰ってきたテッドが暗がりに立ってこちらを見ている姿が目に浮かぶ。虚ろな目、がっしりとした手首。もう行かないと。

鍵を挿しこむ音が聞こえないかと怯えながら、しのび足で階段を下りる。軽いしゃっくりみたいな浅い呼吸が止まらない。いまにも気絶しそうで、それでいて異様なこの状況にぞくぞくしてもいる。そのとき、なにかが視界をかすめる。黒くほっそりしたものが居間の隅からこちらを見つめている。一瞬、心臓が止まる。

「ねえ、猫ちゃん」張りつめた静寂を破ろうとディーは小さく呼びかける。「女の子を見なかった？」そこにあるのは影と埃ばかりだ。猫はさっさと逃げたか、元からいなかったのだ。窓のところへ戻ろうとして、ぼこぼこした汚い青のラグに足をすべらせ、かすれた悲鳴をあげる。外へ這いだすときにも頭をぶつけて悪態をつき、窓を下ろして家と自分とを遮断してから、ようやくひと安心する。夜気は甘くやわらかく、暮れていく空が美しい。

ディーは震える手でベニヤ板を拾いあげる。古い釘は折れ曲がり、錆びついていて使えない。それを丁寧に抜いて、ポケットの釘を使って板を元どおり打ちつける。新しい釘は工具店で買ってきたばかりなので、鋭く尖っていてぴかぴかだ。釘を打つ音が棺を連想させ、頭を振ってそれを締めだす。ぼんやりしている場合じゃない。古い穴に新しい釘を正確に打ちこまないといけない。通りかかった誰かに音を聞かれたら、草むらから這いだして夜の闇にまぎれるところを見られるかもしれないから、急いですませないと。

家に戻ると、全身ががくがく震えているのに気づく。熱でもあるみたいだ。たしかに寒気がひどい。

薪ストーブに火を点け、痙攣と悪寒に襲われながらその前にすわりこむ。以前はそんなふうになると病気だと思った。そのうちそれが、苦しみを発散するための身体の反応なのだと気づいた。

ルルはあの家にはいない。ついさっきまでは、妹がごく近くにいるものと思っていた。すぐそばに息遣いを感じるほど。妹はあの家に囚われている、それが唯一の望みだった。すっかりそう信じさせておいて、こんなのあんまりだ。そんな思いが喉を締めつける。それでもなんとか気を取りなおす。あそこにいないなら、ルルは別のところにいるはず。

「週末の場所」とつぶやく。それが答えだ、そうに決まってる。

ガラス扉の奥で真っ赤な火がおこり、炎があがる。それを見つめながらディーは両手で口を覆って囁きかける。

「行くからね」

オリヴィア

窓のところでトラ猫を待っていたとき、あの音がまた鳴りはじめました。アオバエの羽音を鋭くしたような音。頭のなかを小さな針でちくちくやられているみたい。家じゅう駆けまわってみても、すすり泣くようなその音はしきりに頭をつっきます。ソファのクッションに噛みついて穴をあけ、寝室の枕を爪で切り裂いてみてもだめ。いったいどこから聞こえるの？

いまこれを聴いてみたところ。テープにはっきりとその音が残っている。気のせいじゃない。本当に聞こえているのだ。ほっとしたような、その逆のような気がする。どういうことか突きとめないと。わたしは刑事に向いているから、そう、テレビで見るような。なんたって観察眼が鋭いし――

たったいま、最悪なことが起きました。

わたしはここにすわって、いやな音を耳からかきだそうと頭を引っかいていたんです。すると、鍵を挿しこもうとする音が繰り返し聞こえてきました。何度目かでようやく鍵穴が見つかったみたいです。カチャン。玄関ドアの錠がひとつずつ外れます。カチャン、カチャン。いやだ、すごく酔っぱらってるみたい。

「やあ、ローレン」わたしは喉を鳴らして近寄りました。テッドがわたしの頭を撫で、耳をくすぐります。「ごめんよ、子猫ちゃん。オリヴィアだったな、間違えた」ううっ、息がお酒臭い。

火には近づかないほうがいいんじゃないとわたしは話しかけました。テッドには思ったことを伝えるようにしています。正直なのがいちばんだから、たとえテッドがこれっぽっちも理解できなくても。

テッドは千鳥足で入ってきて、ガラスの奥から見ている両親にキスをしてから、ソファにすわりました。瞼がくっつきそうになっています。「彼女は来なかった。一時間も待ったんだ。みんなじろじろ見てた。バーで待ちぼうけを食った負け犬を。そう、バ、ー、で」それがなにより最悪だというように、そう繰り返しました。「やさしくしてくれるのはおまえだけだな」汗ばんだてのひらで、ぽんと頭を叩かれます。「愛してるよ、子猫ちゃん。おまえとふたりきり、あとは敵だ。約束をすっぽかすなんて。なんであんなひどい仕打ちを？」テッドはため息をついて、そこで限界が来たみたいに目を閉じました。片手をだらんと垂らします。理不尽を訴えるようにてのひらを上に向け、指を軽く曲げて。息遣いがゆっくりになり、肺を空気が出入りするたび、重く引きずるような音がしはじめました。眠っているテッドは若く見えます。

玄関では夜風に吹かれてドアが揺れていました。テッドがきちんと閉じなかったから。

わたしは床に飛び降りました。今日の絆の紐は細くて、しゃれた紫色です。ドアに近づくにつれて紐が首を絞めつけ、戸口まで行くと息をするのがやっとになりました。開いた戸口が燃えあがり、白い光を放ちます。と、重たい手に頭をつかまれました。テッドがわたしの耳を無造作に撫でまわします。眠っていたんじゃなかったの？

「なあ、外に出たいのか、子猫ちゃん。危ないのは知ってるだろ。外は悪いことだらけなんだから、おまえは安全なところにいないと。でも、どうしても出たいんなら……」

外に出る気なんてなかったのとわたしは答えました。〈主〉に禁じられているから、そんなことしない。

テッドが笑いました。「まずはおまえをきれいにしないとな。おめかしするんだ」

こういうときのテッドは厄介です。後ずさりで逃げようとしたけれど、両手にがっちりとつかまれ、無理やり腋に抱えられました。ドアに鍵がかかり——カチャン、カチャン、カチャン——キッチンへ運ばれます。テッドがよろめくたびに目の前がぐらつきます。テッドは背の高い戸棚に手を伸ばしてそこからなにか取りだしました。幅の広い、ぎらつくナイフを。刃先がヒュッと空を切ります。わたしは必死にもがき、爪や歯を立てて抵抗しようとしました。

テッドはわたしの首根っこをつかんで持ちあげました。ナイフが小気味よい音を立てたかと思うと、わたしのやわらかな黒い毛があたりに舞います。テッドはくしゃみをしながら毛の塊をどんどん刈り落としました。首や背中、尻尾の先からも。わたしを抱えこんでナイフも持ち、毛の束までつかめるなんて不思議だけれど、酔っぱらうと集中力を発揮するんです。

やがて、動きが止まりました。わたしを抱えていたテッドの腕が硬直しました。顔もこわばり、目も虚ろです。背中から数センチのところで止まったままの刃に触れないように気をつけながら、わたしは腕から抜けだしました。テッドはナイフを握ったまま彫像みたいにキッチンに突っ立っていて、やわらかい毛がふわふわ漂っていました。

わたしはそろそろとそこを離れました。後ろからついてきた紐は薄汚れた黄色に変わり、くたびれた靴紐みたいにすっかり細くなっています。

毛を刈られたところが冷たくてたまりません。テッドがわたしの尊厳や気持ちを傷つけるのは許せます。それが〈主〉の思し召しなら。でも、ものには限度がある。わたしをこんな姿にしていいはずがない。ああもう、腹が立つ。あの自分勝手なくそった……お許しください、〈主〉よ。でも、行いには報いがあることを、テッドに思い知らせないと。

わたしは居間へ行って本棚に飛びのり、バーボンの瓶を押しやる。床に叩きつけられた瓶は粉々に砕けてきらきら輝く。ガスみたいな強烈なにおいが広がって、目に涙がにじむ。ふと、なにかを思いだして心がざわつく。いつか見た夢かなにかだろうか、暗い場所に閉じこめられて、酸を注いで殺されようとしている……。尻尾がぴくっと震える。夢で見たのか、それともテレビか、とにかくいやな記憶だ。

暖炉の上に飛びのって、今度は気持ちの悪いでぶっちょの怪物の人形を床に叩き落とす。落ちる途中にぱかっと開いて、赤ん坊たちが飛びだす。床に落ちてばらばらに砕ける。大虐殺だ。両親の写真も叩き落とそうとしてみる。無駄なのはわかっているけれど、試してみずにはいられない。めげない性格だから。こんなにびくともしないなんて、テッドはいったいなにをしたんだろう——瞬間接着剤でくっつけたとか？　銀の額縁のリスたちはいつにも増して髑髏っぽく見える。銀製品なのにまだ売られていないのが意外だ。ひょっとするとテッドにも動かせないのかも！

別にかまわない、ほかにも考えがあるから。わたしはしのび足でテッドの寝室に上がり、クロゼットにもぐりこんで、どの靴も片方だけにおしっこを引っかける。

〈主〉はお気に召さないと思うけれど、目には目を、だ。

テッドが呼んでいる。声には黒い棘がたくさん含まれているけれど、そばには行ってやらない。

テッド

がつんという衝撃とともにわれに返る。腹を殴られたみたいに息が苦しい。片手にはナイフを握っている。キッチンの高い戸棚に隠してある大きなナイフだ。そこにあることはぼくしか知らない。幅広の刃はぴかぴかに磨きあげられている。薄暗い日の光が刃の腹で躍り、切っ先が不気味にきらめく。つい最近研がれたばかりだ。

「おとなしく《ステディ》してろ、リトル・テディ」韻を踏んでるな、と笑いが漏れる。

まずは基本的な確認を。ここはどこで、いまはいつか。どこかはすぐわかる。居間をたしかめる。陽気で鮮やかなオレンジ色のラグ。オルゴールの舞台の上で堂々と背筋を伸ばしたバレリーナ。ベニヤ板の丸い穴は灰色、外は雨だ。よし、わかった。ここはわが家だ。下にいる。

いつなのかは、もう少しややこしい。冷蔵庫のなかにはボトルに半分残ったミルク。黄みを帯びて酸っぱいにおいがする。それとピクルスの瓶。そのほかは、がらんとした白い空間があるだけだ。ゴミ箱には空き缶十六本。どうやら、記憶が飛んでいるあいだに家にあるものを食べつくし、飲みつくしたらしい。ただ、驚くほどきちんと片づいている。キッチンもきれいだ。漂白剤のにおいまでする。

「子猫ちゃん」と呼びかけるが、オリヴィアはやってこない。不安で頭がいっぱいになる。具合が悪いんだろうか、まさか、死んでしまった？　最後に浮かんだその考えのせいで、パニックがどっと押し寄せる。ゆっくり呼吸しないと。心配ない、隠れているだけだ。

今回は何日も時間が飛んでいる。三日ほどだろうか。テレビで確認する。ああ、じきに正午だ。なら、だいたい三日くらいだろう。

家じゅうを歩いてまわり、戸棚の南京錠や冷凍庫や、あらゆるところをチェックする。記憶が飛んでいるあいだに少々暴れたらしい。オレンジのラグは引っかき傷だらけ、母さんのロシア人形は粉々に壊れている。クロゼットをたしかめると、靴がいくつか濡れている。雨が降ったせいだろうか。川かどこかに入ったとか？　**それか、湖に**と心が囁く。あわててその声をシャットアウトする。一杯飲もうとバーボンを取りに行くが、それも割ってしまったらしい。別にかまわない。新しい瓶と、ピクルスも一個出してくる。

食べようとしたピクルスが手からこぼれる。拾おうとして身をかがめると、白く光るものが目に入る。冷蔵庫の下になにかある。見覚えのあるものだ。でも、ここにあるはずがない。

屋根裏部屋からすすり泣きが聞こえる。緑の少年たちだ。近頃はおとなしかったが、いまはやけに騒がしい。「黙れ！　黙れったら！　おまえたちなんか怖くないぞ！」じつは怖い。ある日目が覚めると、屋根裏部屋でひょろ長い指をした緑の少年たちに囲まれていて、自分も少しずつ緑に染まって消えてしまうという悪夢にうなされることさえある。冷蔵庫の下から白いビーチサンダルを引っぱりだして、ゴミ箱に捨てる。サンダルにはいやな記憶が黴のようにびっしりこびりついている。

ナイフは高い戸棚に戻さず、裏庭に埋める。夜の闇に包まれて。いかした表現だ。まるで夜が、星をちりばめた温かい毛布みたいに思える。ブルーエルダーの木の下にちょうどいい埋め場所が見つかる。

気持ちが静まらないので、テレビの前で新しく出したピクルスを一個食べるとようやく落ち着いてくる。やめるわけにはいかない。ふさわしい女の友達はまだ見つかりそうにないが、簡単にあきらめるつもりはない。

オリヴィア

テッドがまたいない。本当に、このごろはふらふらしてばかりだ。

あの音がひどくうるさい。ィィィィィィィィィィ。頭のなかで響きわたっている。どうしてもお導きが必要だ。だから前肢でテーブルの聖書を払い落とす。それはぱたんと床に落ちて開く。目を閉じて待つ。やがて、耳をつんざくような轟音が響く。家が土台ごとぐらついているみたいだ。大地か空が裂けようとするようなすさまじい音がどんどん激しさを増し、やがて悲鳴に変わる。これがこの世の終わり？　いやだ！　怖い！

ようやく音が弱まりはじめ、心の底からほっとする。まるでめちゃくちゃに振られた塩入れみたいな気分だ。ちょっとのあいだすわりこんで、むかつきがおさまるのを待つ。

それから覗きこむ。目に飛びこんできた聖句は――

エフドは左手で右腰の剣を抜き、王の腹を刺した。剣は刃からつかまでも刺さり、抜かずにおいたため脂肪が刃を閉じ込めてしまった。汚物が出てきていた。

まあ、〈主〉の思し召しが完璧に理解できるものばかりだったら、信仰なんて意味がなくなってしまう。でしょ？　頭のなかの音はあいかわらず続いている。小さなハチが助けを求めているようにも聞こえる。今日は家のなかがなんとなく違って見える。夜のうちに、誰かがふざけてすべてを数センチ左に動かしたみたいに。

居間で話し声がする。テッドがテレビをつけておいてくれたみたいだ。

「トラウマの根源に戻る必要がある」と誰かが言っている。「よく言うだろう、唯一の出口は、立ちむかうことで見つかると。子供時代の虐待の経験は、一度掘り起こして光にあてる必要があるんだ」

音はテレビのなかから聞こえているのかもしれない。といってもテレビは、そう、何百回も調べたあとだ。でも、なにかせずにはいられない。大きなロシア人形が暖炉の上から見ている。虚ろな顔、まん丸い身体。小さい仲間たちをなかに閉じこめて、いつにも増してご満悦に見える。両親も暖炉の上の気味の悪い額縁のなかから見下ろしている。

画面のなかに誰がいるか気づいて、わたしは身をこわばらせ、耳をぺたんと倒す。またこの男だ。こちらをじっと見る丸く青い目。なにかの質問に熱心にうなずいている。居間にあのにおいが立ちこめる――古くなったミルクと埃の。画面に映っているだけだとわかっているのに、なぜかすぐそばにいるような気がする。わたしはすわりこんで前肢を舐める。**いなくなれ**、と小声で言ってみても無駄だ。

わたしのほうがずっとうまくこの番組をやれるはず、と相手に言ってやる。そうすればたいていは気持ちが落ち着く。**あなた、カリスマ性の欠片もないから。**

それに応えるように男がにっこりする。急に話しかける気がしなくなる。なぜだろう、別にテレビの向こうに声が伝わるわけじゃないのに。でしょ？　でも、においはひどくきつい。〈テッド〉のにおいじゃなく、冷蔵庫に長いあいだ入れっぱなしになっていたもののにおいみたいだ。

そのとき、玄関からなにか聞こえる。ドアの外に誰かがいてかすかな音を立てている。わたしはしのび足でそちらへ近づく。ドアの向こうに気配がする。男の〈テッド〉だ。ノックもしないし、ベルを鳴らそうともしない。なら、なにしにここへ？ いやなにおいはそこらじゅうに漂い、ドアのまわりからもぐりこんで敏感な鼻を悩ませる。テレビのなかのにおいと同じだ。どういうわけか、テレビのなかの〈テッド〉が家の外にもいるらしい。番組は録画にちがいない。

外にいる〈テッド〉がドアと枠の隙間からなかの空気を吸いこむ。長々と、念入りに。隙間に顔を押しつけて、玄関のにおいを嗅いでいるみたいだ。わたしのにおいも？ うちのテッドからは、外が危険だと何度も何度も言い聞かされている。あれはこういうことだったのだ。たしかに危険を感じる。居間のテレビのなかから〈テッド〉の小さく丸い硬貨みたいな目が見つめている。「誰のなかにも怪物がいる」と言うのが聞こえる。

隠れないと。どこか暗いところに。そろそろと階段を上がって廊下を進む。屋根裏の幽霊の手が上から伸びてきて、長い爪で廊下を端から端までなぞる。わたしは駆けだす。

テッドの部屋に飛びこんでベッドの下にもぐりこむ。一階のテレビではセレブの〈テッド〉がまだしゃべりつづけている。小さな〈テッド〉たちが受ける仕打ちについて、空っぽの居間に向けて解説中だ。それとも声がしているのはドアの外？

心細くなるとすることがふたつある。聖書に相談するか、うちのテッドの持ち物を壊すか、寝てしまうか。あ、三つだ。まあ、聖書にはもう近づかないだろうけど。さっきはおっかなかった。それに今週はもうロシア人形を一度、オルゴールを二度も壊した。さすがにちょっと後ろめたい。

だから長い長いお昼寝をするしかない。それに、テッドのことも許してあげるつもりだ。もう二日も無視している。でも今日は怖い思いをしたので尻尾が妙に落ち着かない。撫でてもらわないと。

眠れない。何度も寝返りを打ち、喉を鳴らし、目をぎゅっとつぶる。それでもあまりに妙なことだらけで、ぞわぞわする尻尾が休ませてくれない。

テッド

それがやってきたのは、オリヴィアとぼくがソファでモンスタートラックを見ていたときのことだ。オリヴィアのことは少し気にかかっていた。いつになくそわそわしている。おかげでぼくも落ち着かない。オリヴィアはいつも平常心のはずだ。猫とはそういうもの、だろう？　あれこれ気に病んだりしない。

ただの気のせいかもしれない、今日はローレンが恋しくてたまらないから。あそこにいるのがあの子のためなのはわかっているが、子供と離れているのは親には耐えがたい。話をしようとしても、仕返しのつもりか答えようとしない。心が痛む。痛むどころじゃない、万力で心臓をこじあけられるようだ。

隣の家の彼女のことは、いまでも腹が立ってしかたがない。別に、すぐに友達になれると思っていたわけじゃない。それでも試してみられたらと思ったのだ。ワンピースを着た彼女を想像もした。軽く薄い生地で、歩くと足首のところでふわりと揺れるようなやつを。できれば青の。なのに、あのバーでいくら待っても彼女は来なかった。間抜けな思いをした。友達探しは苦戦しそうだ。

先に音を聞きつけたのはオリヴィアだ。たちまちソファの下に消える。少し遅れて、ぼくにも事態が呑みこめる。音はテレビから聞こえているのではなく、あたり一帯に響いている。ばかでかいエンジン音が近づいてきている。ショベルカーか、それともトラクターだろうか。やけにうるさく、やけに近い。こんなところになんの用だ？　通りの突き当たりのこの場所には家が二軒あるきりで、その向こうは森だ。音はどんどん近づいてくる。覗き穴の前へ行って外を見ると、轟音をあげてやつらがやってくる。禍々しい黄色、土がこびりついたばかでかい顎。とまらない。うちの前を通りすぎて森へ向かっている。男が運転台から飛び降りて柵のチェーンを外す。見るからに、なにかとてもまずい、とても大がかりなことが起きるのは明らかだ。重機が通れるように柵が開かれ、ショベルカーとブルドーザーが騒々しく遊歩道の奥へと進みはじめる。

ぼくは玄関を飛びだし、あやうく三つの鍵をかけ忘れそうになる（それでもなんとか思いだす）。隣の家の彼女やほかの住人たちも何人か歩道に出てきて、二台の車両がすさまじい音をあげて木々の向こうに消えていくのを眺めている。

「なにをする気だろう」とぼくは隣の彼女に訊く。動揺のあまりひどい仕打ちのことは忘れていた。

「車は入れないはずだ。野生動物の保護区だから。守らないと」

「遊歩道ぞいに新しい休憩所をこしらえるみたい。ピクニックエリアを。ほら、そうすればハイカーとか観光客が増えるから。そうだ、今朝うちにお宅の郵便物が間違って来てたから、あとで持っていきましょうか」

ぼくはそれを無視して森へ駆けこみ、耳ざわりなエンジン音を追う。姿が見えるところまで追いつくと距離を置いてついて歩く。一キロ半ほど行ったところで重機は道を外れて藪を分け入りはじめる。若木が音を立ててなぎ倒される。子供の悲鳴を聞いているようだ。あの草地から百メートルと離れていない場所で土が掘り起こされている。今日は草地までは掘らないだろうが、明日はわからない。派手なオレンジ色のジャケットを着た男が振り返ってこちらに気づく。ぼくは愛想よく手を上げてみせ、あやしまれないように背を向けて立ち去る。向こうの視界から外れたあとも、騒音が遊歩道を抜けて追ってくる。牙が森を食いあらす音が。

自分を蹴とばしてやりたい。わかっていたことだ——神々をあの草地に長く留めておきすぎたのだ。気づいているかどうかはともかく、人々がその気配を感じとっている。紐で引かれでもするように、あそこへ引き寄せられているのだ。腕の怪我がもう平気かどうか、自分ではわからない。ましにはなったはずだ。痣は薄くなっている。どのみちもう時間がない。今夜、移さないと。

午後がやけに長く、日の入りを何年も待った気がする。それでもようやく、空に深紅の筋を残して夜が訪れる。

やさしい闇に包まれていても、森はもう自分のものには思えない。重機と工事現場のにおいがかなり手前から漂ってくる。掘り起こされた黒い土、殺戮された木々の樹液。無残な残骸のなかに、巨大な黄色い幼虫のように重機がひっそりとうずくまっている。壊してやりたい。どうやればいいだろう。過酸化水素のガスタンクを使えばどうにかなりそうだ。でも森も傷つけてしまうだろう、それはいやだ。

草地に入ると、ぼくは周囲の白い木々を見まわす。ひどく悲しい。ここは神々にふさわしい場所だったのに。でもずっとここに留めておけば、遅かれ早かれ見つかってしまう。ぼくはあまり利口じゃないかもしれないが、これだけはわかる——神々のことは誰にも理解されないはずだ。

肩にかけたシャベルを下ろし、工具袋を広げて掘りにかかる。神々は聖なるしるしをかたどるように十五ヵ所に分けて埋めてある。それぞれの場所は頭のなかで星座のように輝いている。忘れようがない。

一体目の神の丸みを帯びた表面からそっと土を払う。それが埋まっていた土は黒く肥えている。神々が大地を豊かにするのだ。なにか聞こえるかと耳を近づける。神が雨音のような声で秘密を囁く。「この胸に抱いているよ」とぼくも囁き返す。

それを丁寧にゴミ袋に入れてから、バックパックにしまう。そして次の場所へ。東寄りの、指に似た形の岩のそばだ。これはとても脆い。シャベルを脇に置いて注意深く手で掘っていく。あまり深くには埋まっていない。ときどき掘りだして眺めるのが好きだからだ。ビニールの覆いを外す。両腕にかけたワンピースはかすかな月明かりの下で暗い灰色に見える。もう一度明るいところで本当の色を見てみたいものだ。絵葉書の海のような藍色を。でももちろん、昼間にこんなことはできない。両手をジーンズで拭ってから布地を撫でる。指先を通じてワンピースが語りかけてくる。神々はそれぞれ別の記憶を宿し、別の感情をもたらす。目頭がじんと熱くなる。この神を見るといつも悲しくなる。と同時に、興奮に似たうずきも覚える。「この胸に抱いているよ」とまた囁いたつもりが、今度はその声がやけにはっきりと響く。

次の化粧バッグは、草地の中央からやや左寄りにある。これはなるべく手早くすませる。なかには鋭く尖った光るものと、イラクサや酢を思いださせる声が入っている。

ひたすら掘りつづけると、それぞれの神が次々に現れて声であたりを満たす。「この胸に抱いているよ」とぼくは繰り返す。そのたびに、一からまたやりなおすような気持ちになる。神々をこしらえたあのときのことを、あの悲しみを。

ようやく草地は空になる。身体が震えている。すべての神々がぼくの胸に宿り、バックパックはずしりと重たい。いつもここのところで爆発しそうな気がする。穴を埋めて土の上に小石をばら撒き、マーモットかウサギでもいた跡に見せかける。不自然なところがないように。そしてバックパックをそっと持ちあげる。

神々とともに森の奥を目指す。西側には湖があって木立が途切れるので、別の方角を選ぶ。長い年月が過ぎたいまでも、やはり湖には近づきたくない。

どこかふさわしい場所を見つけなくては。神々の住まいなのだから、どこでもいいというわけにはいかない。懐中電灯の光がツタや干からびた灌木をちらちらと照らしだす。今夜はやけに暑く、森が熱を発しているようだ。熱気はヒマラヤスギの幹から渦を巻いて漂い、腐葉土からも立ちのぼっている。セーターを脱ぐ。むきだしの腕や首のまわりにコバエや蚊が黒雲のように集まってくるが、とまろうとはしない。コウモリも頭上で輪を描き、さっと舞い降りてきては、やわらかい腹でぼくの頬をかすめて去っていく。木々の枝は手で触れただけで二手に分かれ、その先に通り道が現れる。ひと息つこうと足を止めると、茶色いヘビがブーツの爪先に親しげに這い寄ってくる。今夜のぼくは森の一部だ。森の懐に抱かれている。

泉が見つかるよりもずっと早く、水音が聞こえはじめる。石に水が滴る澄んだ響きだ。どの方向かはわからない。森の奥ではよくあるように四方八方から聞こえてくる気がする。懐中電灯を消して暗闇に立つ。背中のバックパックがせわしなく震える。なにか尖ったものが背筋に押しつけられている。新しい住まいはまだかと神々がせっついているのだ。導かれるままに、ぼくはイバラや低木の茂みをかき分けて進む。雲は吹き払われ、半月が明るく輝いている。懐中電灯を消したので夜の森の色が見える。すべてが銀色の線で細やかに縁取りされている。

前方に青白く光る樹皮が見えてくる。ここにもシラカバの木立がある。骨の木の。これこそが探していたしるしだ。やっと見つけた。

濡れた黒い石からゴボゴボと音を立てて勢いよく水が湧きだし、細い流れを形作っている。細長いシダの葉がそこに覆いかぶさるように茂っている。その奥にそびえる岩肌に、黒々とした割れ目がいくつも見つかる。どの穴も、大きさといい、形といい、神々を入れるのにぴったりだ。新しい住まいに神を一体ずつおさめにかかる。そのたびに小さく身体が震える。手に持つのがつらいほどのパワーを感じる。

夜明けが東の空をピンクに染めるころ、すべてが終わる。立ちあがって少し下がり、出来栄えをたしかめる。岩肌の奥で神々の囁きが聞こえ、パワーが蔓のように伸びてくる。堂々とそびえるシラカバの木立が見つめている。もうくたくただ。これをするたびに、いつもぼろぼろになる。でもこれはぼくの務めだ。神々の世話をすることが。母さんの望みだから。

森が目覚めはじめている。新しい一日を迎えるために、家への長い道のりを歩きだす。いつもの生活への。元気いっぱいにさえずる鳥たちが足取りを軽くしてくれる。「来てくれなくて寂しいよ」とぼくは呼びかける。それでも、ここにいれば誰も殺しに来ないから安全だ。黄色い重機の横をさっさと素通りする。掘りたければ掘ればいい。神々はもう安息の地にいる。

冷蔵庫のなかにテープレコーダーが入っていた。ぼくじゃ……いや、そんなことを気にしてもしかたがない。

レシピはなし。忘れてしまうかもしれないから、言っておこうと思う。あれを移した。

こんなことをするのは、ただ誰かと話したいせいかもしれない。神々のそばにいると、ひとりでいるよりもっと孤独に感じる。ローレンがいないこともあって、自分が何者かを思いださせてくれるものが必要に思える。いきなり消えて二度と戻ってこられなくなるのが怖くてたまらない。こんなことをしても気分は晴れない。ばかばかしいからやめだ。

ディー

ニードレス通りのすべての家には、ドアの下にチラシが差しこまれていた。それでも黄色い重機がライオンのようにうなりながら通りをやってきたとき、ディーはぎょっとした。ばかでかい金属の口には、過去の殺戮の汚れがこびりついたままだ。

様子を窺おうと家の外へ出る。なかにいるよりもなぜか安心な気がする。近所の住人たちも何人かいて、口も目も大きく開いたまま突っ立っている。

オレンジ色の髪の男性がショベルカーの前に進みでて、運転手に向かって大声で呼びかける。連れている大型犬が身をこわばらせてうなりだしたので、首をつかんで押さえながら、「その蛍光塗料で木にしるしをつけたりしないだろうね」とトラックに積まれた缶を指差す。「そんなものを使うと木が傷む」

運転手は肩をすくめてヘルメットのゆがみを直す。

「わたしは自然保護官《パークレンジャー》なんだ」押さえられた犬が興奮で身を震わせる。「そういう塗料は生態系を台無しにしてしまう」

「それでも、しるしはつけなきゃならない」運転手は平然と答える。「蛍光塗料は昼も夜もよく目立つんでね」話は終わりとばかりに顎をしゃくり、エンジンを轟かせる。ショベルカーが恐竜のように進みはじめる。

首に息が吹きかかり、ディーのうなじの毛が逆立つ。ぎょっとして振り返るとテッドがすぐ後ろに立っていて、頬に顎ひげがかすりそうになる。ちくちくするイラクサを押しつけられているみたいにいらだっているのがわかる。身体がぐらついている。ひどく酔っているみたいだ。

「だめだ、こんなの。こんなことしちゃいけない」

さらに話しかけられ、ディーもなにか答えるが、頭のなかがざわついて聞こえない。秘密が暴かれそうになったとき、人がどんな目をするかは知っている。テッドの目はまさにそれだ。

テッドが重機のあとを追って森へ駆けこむのを見て、ディーははっとする。駆けこまなければならない理由がそこにあるにちがいない。森に隠したものが。でも、追いかけるわけにはいかない。見られたら終わりだ。どうか、隠してあるのが日中は近づけないものでありますように。

ディーは家へ入って窓の前にすわり、ぼろぼろになるまで下唇を噛みつづける。ついていかなかったのは間違いだったかもしれない。せっかくのチャンスを逃がしてしまったかもしれない。テッドはいまごろルルを別の場所に、森の奥深くに移しているかも……。ディーは燃えるような目で木立の奥をにらみつける。

半時間後、テッドが薄暗い遊歩道から姿を現す。ディーの心臓が燃えたち、跳ねあがる。テッドの全身からいらだちが漂っている。自分自身と激しく言い争うかのように、首を左右に振っている。やろうとしていることがなんであれ、まだすんでいないということだ。間にあった。動きだすのは今夜だ。

ディーはハイキングブーツを履いてセーターを重ね着し、黒いジャケットを上に着てからポケットに水とナッツをしまう。それから石のように身じろぎもせずテッドの家を見張る。雲が流れ、太陽が梢の向こうに沈む。夕闇があたりを包む。

いつものように解錠音が三度響き、裏口のドアのきしみが聞こえると、ディーは腰を上げる。暗さのせいで家を出るテッドの姿は見えないが、気配は感じる。街灯の下を通ったときにバックパックが見える。ものが詰めこまれていて、あちこちが鋭く出っぱったり膨んだりしている。道具類だろうか、つるはしとか、シャベルとか？　テッドは通りの先の暗がりに吸いこまれる。その先は明かりが途絶え、あるのは夜の静けさと半分に割ったぴかぴかの十セント玉みたいな頭上の月だけだ。

ディーは距離を置いて尾行をはじめる。テッドの懐中電灯が星のように行く手を導く。森の入り口でテッドがあたりを見まわしたので、ディーも足を止めて木の幹に身を隠す。テッドは長いこと動かずにいる。夜がテッドに語りかけ、ほかには誰もいないと告げるのをディーはじっと待つ。テッドが森の奥へと歩きはじめたので、あとに続く。

工事現場までやってくると、前を歩くテッドが立ちどまる。木々がまばらになり、その先に草地があるようだ。ディーは重機のあいだにしゃがむ。前方の東のほうでシャベルが土を掘り返す音がする。囁き声も。ぞくっと身震いがする。テッドの声だろう、でも響きが変だ。葉擦れや枝のきしみみたいに聞こえる。ふくらはぎと太腿が引きつりはじめるが、動くわけにはいかない。テッドの声が聞こえるならこちらの音も伝わるはずだ。月が高く昇り、夜なのに気温が上がってきた気がする。いかにもヘビが出そうな晩だ。うるさい、と自分の脳を叱りつける。テッドはいったいなにを？　そばへ寄ってみようと思うものの、少しでも動けば銃声みたいに音が響きそうだ。しゃがみこんだまま耳を澄ます。どのくらい時間が過ぎただろう、一時間、いやもっとだろうか。テッドの囁きとリズミカルなシャベルの音が、夜の森の音と混じりあっている。

ようやく戻ってきたブーツの音で、ディーはほっとわれに返る。いつのまにか眠りかけていたらしい。しびれた脚で急いで重機の下にもぐりこむ。月は薄雲に隠れているが、明るさは十分だ。テッドは重たそうなものを背負っている。手には土がこびりついたシャベル。なにかを掘りだしたのだ。ディーもできるだけ静かに立ちあがる。

西側に続くのぼり坂の先では、静かな水面に月明かりが輝いている。湖とは一・五キロほどしか離れていない。テッドの家からルルが消えた場所までは歩いて一時間、そう考えると身の奥に炎が燃えあがる。今夜のことで、テッドが重たいものを背負って短時間にかなりの距離を歩けることがはっきりした。なのに警察はテッドを見逃した。自分がなにを訴えようと、今度も見逃すだろう。たしかめもせず。やる気も能力もないあの怠け者たちのことだから……。気づけば身体が震えている。とっさに手を伸ばし、細い枝をつかんで身を支える。森のいたるところから、カサカサとかすかな音が聞こえる気がする。細長い腹が落ち葉をこする乾いた音が。オフィディオフォビアのせいだと自分に言い聞かせる。気にしちゃだめ、ディー・ディー。けれども、もはやその単語さえもがヘビみたいに思える。口のなかでとぐろを巻いているように。

足を前へ踏みだそうとしてみる。目の前の地面になにがひそんでいるかは考えちゃだめだ。ヘビなんていない、と頭で強く繰り返す。ヘビはみんな土のなかで眠っている。わたしが怖がっている以上に、向こうも怖がっているはず。それでも呼吸が浅くなる。足が地面にくっついて離れない。森が怖い。木々のなかで迷うのも、暗闇のなかで犯罪者とふたりきりになるのも怖い。なにより怖いのは木の根っこだ。月明かりの下でのたくり、縦に切れた瞳孔でこちらを見つめているような気がする。ばかなこと考えないで歩きなさい、と自分の脚を叱りつける。ヘビなんかいない。それでもまだ、大理石にでもなったように身体が麻痺して動かない。すぐそばの落ち葉の山のなかでカサカサと音がする。細長いものが近づいてくる気配さえ感じる。**歩け**、と気力を振りしぼって頭で叫ぶ。

前方で揺れているテッドの懐中電灯の光が徐々に遠ざかり、やがて木々の向こうに消える。残されたのは暗闇のなかを近づいてくるものと自分だけだ。低く絶え間ない音を響かせながら、筋張った腹が這い寄ってくる。

ディーの口が大きく大きく開き、しまいに顎が張りつめて、かくんと音を立てる。声にならない悲鳴があがる。くるりと背を向けて一目散に家へと走りだす。するすると地を這う音をかかとのすぐ後ろに感じながら。


ディーはドアと窓に残らず鍵をかける。ネイルハンマーを握って見張り場所にすわりこむと、空っぽの部屋に荒い息遣いが響く。床には食べ物の包み紙やヨーグルトの空き容器。アリたちがそこを出入りしている。これじゃあの男と同じだ、と身を震わせながら自分に呆れる。それに同じくらい弱虫だ。

テッドは明け方に戻ってくる。裏口の鍵をあけて家に入るとき、「やあ、子猫ちゃん」と呼びかけるのが聞こえる。落ち着いた、機嫌のいい声だ。ディーは用意するものを頭にメモする。簡単にはいかないだろうし、頭がまた抵抗するだろうが、次にテッドが森へ行くときは、しくじったりしない。

オリヴィア

もう何週間もローレンを見ていません。母さん〈テッド〉と旅行に行ったとか？　さあ、どうでしょう、テッドがローレンの話をするときはあまり聞いていないから。居間にはピンクの自転車が死んだ牛みたいに横倒しになってはいないし、ホワイトボードにメモがべたべた貼られてもいないし、叫び声も大騒ぎもなし。静かで平穏——ああ、すてき！　快適そのものです。

それにテッドはますます出かけてばかりだから、ローレンはいなくてよかったんです。テッドがデートするのをひどくいやがるから。わめきちらすこともあるほど。ああもう、小さい〈テッド〉があんなに不愉快なものだなんて。

テレビのなかの、コインみたいな虚ろな青い目の〈テッド〉のほうは、あれから気配もにおいもなくなりました。あのときは想像を膨らませすぎただけかも。わたしの想像力は本当に豊かで優秀だから、ちょっといきすぎたとしても不思議じゃありません。

あとは、あのいやな音が消えてくれたら完璧なのに。釘やナイフみたいに、頭にしっかり埋めこまれてしまったみたい。イイイイォォィィィィ。

気持ちも落ち着いたから、また聖書に相談してみようと思います。このあいだはちょっと肝が冷えました。家がぐらぐら揺れたから。怖くなって、それきりやっていません。でも放っておくわけにもいかないし。〈主〉はお気に召さないはず。勇気を出さなきゃ！　幸運を祈ってて、テープレコーダー！

わたしは固く目をつぶって聖書を押し、衝撃に身がまえる。でも、音も揺れも、地の底から伝わってくるように遠くに感じただけだ。床の上で開いたページは――

……塩に塩気がなくなれば、その塩は何によって塩味が付けられよう。もはや、何の役にも立たず、外に投げ捨てられ、人々に踏みつけられるだけである。

そういえば、塩と油のにおいがする。わたしはテッドを探して二階へ急ぐ。やっぱり、テッドはベッドにいて、片手でフライドポテトを食べている。わたしは思いきり飛びあがってお腹の上にどすんと着地する。やっぱり〈主〉のお告げは正しい。

「びっくりしたじゃないか、子猫ちゃん」テッドはそう言って、もう一方の手でもてあそんでいたものを取り落とす。青いもので、スカーフよりは細いから、シルクのネクタイかなにかだ。わたしはテッドのお腹の上に寝そべって喉を鳴らす。このごろテッドとわたしはとびきりうまくやっている。そう、すべてが普通に戻っていくはず。

テッド

今夜は過去が近い。時の膜が膨らみ、張りつめている。母さんがキッチンでチワワのおばさんと話す声が聞こえる。母さんはあのネズミの話をしている。あれがすべてのはじまりだった。耳を澄ますのをやめてテレビの音量を上げても、まだ声は聞こえる。あのネズミのことは珍しくなにからなにまで覚えている。たいていの場合、ぼくの記憶はスイスチーズ並みに穴だらけだ。

学校ではクラスごとにペットがいた。マスコットみたいな。あるクラスのペットはびっくりしたような顔のアカダイショウで、うちのクラスの小さな赤目の白ネズミよりも断然いかしていた。

ある金曜日、週末にネズミを預かる番だったほくろだらけの男の子が学校を休んだ。風邪を引いたと母親から連絡があったが、顔のほくろを取りに行くのだと誰もが知っていた。そんなわけでネズミの当番がいなくなり、アルファベットの順で次はぼくだった。名前はスノーボール。ネズミのほうだ、ほくろの子じゃなく。

ぼくはスノーボールを連れて帰った。こっそり家に持ちこむしかなかった。母さんが許してくれるはずがない。動物を飼うのは奴隷にするのと同じだからだ。そのあとあんなことが起きて、月曜日にぼくはスノーボールを学校に連れていかなかった。

トラブルにはならなかった。どうしようもないことで、なにか言ってもしかたないからだ。なにしろ偶然の事故だったのだから、ケージの扉が緩んでいたのは。そのことではひどくつらい思いをしたが、悪いことばかりでもなかった。自分のなかに新しい一面を見つけたからだ。あの月曜日、ぼくを見る先生の目つきをいまも覚えている。そこには構えるような感じが生まれていた。ぼくの正体に先生は感づいたのだ。危険なやつだと。

クラスではスノーボールの代わりにハムスターを飼うことになった。先生は週末の世話係を決める方法を変えた。野球帽に入れたくじを引いて適当に選ぶのだが、なぜかぼくの名前は一度も帽子から出てこなかった。やがてその先生は校長になった。何年かあと、校長に絶好のチャンスがめぐってきた。ぼくが廊下の自分のロッカーの前で誰かにパンチをお見舞いしたのだ。誰だったかも覚えていない。パンチだったか、それともキックだったかもしれない。問題はそれが三度目の暴力だったことで、ぼくは退学処分になった。ネズミの一件からずっと、先生はぼくを追いだす機会を窺っていたのだ。

カセットテープに目をやる。本棚にきちんと並んでいる。階段下の納戸に隠したテープのことを思いだす。もっと勇気があれば聴いてみられるのに。あの人の最後の言葉を。

想いとは、死者を行き来させる扉だ。いまはあの人の気配を感じる。首筋を撫であげる冷たい指を。

母さん、頼むからほっといて。

集中しなければ。両手を軽く組んでてのひらを上に向ける。片方の手に目を落とす。五本の指、ふっくらした親指の付け根、革みたいにかちかちのてのひら。一カ所ずつゆっくりとにおいを嗅ぐ。虫男に勧められた方法で、意外にも効き目がある。

戸棚の鍵をあけてノートパソコンを開く。机の前でにかっと笑う男の写真が現れる。どう見ても嘘くさい。でも、あまりに孤独だと、人はなにが真実でなにが嘘かなど気にしない。偽の写真を使うことにまた気が咎めるが、自分の写真を使ったりすれば、誰も会ってはくれないだろう。

次から次へと女たちが現れる。すごい数だ。相手探しは難航中だが、あきらめないことが肝心だ。もしかすると探し方が悪かったのかもしれない。バター色の髪やら青い目やらにこだわっていたが、本当に必要なのはもっと共通点のある相手だ。シングルマザーがいい。検索しなおすと画面の顔が消えて新しい顔が現れる。年齢層が上がったようだ。二、三人にメッセージを送ってみるが、子供のいない女たちよりも警戒心が強いようで、反応が鈍い。

ようやく、ひとり見つかる。今夜会えるそうだ。返信も早く、ものの三秒で来る。それはまずいとぼくにさえわかる。乗り気すぎる。仕事のあとコーヒーショップで待っているという。見た目もまあまあだ。やさしそうな顔、ふっくらした顎の線。髪は染めてからずいぶんたつのか、くすんだ黒が根もとだけ白くなっている。もう遅い時間だが、妹に子供を預かってもらえないか頼んでみるそうだ。十二歳の娘がいるという。

〝ぼくにも娘がいるんだ。名前はローレン。きみの娘さんは?〟

名前を教わり、また返信する。〝かわいい名前だね。ひとり親同士、話せるのがすごく楽しみだ。寂しくなるときもあるからね〟

〝そうなの! 泣きたくなる日もあるくらい〟

〝妹さんの都合が悪かったら、娘さんもいっしょにどうかな。ぜひ会ってみたいしね。ローレンも連れていこうかな〟(もちろんローレンは連れていけないが、具合が悪いと言えばすむ)

〝あら、お気遣いありがとう。あなたっていい人ね〟

〝青いシャツを着ていくよ。きみも青い服にしたらどうかな、目じるしに〟

〝ええ、楽しそう〟

〝青いジーンズじゃないほうがいいね、みんな履いてるだろうから〟

〝そうね……〟

〝青いワンピースは持ってる？〟

しばらくシャワーをサボっていたので、レコードの美しい歌声に合わせて歌いながら身体を洗う。薬も二錠。今回はしくじりたくない。

出るまえにビールを一杯引っかける。あけっぱなしの冷蔵庫の前に立ったまま、一気に飲みほす。キッチンのカウンターには黒い糞が落ちている。ネズミが手に負えなくなってきた。猫が退治してくれるならネズミも気にしないが、うちは無理だ。厄介事があるとき、放っておけば解決することもある。その反対のことも。日記を出してきて、いまのを書きつけておきたい。でもそれどころじゃない！

ドアに三回施錠してから、暗く静まりかえった通りを歩きだす。チワワのおばさんの家は無人のままだ。前を通りすぎるとき、得体の知れない力で引っぱられるのを感じる。まるで家が手招きしているように。神のパワーが蔓みたいに絡みついてくるように。

オリヴィア

テッドがまたいません。もう一昼夜。暗くて居心地のいい箱が恋しいのに、テッドは上に重しを置いていってしまいました。気がきかないんだから。ボウルを舐めすぎたせいで、舌には金気がこびりついています。ああそれに、もちろん、もちろん、例の音もまだ頭のなかで鳴り響いています。大きくなったり小さくなったりはするけれど、もう何日も消えてくれません。ときどき言葉が聞きとれるような気さえします。いまは少しましだけど、お腹がすいてたまりません。胃をえぐられるみたいに。

テレビはつけっぱなしで、犯罪者が駐車場で若い娘にしのび寄る不気味な場面が流れています。暗くて雨が降っていて、娘役の女優が上手なせいか、怯えきって見えます。その手のものは苦手なのに。居間を出てもまだ聞こえてきます。足音、悲鳴。無事に逃げられますように。真面目な話、こんなくだらないものを誰が見るんでしょう。わたしに言わせれば、この世は頭のおかしい連中だらけです。うちのテッドがそうじゃないことを〈主〉に感謝しないと。

ああ、ひもじい。

わたしは家のなかを歩きまわる。紐が後ろをついてくる。今日は灰色で、だらんとたるんでいる。

ったたしかにぴったりだ。紐は食べられない。もう試してみた。食べられそうなものはみんな食べてしまった。ゴミ箱の蓋もついていてあけてみたけれど、中身は汚いティッシュだけだった。あの最悪な夕食のあと、テッドはゴミを日に二回出すようになった。しかたなくティッシュを食べた。

血のにおいがしないかと、さらに家じゅうをまわる。地下の作業場は窓がないのであまり好きではないけれど、そこにも下りてみる。作業台の上にはエンジンが置いてある。スポットライトに照らされて海の怪物みたいに光っている。壁際には段ボール箱がずらり。そこによじのぼり、もぐりこむ。ほとんどは空っぽか、古い部品しか入っていない。切羽詰まっているのに、段ボールに触ったせいで少し喉を鳴らしてしまう。丸くなって気持ちよく寝てしまいそうになるのをどうにかこらえる。

ソファの下にもぐりこみ、ラジエーターの後ろも覗く。テッドのベッドの下は埃の塊だらけで、ビールの空き缶がいくつも転がっている。抽斗をあけて靴下や下着をあさる。クロゼットの奥も引っかきまわす。なにも見つからない。血のにおいも、ローレンのにおいさえも。

屋根裏部屋へのドアの前で立ちどまると、恐ろしさで尻尾がぴんと立つ。音は聞こえない。思いきって近づいてみる。やわらかで敏感な鼻をドアの下の隙間に押しつけてにおいを嗅ぐ。埃、埃、以上。耳を澄ましてもなにも聞こえない。よどんだ空気、ため息をつく太い梁、箱からあふれたがらくた、そんな光景が浮かぶ。ぶるっと身震いがする。真っ暗でがらんとした部屋を思い浮かべるのはなんだか怖い。オオォォォィィィィィィ。頭のなかで音が響く。しつこいこの雑音も〈主〉の思し召しなんだとしたら、とにかく早く意味を教えてほしい。

そういえば冷蔵庫の下はまだ覗いていない。思ったとおり、何度か爪で探ってみると、湿気たクラッカーが出てくる。ううっ、へなへなだ。

口をもぐもぐさせていると、埃っぽい暗がりにほかにもなにかあるのが見える。そっと前肢を差しこみ、瓶の蓋や灰色のふわふわした塊を避けて、注意深く爪をいっぱいに伸ばす。そのなにかに爪を立てる。表面はやわらかく、爪がすっと埋まる。小さな死体かと最初は思う。ネズミ？　やった……。でも、どうやら肉ではなく、もっと薄くてすかすかなものだ。それを明るいところに引っぱりだす。子供用の白いビーチサンダルだ。ローレンのだろう。ローレンは歩けないのに、ときどき靴を履いてみたがるから。

なんだつまらない、ただのサンダルだ、とつぶやく。でも、金気たっぷりのにおいが違うと告げている。それで、しぶしぶ鼻先でそれを持ちあげてひっくり返す。裏側は固く、濃い茶色のものがこびりついている。ゼリーかケチャップかもしれない、血じゃないかもしれない。でもにおいにつられて口には唾が溜まっている。食べたい。頭のなかの音がけたたましさを増す。

サンダルを前肢のあいだに落として、答えが書いてありはしないかとしげしげ眺める。きっとわたしには関係ない。ローレンがうっかり怪我をしたのだ。麻痺しているせいで足を粗末に扱うから。それでも、小さな骨の山のことを、ナイトタイムがわたしの喉の奥に残した味のことを考えずにはいられない。ここ最近、ナイトタイムとたびたび交代していること、それをたびたび許していることを。落ち着かないせいで尻尾がボトルブラシみたいに膨らんでいる。本当はこんなときにこそ〈主〉のお導きにすがるべきなのに。でもなぜかいまは、あの方にこちらを見ていてほしくない。

キッチンのほかのところに血は見あたらない。それはたしかだ。むしろ、いつになくぴかぴかだ。漂白剤のにおいがする。へえ、なんて珍しい、テッドは掃除なんてしないのに。

ねえ、いる？

暗がりにナイトタイムの緑の目が光る。**おれの出番か？**

違う。

いや、そうかもしれない。ナイトタイムがわたしと交代しようと、軽くからかうような足取りで現れる。押しもどそうとするものの、うまくいかない。なんだかだんだん強くなっているみたいだ。**もしかして、あなた……。**そこまで言って口のなかを唾で湿す。舌がからからで、板みたいだ。**わたしたち、ローレンになにかした？**

いや。黒いさざ波が身体のなかに広がる。ナイトタイムが笑うのを聞くたびにそうなる。**とんでもない。**

やれやれ、ほっとした。でも、安堵は長く続かない。**だったらなぜ、冷蔵庫の下に血がついたサンダルが？**

ナイトタイムが肩をすくめる。波に揉まれるみたいに気持ちが浮き沈みする。**ローレンが自分でやったんだろ？**

たぶん。でも、なぜ最近ずっといないの？ ガキだから。

おまえに説明するのはおれの仕事じゃない。ほかのやつに訊きな。ナイトタイムは背を向けて闇のなかに戻っていく。

へえ、役に立つこと！後ろ姿にわたしは毒づく。まったく、ほかに誰に訊けと？

まだ安心できない。むしろその逆だ。さっきのナイトタイムはひどく強かった。首の後ろの毛がぞわぞわする。

テッドがふらりとキッチンに入ってくる。いきなり明かりが点く。暗くなっているのに気づかなかった。

「なにを見つけたんだい」テッドが血のついた小さなビーチサンダルを取りあげ、それを見つめたまま立ちつくす。「捨てたはずなのに。なんで消えてくれないんだ。ここにあっちゃいけない、おまえにも見せたくない」そう言ってサンダルをポケットに入れ、わたしを抱えあげる。熱い息が毛皮に吹きかけられる。もがき、うなってみるものの、あとの祭りだ。

箱に入れられ、蓋を閉じられる。上にものを積むのが聞こえる。わたしがなかにいるときは絶対にしなかったのに。遠慮がちに抗議してみる。きっとなにかの間違いだ。これじゃ出られない。でも、テッドはやめようとしない。わたしを閉じこめるつもりだ！　なぜそんなことを？

いくら呼んでも返事はない。テッドは行ってしまった。真っ暗ななかにわたしを押しこめて。パニックを必死に抑える。そのうちテッドも考えなおして、出してくれるはず。それにこの箱は好きだし、でしょ？

眠れない。誰かが箱のなかにいる気配がして、何度もはっと目をあける。隣に横たわったその誰かが暗闇のなかで身じろぎするのを感じる。

テッド

母さんが美人だと気づいたのが何歳のときだったか、はっきりとは覚えていない。五歳は過ぎていなかったと思う。母さんを見て気づいたのではなく、ほかの子供や親たちの表情を見てわかった。母さんが学校へぼくを迎えに来ると、駐車場はいつも見物人でいっぱいになった。

複雑な気持ちだった。ほかの母親たちは母さんとはまるで違っていた。母さんの肌はなめらかで、大きな目は見つめられると吸いこまれそうだった。ぶかぶかなジーンズやセーターは嫌いで、裾が足首のところで波のように揺れる青いワンピースがお気に入りだった。透けるように薄いブラウスから、ほの暗く温かい身体の線をちらりと覗かせていることもあった。話し声はとびきりやさしく穏やかで、ほかの母親たちみたいに大声でがみがみ言うことなど一度もなかった。少し引きずるような子音と抑揚のない母音もエキゾチックだった。みんなが母さんを見るのでぼくは鼻が高かった。でもそのせいで腹の底に小さな炎が燃えたつのも感じた。見られるのがうれしくもあり、不愉快でもあった。だからバスで通学するようになってほっとした。

学校ではそうやって誰も母さんに近づかせなかった。でも本当に妬ましくてたまらないのは、母さんが仕事から帰ってくるときだった。病院で世話をしている子供たちに母さんを吸いつくされて、ぼくにはなにも残してもらえない気がしたからだ。

ある意味、そのとおりになった。クビになったとき母さんの胸は張り裂けた。あちこちでリストラが起きているのはみんな知っていた。財政難のせいだ。そっとしておいてあげようと父さんは言った。ひとりになりたいだろうからと。母さんはどことなく色褪せたみたいだった。屈託のない輝きは消えた。ぼくは十四歳かそこらだったと思う。


チワワのおばさんと母さんは親しかった。休日の朝はいつも母さんがおばさんの家を訪ねていた。ふたりでブラックコーヒーを飲み、バージニア・スリムを吸って、おしゃべりするのだ。天気がいい日は網戸つきポーチで。曇りの日や寒い日、つまりたいていの日は食卓で話すので、室内はいつも煙と内緒話でいっぱいに満たされていた。ナイフで切れそうなほど濃密に。なぜ知っているかというと、週末にはよくふたりとも時間を忘れて話しこむので、ときどきぼくが母さんを呼びに行かされていたからだ。昼食を作ってもらうために。ベビーフードの瓶をあけるだけだとしたって、こういうのは女の仕事だからなと父さんは言っていた。そのころには、父さんは大酒を飲むようになっていた。

母さんがクビになったとき、チワワのおばさんはひどく憤慨して、本人よりも大騒ぎした。そして母さんに闘えと勧めた。「あなたはぴか一なのよ。子供たちの扱いも上手だし。あなたがいないと、あの子たちはどうなることやら。こんなの間違ってる」茶色の目を見開き、確信に満ちてそう言った。チワワのおばさんはエネルギーの塊みたいなのだ。「病院の理事会に抗議文を送りなさいよ。ほら、しっかりして。泣き寝入りなんてだめ。貴重な人材なんだから」

父さんもぼくも同調した。「母さんはぴか一なんだよ」とぼくは言った。「母さんがいてくれるおかげでどんなに助かってるか、やつらはわかってないいんだ」

「しかたがないのよ」母さんはいつもの穏やかな調子で答えた。「不運も潔く受け入れないとね」

そのころには、ぼくは学校で問題を起こすようになっていたが、両親は深刻に捉えていなかった。ぼくが家ではかなり行儀よくしていたせいか、なにかの間違いだと思っていたらしい。ぼくは手伝いもしたし、言葉遣いも丁寧だった。少なくとも、いつもそうしようとつとめていた。「テディは反抗期知らずみたいね」と母さんはぼくの頬を撫でてよく言ったものだ。「うちは運がいいわね」

ある朝、ぼくが登校するまえにチワワのおばさんが家にやってきた。ぼくはキッチンのカウンターでシリアルを食べていた。母さんは動くたびにふわりと揺れる薄い青のワンピースを着ていた。チワワのおばさんはスツールに腰を下ろすとコーヒーに甘味料を三袋入れた。湯気がその頭を包みこんだ。とびきり熱々で、死ぬほど甘いコーヒーがおばさんの好みなのだ。おばさんはバッグから犬を出してカウンターにのせた。小さくて黒いすべすべの頭をした利口そうなその犬は、コーヒーカップのにおいをそっと嗅ぎ、青みがかった煙草の煙に巻かれて目をしょぼつかせた。

「なぜそんなことができるの」と母さんが訊いた。「かわいそうに、自由を奪ったりして。悲しそうな目をしてるじゃない、わからない？　野生の動物を繁殖させて飼うなんてとんでもないことよ」

「あらあら、おやさしいこと」チワワのおばさんが言った（そうだ、いま思えば、これはチワワを飼うまえだ。つまり、ダックスフントのおばさんになるわけだから、そう呼ばないと）。

ダックスフントのおばさんが目で合図をすると、母さんは言った。「隣の部屋で話しましょ。テディ、数学の宿題をやってしまいなさい」

ふたりは居間に入り、母さんがキッチンのドアを閉じた。「もう、その犬ったら。見てられないわ。それに、食卓の椅子にすわらせないで、布張りなんだから！　不衛生じゃない」と母さんが言うのが聞こえた。

ぼくは数学の宿題を取りだした。頭痛がしていた。もう何日も消えてくれず、目の奥にヒキガエルでも居すわっているようだった。目を落とすとページが小刻みに震え、ぐらついた。頭がずきずきしてまるで集中できない。まえの晩もどうにか少しは問題を解こうとしてみたらしいが、ほとんど不正解なのは一目瞭然だった。ため息をついて消しゴムを手に持った。ダックスフントのおばさんの声が切れ切れに聞こえてきていた。キッチンのドアが薄っぺらなパイン材だからだ。

「なんだか妙なのよ。今週は大きな会議が何度もあって、昨日は警察が来たの。わたしたち全員が聴き取りを受けたのよ、看護師の休憩室で。おかげで不便でね。コーヒーを飲むのに食堂まで行かなきゃならないから。エレベーターで三階分も下りて、また上がってこないといけないでしょ。休憩時間がすぐ終わっちゃう」

「まあ、そうだったの。いったいなんの騒ぎ?」

「さあね。わたしはまだなにも訊かれてないの。アルファベット順だから。誰もなにも言わないし。出てきたとき、みんな動揺してるみたいだった」

「まあね、意外でもないけど」

「そう?」ダックスフントのおばさんが熱心に身を乗りだしたのが目に見えるようだった。

「考えてもみて。要するにお金のことよ。お金がどこに消えてると思う？ 患者の数はずっと変わっていないし、経費だって同じはず。なのになぜ急に資金不足なんかに？」

「えっ」ダックスフントのおばさんがはっと息を呑んだ。「つまり、なにか……不正みたいなことが起きてるっていうの、病院で」

「わたしにはなんとも」母さんはぐっと声を落とした。「そうじゃないかと思っただけ」

ダックスフントのおばさんが舌をチッチッと鳴らした。「あなたがクビになったこと、まるで納得がいかなかった。もう百万回も言ったけど。でも、これで謎が解けたみたい」

母さんの返事は聞こえなかったが、うっすらと笑みを浮かべるところが目に浮かんだ。

なぜだか落ち着かなくなった。それで、古い横型の冷凍庫にもぐりこんだ。手を伸ばして蓋を閉じるとすぐに気分がよくなった。


そのあとの記憶はしばらく飛んでいる。気づいたときにはまだ冷凍庫のなかにいた。というより、また戻ったのだろう。ダックスフントのおばさんの声がして、居間の煙草のにおいがキッチンのドアの下からしのびこんできていた。キッチンは少し様子が変わっていた。窓台にあったチューリップがなくなって、壁も汚れている。

「一大事よ」と母さんの声がした。「石を投げるなんて！　通りじゅうの街灯が壊されたのよ、まったくどういうこと？　親が悪いのね。子供はちゃんとしつけないと」

ぼくはキッチンのドアをあけた。ふたりが驚いて顔を上げた。母さんが着ているのは緑色のブラウスとズボンだった。窓の外は寒々しく、木々は葉が落ちて枝だけになっている。ダックスフントのおばさんのそばにうずくまっているのは毛むくじゃらのテリアで……ダックスフントじゃない。茶色と白の頭をもたげると、犬は煙草が煙たいのか目をしょぼつかせた。なら、いまはテリアのおばさんだ。

「大丈夫よ、テディ」母さんがやさしく言った。「心配しなくていいの。申込書を書いてしまいなさい」ドアを閉じてキッチンへ戻ると、カウンターの上に書きかけの申込書が置いてあった。町の自動車修理工場の求人に応募するための。

いつのまにか別の日になっていて、ぼくはもう学校へ通っていなかった。ロッカーの前で生徒を殴って退学になったのだ。どのみち家にいたほうがよかったのよと母さんには言われた。手伝いをしてもらえるからと。そんなに長いあいだ時間が飛ぶのは初めてだった。頭のなかにちらつく記憶の断片をどうにかかき集めた。ぼくは二十一歳か二十二歳になっていて、母さんは病院ではなく幼稚園で働いているようだった。というより、働いていたけれど、またクビになったばかりだった。意地悪な人たちのせいで。

身体にも変化を感じた。大きくなっていた。そう、ひどく大きく。腕も脚も重たい。顔には赤っぽい毛が生えた。それに傷痕も増えている。Tシャツの背中のむずがゆさでそれがわかった。

「ああ、メキシィィィコォ」とテリアのおばさんがドアの向こうで言っている。「毎日、朝食にカクテルを飲むつもり。パラソルが刺さったやつを」もう何週間も旅行を楽しみにしているのだという。「例のすてきなヘンリーと行くの。コンビニで袋詰めをしてる彼と。二十五歳だって、どう思う?」「よくやるわね」母さんの声には称賛と非難が入り混じっている。二十五歳はけっこうな年だとぼくは思い、それからテリアのおばさんの年のことも考える。うぇっ。もう四十近くのはずだ。

「シルヴィアもそう思ってる」テリアのおばさんが急にしょんぼりした声になる。「娘があんなにやかまし屋になるなんて思いもしなかった。ほんとにやさしい子だったのに」

「わたしはすごく恵まれてる、テッドがいてくれて」母さんがそう言うのを聞いて、ぼくの胸が愛情でいっぱいになる。「とても思いやりがある子だから」

父さんはどこだろう、そう考えてから気づく。ぼくが頭を殴ったから父さんは出ていったのだ。拳を叩きつけたときの骨の折れる音と、痣になった手を思いだす。そういうとき、痛みを感じなくてすむのはありがたい。父さんは感じた。殴る理由があったはずだが、すぐには思いだせない。切れ切れに記憶が戻ってくる。殴ったのは父さんが母さんを怒鳴りつけ、おまえはいかれてると罵ったからだ。

「ちょっと」母さんの声でわれに返る。母さんがいてくれることに感謝しながらぼくは顔を上げる。

「ナイフで手を怪我しているじゃない、テディ」

はっとしてナイフを抽斗にしまう。いつ取りだしたのか思いだせない。「平気だよ、母さん」

「身体を粗末にしちゃだめ。消毒して、少し縫わないと。道具を取ってくるから」

いや、これはそのときの話じゃない。別の記憶だ。**女の人にいかれてるなんて言わないで。**ぼくの頬を包む母さんのひんやりとした手の感触、春の森のみずみずしい緑の香り。いや、それも違う。あの日の記憶をなんとかたぐり寄せようとする。もどかしさで息があがる。なにか重要なことがあったはずだ。でもそれは、遠くへ消えてしまう。

二度目に母さんがぼくを森に連れていったのは、ネズミのスノーボールのためだった。ぼくは居間にいて、ケージのところで泣いていた。スノーボールだったものの残骸が隅っこでぬらぬらと光り、おがくずは黒ずんで塊になっていた。ちっぽけな身体には多すぎるほどの血だった。涙と恐怖の味をいまも覚えている。黄色い毛布を顔に押しあてると、それはぐしょ濡れで、青い蝶たちが悲しげにきらめいていた。

目を上げると母さんがドアのところにいて、無言でぼくを見ていた。ティードレスと母さんが呼んでいる、ふわふわした青いワンピース姿だった。どうしていいかわからなかった。どう説明すればいい？

「そんなふうに見ないで。ぼくはやってない」

「いいえ、やったの」

ぼくは叫び声をあげて暖炉のロシア人形をひっつかんだ。それを母さんに投げつけると、小さな人形たちがぱっと飛び散った。母さんの顔にはひとつもあたらず、後ろの壁にぶつかって粉々になった。

ぼくはまた叫んでオルゴールをつかんだ。でも、胸のなかで渦巻くどす黒いものに恐ろしくなった。手を離すとオルゴールは床に落ちた。ガン、と重たい音がしてそれは壊れた。

「なんてことを」母さんの声は静かだった。「なにもかもわたしから奪うのね、セオドア。奪って、奪って、奪ってばかり。もう気はすんだ？」

ぼくはうなずいた。

「わたしのクロゼットから靴の箱を取ってきて。靴は出してしまって、それからケージの中身をすべて箱に入れなさい」やるべきことを細かく指示されてほっとした。そうしてもらわないと頭が働かない。羞恥と興奮で脳がぐらぐらしていた。気の毒なスノーボール。でもぼくは、深く秘められていたものに気づいたのだ。

ぼくは片手で慎重に靴箱を持った。母さんがもう一方の手を取ってぼくを連れだした。怒ってはいないようだった。「急いでね」玄関を出て通りを歩きだした。

「鍵をかけてないよ。誰かが家に入ったらどうするの？　なにか盗まれたら」

「平気よ。あなたとわたしが無事なら」

父さんは、と思ったが、言わないでおいた。

森の入り口の柵まで来たところでぼくは後ずさった。「入りたくない」そしてまた泣きだした。

「森は怖いよ」小さな木彫りの猫のことが忘れられなかった。今日はなにをそこに捨てさせられるんだろう？　もしかして、母さんを置き去りにしてひとりで戻れと言われるかもしれない。そんなの最悪だ。

「怖がることなんてないのよ、テディ。この森のどんな生き物より、あなたのほうが恐ろしい存在なんだから。それに、暑さをしのげるから快適でしょ」母さんはぼくの手をぎゅっと握った。もう片方の手にはピンクの柄がついた移植ごてを持っていた。

光と影がヒョウの模様を織りなす遊歩道を歩きだした。母さんの言うとおり、涼しい木陰は快適だった。それでもまだ気持ちは晴れなかった。あんなに小さいネズミだったのに、小さいものにはやさしくしないといけないのに。そう思うとまた泣けてきた。

やがて小さな草地に出た。いくつもの岩と、水か光の柱みたいに銀色に光る木々に囲まれている。足を踏み入れたとたん、そこでなにかが起きるのがわかった。ここは生まれ変わりの場所だ。この世とあの世を隔てる壁が薄い。それが感じとれた。

母さんがピンクの移植ごてで日だまりになった場所に穴を掘り、ふたりでネズミの死骸を埋めた。骨はしゃぶりつくされていて、みずみずしい緑のなかでほとんど透きとおって見えた。靴箱の上に肥えた土をかぶせたとき、なにかが起きた。ただのネズミの死骸がほかのものに変わったのがわかった。それは特別で力に満ちたものになった。死と大地の一部に。神に。

母さんは腰を下ろして、隣にすわるようにと地面を軽く叩いた。ぼくの顔を包んだ母さんの両手と、樹液のにおいを覚えている。春だったんだろう。「わたしが厳しすぎると思っているんでしょうね。決めごとを作ったり、現実を思い知らせたり、そういうのが気に入らないんでしょ。身体の心配をするのも、ペットを飼ったり、普通のアメリカの男の子みたいにホットドッグを食べたりするのを許さないのも、いやなのよね。お医者にかかるお金がなくてわたしが傷を縫ったりするのも。でも、文句を言われても続けますからね。あなたを健やかに育てるのがわたしの務めだから。身体だけじゃなく、心もね。そちらが病んでいるのは、今日のことでわかったから。

こんなことは二度とするまいと思っているかもしれないわね。欲望に負けるのは今回だけだと。もしかするとそうかもしれない。でも、わたしはそう思わない。あなたが思っているのは、うちの家族に長く伝わる古くからの病だから。わたしのお父さん、つまりあなたのお祖父《じい》さんがその病を抱えていたの。あの人が亡くなったときに病も絶えてくれたらと思った。そのためにわたしは償いをしたかったのかもしれない。新天地で、新しい人生を送ることで。人の命を救う看護師になったのもそのためよ」

「なんなの、その病って」

母さんがぼくを見た。温かい海のようなまなざしがまっすぐに注がれた。「生き物を傷つけたくなる病よ。ある晩、父のあとを追って、古くからある場所に行ったときに見たの。〝イリーズ〟の地下墓地に。そこに隠してあるものを見て……」母さんはそこで手を口に押しあて、深く息を吐きだした。

「イリーズって？」なんだか邪悪な響きだった。悪魔の名前みたいな。

「教会のこと。イリーズ」舌でその響きを思いだそうとするように、小さくその言葉が繰り返された。母さんが英語以外を話すのを聞くのは初めてだった。母さんのなかに影に包まれた別の部分が、過去によって形作られた部分があるのがそのときわかった。幽霊と生きた人間がひとつになったように。

「故郷《ふるさと》が好きだった？　恋しくなることはないの？」

母さんはいらだったように首を振った。「〝好き〟とか〝恋しい〟とか、そんな言葉はただの感傷よ。故郷はただの故郷。どう感じるかなんてどうでもいい。

この国の人はみんな死を恐れてる。でも死は人生そのものなの。すべての中心にあるのが死だから。アンロクロナンではそれがあたりまえだった。イリーズのなかの祭壇にはアンクーが彫ってあった。アンクーにはたくさんの顔があって、ミルク好きの顔のアンクーのために、どのお墓にもミルクをお供えしたものよ。墓地は村の中心にあった。そこがみんなでおしゃべりをしたり、恋をしたり、喧嘩をしたりする場だったの。子供のためのグラウンドや公園なんてひとつもなかった。代わりに、墓石のあいだでかくれんぼをして遊んだものよ。生の営みとともに死があった、すぐ隣にね。たまにそのふたつが近づきすぎることもある。生死の境があいまいになるの。だから、夜中にイリーズから音が聞こえてきても、誰もなにも言わなかった。そういうものだから。犬が何匹もいなくなったときも、〝そういうもんさ〟と言っただけだった。生のなかに死が、死のなかに生があるから。でも、わたしには受け入れられなかった」そこで間があった。「うちの家畜小屋で寝起きしていたペモッハという男の子が、ある朝ミルクとパンをもらいに勝手口へやってこなかったの。わたしは様子を見に行った。小屋にペモッハはいなくて、藁に血がついていた。だから探しまわったの。わたし以外に心配する人間なんていなかったから。車にはねられたんじゃないかと思って、あちこちの溝を覗いてまわった。雌鶏たちに囲まれてぬくぬくしているうちに眠りこんだかもしれないから、鶏小屋もたしかめた。それに、そう、ほかにもいろんな場所を。でも見つからなかった。

午後になって、穀物の貯蔵庫を探しているところを父に見つかって、平手打ちを食った。〝料理と洗濯はどうした。怠けるのは許さんぞ〟とね。

〝ペモッハを探してるの。なにかあったんじゃないかと心配で〟とわたしは答えた。

〝台所へ行くんだ。自分の務めを果たさなくてどうする。父さんは恥ずかしいぞ〟そう言ってわたしを見た父の目の奥に、小さな蠟燭が灯っているのが見えたの。

その晩、父が外へ出ていったとき、わたしはあとを追った。牧場を抜けて村へ向かって、着いた先は墓地のなかの教会の地下だった。そこで父の本性を目にしたの」

「教会でなにを見たの？」ぼくはかすれた声で訊いた。「母さん、なんだったの？」

「檻に入れられていたのよ」母さんはぼくと目を合わせなかった。「父のペットたちが。ペモッハになにがあったのかもわかった。

日曜日の教会で、わたしは父を告発した。信徒たちの前で立ちあがって、父がしたことをなにもかも伝えたのよ。信じないなら見に行ってみればいい、と。誰も行こうとしなかった。それでみんな知っていたんだと気づいたの」また間がある。「たまに野良犬がいなくなっても、見て見ぬふりをしていたのよ。そういうもんさ、とね。いなくなったのがみなしごでも同じこと。何世代にもわたって生活を共にしてきた人たちは、ある種の狂気を分かちあうようになる。でも、わたしが真実を口にしたせいで、そのままにはしておけなくなった。

その夜、目を覚ますと火が見えた。顔をスカーフで隠した人たちが五人、たいまつを手にしていた。わたしは外へ引きずりだされて、父のほうはベッドに縛りつけられた。そして火が放たれたの。あの夜、アンクーは父の顔をしていた。

わたしはひざまずいてその人たちに感謝した。でも、そのとき目の前が真っ暗になった。頭を殴られたんだと思う。気づいたときには父のヴァンのなかで、まだ父の煙草のにおいがしていたのを覚えてる。車は夜どおし走りつづけて、朝になるころどこかの町に着いた。〝おまえはいかれてる。なにか言いたいなら石や土に聞かせてやれ。われわれまともな人間は聞いてる暇などない〟。そう言って、男たちはわたしを置き去りにしたの、見知らぬ町の路上に。お金もなければ、友達もいない。言葉さえ通じなかった、故郷の言葉しか話せないから」

「なんでそいつらはそんなことを?」痛めつけてやりたい、そう思った。「そんなの間違ってる!」

「間違ってるって?」母さんは微笑んだ。「わたしはロクロナンの平穏を乱したのよ。あの人たちのしたことは理解できる」

「母さんはどうなったの? 食べ物は、寝る場所は?」

「自分にあるものを使ってなんとかするしかなかった。顔と、健康と、頭と、意志の力で。病人の看病と裁縫はいくらか得意だったの。だから、思ったほどひどい暮らしでもなかった。でもね、通りをうろつく野良犬はいつ誰に蹴られてもおかしくないでしょ、わたしも同じだった。あなたのお父さんが町へやってくるまではね。あの人がいなければ、わたしはいまでもあそこにいたはず。お父さんがここへ連れてきてくれたのよ。

海を渡っても、大陸を横断してこちらの海岸まで来ても、アンクーがついてくるのがわかった。一度目をつけられたら放してはもらえない。ロクロナンの人間なら知っていることよ。新世界なんて呼ばれているここの人たちは忘れてしまっているけれど。いつの日か、わたしの顔をしたアンクーが腕を広げて立ちはだかるの。そうしたらおしまい」

そう聞かされても、うろたえはしなかった。母さんが死ぬはずなんてないからだ。心配なのは自分のことだった。ぼくは盛りあがった地面を見下ろした。スノーボールだった小さな神がその下に眠っている。

「ぼくはどうなるの？」

「いつかある日、それはもうすぐかもしれないし、大人になってからかもしれないけど、同じことをしたくなるときが来る。どんなに抗っても、結局は欲望に負けてしまうはず、何度も何度も。そのうちネズミより大きな獲物を欲するようになる。犬や牛、ついには人間まで。そういうものなの、わたしはこの目で見たからわかる。なんにせよ、あなたはそのことしか考えられなくなって、つい不注意になる。それで身を滅ぼすことになるでしょう。ある日とうとう、取り返しがつかないほど無謀なことをしてしまって、あなたは捕まるの。警察や裁判所、そして刑務所に。逃げおおせるほどあなたは利口じゃない。本性を見抜かれ、傷つけられ、閉じこめられるはず。そんなこと耐えられないでしょう？　だから用心しないといけない。自分の正体をなにがあっても知られてはならないの」

ある意味、そう聞かされてほっとした。自分はどこかまともではないと、ずっと感じてきたからだ。

自分のことを、母さんのベーキングシートでへたくそになぞった絵みたいだと思っていた。下に敷いた漫画本がすべって線がはみだし、怪物じみた代物ができあがったみたいだと。

「わかった?」母さんがひんやりとした指で軽くぼくの頬に触れた。「このことは誰にも言っちゃだめ。学校の友達にも、お父さんにも。あなたとわたしだけの秘密よ」

ぼくはうなずいた。

「泣かないで。さあ、いらっしゃい」母さんは力強い腕でぼくを引っぱり起こした。

「どこに行くの?」

「どこにも行かない。歩くだけ。心のなかがいっぱいになったら、森へ来て歩くといいのよ」母さんの声に看護師っぽい調子が混じりはじめた。「運動は心にも身体にもいいから。できれば一日三十分。そうすれば、いくらか自分を抑えられるようになる」

しばらくのあいだ、ふたりとも無言で遊歩道を歩いた。母さんは青いワンピースを風になびかせていた。木々に囲まれたその姿は神話から出てきたようだった。

「正体を知られたら、〝いかれてる〟と言われるでしょう。その言葉、大嫌い。女の人にいかれてるなんて言わないで。約束してちょうだい、セオドア」

「約束する。もう帰っちゃだめ?」スノーボールのピンクの肢と目が浮かんだ。また涙がこみあげた。胸のなかはいろんな気持ちでまだいっぱいだった。

「まだよ。泣きたい気持ちがおさまるまで歩かないと。おさまったら教えて」

ぼくは母さんの服に両手でしがみついたまま歩いた。墓穴を掘ったせいで手は汚れたままだった。青いオーガンザに指の跡がついた。「怒らないでくれてありがと」服のことも、ネズミのことも、なにもかも。

「怒る？」母さんは少し考えるような顔をした。「いいえ、怒ってはいない。これまでずっと、あなたがこの病を持っているのではと不安だった。それがはっきりしたから気が楽になったと思う。これでもう、あなたのことを息子だと思う必要もない。感じられない愛情を無理に探す必要もない」

叫び声が漏れ、熱い涙がこみあげた。「本気じゃないでしょ。そんなこと言わないで」

「本当のことよ」母さんはぼくを見下ろした。よそよそしい目で、にこりともせず。「あなたはまともじゃない。でも、わたしには面倒を見る責任がある。これからもできることはするつもりよ、それが務めだから。務めを果たすのを恐れたりはしない。あなたが〝いかれてる〟なんて言われるのは許さない。とくにこの国の人たちは、ボールみたいにその言葉を投げつけるのが大好きだから」

ぼくが泣きやむのを母さんは辛抱強く待った。涙がおさまってくるとティッシュをくれ、それから手を差しだした。「いらっしゃい。歩きましょう」

ぼくの足が痛くなるまで、家へは引き返さなかった。

瞬間接着剤と時計の仕組みの本を頼りに、ぼくは人形たちとオルゴールを修理しようとした。どちらも直しようがなかった。母さんはオルゴールだけを手もとに残した。人形はゴミ箱に捨てられて、それきりだった。取りもどすことができない母さんの一部がまたひとつ増えた。ぼくが壊して直せなくなったものが。

酢とイチゴのサンドイッチのレシピを録音しようと思っているのに、いまはそんな気になれない。

オリヴィア

光だ、ようやく。テッドの手が伸びてきて、わたしを暗闇から抱えあげる。息がひどくバーボン臭い。

「やあ、子猫ちゃん」毛に息が吹きかけられる。「しっかり反省したかい。そうならいいが。すごく寂しかったんだ。いっしょにテレビを見よう。ほら、撫でてやるから喉を鳴らしておくれよ、どうだい？」

身をよじってテッドの手から抜けだし、顔を引っかいてやる。腕にも胸にも爪を立てて、服と肉を切り裂く。血も出たはずだ。それからソファの下に逃げこむ。

「頼むよ、出ておいで、子猫ちゃん」テッドがささみのフライ二枚をのせたお皿を持ってきて、部屋のまんなかにある安楽椅子のそばに置く。猫撫で声でわたしを呼ぶ。「おいで、子猫ちゃん、子猫ちゃん、子猫ちゃん……」フライのにおいがたまらない。でもがまんする。ひもじくて喉もからからだけど、怒りのほうが強い。

あんたなんか知らないと言い返してみるものの、もちろんテッドにはうなり声しか聞こえない。そのうちテッドはあきらめる。思ったとおり。いつだっていいかげんなんだから。

立ち去るとき、テッドのズボンの折り返しからなにかが落っこちる。小さくて白いものだということしかわからない。ころころと転がるのを見て尻尾がうずうずする。追っかけたい。テッドは気づいていない。

キッチンでプシュッとビールをあける音が響き、喉を鳴らして飲む音に続いて、階段を上がる重たい足音が聞こえる。レコードプレーヤーが大音量で鳴りはじめる。悲しげな女の声が、母音を引きのばしながらダンスの歌を歌いだす。じきにテッドはベッドに入り、音を小さくして、最後の一滴まで飲みつづけるはず。

いまはソファの下に隠れているところ。埃で鼻がむずむずしてしょうがないけれど、録音しておかないと。

さて、テッドのズボンの折り返しから落ちたものは、もちろん取ってきました。がまんできずに。猫と好奇心がなんとやらと言うでしょう？

お腹をぺったり床につけて、わたしはそれにしのび寄りました。においが波のように押し寄せます。ナイトタイムが帰ったあと、前肢や口のまわりを舐めたときと同じにおい。小さな白いビーチサンダルのにおい。そのとき気づきました。これが恐ろしい、恐ろしいものだと。

それを口にくわえました。紙切れらしく、石ころみたいに小さく硬く折りたたんであります。なんでテッドはこんなものをズボンに？　変なの。

安全なソファの下に戻ってから、爪でつついて紙切れを開いてみました。実際は紙ではなくて、薄くてきれいな白い木の皮の欠片です。でも紙の代わりにされています。クリーム色がかった表面に、ピンクのマーカーペンで書いた単語がひとつ。はっとしました。へたくそなその字には見覚えがあります。キッチンのホワイトボードに書いてあるのを何度も見てきたから。

ローレンの字。ピンクのマーカーペンの文字の上に、沖の島々みたいに、いびつな形の茶色いしみが三つ散っています。それがなにか、鼻が教えてくれます。血飛沫だと。

何度もそれを押しやっては、無視しようとしました。なのにまた取ってきて中身をたしかめてしまいます。別のことが書いてありますようにと何度も祈ってみるけれど、やっぱりだめ。そこにあるのは、このひとことです。

〝助けて〟

テッド

　ぼくはバーボンをラッパ飲みする。グラスや氷を取りに行く余裕もない。アルコールが顔にこぼれ、立ちのぼって目にしみる。大変だ、大変だ、大変だ。なにもかもやめないと。見張られている。家にまでしのびこまれた。母さんにちゃんと教わっていなければ、気づかなかったかもしれない。日記を持って朝の見まわりをしたときには見逃した。母さんが言っていたとおりだ。どこにも異常はなさそうに見えたのだ。窓はきちんと閉まり、ベニヤ板もしっかり打ちつけられ、覗き穴もはっきり見える。だからすっかりご機嫌だった。

　夕方の見まわりのときはあわてていた。ドーナツと新しいバーボンの瓶が待っていたし、六時からテレビでモンスタートラックの大会があるからだ。だから一日の終わりが待ち遠しく、チェックが少しおざなりになった。誰が責められる？　なかへ入ろうとしたとき、なにかが目の端に入った。

　まさにあの瞬間、あの角度で太陽が雲の向こうから顔を出さなければ、なにも気づかなかったかもしれない。でもそうはならなかった。なにかがそこで銀色にきらめいていた。光の点、小さくぽつんとした輝き。居間の窓をふさいである色褪せたベニヤ板のところだ。

　家の壁にへばりつくように茂ったイバラや雑草のなかへ足を踏み入れた。日記は大事に腋に抱えた。

この惑星にもなにかひとつくらい、ぼくを引っかこうとしないものはないのだろうか。それでも、かき分けるのは意外に楽だった。イバラが何本か折れて哀れに垂れさがっていた。誰かがつい最近そこを通ったみたいに。踏みつけられたように地面に倒れているものもある。不安が頭をもたげた。

窓の前まで行ってベニヤ板を引っぱってみたが、しっかりと釘で打ちつけられたままだ。少し離れて、それを眺めた。なにかが変だ、でもなにが？　そのときまた太陽が顔を出し、日の光が釘の頭を照らした。きらり、とそれは光った。新品のようにぴかぴかだ。

それで気づいた。誰かがここへ来たのだ。イバラやウルシやキイチゴをかき分けて、壁の前まで。そして注意深く窓枠から釘を抜いてベニヤ板を外した。窓ガラスを押しあげてなかへ入ったとしか考えられない。そのあと出てきてから、板を打ちつけなおして立ち去ったのだ。うまくやったものだ。気づかなかった可能性もある。ただし、その誰かは古い釘を使うことは思いつかなかったらしい。代わりにぴかぴかのやつを打ちつけた。いつのことかは知りようがない。そう考えると、後頭部に何発もパンチを食らったように感じた。

いまも見張られているんだろうか。あたりを見まわしたが、なんの気配もない。どこかで芝刈り機がうなっていた。

イバラの茂みを抜けだして裏口へまわった。目に見えない視線の重みを感じた。駆けだしはしなかったものの、そうしたかった。全身の筋肉がそれを求め、その衝動で皮膚がむずむずするほどに。家に入ると静かにドアを閉めて鍵をかけた。カチャン、カチャン、カチャン。その音ももう安心を与えてはくれなかった。居間の窓の前へ行って窓ガラスの上についた掛け金を指で探る。ぐらぐらだ。まわそうとすると、ぽろりと外れて茶色い塵が小さく巻きあがった。長年のあいだに受け金具がすっかり錆びていたのだ。これなら誰でも入ってこられた。

もちろん窓をあけたことはない。あけられることさえ忘れていた。それが間違いだったのだ。どこかであえぐような声があがり、それが自分の口から出たことに気づいた。居間を行ったり来たりしながら、ぼこぼこした青いラグを意味なく蹴りつけた。こんな日が来るのをずっと恐れていた。そうなるだろうと母さんから聞かされた。ネズミのことがあったあと、森のなかで。母さんがぼくの本性に気づいた日のことだ。**あなたは捕まるの、テディ。**その言葉が間違いであるようにと、必死に願っていたのに。

侵入者はなにを見たのだろう。ぼくを監視していたのだろうか。チキンとブドウのサラダを作るところを、テレビを見るところを、眠るところも？　本当に問題なのは、もちろんこれだ――ローレンとオリヴィアを見られたのか。いや、そんなはずはない。それならぼくもとっくに気づいたはずだ。その結果、なにかが起きているはずだから。

母さんは変化に注意しなさいとよく言っていた。ここ数年、近所の住人にも警察にも、とくに気になるところはない。なら、なにが変わった？

隣の彼女。引っ越してきたばかりの。それはたしかに変化だ。友達になろうともしてくれなかった。バーでぼくに待ちぼうけを食わせた。隣家をにらみつけながら考えをめぐらせる。

今週末はローレンを許していっしょに過ごそうと思っていたが、そうもいかない。当分はデートもお預けだ。安全じゃない。

「ローレンは遊びに来られない」と音楽に合わせて口ずさむが、さすがにひどいと気づいてやめる。これまでは呑気すぎたが、今後は気を引きしめないと。

ひとつずつ解決していくしかない。まずはローレン、それから侵入者のことを考える。隣の彼女かもしれないし、違うかもしれない。

通りでチワワの鳴き声がした気がして、覗き穴に目をあてる。おばさんが帰ってきたのかもしれない！　それならひとつ心配事が減る。鳴き声がまた聞こえる――チワワの声にしてはずいぶん低くて騒々しい。オレンジジュース色の髪の男が犬を連れて森のほうへ向かうのが見える。男がこちらを向いた瞬間、目が合ったような、見られたような気がする。いや、覗き穴ごしにこっちの姿が見えるはずがない。そのとき、ふと思いつく。ここの住人じゃないのに、なぜいつもここへ来る？　あいつが鳥殺しの犯人か、侵入者か、あるいは両方かもしれない。壁に背中を押しつけてすわりこむ。心臓が跳ねまわっている。神経が打たれた鉄みたいに鳴り響く。

バーボンで気を静めるしかない。ぼくは庭に立って飲みながら、隣の家をにらみつける。見たければ見るがいい。

ディー

ニードレス通りに引っ越してきてから、ディーはあの夢を見ていなかった。今夜はそれがいきなり復活した。ずっと待っていた合図に反応したかのように。

ディーは湖のほとりを歩いている。木々が覆いかぶさり、暗くぼんやりした影を投げかけている。イトトンボが水面に軽く触れ、きらきらした円を描く。頭上にはやるせないほど空っぽな空。細かな無数のガラス片のような尖った砂が足の裏に刺さる。血がにじむが、痛みは感じない。それとも痛みが大きすぎて、足が切れたことにも気づかないのかもしれない。そのまま歩きつづける。足を止め、踵を返し、目覚めることができるなら、なんでもするだろう。けれども、木立のなかへ、鳥たちのもとへ、巣のあるところへ行かなければならない。そうなると決まっている。あれを見なければならない。

木立が近づき、空気がすさまじい力で震えはじめる。鳥たちも見えてくる。小さく美しい、色鮮やかなその姿が、木々のあいだに見え隠れしている。呼びかけてはこない。池の魚みたいに息をひそめている。湖が背後に遠ざかり、緑に覆われた薄暗い場所に出る。松葉が地面を覆いつくしている。足で踏むとそれはやわらかい。掘ったばかりのお墓の土のように。頭上では鳥たちがすばやく飛び交っている。不気味な空の下、木々に囲まれた草地に入るとそこに白い木が立っている。ほっそりとした優美なシラカバだ。たしか別名はペーパーバーチだったはず、と思いだす。夢のなかで考えることは不思議だ。二本の枝の分かれ目に複雑な形をした巣がある。真っ赤な翼に金色の目とくちばしをした鳥が一羽、そこへ舞い降りる。そして運んできた干し草をやわらかい巣の内側にそっと編みこむ。そこで卵を産むために。

ディーはうめき声をあげ、必死で目を覚まそうとする。続きが最悪だからだ。でも目覚められない。抗おうとしても、その木に、巣に、鳥に引き寄せられてしまう。夢のなかの口を夢のなかの手で押さえる。夢の世界でも猛烈な吐き気を感じるものらしい。

くるりと背を向けて逃げだそうとする。なのに、どこを向いても赤い鳥たちが骨の木のあいだを音もなく飛び交い、巣材をくわえて運んでくる。草ではなく、死んだ妹の髪を。

気づけば、なにかがやさしく触れている。頬に、額に、鼻に。瞼をあけると目に入ったのは毛皮とひげだけだ。トラ猫が目の前にいて、鼻と鼻がくっつきそうになっている。猫はビロードのような前肢でもう一度ディーの鼻をつつく。叫ぶのはやめてと念を押すように。

「ごめん、猫ちゃん」そう言ってから、はっとする。「どうしたの、こんなにそばまで来て」

猫はおすわりをして、じっとディーを見つめる。やせっぽちでみすぼらしく、両耳とも喧嘩傷でぼろぼろだ。目はやわらかな黄褐色。美しい猫とはいえない。でも、生きぬいてきたのだ。

猫は首をかしげ、催促するようにゴロゴロと喉を鳴らす。

「ほんとに？」ディーは半信半疑で訊く。猫はひたすらディーを見つめている。猫のそういう目がなにを意味するか、誰でも知っている。

ディーはキッチンの戸棚からツナ缶を出して皿に空ける。猫は尻尾を振りたてて上品に食べはじめる。

「名前はあるの?」と訊いても知らんぷりだ。小さなピンクの舌で口のまわりを舐め、居間に入っていく。ディーはあとを追うまえに皿を洗う。ほんのちょっとのあいだなのに、行ってみると猫はどこにもいない。帰ってしまったのだ。

妹がみすぼらしい野良猫になって戻ってきたわけではないのはわかっている。もちろんありえない。そんなばかなこと。でも、あの猫が夢から引っぱりだしてくれたのだと思わずにはいられない。なぜか助けてくれているのだと。

ディーは窓の前で見張りにつく。外はほの暗く神秘的な光に包まれている。夜明けだろうか、それとも夕暮れだろうか。ここしばらく睡眠が不規則になっている。と、はっと息を呑む。驚きで心臓が跳ねあがる。

テッドが前庭に立っている。顎ひげからバーボンを滴らせている。ゆっくりと片手を上げ、人差し指をこちらに突きつける。薄闇をつらぬくような視線を感じる。その目に触れられたようにディーは身震いする。

ガラスごしに暗い家のなかが見えるはずはない。わかっていても、赤い鳥の羽根で撫でられたようにぞわりと恐怖を覚える。それとともに、負けん気もこみあげてくる。追いつめてやる、と心のなかでテッドに呼びかける。気配を感じてるんでしょ。

携帯電話が鳴りだし、声をあげて飛びあがる。バッテリーも電源も切れていないなんて意外だ。ずっと使っていなかったのに。番号を確認する。顔をしかめて応答する。

「もしもし」

「デライラ」カレンの声はいつにも増してくたびれて聞こえる。「元気にしてる？」

「ええ、まあ」それ以上はなにも言わない。なにか知りたいならカレンが訊くべきだ。

「最近はどこにいるの？」

「まあ、あちこち。じっとしてると考えちゃうから」そう答えたとたん涙がこみあげる。そんなことを言うつもりはなかったのに。じんとする目頭を乱暴にこする。本音というのは厄介だ。なにかの拍子にぽろりとこぼれる。しっかりして、ディー・ディー。**なんとかやりすごそう。**「いまはコロラドにいる」コロラドならここから十分に遠いので安心だ。

「なにか必要なものがあったら言って」

塊になった言葉が喉の奥でちくちくするが、それを呑みくだす。本当に必要なものを、結局カレンは与えてくれなかった。ルルを。

「そっちはどう？」と話をそらす。

「ワシントンは熱波に襲われてる。こんなに暑いのは久しぶりよ」ルルがいなくなった年以来だが、ふたりともそれには触れない。「まあとにかく、毎年この時期はつらいだろうと思って。連絡してみたの」

「連絡、それとも確認？」カレンの頭にオレゴンの男の件があるのはわかっている。

「え？」

「なんでもない。ありがとう、カレン」

「あなたのことが頭を離れなくて。このあいだなんて、町のスーパーで間違いなくあなたを見たと思ったくらいよ。脳って妙ないたずらをするものね」

「ほんとに」鼓動が速くなる。「そのあたりには近づかないから、カレン。二度と行く気はない」

「そうね」カレンがため息をつく。「助けが必要なら電話をちょうだいね、ディー」

「そうする」

「身体に気をつけて」回線が切れる。

ディーは身を震わせながら不運を呪う。カレンは通話記録を調べたりできるだろうか。おそらくは、でも、なんのために？　こちらは悪いことなどしていない。

もっと用心しないと。ここにいることがカレンにばれたら、なにもかもぶちこわしだ。昼間出歩くのはやめるしかない。買い物はバスで街まで出たほうがいい。ディーは小声で自分を罵る。もう一度窓の外を見たとき、テッドはもういない。

テッド

家にしのびこんだ者が鳥殺しの犯人なのだろうか。考えても考えてもわからない。
こんなにびくびくするのはショッピングモールでの一件以来だ。あのときもあやうく気づかれそうになった。ぼくの正体に。

ローレンが靴下に穴があいたと泣いて訴えた。服はどれもきつくなり、なのにぼくが選んだものはいやだと言った。娘に服をせがまれて断れる父親がどこにいる？　だから、よせばいいのにイエスと言ってしまったのだ。

町からやや離れた古いほうのモールを選んで、あまり混みそうにない月曜日の午後に行くことにした。出かけるまえからローレンはお漏らしでもしそうなほどはしゃいでいた。どぎついピンクのなにかを山ほど髪に飾ろうとしたが、ものには限度がある。

「みっともなくて連れていけないわ」と、気取ったご婦人の声色でぼくが言うと、ローレンはきゃっきゃと笑った。ひどくご機嫌なのだとわかった。ぼくの冗談に笑うことなどまるでなかったから。ぼくは野球帽をかぶり、サングラスをかけて、目立たない色の地味な服を着た。買い物に出る危険はわかっていたから、人目につくのはなるべく避けたかった。

モールへの車中、ローレンはおとなしく窓の外を眺めながら、ダンゴムシの歌を口ずさんでいた。以前のように、ハンドルをつかんで車を溝や壁に突っこませようとするとか、そういったとんでもない振る舞いは見せなかった。うまくいくかもしれない、つい期待が膨らんだ。

到着しても、すぐにはモールそのものが見えなかった。駐車場がだだっ広く、そのうえいちばん端の遠い場所にとめたせいだ。そわそわしたローレンが車に戻るのをいやがったので、歩くことにした。四百メートルはあったはずで、おまけにその日は朝から蒸し暑かった。近づくにつれ、巨大な箱型の建物がどんどん大きくなった。入り口にはしゃれた書体の文字が掲げられていて、ばかでかい巨人のサインみたいに見えた。ローレンがぼくを引っぱった。

「もっと急いで。ほら早く、父さん」

入り口に着くころには汗だくだった。ひんやりとした空気と大理石の床に心地よく迎えられた。そこを選んで正解だった。店内の客はまばらだ。小さな子供を連れた不機嫌な母親たち。一日じゅう暇そうな、くたびれた男たち。

見取り図が書かれた大きなプラスチックの掲示板があったので、しばらくその前で店の配置をたしかめようとした。でも、緊張のせいでぼんやりとした線と色の集まりにしか見えなかった（まだ虫男に会うまえで、薬もなかったからだ）。すっかり夢中な様子のローレンも、すべてを一度に見ようときょろきょろしてばかりでまるで役に立たない。

それで、茶色い制服の胸にバッジをつけた女の店員に近づいて訊いた。「すみません、〈コンテンポ・カジュアルズ〉はどこですか」

相手は首を振った。「閉店したんですよ。たしか、何年もまえに。どういったご用でしょう？」

「十三歳の娘が、服が欲しいと言うので」

「お嬢さんが、〈コンテンポ・カジュアルズ〉がいいと？　ずっと昏睡状態だったとか？」

ひどく失礼なことを言われたのでぼくはそこを立ち去り、「あの店はもうないんだ」とローレンに告げた。

「いいよ、別に。ここ、すごくない、父さん？」声を張りあげたせいで、くたびれた顔の母親のひとりがこちらを見たのがわかった。

「うまくやりたかったら、いい子にしといてくれよ。おしゃべりはなしだ。しっかりつかまって、うるさくせずに、ちゃんと言うことを聞くんだ。いいかい？」

ローレンはにっこりしてうなずき、口を閉じた。欠点はあるが、ばかではないのだ。

店から店へとぶらつき、片っ端から商品を眺めた。見るものが多すぎて一日じゅうでもいられそうだった。ずらりと並んだ白い柱からピアノ曲が流れ、大理石の床に反響していた。どこかで噴水の音も聞こえる。ローレンが大喜びなのがわかった。正直に言えば、ぼくも。ごく普通の父と娘のように外をいっしょに歩けるなんて最高だ。がらんとしたフードコートで一杯のオレンジスムージーを分けあって飲んだ。焦げた砂糖と醬油のにおいがまわりでぎこちなく喧嘩していた。どのテーブルもたったいままで客がいたかのように汚れ、バーガーの包み紙やプラスチックのフォークや食べかすが散乱していた。なのに人影はまるでなかった。

人けのないがらんとしたデパートに入り、靴下とアンダーシャツを買った。自分には退屈そのものの白、ローレンにはピンクと黄色のやつを。シャツはユニコーンの柄だ。

ローレンを楽しませようと、ぼくはカウンターの奥で暇そうにしている店員たちの名前と身の上を適当に考えだした。出っ歯の若い娘はメイベル・ワージントン、アイススケーターになるという弟の夢をかなえるために残業ばかりしている。大きなほくろがふたつある男はモンティ・マイルズ、穴釣りが盛んなカナダの小さな村からやってきたばかりだ。

「あそこのブロンドのふたりは姉妹だけど、別々の里親に引きとられて、再会したばかりなんだ」

「その話は嫌い」とローレンが眉をひそめて囁いた。「かわいそうだもん、父さん。別のにして」

「今日はずいぶん駄々っ子なんだな、子猫ちゃん」姉妹のために幸せな身の上話を考えだそうとしていると、ローレンがぼくの手を強く引いた。振りむくとすぐそばのラックにかかったレギンスが目に入った。鮮やかな青の地に、金色に輝く稲妻の柄だ。ローレンは息を止めてそれに見入っていた。

「穿いてみるといい。ただし、試着室にいっしょに入らなきゃならないよ」

ラックにあるレギンスはどれも小さすぎた。ぼくは途方に暮れてあたりを見まわした。女の店員がふたりやってきた。近くで見ると、たいして似てもいなかった。ふたりともブロンドだというだけだ。

背の高いほうが言った。「なにかお探しですか」

「ここにあるので全部ですか」

「そう思いますけど」

「本当に?」ローレンはすっかりそのレギンスを気に入っている。手に入らなければどんなにがっかりすることか。「奥にもっとあるんじゃ?」ぼくは精いっぱいの笑顔でローレンのサイズを伝えた。

小柄なほうが鼻で笑った。

「なにかおかしなことでも?」そう訊きながら、その店員が本当に里親育ちで実の家族と引き離されたのならいいと思った。さいわい、ローレンの視線はレギンスに釘づけで、笑われたのには気づいていない。

背の高いほうの店員が同僚を無視して、かしこまった口調で言った。「お調べします」その左瞼がチック症かなにかのように痙攣しているのがわかった。持病があるせいで思いやりのある性格になったのかもしれない。しばらくしてその店員は、高級レストランのウェイターの白いアームタオルのように何枚かのレギンスを腕にかけて戻ってきた。「こちらはいかがでしょう」

試着室は細長い形で、しんと静まりかえり、仕切りごとに白いカーテンがかかっていた。

「あっちへ行ってて、父さん」仕切りのひとつにふたりで入るとローレンが言った。

「無理なのはわかってるだろ、子猫ちゃん」

「だったらせめて——見ないで。お願いだから」それで目を閉じた。ごそごそと音がして、静かになる。ローレンがしょんぼりと言った。「合わない」

「残念だな、子猫ちゃん」心からそう思った。「ほかのものを探そう」

「やだ。もうくたびれちゃった。帰りたい」

青空と稲妻の柄のレギンスをぽつんと床に残したまま、そこを立ち去った。緑色の出口の標示に従い、いくつもの売り場を通りぬけてひたすら歩いた。革製品売り場、ランジェリー売り場、そして家具売り場。

店の出口まで来たとき、駆け寄ってくる足音が聞こえた。「待って！」と誰かが叫んだ。振り返ると、背の高いブロンドの店員が居間のディスプレイを突っ切ってこちらへやってきた。

「すみませんが、これはなにかの冗談ですか」声が震え、瞼が激しく痙攣していた。

「なにか問題でも？」

青と金の柄の布が差しだされた。「これは？」とレギンスが裏返され、ストレッチの効いた白い裏地が現れる。ローレンはその裏地を紙の代わりにして、お気に入りのピンクのマーカーペンでこう書きつけていた。

〝たすけて　おねがい。テッドは　ゆうかいはん。わたしを　ローレンとよんでる　けど、ほんとのなまえは　ちがう〟

そしてその下に、わが家への道順も描いてあった。かなり正確に。車で来るときにしっかり見ていたのだろう。

「ふざけないで。子供の誘拐を冗談にしていいとでも?」きつい口調にローレンがうろたえるのがわかったので、ぼくは答えた。「すみません、本当に。なぜこんなことになったのか。とにかく、お代を払います」そして代金よりもかなり多めに二十ドル札と十ドル札を出し、相手の手に握らせるとレギンスを受けとった。店員は唖然としたように首を振り、口を真一文字に引きむすんだ。

ぼくたちは人けのない駐車場のなかを引き返した。太陽は高く昇り、アスファルトから熱気が立ちのぼっていた。車まで戻るとぼくは言った。「さあ、乗って、シートベルトを締めるんだ」ローレンは無言で従った。

ぼくはエアコンをつけた。冷気で額の汗を乾かし、気持ちが落ち着いてくるのを待つ。どうにかまともに話せるようになると、こう切りだした。「ずっとまえからこの計画を練っていたんだな。ペンを渡すんだ」

「お店に置いてきちゃった」

「いや、嘘だ」

ローレンは靴下のなかからペンを取りだして差しだした。それから静かに泣きはじめた。心臓を串刺しにされたように、ぐさりと来た。「行動には結果がともなう、それを学んでもらわないとな」

ローレンは肩を波打たせてしゃくりあげた。涙が滝のように頬を伝う。「お願い。あそこにやらないで」

ぼくは深々とため息をついて言った。「六カ月。六カ月は戻ってこられない」

ローレンがうめいた。そんな苦しげな声を聞くと、ぼくの目にまで涙がこみあげた。

「おまえのためなんだ。おまえがつらいのと同じくらい、ぼくもつらい。おまえのことをちゃんと育てようとしてきたんだ。でも失敗した。それがはっきりした。商品を汚したし、真っ赤な嘘をついたろ。あんな真似は通用しない、それをわかってくれ。あの店員がおまえを信じたらどうなってた？」

そのあとの別れはあまりにつらく、ずっと記憶から消そうとしてきた。そのことはお互いに口にもしない。あの六カ月のあいだ、朝にやってくる鳥たちがいっそうの慰めになった。愛せるものが必要だった。

その暗い日々が終わってローレンが戻ると、ぼくは予防策を講じた。ドアにはいつも三重に鍵をかけ、ノートパソコンも鍵のかかる戸棚にしまいこんだ。マーカーペンは片づけるまえにかならず数をたしかめる。楽ではないが、あの子の安全のためだ。

それからローレンは変わったようだった。同じようにやかましく文句は言うものの、どこかうわの空で、たまに幼い子供のように癇癪を起こすくらいになった。娘は経験から学んだのだとぼくは思った。

今夜はひどく気が立っているので、ミント風味のホットチョコレートをこしらえる。


テッド・バナーマン流ミント風味のホットチョコレート。ミルクを温める。チョコレートを割り入

れて溶かす。ミントリキュールを好きなだけ加える。バーボンを入れてもいい。夜だから、出かける用もないし！　全体がなめらかでとろとろになるまで混ぜる。お好みで刻んだミントの葉を加えても。取っ手つきの背の高いグラスに注ぐ。なければ（うちにはない）マグでもいい。最後にホイップクリームとチョコチップを、または砕いたクッキーをのせる。スプーンですくってめしあがれ。

これを作るときには、考えごとでもしながら時間をかけてチョコレートをかき混ぜるのが好きだ。いまもそうしながら、ふとポケットに手を入れる。考えにふけるときの癖だ。と、指先に紙が触れる。顔をしかめてそれを引っぱりだす。〝犯人〟。鳥たちが殺されたあとでこしらえた犯人候補のリストだ。ローレンのチョーク箱の下に突っこんで、戸棚に鍵をかけておいたはずだ。なのにどうやってポケットに？　ローレンの名前の下に、もうひとつ名前が書きくわえられている。誰の字だろう。

母さん

ああ、なんて残酷で恐ろしい冗談なんだろう。鳥たちを絶対に殺したはずがない人物がいるとすれば、それは母さんだ。もういないのだから。

ぼくはリストを破ってゴミ箱に放りこむ。ミント風味のホットチョコレートもいまは効き目なしだ。

ローレン

お願いです、テッドを捕まえに来てください。殺しとか、ほかにもいろんな罪で。この州に死刑制度があるのは知ってます。テッドに社会科の勉強をさせられているので。録音がすんだら、このカセットテープを郵便受けから外に投げるつもり。誰かが見つけてくれますように。

テッドはいつも森にナイフを持っていく。やるのはわたしか、それとも向こうか。どっちにしろ、決着がつくのは森のなかのはず。ほかのみんなもそこへ連れていかれるから。そこでわたしたちは小さい蠟燭みたいに燃えつきて、最後は静かな闇だけが残る。それがなんとなく楽しみ。わたしは痛みとともに生きている。痛みのために、痛みそのものとして。わたしに目的なんてない、死ぬこと以外は。

ここにいるとなにも聞こえないはずだとテッドは思っているけれど、ちゃんと聞こえる。もしかすると、ドアを閉じたとたんにテッドはわたしの存在を忘れてしまうのかもしれない。本当に間抜けだから。あのレシピのこともそう。そもそもイチゴと酢のサンドイッチだって、テッドが思いついたわけじゃない。わたしでも知ってる、お料理チャンネルで見たから。それに、テッドがあれをやってみようかと猫に話しているのも聞いた――なんだっけ――感情日記を。ものすごく間抜けだ。でもおかげでこのアイデアを思いついたから、ラッキーだったのかもしれない。わたしは物知りってわけじゃないけど、計画は立てられる。

階段下の納戸でこのテープレコーダーを見つけた。鍵がかかっていない物入れはそこだけだ。古新聞の山しか入っていないからだと思う。でも、そこにレコーダーがあって、テープも入っていたから、チャンスだと思った。

いまはこうして真っ暗ななかにいるから、もしテッドが来ても、見つけたものはみんな元のところに戻せる。テープはすごく古くて、黄色と黒のラベルが貼ってある。あの人の字でこう書いてある。〝記録〟。中身は聴いていない。知ってるから。お腹の奥がかっと熱くなる。上から重ねて録音して、あの人の声を消してやるのは気分がいい。でも、怖い気もする。

普通の人になれたらどんな気持ちだろう——怯えてばかりじゃなくなったら。でも誰だって怯えてばかり——あ、テッドが来る——

考えを録音したいのに、あの音がうるさすぎます。まるで悲鳴みたい、頭が割れそう。もうだめ、がまんできない。

オリヴィア

オォォイイイイイォォォ。金属と金属がこすれあうような音。哀れなわたしの脳を、やわらかい耳を、繊細な骨を責めさいなむ……。頭を金槌でがんがんやられているみたいだ。だからその音にまぎれて声が話しかけてきたとき、すぐには聞こえない。

「オリヴィア、オリヴィア」蝶の羽ばたきほどのかすかな声だ。オォォォォイイイイイォォォ。

なに？ わたしはソファの下から這いだす。**どこにいるの？** 訊いてはみるものの、きっとテレビに話しかけるのと同じくらい無意味だ。わたしの名前を呼んでいるのが〈テッド〉なのは間違いないから、言葉は通じない。

「オリヴィア、こっち」

すごい音で胸が鳴りはじめる。行けばなにか起きる。そうしたら、二度と伝えたいことを伝えられなくなるかもしれない。心のどこかではソファの下に戻って忘れてしまいたい気もする。でも、できない。それはきっと正しくない。

声の主が誰で、どこにいるかがわかった。間違いでありますようにと、こんなに強く願ったことはないくらいだ。

わたしはキッチンの箱のところへ行く。箱といっても、わたしがそう呼んでいるだけで、本当は古い横型の冷凍庫だ。暗くて静かなので、そこで寝るのが気に入っている。でも、ときどきテッドが上にものを置く。重しを。いまもそうだ。

耳を寄せてみる。あの音がオペラ歌手の歌声みたいに鳴り響く。それでもあの子の声はまだ聞こえている。

「ねえ」涙交じりのかすれた声だ。「オリヴィア?」言葉はくぐもり、声も弱々しく悲しげだけれど、間違いない。暗闇で身を丸めた姿が目に浮かぶ。湿った息遣いも聞こえる。

「わたしがひどい夕食を作ったからテッドは怒ってる」ローレンの声が空気穴ごしに奇妙に響く。「かんかんに。こんなに怒るなんて、モールに行ったときだけだったのに……」泣き疲れたような、ヒック、ヒックという音がかすかに混じる。

壁の奥のネズミが頭のなかで駆けまわっているみたいに、考えがまとまらない。毛も逆立つ。落ち着いて、オリヴィア、と自分に言い聞かせる。ローレンは自分で冷凍庫に入ってうっかり閉じこめられたんだ。そそっかしい子だから……。

「自分で入ったんじゃない」

わたしは小さく飛びあがる。**聞こえるの?　猫の言葉がわかるの?　ああ、〈主〉よ!**

「聞いて。テッドに閉じこめられて……」

もう、間抜けなんだから。ほっとしてそう答える。**失敗に気づいたら、テッドは大あわてのはず…**

…そうだ、わかった！　わたしが起こしに行ってくる、そうしたらテッドが出しに来てくれるから。

「だめ、起こさないで」その声はまるで悲鳴だ。囁き声の悲鳴というものがあるなら。怖い。血がついた小さなビーチサンダルに、〝助けて〟と書いたメモ。寒気が尻尾の先から背骨へと這いのぼる。

ローレンが気持ちを落ち着けようとするように、しきりに深呼吸する音が小さく聞こえる。

ずっとそこから出られないわけじゃないでしょ、ローレン。なだめようと、そう言ってみる。**そこはわたしの場所だから。正直言って、ちょっと迷惑なんだけど。まあそれに、お母さんが迎えに来るだろうし、学校だって……学校に通っているんだっけ？　ごめんなさい、覚えてないけど。**

「オリヴィア、そうじゃない。よく考えて。頼むから」わたしは冷凍庫のサイズを目でたしかめる。テッドがわたしのためにあけた空気穴も。でも、本当にわたしのため？　答えが金属の扉とゴムパッキンの隙間からじわじわとあふれだす。そして内臓に、肉に、骨にしみこんでいく。

姿が見えないあいだ、どこかに行っているんじゃなかったの？　ずっとここに？

「あなたが入れないときは、わたしが入ってる。交代ってこと」

想像してみる。ローレンが真っ暗ななかにひっそりと横たわり、テッドとわたしが普段どおり暮らす様子に耳を澄ましているところを。**一カ月以上もいなかったけど。**

「そんなに？　ここは真っ暗だから時間の流れがあいまいで。死んでるのか生きてるのかもはっきりしないくらい。どっちだろうと思ってた。でも、壁の向こうであなたの声が聞こえて気づいたの、ああ、わたしはまだ……」

そんな。ああ、なんてこと。

「ずっと気づいてもらおうとしてた。きつく口をふさがれてなくて、テッドが眠ってて、音楽がうるさすぎないときを狙って。メモも書いた。テッドのポケットとかズボンとか、手が届くところにすべりこませたの。あなたはなかなか気づかなかったけど、テッドもそうだったから助かった。ありがたいことに、いつも酔っぱらってるしね」

わたしは意味なく鳴き声をあげ、ぐるぐると歩きまわる。**ああ、ごめんなさい、ほんとにごめんなさい。**

ローレンが湿ったため息をつく。「もう、おろおろしてばっかり」いつもの調子がやや戻ったみたいだ。「テッドのご機嫌ばかりとるし」

でも、なぜ彼はこんなことを？　自分の娘をこんなふうに閉じこめたりして……。

ローレンがうんざりしたように小さく笑う。「しっかりして、オリヴィア。わたしは娘なんかじゃない」

でも、父さんと呼んでるでしょ？

「わたしがいい子にしてたら、テッドは子猫ちゃんと呼ぶ。なら、わたしは猫ってこと？」

わたしはぶるっと身を震わせ、尻尾を床に打ちつける。**テッドはわたしのことも子猫ちゃんと呼んでる。**

「知ってる。これまでにも、たくさん子猫ちゃんがいたの」

テッドが子猫だったわたしを森で見つけた夜が甦る。ふたりが絆で結ばれたあの夜が。泥だらけだったテッドの袖口。ついさっきまでなにかが積んであったみたいに、車の後ろに残っていた不思議なにおい。黄色に青い蝶の柄が入ったやわらかい毛布。テッドがわたしをくるんだのは子供用の毛布だった。夜中に森でなにをしていたのかと疑問に思うべきだったのかもしれない。泥だらけの袖口も、子供用の毛布も。

ここにはどのくらいいるの？

「わからない。小さいころから」

そんなにずっと？　鏡を覗いたらそれがドアだったと気づいたみたいな気分だ。テッドのやつ、ひどい目に遭わせてやる、絶対に。ああ、なんて恐ろしいこと。

「本当の恐ろしさなんて知らないでしょ」ローレンが深々と息を吸う。「聞かせてあげる、一度だけ」


「遠い昔、わたしは家族と暮らしてた。よく思いだせないけど。ずっとまえのことだし、まだ小さかったから。テッドに攫われた日のこともよく覚えてない。歩道で目玉焼きが焼けるほど暑かったことくらいしか。よく母さんがそんなふうに言っていた気がするけど、どうだったかな。ローレンは本名じゃない。本名はなんだったかも忘れちゃった。

でも、ここに連れてこられたときのことは覚えてる。家じゅう埃だらけで汚くて、そこが気に入ったの。母さんは汚いところで遊ばせてくれなかったから。ベニヤ板の覗き穴も気に入った。船室の窓みたいだと思って。テッドにそう言ったら、すごく賢い子だって言われた。テッドは名乗ったあと、両親が留守のあいだわたしの面倒を見ることになったと言った。別におかしいとは思わなかった。そんな必要ある？　それまでにも、よその人に預けられたことはあったから。近所の人とか。両親はしょっちゅうパーティーに出かけてた。母さんはいつもわたしの部屋に来ておやすみのキスをしてから出ていった。香水のにおいを覚えてる。ゼラニウムの。わたしはいつも〝ゲルマニウム〟って言ってた。まあ、小さいころはばかだったから。だからここにいるのかな。えっと、なんの話だっけ？」

テッドがあなたを……攫った日のこと。　言葉のひとつひとつが、砂利のように舌を刺す。

「そうだった。あの日はすごく暑くて、着ていた水着だか下着だかのせいで肌がちくちくした。茹でダコになっちゃうって、テッドに文句を言った。それでテッドは思いついたのかも。キッチンの冷凍庫にアイスクリームがあるから取っておいでってわたしに言ったの。キッチンはぐちゃぐちゃで、シンクには汚いお皿が溜まってて、カウンターにはテイクアウトの食べ残しの山ができてた。それもいいなと思った、普通の大人とは違うから。

隅っこに錠がついた大きな冷凍庫があった。ガレージとか地下室で見るような。キッチンに置いてあるのを見るのは初めてだったかな。錠は外れてたから蓋をあけた。顔にひんやりした空気を浴びようと思ったのに、ぜんぜん冷たくなかった。それで壁のプラグが抜けてるのに気づいたの。それから、いきなり腋に手を差しこまれて持ちあげられて、あっという間に冷凍庫のなかに入れられた。やわらかい毛布を重ねた上に。わたしは自分の毛布も持ってて、それは取りあげられなかった。黄色に青い蝶の模様で、ふわふわなの。蝶の柄はもう薄くなっちゃったけど。なかは年寄りの鶏みたいなにおいがしたけど、それでもまだ怖いとは思わなかった。でもすぐに上から蓋をされて、閉じこめられたの。真っ暗ななかに星が散らばってた。夜空に刺し傷をつけたみたいな。テッドが蓋にあけた空気穴だった。出してってわたしは叫んだ。

〝もう安全だ。おまえのためなんだよ〟とテッドの声がした。

名前は覚えていたし、大人にとって名前が大事なのは知っていたから、こう言おうとしたの。〝お願い、出して、テッド〟って。でも、そのころは〝ド〟をうまく言えなかった。だから〝テッブ〟になっちゃった。出してもらえないとわかったとき、名前を言い間違えたせいで怒らせたんだと思った。どう呼ぼうと出してもらえないと気づくのに、ずいぶんかかったっけ。

最初は長いあいだ冷凍庫に閉じこめられたままだった。テッドが穴から垂らした水を、口をあけて飲むの。キャンディをもらうときも同じ。ときどきはクッキーとか細長いチキンフライも。昼も夜も、すごく大きな音で歌が流れてた。悲しそうな女の歌手の。これが地獄なのかもと思った。日曜学校で怖いところだって聞かされてたから。でも地獄なら火の池があるはずだけど、わたしがいるところはひたすら湿っぽくて寒くて、骨にしみるくらいだった。そのうち、そんなこともまるで感じなくなった。においも。時の流れが線じゃなくなって、平たくなったみたいだった。

身体も頭も、新しいルールを学ばなきゃならなかった。冷凍庫のなかのルールをね。歩くことはできなくて、足を数センチ動かせるだけだとか。なにもかも変わった。大好きだったジャンプもダンスも無理だから、代わりに拳を握ったり開いたりした。血の味を感じようと頬の内側を噛んでみることもあった。食べ物だと自分に言い聞かせるの。

うるさくしたり冷凍庫の壁を蹴ったりしたら、穴から熱湯を注がれた。自分では見えなくても、ひどい火傷をしてるのがわかった。皮がめくれるから。ヘビの脱皮みたいにね。いやなにおいがしたし、痛くて死にたいほどだった。

ある日、音楽が止まったの。そして目の前で光が爆発した。明るすぎて目をあけていられなかった。ずっと暗いなかにいたから。〝きれいにしよう〟とテッドの声がした。

抱えあげられて冷凍庫を出た。また熱湯かと思って悲鳴をあげたけど、かけられたのは蛇口の冷たい水だった。シンクのなかで身体を洗われたんだと思う。そのあと、テッドはわたしの火傷に薬かなにかを塗ってガーゼをあてた。

〝窓を板でふさいだよ。だから家のなかは暗い。目をあけてごらん〟とテッドが言った。

言われたとおりに目をあけてみた――最初はほんの少し、それから半分くらいまで。部屋は薄暗くて、ひどく広く感じた。目の前がぐらぐら揺れてた。ずっと冷凍庫のなかにいたから、目がうまく距離をつかめなくて。

テッドがサンドイッチをくれた。ハムとチーズとトマトの。何週間かぶりに野菜を食べて、身体に火が灯ったみたいだった。それまではずっと、トマトが出てもお皿の端に押しやってたのに。いま思うと笑っちゃう。食べてるあいだに、テッドが冷凍庫をきれいにして新しい毛布を敷いた。それを見てぞっとした。悲鳴をあげそうなくらい。また戻されるってことだから。わたしがサンドイッチを食べ終わったとたん、テッドはまた音楽をかけた。あの女の歌手の。ほんと、大嫌い。

〝入るんだ〟、そう言われたけど、わたしは首を振った。〝居心地よくしておいたから。さあ、入って〟。それでもわたしがじっとしてると、テッドは大きなボトルに入ったなにかを冷凍庫に注ぎこんだの。酸っぱいにおいがして、喉がひりひりした。〝毛布はぐしょ濡れだ。せっかくきれいにしたのに無駄骨だったな〟とテッドは言って、わたしを抱えあげて冷凍庫に戻してから蓋を閉じた。耳もとで聞こえたあの錠の音は忘れないと思う。シャッ。ナイフでリンゴを刺したみたいな音だった。冷凍庫の底は酢でぐしょぐしょで、火傷した肌に火が点いたみたいだった。酸っぱいにおいが喉にもぐりこんで、涙も出てきた。テッドが空気穴から熱湯を注いだから、空気が酸に変わったみたいで、ひどく苦しかった。

〝音楽が鳴っているあいだは、ここに入っておとなしくしているんだ〟とテッドが言った。〝ぐずぐずするな。口答えもなしだ。曲が流れているあいだは、なかでいい子にしておくように〟ってね。何度同じことを繰り返したことか。わたしは覚えが悪かったんだと思う。でも最後には抵抗もしなくなった。なんだか身体がテッドに従いはじめたみたいだった。いまはもう、どんなに出たくても、音楽が鳴っているときは無理なの。たぶん家が火事になっても。

わたしは人より辛抱強いから、普通より長く生き延びられたってわけ」ローレンの声に、ちらりと誇らしげな響きが混じる。「〝精神的な問題〟があるせいだってテッドは言うけど。でも生き延びるだけじゃ足りない。ちゃんと生きたい。ここを出ていくつもりだから、手伝って」

聞いているうちに頭がくらくらしてくる。集中しないと。**もちろん手伝う。力を合わせれば逃げられるはずよ。**

「まあ、簡単にはいかないだろうけど」やけに大人びた、くたびれたような声。これは現実なんだ。尻尾でそれを感じる。その恐怖を。

二階の寝室でテッドがうめく。きっと頭痛がひどいのだ。寝返りを打つたびにベッドがきしむ。足を床に下ろす音がする。裸足のままふらふらとタイルを歩く音。シャワーが流れはじめる。

「オリヴィア」とくぐもった声がする。「子猫ちゃん」音楽が大きくなる。

「行って。普通に振る舞って」とローレンが言う。すすり泣きのような、ごくかすかな音が聞こえる。必死で涙をこらえているのだ。

わたしは二階へ上がってバスルームに入る。湯気が渦巻き、水がタイルを打っている。水嫌いな猫もいるそうだけど、わたしはここが好きだ。面白いにおいも、うっすらとした雲みたいに漂う湯気も、蛇口から滴るお湯の味も。

テッドはシャワーの下に立っていて、ぺたんとした髪がアザラシみたいにつやつやしている。矢尻のような水に全身を打たれている。いつものように下着の上下は着けたまま。濡れて半透明になったしわしわの布がへばりついて、だぶついた二枚目の皮膚みたいだ。テッドは自分の身体をけっして光にさらさない。盛りあがった傷痕がうっすら透けている。目で見てわかるほどの酔いが身体から漂い、湯気と入り混じっている。

わたしは目を皿のようにしてしるしを探す。ふたりのあいだに重大な変化が生じたあかしを。でもテッドはいつもどおりに見える。いつものとおり、過去にさかのぼったまま戻れなくなっているようだ。

「テディは母さんと父さんといっしょに湖へ行った」と、額を壁に押しつけてつぶやいている。うわの空の小さな声で。「コカコーラはキンキンに冷たかった。氷がグラスにあたってメロディになった。それから父さんが、〝全部飲んでしまえよ、テディ、身体にいいんだから〟と言った」

テッドはシャワーを止め、それだけの動きでさえ億劫そうにうめく。そして寝室に戻っていく。わたしも後ろを歩きながら、なにひとつ知らない相手がそこにいるみたいに、しげしげとテッドを眺める。本当に知らないのかもしれない。テッドはうなだれ、肩を震わせる。泣いているみたいだ。

こういうとき、喉を鳴らしてテッドの脚にまとわりつき、頭を押しつけて笑わせるのがわたしの役目だ。でもいまは、まわりの壁が音を立てて崩れていくみたいな気がする。どす黒いものが頭のなかで、そこらじゅうで蠢いている。テッドへの憎しみがどっと押し寄せて、身体が弓なりになり、毛が逆立つ。絆で結ばれるのがテッドじゃなくほかの誰かだったらよかったのに。

なぜローレンにあんなことをするの？　答えが返って来ないかと、問いかけてみる。もっともな理由なんてあるはずはないけれど、そうでない理由のほうは考えるのもいやだ。

それでも普通にしていないと。どうにかして。だから喉を鳴らして頭をテッドの手にこすりつける。どこに触れても冷たい。テッドが音楽を大きくする。

そうだ、逃げだそうとしたあの日、〈主〉がわたしをここに留まらせたのはこのためなのだ。テッドを助けるためだと思っていたけれど、助けないといけないのはローレンだった。

テッド

今日のぼくはまともじゃないようだ。ゆうべは屋根裏部屋で緑の少年たちが騒がしかった。だから今朝ちょっと記憶が飛んだのも不思議じゃない。ストレスのせいだ。

われに返ったとき、目もあけないうちからどこにいるかわかった。通りと森とアスファルト、それにゴミ箱のなかの腐りかけた生ゴミのにおいがした。ゴミの日だ。目をあけたらなにが見えるかもわかった。思ったとおり、そこは緑の窓枠の黄色い家の前だった。ブラインドは下りたままだ。がらんとした人けのなさが外の通りにまで、はるか遠くにまで漂いだしているようだった。

チワワのおばさんは死んだのかもしれない。何度も家の前へ行ってしまうのは、おばさんの幽霊のしわざなのかもしれない。いまにも目に浮かびそうだ。透けた灰色のおばさんの手が、虚ろな目のぼくの手を引いて家の前の歩道へと導く。何度も何度もそこへ連れていって、ぼくに気づかせようとする——いったいなにを？

ストレスをなくすには、ローレンのことを解決するしかない。だから虫男に相談しなければ。慎重に少しずつ核心に迫ろうとしてきたが、どうにも埒が明かない。ローレンが何者かを理解しないといけない。いや、ローレンだけじゃない。

ほかにもひとつ決断をした。娘と猫のためだけに人生をお預けにするわけにもいかない。たまには自分も楽しまないと幸せではいられないし、幸せでない親はいい親とはいえない。

だから明日はデートに行く。お楽しみが待っている！

オリヴィア

ローレンともう一度話ができるまで二、三日待たされる。テッドがどこにも行かず、悲しい曲に合わせて歌いながらお酒を飲んでばかりだからだ。冷凍庫の扉ごしに鳴き声で呼びかけてみても、ローレンの返事はない。

三日後の夜にテッドが外出する。口笛を吹きながら、きれいなシャツで。ドアが閉まり、鍵が三つともかけなおされる。どこへ行くんだろう？

テッドが十分に遠くへ行ってしまうまで百数えて待つ。財布かなにか取りにもどるかもしれない。レコードプレーヤーの女の声が故郷の歌を静かに歌っている。わたしはキッチンに駆けていって冷凍庫を引っかく。

ねえ、大丈夫？ 心配で大きな声になる。**聞こえてる？**

「うん」レコードの音にまぎれてかすかな返事が聞こえる。「テッドはほんとに行った？」

ええ。きれいなシャツを着ていった。そういうときは、たいていデートのはず。

「狩りってことね」ローレンはテッドがデートするのを嫌っている。ようやくそのわけがわかった。

わたしはうろうろと歩きまわりながら言う。**さあ、プランを練らなきゃ。大声で助けは呼べる？**

「できる。というか、もうしてみた。でも誰も来なかった。壁が厚いから声が届くとは思えない。あなたは猫だから耳がいいけど、でしょ？　それでも聞こえないのかとあきらめかけてたけど」

うーん、たしかに。この案はなし、と。

「次の案は？」

とたんにしょげかえる。わたしが思いついたのはひとつきりだから。**いまのでおしまい。**

「気にしないで」慰められると、なぜかいっそう尻尾が痛む。「そんなにひどいことばかりじゃないから。ピンクの自転車は気に入ってるし、家のなかなら乗りまわせる。テレビもある。テッドも怒ってないときは食べ物をくれるしね」ローレンがくすりと笑う。「たまにインターネットだって見せてくれるし。〝監視〟つきだけど」

喉と尻尾が苦しい。毛玉が詰まったときよりも。どうすればいい？　哀れっぽい鳴き声が漏れる。これまでは猫に生まれて大満足だったのに、いまはもうあやしい。**わたしに手があれば、出してあげられるのに。**

「わたしにまだ足があれば、自分で出られるんだけど。頼みがあるの、オリヴィア。ひとつだけ」

なんでも言って。

「テッドが音楽を消すようにしむけて。それだけでいい。音楽が流れているとわたしはなにもできない。ずっと昔にそう決められたから。ね、聞いてる？　音楽を消すか、それが無理なら、わたしに聞こえないくらい小さくさせて」

わかった！　そのあとは？

冷凍庫の扉の上には、鉛の重しがごたごたと積みあげられている。魔の国の廃城みたいに。

「あなたがわたしを出してくれるはずよ、オリヴィア。聖書のお告げに従うの」

わたしになにかあったときのために、これも全部録音できたらいいのに。でもかまわない。

テッドは泥のなかを爆走する車の番組を見ていて、バーボンの中身は着々と減っている。テレビを見るあいだもレコードはかけたままだ。エンジンのうなりに混じってバンジョーが響き、女の歌手が酒場と愛の歌を歌っている。テッドがうとうとしはじめる。バーボンと疲れがその身体に腕を巻きつけ、地の底に引きずりこもうとしている。

わたしは喉をゴロゴロいわせながらテッドに近づく。途中で肢を止めて尻尾を膨らませる。身体を思いきり弓なりにする。そしてバンジョーがバーンと鳴るのと同時に、フーッとうなる。

「どうしたんだ?」テッドが手を差しのべる。

バンジョーがポロポロと音色を変えると、今度はだっとソファの下にもぐりこむ。

「おばかさんだな」とテッドが曲を変える。美しく悲しげな歌声が流れはじめる。わたしは曲に合わせて思いきり声を張りあげる。

「まったく、ばかな子猫ちゃんだ」むせび泣くようなバンジョーといっしょに、わたしも長々と鳴き声を響かせる。

「おいおい、これもだめなのかい」テッドがレコードの音を小さくしたので、ピアノも女の歌手も幽霊に変わり、ひそひそ囁くだけになる。

わたしはまだ鳴きつづける。ソファの下から動かずに。

「なあ、オリヴィア」テッドがいらだつ。「ぼくをなんだと思ってる? おまえの執事か?」それでも、さらに音量を下げる。そろそろ限界みたいだ。

わたしはソファの下から出ていく。

「これはこれは」テッドがにっこりする。「主《あるじ》のお出ましかい、光栄だな」

そこでおもむろに、テッドを喜ばせにかかる。まずは喉を鳴らしながらテッドの足もとで8の字を描く。テッドが身をかがめてわたしの耳をくすぐる。わたしは後肢で立って頭をテッドの顔にこすりつける。罠かもしれない、ふとそんな疑いがよぎる。いまここでわたしの頭をつかんでひねるつもりかもしれない。首の骨が折れるまで。

「よしよし、子猫ちゃん」愛おしげなその声を聞いて、背筋から尻尾の先まで切ない痛みが駆けぬける。自分のなめらかな毛並みやナイトタイムと同じくらいに、テッドは身近な存在だ。命の恩人だと思っていた。お互いの一部みたいだとさえ思っていたのに。そう考えると喉が詰まって咳が出る。

「どうした？　骨かなにかが刺さったのかい。見せてごらん」テッドがやさしくわたしを膝に乗せて口を開かせる。

「いや、大丈夫だ、子猫ちゃん」喉を鳴らして前肢でもみもみしてみせると、そっと背中を撫でられる。「ここのところ、出かけてばかりだったね。ほったらかしにしすぎたかな。もっと家にいるようにするよ、約束だ。たったいまからそうしよう」

わたしは大きく返事をして、また喉をゴロゴロ鳴らす。

「テレビを消してほしいのかい」

さらに大きくゴロゴロ。**わたしたち、あなたから逃げるの。**そう言おうとして、思いなおす。もしもローレンみたいにテッドも猫の言葉がわかったら？　ふと、ぞっとするような考えが浮かぶ――さっきからずっと、なにを言ったか知られていたらどうしよう。

「音楽を大きくしないとな」テッドが眠たげに言うので、すかさず尻尾で顎の下をくすぐる。リラックスさせる方法なら知っている。ずっとそうしてきたから。狙いどおり、テッドの瞼が落ちてくる。

息遣いが規則正しく、ゆっくりになり、顎が胸にうずまる。どんなふうに感じるべきなんだろう、そう考えながら少しのあいだわたしはその姿を眺める。いったいなにが、誰が彼をこんなふうにしたんだろう。いまとなっては関係ないけれど。

眠るテッドはやけに若く見える。

うまくいった、とわたしはローレンに告げる。**テッドは寝てる。**

「ほんとに眠ってる？　ほんとに安全？」

わたしは耳を澄ます。向こうの部屋にいるテッドの息遣いは深く規則正しい。やるならいまだ。オオォォォイィィイィォォォォ。頭のなかでまたあの音が聞こえはじめる。耳の奥に凶暴なスズメバチでもいるみたいだ。

ええ。本当にそうでありますように。ぶるぶると頭を振って、耳をこする。

「冷凍庫はキッチンカウンターに押しつけてあるでしょ」

ええ。

「いちばん上に積んである重しを下ろして。音はするけど、たいしたことはないはず。床に落とさないようにね。そしたら、それを押して冷凍庫からカウンターに移して。わかった？」

うなずいたものの、ローレンには見えないのを忘れていた。**わかった。**

てっぺんの重しがカチャンという音とともに外れる。小さくて転がり落ちそうになる。それを前肢で押さえてカウンターに移す。続いてもうひとつ。三つ目は重たい。強く押しすぎたせいで床へ落としてしまう。どすんと鈍い音が響き、地面が揺れたように感じる。ふたりとも凍りつく。耳を澄ましてみても、頭の奥のかん高い声のせいでよく聞こえない。ローレンの震える息遣い。隣の部屋のいびき。**テッドはまだ寝てる。**ほっとして身体の力が抜ける。

少しして、ローレンが言う。「落としちゃだめ、わかった、オリヴィア？」

ええ、もう落とさない。そこからは、ごくごく慎重に進める。重しの山の底にあった最後のひとつはひどく重たく、押そうとすると前肢が痛む。二、三センチずらすだけでへとへとだ。それでもなんとかカウンターの上へ移し、ほかの重しにぴったりくっつけて並べる。

全部動かした。

「わかった。待ってて」

ぎゅっと目をつぶると、力ない鳴き声が漏れる。なんだか不安だ。ローレンはどんな姿をしているんだろう？

ねえ、ローレンと、目を固くつぶったままわたしは呼びかける。**あなたを見たこと、一度もなかったでしょ。なんだか不思議じゃない？　交代で外に出るのが決まりみたい！**

答えはない。

冷凍庫がゆっくりとぎこちなく開く音が聞こえる。蓋を押しあげる手が弱々しく震えているようだ。蓋が壁に立てかけられる音。湿っぽい空気が立ちのぼる。ため息みたいに。苦痛と恐怖のにおいが押し寄せる。鉤爪のような細く青白い両手と、生々しい傷だらけの肌が目に浮かぶ。悲鳴をあげてボールみたいに丸くなってしまいたい。

しっかりして、と自分を叱る。気の毒なこの子をこれ以上苦しめちゃだめ。

わたしは目をあける。蓋があいた冷凍庫は黒々とした墓穴のようだ。後肢で立って底を覗きこむ。

なにもない。

オォォォォオォイィィィィ。

どこにいるの、と囁きかける。おかしい、ひどくおかしい。頭のなかの音が悲鳴に変わり、わたしは声をあげて頭をかきむしる。壁に頭から突っこんで音を止めてしまいたい。

「ねえ、猫ちゃん」耳もとでローレンの声がする。悲鳴が激しさを増す。それでも自分の息遣いと、切り株に斧を打ちこむような鼓動は聞こえる。

「オリヴィア、怖がらないで」

なにがどうなってるの？　もう、頭がおかしくなりそう……。なぜ冷凍庫のなかにいないの？

「最初からいなかったから」

ローレンの気配らしきものを感じる。身体の温かみか、においだろうか。それともいまわたしは、名前もない未知の感覚を使っているとか？　本当に気が変になる寸前だ。

ローレン、どこにいるの？　いったい全体、どういうこと？　なぜ姿が見えないの？　まるで――まさかそんなはずはないけど、それでもやっぱり――あなたがわたしのなかにいるみたい。

「その反対。あなたがわたしのなかにいるの」そのとき、恐ろしいことが起きる。わたしの身体ががくがく震え、形を変えはじめる。すてきな尻尾と肉球がなくなり、ほんの一瞬、肢の先に飢えたピンクのヒトデが生えてくるのが見えたような気がする。すべすべの毛並みも消え、目も小さく見えにくくなって……。

なに？　どうなってるの……やめて、こんなの現実じゃない。大好きな箱のなかに戻らせて……。

「見てみなさいよ、あなたが箱とか呼んでるものを。現実がそこにあるから。ただし、ちゃんと見なきゃだめ」

わたしは冷凍庫に目をやる。壁に立てかけられた蓋、そこにあけられた空気穴。

「あなたにメモを残したでしょ。でも、文字が読める猫なんている？　話ができる猫なんて」悲鳴がまた大きくなる。オオォォォォィィィォォ。

こんなの幻に決まってる。むかつく音が消えさえしたら、まともに考えられるのに……。

「わたしたちのどっちかが幻なの。わたしじゃない」

あっちへ行って！　止めて！　あの音を止めてよ！

「オリヴィア、自分のしていることを見て」

わたしの前肢は長く伸び、鉤爪がまっすぐになっている。その爪が金属製の冷凍庫の側面を引っかいて、苦悶の悲鳴のような鋭い音を立てている。イィィィィォォォォィィィィ。音の主はわたしだったのだ、これまでずっと。でも、そんなことって？

「ずっとまえから、あなたに気づいてもらおうとしてた」

鋼鉄に爪を立てる音が大きくなる。目がちかちかしてくる。前肢の代わりに生えてきたのは手だ。長く汚れた爪がひたすら引っかいている……ィィィィィィィィィィォォォィィィ。金属をきしませる鉤爪の音。**いや、指の爪だ**と囁きが聞こえ、ギャッと悲鳴をあげるけれど、その悲鳴でさえ耳ざわりな音にかき消される。音はどんどん大きくなり、やがて形を持って、わたしのなかに壁を築く。そしてすさまじい衝撃とともに崩れ落ちる。


気がつくとローレンに背中を撫でられている。でも今度もなぜか、自分のなかにそれを感じる。わたしは子猫みたいに哀れっぽい声で小さく泣きはじめる。

「シーッ。なるべく声を抑えて」

あっちへ行って。わたしはぎゅっと身を丸める。でも、まわりからローレンにも包まれているような気がする。

「それはできない。ほんとにまだわからないの？」また背中を撫でられる。「初めて逃げようとしたとき、テッドはわたしの足を奪った。二枚の板ではさんで木槌で叩きつぶしたの。あなたが生まれたのは、二度目に逃げようとしたときだった。

ドアまであと半分のところで、テッドに髪をつかまれた。冷凍庫に戻るくらいなら死んだほうがましだったから、覚悟はしてた。でも、思いもよらないことが起きたの。わたしはその場からいなくなった。どういうことかはわからない。頭のなかに深い洞窟があって、そこにもぐりこんだみたいだった。あなたがどこからか現れて、代わりに前に出るのがわかった。姿が見えたし、なにをしているかも感じとれた。テッドの声もまだ聞こえてた。でも、テレビでも見ているみたいな感じなの。わたしはこの身体にいなかったから。いたのはあなただった。あなたが喉を鳴らしたり、膝に乗ったりしてテッドの気持ちを落ち着かせた。あなたは暗闇から生まれたの、わたしを救うために」

違う、生まれたときのことは覚えてる。そんなふうじゃなかった。

「その話は知ってる。あなたの記憶は読めるから。というか、あなたが記憶だと思ってるものを。母さん猫と森の窪みにいたんで……」

そうよ！ 知っている話が出てきてほっとする。

「それは実際に起きたことじゃない。心は賢いの。生きるのがつらすぎるとき、受け入れやすい話を自分に教えこむ。自分を子猫ちゃんと呼ぶ男に監禁されていたら——そう、本当に子猫なんだと自分に思いこませることもある。嵐の夜に命を救われた話をでっちあげたりもする。でもあなたは森で生まれたんじゃない。わたしのなかで生まれたの」

あれは本当にあったことよ。そうに決まってる。死んじゃった姉妹猫たちのことも、雨のことも……。

「ある意味では本当だけど」ローレンが悲しげに言う。「森には死んだ子猫たちが埋められてる。テッドがそうしたの」

テッドのブーツにこびりついた泥が頭をよぎる。ときどき夜に森から帰ってくることも。テッドの身体にしみついた骨のにおいも。大きく口をあけて息を吸おうとしても、空気がまともに入ってこない。真実の重み。それが心に跡をつける。ローレンに撫でられ、やさしく囁きかけられているうちに、ようやく耳の奥で波打つ鼓動がおさまってくる。

なぜ冷凍庫のなかにいるふりなんてしたの？

「信じてもらえないだろうと思ったから。わたしたちがひとりの人間だとわかってもらえる方法が必要だった」

だったら、わたしがローレンの精神的な問題ってこと？ そんなのやりきれない。

「悪くとらないで。来てくれたおかげで、ずっと楽になったんだから。テッドはあなたをそばに置いて、食べ物を与えるようになった。あなたがいるとテッドは気持ちが休まるの。ペットだからね。あなたは冷凍庫も好きでしょ、なかに入ると安心できるから。テッドの機嫌がいいと、わたしたちにもやさしくなる。熱湯も酢も浴びなくなったし。わたしが眠らされているあいだ、あなたが前に出ていてくれるから」

そのせいで、ここから出してもらえないってこと？　わたしがテッドになついて、撫でられたりするせいで……。

「おかげで生き延びられたの」それを聞いて、温かいものが胸に広がる。「いまあなたを抱きしめてる。感じる？」

ええ。 たしかに、やさしく腕に包まれているような感じがする。ふたりで抱きあいながら、しばらくのあいだじっとしている。

居間でテッドがうなる。

「あいつが来る。行かなきゃ。またすぐに戻ってくるね」

ローレンが励ますようにやさしくわたしに触れる。「オリヴィア、あなたはふたりのあいだのドアをあけてくれた。きっとなにかが変わるはず」そう言って消える。


これまではテッドの帰りをただ待ちわびていた。いまはひたすら出かけてほしい。不思議なことに、こんなに恐ろしい状況でも、ローレンといられるのがうれしい。話すのが楽しいから。おしゃべりしたり、遊んだり、ただいっしょにすわっているだけのこともある。姉妹猫の誰かとまた会えたみたいな、本当にすてきな気分だ。実際、ローレンは姉みたいなものなんだと思う。撫でたり抱きしめたりもしてくれる。ただし頭のなかだけで。音楽が鳴っているあいだ、ローレンは身体を使えない。猿ぐつわはされていないけれど、縛られているみたいな感じだそうだ。こともなげにそんなことを言うのを聞くとぞっとする。まだ子供なのに。それがどんな感じかなんて、誰も知っていてはいけないのに。


今夜、わたしたちは暗い家のなかでソファにすわって身を寄せあっている。外の木々が手を広げて月明かりを浴びている。絆の紐はくすんだ黒で、夜の闇にまぎれて見えない。テッドは二階で酔いつぶれている。死んだように、ぴくりともせず。わたしたちはひそひそ語りあう。

「足がまだあったら、走って逃げられるのに。一目散に」

わたしのこと、見えてる？　わたしは見えない。見えたらいいのに。あなたがどんな姿か知りたい。

テッドは姿が映るものを家のなかにひとつも置いていない。

「見えなくてよかった。ひどいありさまだから。でも、あなたのことは感じる。温かくて――いい気持ち、誰かが隣にすわってるみたいで」

身体のことは考えたくない。わたしたちが共有しているというローレンの身体のことは。まだ半信半疑だから。自分の毛皮も、ひげも、尻尾も、ちゃんと感じられる。これが現実じゃないなんて本当だろうか。

ところで、もうひとりいるの。三番目のやつが。ナイトタイムってわたしは呼んでる。

「ほかにもいると思う。底の底にいるとき、たまに声がしてるから。聞かないようにしてるけど。あの子たちが泣くのはつらいから」

底の底？

「ほかにも階層があるの。全部見せてあげる」

恐怖がそろりと撫でる。黒い羽根で。その感じを振りはらおうと、わたしはしきりに喉を鳴らす。

「こう思わない、オリヴィア」ローレンの声に湿った音が混じる。「わたしたち生まれてこなければよかったんじゃないかって」

いいえ、生まれてきたのは幸運だと思う。いまも生きているのはもっと幸運だし。でも、生まれるとか生きるとか、それがどういう意味なのか、もうわからない。わたしってなに？　自分の知っていたことがなにもかも間違いだった気がする。まえに、〈主〉がお姿を見せてくださったと思ったことがあるの。話しかけてくださったと。あれは現実？

「神なんていない、テッドの神のほかは。森であいつがこしらえるのが神ってこと」冷たい羽根にまた撫でられる。尻尾の先から背筋へと。

そんなことはもうさせない。いっしょにここを出るんでしょ。

「それぱっかり」ぴしゃりとローレンが言う。これまでの辛辣で意地悪なローレンがちらりと顔を覗かせたみたいに。でも、またやわらかい口調に戻る。「自由になったらなにをしたい？　わたしはスカートを穿いて、髪にピンクのバレッタを着ける。テッドは許してくれないから」

わたしは本物の魚が食べたい（ほんとは愛しのトラ猫を探しに行きたい、と心のなかでこっそりつぶやく）。**家族はどうするの？　見つけられるかも。**

少し間がある。「こんな姿を見られたくない。死んだと思われたほうがまし」

だったら、どこに住むの？

「まあ、ここか」どうでもよさそうな調子だ。「テッドがいないならかまわない。ひとりで暮らしたいし」

みんな誰かが必要なはずよ、ローレン。わたしはきっぱりと言う。**わたしだってそのくらい知ってる。撫でてくれて、やさしい言葉をかけてくれて、たまに文句を言う、そんな誰かが。**

「あなたがいるでしょ」

たしかに。驚いてそう答える。**考えてなかった。**尻尾で勢いよくくすぐると、ローレンは笑いだす。自分に楽天的なところがあってよかった。これからはきっとそれが必要になる。

ローレンがため息をつく。わたしがいやがりそうなことを言おうとするときの癖だ。「やるのはあなたじゃなきゃならない。いざそのときが来たら。わかってるよね、オリヴィア。あなたがやるの。わたしは身体を使えないから」

やるって、なにを？　答えは知っている。

ローレンの返事はない。

やらない。できない。

「やるしかない」悲しげな声だ。「でないと、テッドはわたしたちも土に埋める。ほかの子猫たちと同じように」

わたしはその女の子たちのことを想像する。みんなローレンと同じように歌を歌い、ピンクのバレッタを持っていて、ゲームもしただろう。家族やペットがいて、将来の夢もあって、水泳が好きだったり嫌いだったりしたはずだ。闇を怖がったかもしれないし、自転車から落ちて泣いたかもしれない。算数とかお絵描きとかが大の得意だったかもしれない。大人になったらほかにもいろんなことをしたはずだ。仕事に就いたり、リンゴ嫌いになったり、わが子にうんざりしたり、長時間の運転をしたり、本を読んだり、絵を描いたり。最後は自動車事故で亡くなったかもしれないし、自宅で家族に看取られたかもしれないし、遠くの砂漠の戦争で命を落としたかもしれない。でも、いまはそれもかなわない。その子たちがどんな最期を迎えたのかもわからない。ただ土に埋められたとしか。

大きなナイフの隠し場所ならわかる。テッドは秘密にしてるけど、知ってる。

ローレンがぎゅっと抱きしめる。「ありがと」囁き声とともに、背中の毛に息が吹きかかるのを感じる。

急に居ても立ってもいられなくなる。**今日やる。いますぐ。じっとしていられない。**

わたしはカウンターに飛びのって後肢で立つ。戸棚をあける。その瞬間、目を疑う。**ないみたい。**でも、ここにあるはずなのに。鼻を突っこんで埃っぽい戸棚の奥をあさる。でもナイフはなくなっている。

「そう」ローレンの声に痛いほどの深い落胆を感じて、できることがあればなんでもしたくなる。

「気にしないで、オリヴィア」

きっと見つける。約束する、かならず見つけるから……。

ローレンが小さく声を漏らす。泣くまいとするように。けれど、わたしの頬の毛に熱い涙がこぼれ落ちるのを感じる。

わたしにできることはない？　なんでもするから。

ローレンが洟をすする。「きっと無理。手を使わないといけないから」

やってみる。考えただけで気分が悪くなりながら、わたしはそう囁く。

階段下の納戸は埃だらけで、ぎとぎとのエンジンオイルのいいにおいがする。隅っこに積んである埃っぽいラグ、古新聞の束、掃除機の部品、釘の箱、ビーチパラソル……。わたしは耳をそばだて、期待に尻尾をぴんと立てる。こういう場所は大好きだ。床に漏れた黒いオイルのにおいを嗅ぐ。たまらない。

「集中して、オリヴィア。新聞の下に隠してあるから」

そこに鼻を近づけると、新聞紙以外のにおいが嗅ぎとれる。退屈でのっぺりしたにおい。プラスチックだ。

「カセットテープよ。拾って。待って、それじゃだめ、手を使わないと。ほんとは前肢なんてないんだから」ローレンの声がいらだつ。「あなたはわたしの身体に住んでるの。わたしたちは女の子で、猫じゃない。ちゃんと受け入れて」

手を感じてみようとする。でもできない。自分の姿は知っている。優雅にバランスをとって歩く、つややかな四本の肢。気分次第で鞭にもクエスチョンマークにもなる尻尾。カクテルに入ったオリーブみたいな緑の目、それに美しい……。

「もう、じれったい。いいから口にくわえて。それならできるでしょ」

できる！　わたしはカセットをそっとくわえる。

「ドアの郵便受けのところへ行って、わかった？」

わかった！

居間の前を通りすぎるとき、なにかが目に入って少し足を止める。

「どうかした、オリヴィア？」

ええ。ううん……別に。

「なら、急いで！」

わたしは鼻先で郵便受けの蓋を押す。敏感なやわらかい鼻に、重く冷たい金属が触れる。外の世界は朝霜のにおいがする。白い光が目を射る。

「カセットを通りに飛ばして。できるだけ遠くへ」

わたしは頭をぐっと反らし、カセットを勢いよく口から離す。なにも見えないけれど、落ちてはずむ音が聞こえる。

「藪のなかに入っちゃった」ローレンがつぶやく。がっかりした声で。

ごめん。ごめんなさい。

「歩道に落として誰かに見つけてもらおうと思ったのに」ローレンが泣きはじめる。「あんなところじゃ、誰が見つけてくれる？　せっかくのチャンスが台無しじゃない」

悪かったと思ってるの、ローレン。ほんとに！

「やる気がないんでしょ。逃げたくないから。ここにいるのが好きなんだ、閉じこめられたままでいるのが」

違う！　必死に訴える。**そんなことない、役に立ちたい。いまのは失敗しただけ！**

「だったら真剣にやって。わたしたちの命がかかってるの、オリヴィア。いつまでも手がないふりなんてしないで。ちゃんと使えるように……」

わかってる、ナイフを持てるように練習する。もう失敗したりしないから。わたしは頭のなかでローレンに鼻を押しつけ、額をこすりつける。**しばらく休んでて、わたしが見張ってる。**ぼこぼこしたオレンジ色のラグの上でいっしょに身を丸め、わたしは喉を鳴らす。ローレンをすぐそばに、自分のなかに感じる。深いため息をついてから、ローレンは安らかな暗闇へとそっと下りていく。尻尾が不安でいっぱいになる。ローレンは先のことを、自由になったあとのことをあまり話そうとしない。なんだかいやな予感がする。自由になること自体には興味がないのかもしれない。それどころか、生きることを望んでいないような気さえする。でもわたしがローレンを助ける。危険から守る。

　ローレンはいろいろと大変だから言わずにおいたけれど、ついさっきひどく妙なことがあった。テープをくわえて玄関ドアに向かうときに、わたしは居間を覗いた。その瞬間、ここにあるラグがオレンジから青に変わっていたのだ。間違いない。

ディー

ディーは窓の前にすわって外の闇を見つめている。爪の抜けたトラ猫をやさしく撫でながら、煙草をやめなければよかったと思う。「きれいな石」とつぶやくと、猫がぱっと見上げる。夜も遅いのでテッドの家の窓はどこも真っ暗だ。でも、眠るのが怖い。赤い鳥たちが、得体の知れないものをくわえて頭のなかに飛びこんできそうな気がする。それとも見るのは別の夢かもしれない。満天の星の下、手をつないだ両親が砂漠をさまよいながら、いまも娘を探しつづけ、名前を呼びつづけている夢。記憶はけっして遠ざからない。幾重にも積みかさなっている。ロシア人形みたいに。

長時間待ちつづけ、見張りつづけることがどんどんつらくなっている。叫びだしたくなることもある。バールを持って隣へ行き、ドアを叩き壊して、決着をつけたくなることもある。車に飛びのってどこかへ行ってしまいたくなることも。いまもそうだ。なぜこんな重大な使命を負わないといけないのか。でも、当然だ。ルルのためにやらなくては。ほかの子たちのためにも。事件の新聞記事は、薄暗い投影機の光に照らされた不鮮明なマイクロフィルムで確認ずみだ。あの湖に行って戻らなかった子供たちがいる。これまでに少なくとも七、八人。家族や保護者のいない子たちばかりだ。だからあまり注目されることはなかった。ここ最近は誰も失踪していない。正確には、ルルの事件を最後に。

そこになにか理由があるかもしれない。何度も危険を冒して子供を攫うより生かしておくほうがいいと、あいつは気づいたのかもしれない。

森の上に広がる乳白色の雲の向こうに太陽が顔を覗かせている。東の空がピンクの指に触れられたように染まりはじめる。

テッドの家の玄関でなにか動きがある。長方形をしたものが郵便受けから放りだされて宙を飛ぶ。それは階段の上で音を立てて二度跳ねてから、つるつるした緑の葉のシャクナゲの茂みに静かに落ちる。郵便受けのフラップがかすかなきしみをあげてまた開く。

全身の感覚に火が点く。部屋を飛びだす。耳の奥の鼓動が邪魔してなにも聞こえない。深呼吸しなくては。ドアノブをまわして外へ出ようとしたとき、いつもの解錠音が三回聞こえる。

ディーは身をこわばらせる。窓のところへ戻る。テッドが玄関の階段を下りてくる。いつもより少しだけ身ぎれいだ。髭にも櫛を入れたらしい。

階段の上でテッドが左側に目をやり、足を止めて身をかがめると、つるつるの緑の葉の茂みからなにかを拾いあげる。ディーのなかですべてが止まる。間にあわなかった。あれがなんであれ、見つかってしまった。

テッドが腰を上げる。小さな松ぼっくりを手にしている。それを朝日にかざして、ためつすがめつ眺める。

テッドが出かけて二十分が過ぎてから、ディーは隣の家に近づく。考えてきた手順にしっかり従う。まずはドアベルを鳴らす。応答がないのをたしかめてから、郵便受けのフラップを押しあげる。

「こんにちは」奥に向かって呼びかける。室内の空気が顔を撫でる。埃と古い絶望のにおい。

「こんにちは。お隣さん、助けに来ましたよ」どんな言葉をかけるかも、まえもって考えてきた。小さな女の子にも理解できて、なおかつほかの誰かに聞きとがめられないような言葉を。家が息を吹きかける。でも、ほかにはなんの音もしない。それで、スロットに口を押しあてて小声で呼びかける。「ルル？」一分待ち、二分待つ。家の静寂が増しただけだ。

あたりが明るくなってきている。犬の散歩中の男性が通りかかる。無理やり侵入するわけにはいかない。そのうち誰かが、テッドの家の玄関前でなにをしているのかとあやしみだすにちがいない。

ディーは懐中電灯を出して四つん這いになり、すばやくシャクナゲの茂みにもぐりこむ。蜘蛛の巣が小さな手のように顔にへばりつく。アドレナリンが心臓を叩く。おかげで気持ちが高まり、生気がみなぎる。

枯れ葉になかば埋もれるようにしてカセットテープが落ちている。クワガタムシが上にのっていて、興味しんしんで牙を蠢かしている。ディーは虫を払いのけ、カセットをブラのなかに押しこむ。茂みからそろそろと出る。興奮が薄れるにつれて寒気を覚える。右側に積もった落ち葉のなかで、長くて細い紐状のものが動く。ディーは息を呑んで茂みを飛びだし、階段の角ですねをしたたかぶつける。鱗に覆われたものに絡みつかれ、巻きつかれたような、ありもしない重みを髪に感じて必死に頭をはたく。そして息を切らして自宅の玄関へと駆けだす。

テッド

ようやく虫男の日が来た。いよいよはっきりさせなければ。ローレンのためだ。ただ、前回怒鳴ってしまったのはまずかった。虫男の目がちかりと光ったのがわかった。

今日は歩きやすい。暑すぎないのがいい。ポケットのなかの松ぼっくりを撫でる。玄関の階段脇で見つけた。松ぼっくりは好きだ。どれも独特の個性がある。

ドアノブに手をかけたまま、ぼくは身をこわばらせる。虫男がオフィスのなかで話をしている。ここで別の患者を見たり声を聞いたりするのは初めてだ！

「しけた連中が」と虫男の声がする。「しけた町が」それを聞いて落ち着かなくなる。ここにいることを知らせようと、ドアをノックする。プライバシーは大事だ。つぶやくような声はしなくなり、返事がある。「どうぞ！」

眼鏡の奥の虫男の丸い目は穏やかだ。部屋にはほかに誰もいない。

「ようこそ、テッド。来ないんじゃないかと思っていたよ。手と顔に引っかき傷が増えているね」

「猫のしわざです。最近、機嫌が悪くて」（箱に入れるときにぼくの顔に爪を立てて、金切り声をあ

げるのだ）

「それで、調子はどうかな」

「順調です。薬がよく効いて。ただ、あっという間になくなってしまうんです。それで、薬をここでもらうんじゃなく、処方箋を書いてもらえないかと思ったんですが」

「薬の量については相談しよう。ただ、やはりここで出すようにしたほうがいいだろうね。それに、薬局で処方薬を買うのは高くつく。それは避けたいだろう？」

「ええ、まあ」

「感情日記はつけているかい」

「ええ」と調子を合わせる。「すごくいいみたいです。アドバイスはみんな役に立ってます」

「日記をつけていて、なにか気になることが見つかったかい」

「ええっと、うちの猫のことがすごく心配なんです」

「同性愛の猫だね」

「ええ。ひっきりなしに首を振っていて、耳の奥になにか詰まっているみたいに引っかいてばかりなんです。でも、どうにもならないみたいで」

「それで、なにもしてやれないのが歯がゆいんだね」

「はい。苦しんでほしくないんです」

「なにか手立てはないのかい。たとえば、獣医に診せるとか」

「ええっと、いいえ。動物病院ではお手上げだと思います。まるっきり。すごく特殊な猫なので」

「でもまあ、やってみないとわからないんでは？」

「じつは、ほかにも気になることがあるんです」

「なんだい」虫男の顔に期待が浮かぶ。申しわけないような気になる。こちらがなにか明かすのをひたすら待ってくれているのだから。

「このまえ話したドラマのことは覚えてますか、母と娘の」

虫男がうなずく。ペンは止まったままだ。青い目をまん丸にしてこちらを見つめている。

「あれをまだ見てるんです。筋がどんどん込みいってきて。娘のことなんですが、ほら、母親を殺そうと狙っている、例の凶暴な。彼女のなかには、その……別人みたいなものがいたんです」

虫男は身じろぎもしない。じっとぼくを見据えている。「そういうことは実際にある」ゆっくりとそう言う。「稀だがね……映画に出てくるようなものとはわけが違うが」

「この映画はほかの映画とは違うんです」

「テレビドラマだと言ってなかったかい」

「そうでした、テレビドラマです。それで、その話のなかでは、娘は若い女の子のはずが、ときどきまるで……人が変わったようになるんです」

「ほかの人格が取って代わったみたいに？」

「ええ。身体のなかにふたりの別の人間がいるみたいに」別なのは種《しゅ》だが、そこまでは明かせない。

「それはおそらく、解離性同一性障害のことだろうね、いわゆるＤＩＤだ」

解離性同一性障害。なんだかテレビかステレオの故障の話みたいだ。ローレンのことだとはとても思えない。

虫男にまじまじと見られ、それで自分がひとりごとを言っているのに気づく。あやしいやつのように。目に力をこめて相手を見返す。「それはとても興味深いな」

「かつては多重人格障害と呼ばれていたものだ。ＤＩＤは新しい呼称でね、でもまだすべてが明らかにはなっていないんだ。わたしの本でも詳しく取りあげている。それこそ、あそこで論じているのはまさに――」

「それで、明らかになっていることは？」と、ぼくは話を戻す。これまでの経験から、そうしないと本の話が延々と続くことはわかっている。

「ドラマの少女はおそらく、継続的な虐待にさらされていたんだろうね、身体的、または心理的な。それで自己が分裂したんだ。トラウマに対処するために新たな人格が形成されたということだ。じつに見事なものだよ。知的な子供に見られる、苦痛に対するすぐれた回避手段だと言える」虫男が身を乗りだす。眼鏡の奥の目が輝いている。「ドラマではそういう場面があったかい。虐待の」

「さあ、あったとしても、ポップコーンを取りに行っていて見逃したんじゃないかな。まあそれで、母親が困りはてているんです。どうしたらいいと思います？　専門家の意見として」

「この問題に対する考え方にはふた通りあるんだ。ひとつ目は、共在意識と呼ばれる状態をゴールとするものでね」虫男がぼくの表情を見て続ける。「セラピストが、交代人格、つまり別人格たちがうまく共存できる方法を見つける手伝いをする」

思わず笑いだしそうになる。ローレンは誰ともうまく共存なんてできやしない。「それは難しいかな。ドラマでは、ふたりとも自分たちがひとりの人間だとわかっていないので」

「彼女の想像力を役立てられるかもしれない。それに振りまわされることなくね。自分のなかに場所をこしらえるんだ。本物の構造物を。子供の場合はお城だとか豪邸だとかが多いかな。でもなんでもかまわない。部屋でも納屋でも。みんなが入れるような広い場所がいいね。そしてそこに別人格たちを安全に集めるんだ。そうやってわかりあえるようにする」

「ふたりはものすごく仲が悪いんです」

「いくつか参考図書を紹介しよう。このアプローチをもっと理解できるように」

「もう一方の考え方は？」

「統合だ。別人格たちは主人格に組みこまれる。うまくいけば、別人格は消滅する」

「死ぬみたいだ」殺すみたいだ。

虫男が眼鏡の奥からしげしげとぼくを見る。「ある意味では。治療は長期にわたることになる、ときには何年にも。これが最善の解決法だと考える専門家もいる。わたしにはわからないが。確立された人格同士をひとつにまとめるのはたやすくないだろうし、適切かどうかもわからない。専門家のなかには、そういった別人格を別個の人間だと捉える人たちもいる。各人格にはそれぞれの生活があり、考えがある。言うなれば、魂を持っている。だから、きみとわたしとをひとつにするのと同じことだと言えるかもしれない」

「でも可能ではあるんですね」

「テッド、もしきみが——そういう問題を抱えている人を知っているなら、その人には助けが必要だ。多くのね。よければわたしが彼女を……」

虫男の左手は膝の上に置かれている。右手は脇にある小テーブルの上に伏せられていて、ほんの二センチ先には携帯電話がある。ぼくはテーブルのペンを手に取ってもてあそびながら、相手の右手に、携帯のそばにあるほうの手に目を光らせる。そして虫男がさらになにか察するのを待つ。電話に手を伸ばすのを待つ。そうならなければいいが。なぜだか相手が好きになってきたからだ。

「じつに奥の深い問題だ」考えにふけるような調子だ。もはやぼくに話しかけてはいないような。

「わたしの本で取りあげている問いでもある。自己とはなにか。じつは、DIDが存在の秘密を解き明かす鍵になりうるという哲学的議論がある。生物と物体のすべてに——石ころやガラス片にいたるまで、ありとあらゆるものに――魂が宿っていて、それらの魂が集合して単一の意識を形成しているという考えに基づいたものだ。すべてのものに命があり、呼吸し感覚を持つ宇宙を構成している……。その意味で、われわれはみな本質的に神の交代人格だと言える。一理あると思わないか」

「なるほど。さっきの参考図書のタイトルを教えてもらっても?」と、できるだけ愛想よく訊く。

「統合のことが書いてある本の」

「ああ――もちろん」虫男は手帳のページを破ってタイトルを書きつける。

そして、ページに目を落としたまま続ける。「考えてみてほしい、テッド。会って話を聞けば、彼女の力になれるはずだ」いかにも頭でっかちな言いぐさだ。期待に顔が輝いている。ぼくは手のなかのペンを短剣のように握りしめる。

聞かせてやったらどう思うだろう。ローレンとの暗い夜が頭をよぎる。つかみかかってくる汗ばんだ手。鋭い歯と爪がぼくの皮膚に残す、一列に並んだ傷。母さんを思いだす。

そこから引きもどされる。壁をネズミが走りまわるような音がする。ペン先がてのひらに深々と刺さっている。聞こえているのはネズミの足音ではなく、淡い色のラグにぽたぽたと血が滴る音だ。虫男が凝視している。虚ろで蒼白な顔。見る見るうちにその顔に恐怖が広がっていく。ぼく自身の顔には、そこにあるべき苦痛の表情が浮かんでいない。いまさら痛みを感じているふりをしても無駄だ。ついに正体を覗かせてしまった。てのひらに刺さったペンをそっと抜く。きつく閉じた唇のあいだから棒つきキャンディを引きぬいたみたいな、湿った小さな音があがる。机の上のティッシュで傷を押さえる。

そして、「どうも」と差しだされた紙を受けとる。虫男はこらえきれずにびくっと身を引く。ぼくの手から離れたがっているように相手の手が引っこめられる、その感じはよく知っている。母さんがぼくに触れるとき、そんなふうだった。

ぼくはよろめきながらオフィスを出てドアを閉じ、プラスチックだらけで人工的な花の香りがぷんぷんする待合室を横切る。ついヘマをした。それでも、これで名前はわかった。足を止めてそれを書きとめる。〝解離性同一性障害〟。背後でオフィスのドアが開く音を聞いてあわてて駆けだそうとし、誰もすわっていない青いプラスチック椅子につまずく。なぜここにはほかの患者がいたためしがないんだ？　いや、どうでもいい、二度と来ないだろうから。

オリヴィア

テッドはあのナイフをゴミ箱に捨ててしまったのかもしれない、そういう気がしてきた。それとも、夜中に長いあいだどこかへ出かけていって、土と古い骨のにおいをさせて戻ってくるようなときには、持ちだしているのかもしれない。

わたしたちは別の方法を考えることにした。ただし、ナイフはどうしても必要だ。鋭くて手っ取り早いから。ローレンの身体は弱っている。家のなかには食べ物がなにもない。身体に毒なものも、そうでないものも。テッドは凝りたらしい。

ローレンには知らせたくないけれど、テッドはなにか企んでいると思う。今日は新しい本を何冊か持ち帰った。タイトルを見てひげがぴりぴりした。きっとわたしたちに関係した本だ。こういった考えは、ローレンには気づかれないように隠している。奥深くにしまいこんでおけば聞かれることはない。わたしがここに遣わされたことを、あらためて〈主〉に感謝したくなる。ローレンにはわたしが必要だ。

「自分でナイフを作れるかも」ローレンが自信なげに言う。「テレビで囚人がやってるみたいに。あ、食べ物さえあれば、頭が働くんだけど」

ローレンのひもじさが伝わってくる。自分のひもじさにそれが加わって胃のうずきがひどくなる。奥深くの場所でナイトタイムがうなり、黒い翼のはためきのようにそわそわと身を揺する。それをどうにか押さえつける。わたしたちと同じで、ナイトタイムも飢えているのだ。

いまは出番じゃない、とわたしは告げる。

不満の声があがるが、奥深くに押しこめてあるので、はっきり聞こえない。**出せ、出せ、出せ**か、**よせ、よせ、よせ**か。どっちだろう。

ローレンとふたりで抽斗や戸棚をあさってみる。見つかるのは埃だけ。気晴らしにローレンが歌を作る。最高傑作はダンゴムシの歌。本当に、本当に、いい歌だ。

ふたりともくたびれはてている。わたしはソファの下の床で身を丸める。かたわらに絆の紐の山ができる。今日は淡い黄色で、脆そうに見える。

ナイフが見つかったとしても、それでテッドを刺すなんてできそうにない。一度だけ、ローレンがふたりのあいだの壁を取りはらったときにちらっと目にはしたけれど、〈テッド〉のように手や頭や腕はまだ使えない。自分は猫だとしか思えない。それに別の問題もある。困ったことにテッドのことを考えると、いまでも絆の紐に引っぱられるのを感じるのだ。愛は簡単には死なない。しぶとく抵抗する。

「練習を続けないと、オリヴィア」

くたびれちゃって。そう返事をして頭のなかでつぶやく。練習なんておっかないし大嫌い。

「聞こえたよ。あなたが身体を使えないなら、どうやって逃げるっていうのよ、このばか猫」

ときどきすごくひどいこと言うんだから。

「少なくとも、わたしは約束を破ったりしない。やってみるって言ったでしょ、オリヴィア」

わたしはしょんぼりと鳴き声を漏らす。そのとおりだ。

ローレンがため息をつく。「それじゃ、また最初から。階段の下へ行って。なにが見える?」

階段が見えると恐る恐る答える(いつも答えを間違いそうな気がする)。**カーペットが敷いてあって、手すりが上に伸びてる。てっぺんには二階の廊下が見えるだけ。振り返ったら玄関のドアと傘立てとキッチンのドアがあって、居間の入り口が……。**

「オーケー。それで十分。それじゃ、これを〝ナイトタイム〟と呼ぶことにする。ナイトタイムは下の階にあるものが見えるけど、それだけ。覚えておいて。ナイトタイムは階段の下にいると考えるの。そしたら、今度は二階へ」

二階の廊下まであと一段というところで、ローレンがわたしを止める。「なにが見える?」

バスルームのドアと、テッドの部屋とあなたの部屋と天窓が……。

「二階にあるもの全部ってことね」

ええ。

「一階はどう? 玄関は? ドアとか傘立ては……」

見えない。

「なら、これは〝ローレン〟ね。わたしに見えてるものってこと。わかる?」

あんまり、と答えたものの、ローレンは聞いていない。

「下へ戻って」

階段をちょうど半分まで下りたところでローレンが「止まって」と言う。この段はお気に入りの寝場所だ。下に七段、上にも七段。「さあ、なにが見える?」

さっきと同じように手すりが見える。階段も、敷いてあるカーペットも。下を向くと玄関の床が見

えて、腹這いになったらドアも少し見える。階段のてっぺんのほうを向くと、窓とバスルームのドアと天窓が見える。

「つまり、そこからは二階と一階の一部が見えるってことね。オリヴィア、これがあなた。ナイトタイムが下、わたしが上にいて、まんなかにいるあなたがみんなをつないでる。接点ってこと。わたしたちを救えるのはひとりだけ。あなたよ」

誇らしさがこみあげ、絆の紐が明るいピンクゴールドに輝く。

「あなたは上へ行けばいいだけ。やってみて」

でも……。

「文字どおり二階に行くってことじゃない」ローレンがいらだつ。「だって、みんな現実じゃないんだし」

えっ、いったいどういう――

「いまは忘れて。さあ、もう一度」

わたしは身震いする。古いカーペットのごわつきをやわらかな肉球に感じる。大好きなわたしの前肢。〈テッド〉になんてなりたくない。わたしでいたいのに。

怖くて動けないよ、ローレン。

「自分に作り話を聞かせてみて」その声を聞いて気づく。ローレンもこの気持ちを知っているのだ。恐怖で身動きできない感じを。「欲しくてたまらないものが上にあると思って、それを目指すの」

〈主〉を心に浮かべる。いくつもの顔を持つ、すばらしいあのお方を。二階の廊下にその姿を思い描こうとする。胸が愛で満たされる。そう、目に見えるようだ。黄褐色の身体にトラの尻尾。金色の瞳。

一段上へのぼる。そのとたん、まわりの壁が震える。高いところから墜落しかかっているみたいにひどい吐き気がする。

「よし」ローレンが興奮で声をうわずらせる。「その調子、オリヴィア」

わたしは〈主〉を仰ぐ。笑みが返される。と、そこにテッドの顔が見える。なぜ〈主〉の顔がテッドなの？

くるりと後ろを向いて階段を駆けおり、動揺のあまり鳴き声をあげる。ローレンが頭のなかでなにか叫んでいる。

やっぱりできない。こんな恐ろしいこと、やらせないで。

「わたしのこと大事じゃないんだ」ローレンが悲しげに言う。「大事なら本気でやるはずだから」

そんなことない、大事よ！ わたしはそう言って小さく鳴く。**悲しませる気はなかったの。**

「まえにもやったことがあるはずよ、オリヴィア。わたしにはわかる。あなたはバリアを破って上がってきた。テーブルの聖書を落とすたびにね。雷が鳴って、家が揺れるでしょ？ 録音するのだってそう。それに、冷蔵庫のドアをあけたのを覚えてる？ あれで肉がすっかり腐ったの！ ああいうのを計画的にやればいいってこと」

覚えてはいるけれど、意味がわからない。もちろん肉はだめになった――わたしが冷蔵庫のドアをあけっぱなしにしたから。

「あの日、ラグは何色だった、オリヴィア？」

つらいことばかりだったから無理もない、ローレンはおかしくなったんだ、と心でつぶやく。

「かもね。でも、力を貸してくれない？」心の声を誰かに聞かれてしまうのは困ったものだ。まだ慣れない。

「お願い」あまりに悲しげなローレンの声に、自分が恥ずかしくなる。

わかった。やってみる！

何度も何度も試し、どんなにがんばっても、つややかな黒い毛並みと肉球のついた四本の肢しか思い描けない。

延々とそれが続いたあと、ローレンが言う。「やめよう」

やれやれ、とわたしは階段にすわって毛づくろいをはじめる。

「わたしを助けたくないんだ」ローレンの声に涙が交じる。

助けたい。ほんとよ、ローレン、なによりもそうしたいと思ってる。ただ——無理なの。

「違う」ローレンの声が低くなる。「助けたくないんでしょ」そのとき尻尾になにか感じる。なんとなく温かい。冷たい空気にさらそうと左右に振ってみる。でもどんどん火照りだし、しまいに熱くなってくる。

「撫でることもできるけど、こんなこともできるんだからね」

火が点いたみたいな痛みが背骨を走る。それが炎に変わる。尻尾は真っ赤に焼けた火かき棒みたいだ。わたしは泣きだす。

お願いだからやめて、ローレン！

「想像のなかの猫になにをしようと勝手でしょ」

ねえやめて、痛い！　頭が、毛皮が、骨がずきずきと痛む。

「自分がきれいだと思ってるんでしょ」ローレンは聞こえないふりで続ける。「テッドが鏡を全部外したせいで、あなたは自分の本当の姿を見られない。だから教えてあげる。あなたはちんちくりんで、いびつで、ぼろぼろなの。普通の半分の大きさしかない。肋骨はナイフの刃みたいに浮きでてる。歯もあまり残ってないし。頭は禿げてて、ところどころにぼさぼさの毛が残ってるだけ。顔と手は何度も火傷したり治ったりを繰り返してるせいで、傷痕が盛りあがってる。だから顔はゆがんでる。鼻はひん曲がって、額にも傷痕があるから、片目はほとんど開かない。四本の肢で優雅に家を歩きまわってるつもりだろうけど、実際はそうじゃない。手と膝をついて這いまわってるの、役立たずの折れた足を引きずって。醜い魚みたいに。まあ、こんな身体が気に入らないのも当然か。なにをされてもテッドの言いなりで、ほいほい膝に乗って喉を鳴らすなんて。情けないやつ」

ローレンがはっとしたように声の調子を変える。「ああ、オリヴィア、ほんとにごめん」

わたしは恐怖で悲鳴をあげて逃げだす。痛みの名残りがまだ全身を駆けめぐっている。でもローレンの言葉のほうがもっと痛い。

「ねえ、ごめんってば。ときどき怒りが爆発しちゃうんだ」

仕返しの方法なら知っている。ローレンがどこよりも恐れている場所なら。

だから、冷凍庫に飛びこんで鉤爪で蓋を引っぱる。蓋が音を立ててわたしたちの上で閉まる。待ちかまえていたように闇が包みこみ、ローレンの悲鳴が聞こえないように、わたしは耳を閉じる。やわらかな無に身をまかせて深いところへもぐりこむ。

　何度折りまげられたら、心は折れてしまうだろう。壊れたものの扱いには注意が必要だ。ときには鋭い欠片になって、今度はほかのものを傷つけるから。

テッド

バター色の髪と青い目の彼女と待ち合わせをしたバーへもう一度行ってみる。木々がライトアップされたあの店へ。暑い日なので裏手のベンチ席にすわり、バーベキューのにおいを嗅ぎながら、しばらく彼女のことを考える。どこかでカントリー・ミュージックがかかっている。マウンテン・ミュージックというやつで、いい感じだ。こんなデートをするつもりだったのに、実際はうまくいかなかった。いや、あのことは考えるな。

男たちがまわりをぶらついている。生き生きした様子で、熱気をみなぎらせているが、みんな口数は少ない。女の客はやはりいない。正直なところ、頭のその部分のスイッチを切ってしまいたい。バター色の髪の彼女のことは悪かったと思っている。心地いい気温に、だんだん気持ちがくつろいでくる。待合室にいるときみたいに。ボイラーメーカーを六、七杯飲む。誰も数えてなどいない。家には歩いて帰るのだし。「車では来てないんだ。そんな無責任なことはしない！」気づくと声が出ていて、じろじろ見られている。だからそのあとはグラスを覗きこんでおとなしくする。それに考えてみれば、しばらくまえに車は売ってしまったんだった。

日が暮れるとさらに男たちがやってくる。仕事帰りらしい。大勢が目の前を行き来するが、ぼくには話しかけてこない。女の客がいない理由がわかってきた。ここは女性向けの店じゃないからだ。こんな場所にいるぼくを見たら母さんはなんと言うか。不快そうに口をすぼめてきっとこう言う。**科学に反することよ。**ぶるっと身が震える。いや、母さんに見られるわけがない、と自分に言い聞かせる。もういないんだから。

　ベンチから立ちあがったとき、ようやくべろべろに酔っているのに気づく。木々のライトが彗星のように燃えたっている。闇がうなり、時の流れが止まる。それとも流れが速すぎて感じないのだろうか。だから酒を飲むんだ、時と場所をコントロールするために、と頭でつぶやく。ものすごい真理に気づいた気がする。どの顔もぐらつき、ぼやけている。

　光と影がまだらになったところを抜け、パティオを横切って、木の横を通りすぎる。なにかを探しているのだが、名前を思いだせない。空を背にしゃがんだような小さな建物が見え、入り口に明かりがついている。なかへ入ると、そこは板壁に小便器が並んだミネラル臭い部屋だ。男たちが何人もいて笑いあっている。なにか小さなものを手から手へと渡しながら、友達が馬《ホース》（ヘロインの意もあり）を持っているとかいう話をしている。それか、友達が馬だとか。いや、友達が馬をやっているとか。そのうちみんな行ってしまい、ぼくは静かな水の滴りと揺れる裸電球とともに残される。個室に入り、鍵をかける。これで誰にも見られず腰を落ち着けられる。バター色の髪の彼女のせいだ。ここに来て彼女のことを思いだしたせいで動揺したのだ。いつもは気をつけていて、こんなに飲むのは家にいるときだけなのに。ここを出なければ、家に帰らなければ。でもいまこの瞬間、帰り方がわからない。壁が脈打っている。

　ふたり連れがトイレに入ってくる。足音も話し方ももたついていて、かなり酔っている。ぼくにもすぐわかるくらいに。

「あれは伯父のものだったんだ」ひとりが言う。「そのまえは祖父《じい》さんのものだった。祖父さんのまえは曽祖父《ひいじい》さんの。曽祖父さんが南北戦争で着けてたものなんだ。だから返せよ、あのカフスボタンを。代わりがきかないものなんだ。赤とシルバーで、色も好みだし」

「わたしはなにも盗っていない」もうひとりが答える。聞き覚えのある声だ。鈍りきったシナプスに火が点く。頭のなかになにかが浮かぶが、うまくつかめない。「わかっているはずだ。金を巻きあげるつもりだろう？　そんなのお見通しだ」

「カウンターで隣にすわってただろ」とカフスボタンの男が言う。「一瞬だけカフスを外したんだ。そしたらなくなってた。間違いない」

「動転しているらしいね」と聞き覚えのある声が言う。同情するような口ぶりだ。「カフスボタンをなくしたことを認めたくない気持ちはわかる。だから誰かのせいにしたいんだ。わかるよ。だが心の底では、わたしがやったんじゃないとわかっているはずだ」

もうひとりが泣きはじめる。「頼むよ。こんなの許されない、わかるだろ」

「妄想で疑いをかけられるのはごめんだ。ほかをあたってくれ」

ドスン、ガチャンと音がする。誰かがタイルに倒れたのだ。すっかり興味を引かれたせいで酔いが吹き飛ぶ。それに二番目の声が誰のものなのか、かなり確信がある。

個室のドアを押しあけると、ふたりがぎょっとした顔でこちらを見る。ひとりは相手を殴りつけようと拳を振りあげ、もう一方は床に転がっている。まるで『ハーディー・ボーイズ』シリーズの表紙か昔の映画のポスターだ。笑ってしまう。

虫男がぼくを見上げて目をぱちくりさせる。鼻が泥で汚れている。いや、泥ならいいが。「やあ、テッド」

「どうも」と、ぼくは手を差しだす。カフスボタンをなくして虫男を殴り倒した男はとっくにいない。ごくたまに、図体の大きさが役に立つこともある。

虫男を助け起こしてみると、シャツの背中が濡れて茶色に汚れている。「やれやれ。ここを出たほうがいいな。やつは戻ってくるだろう、おそらくは仲間を連れて。仲間がいるようだったからね、意外にも」

「なら、行きましょう」

道路にはオレンジ色の照明のトンネルが続いている。自分の家がどっちなのかも思いだせないが、たいしたことじゃない。「どうします?」

「もうちょっと飲みたいな」と虫男が言う。遠くに見える明るい看板を目指して歩きだす。進んでいるはずなのに、近づいたり遠ざかったりするように見えるが、それでもようやくたどり着く。そこはガソリンスタンドで、ビールを売っているので、眠たげな店番の男から買う。それから道路ぞいの給油機のそばにあるテーブルにつく。静かだ。車もたまにしか通らない。

ぼくは紙ナプキンを差しだす。「顔になんかついてます」虫男は無言で顔を拭く。

「いっしょにビールを飲むなんて、妙な気分だな」とぼくは言う。

「たしかにね。セラピストと来談者《クライエント》のあいだでは、通常こういうことはしないんだ。これからも通ってきてくれるかい、テッド?」

「ええ」もちろん、そんな気はない。

「よかった。次のセッションで言おうと思っていたんだが、本当の住所を教えてくれないか。ファイル用にね。きみに教わった住所を調べたら、そこは民家ですらなく、〈セブン-イレブン〉だったから」

「間違えたんです。数字を覚えるのは苦手で」

たいしたことじゃないというように手が振られる。

「先生の家は?」

「それは言うべきことじゃない」返事はそっけない。

「さっきはなぜカフスボタンを盗ったなんて疑われたんです?」

「さあね。わたしが盗みを働くなんて想像できるかい」

「いいえ」実際、想像できない。「いまの仕事を選んだのはなぜです? 何時間も人の話を聞いてるなんて、退屈じゃないんですか」

「ときにはね。でも、これからぐっと面白くなりそうな気がするよ」

どのくらいの時間、そうやってふたりで飲んでいただろう。話はするが、みんな宙に消えてしまう。ときおり車のヘッドライトがふたりの顔を白く照らす。虫男にひどく親しみを覚えている自分に気づく。

相手が顔を寄せる。「今夜わたしたちがいっしょに帰るところを大勢が見ていたね。ガソリンスタンドの店員もいまこちらを見ている。きみのことは記憶に残るだろう。かなり目立つから」

「ですね」

「それじゃ、腹を割って話そう。一度くらいは。どうして来なくなったんだ?」

「治してくれたから」と、笑ってみせる。

「あれにはびっくりしたな、自分をペンで刺すなんて」

「痛みには強いらしくて」

虫男が小さくしゃっくりする。「きみはひどく動揺していた。あわてて帰っていったね。だから、わたしが跡をつけたのに気づかなかったろ？　家は覗かれないようにしてあるようだね。だが、音を漏らさないのは難しい。子供の声はよく響くしね」

目の前の闇が真っ赤に染まる。虫男は急に酔いが吹っ飛んだようだ。最悪な気分がこみあげる。

「本当はきみの娘じゃないね。きみの猫が本当は猫じゃないのと同じで。さりげなくＤＩＤだとにおわせていたつもりだろうがね。だが、人の心を読むのがわたしの商売なんだ、テッド。ごまかせやしない。ＤＩＤはトラウマによって引き起こされる。虐待によって。教えてくれ、ローレンが――いや、オリヴィアのほうがいいのかな――、あの子が家を出ない本当の理由はなんなんだ？」

ぼくは笑い声をあげてみせる。酔っぱらった、機嫌のいい顔で答える。「さすがだな。今夜もバーまでつけてきたってわけか」

「あの男がトイレについてきたのには参ったよ」と思いだしたように虫男が言う。「あれがなければ気づかれなかっただろう。しばらくきみを見張っていたんだ」

うかつだった。まるで気づかなかった。正体を知られてしまったのだ。

「うちに侵入したのもあんただったんだ。隣の彼女じゃなく。でも、あんたはミスをした。違う釘を使った」

「なんのことやら、さっぱりだが」心外そうな声。お人好しなら信じこむところだ。「テッド、これはチャンスなんだ。お互いの得になる」

「どうやって？　払えるお金なんてない」

「ふたりとも儲かるんだ！　そもそもね」と虫男が身を乗りだす。「わたしはけちなセラピストで終わるような人間じゃない。自尊心をなくした中年主婦の悩みを聞くだけなんてまっぴらさ。クラスでは成績トップだったんだ。まあ、ちょっとしくじりはしたが、免許はちゃんと取りもどした、だろ？

もっと上を目指せるはずだ。わたしとベストセラー・リストの常連との違いはなんだと思う？　チャンス、それだけだ。

きみに会ったとき、特別なものを見つけたと思った。わたしのケーススタディとしてね。そのために何カ月も格安セラピーの広告を出していたんだ。父にはよく言われたよ。待っていれば邪悪なものはかならず姿を現すと。きみはわたしにふさわしいものを与えてくれるはずだ。わたしの本のテーマになるんだよ、テッド。心配いらない、誰にもきみだとは明かさない。名前は変えるから。エド・フラッグマンとかにね。ただ、正直に話してほしいんだ。包みかくさずに」

「なにを話せと？」話をやめてほしい。じたくもないことをしないといけなくなる。

「一から教えてくれ。まずはあの子のことを。ローレン、オリヴィア、どっちでもいい。あの子は最初のひとりなのか」

「最初って？」

「きみの最初の〝娘〟なのか」耳で聞いただけで、括弧つきなのがわかる。「それが正しい呼び方なのか？　娘、それとも妻？　あるいは、子猫ちゃんとか……」

「あんたは大ばかだ」かっとなって怒鳴る。「ばかなのはぼくのはずなのに！」いや、相手は利口だ。危険なほどに。

虫男の血走った目がけわしくなる。「なぜあのバーに行くんだ、テッド。猫を見つけにか」

ぼくは相手の身体に腕を巻きつけ、「ぼくの正体を暴こうとするな」と耳打ちする。虫男が怯えたようにゴホッと息を吐く。かまわず締めつけ、息を切らしながら腕にどんどん力をこめると、肋骨がポキッと音を立て、虫男が水のようにぐにゃぐにゃになる。その手が開いて、小さなものがふたつテーブルに転げ落ち、光を浴びてきらめく。カフスボタンだ。銀の台座に嵌められた血のように赤い石が、ネオンの下でひとときわ輝いている。ちょっとのあいだそれを見つめる。「ただの泥棒じゃないか」虫男の耳もとでそう言い、また締めつける。「なんでもかんでも盗むんだな。頭の中身まで。自分の本なんか書けるもんか」虫男がうめく。

背後で大声があがり、誰かが店から出てくる。さっきの眠たげな店番だ。

手を放すと虫男はテーブルの上に崩れ落ちる。ぼくは道路を突っ切り、手招きする森の懐へと飛びこむ。枝に顔を打たれ、落ち葉に足首まで埋まってよろめく。つまずいて転ぶたびに地面から身を起こし、ひたすら家へと駆けもどる。喉もとに咆哮が迫りあがるが、それをこらえる。まだだめだ。

玄関のドアが背後で閉まる。震える手で鍵をかける。拳を握って、絶叫する。何度も繰り返すうちに喉が痛くなり、声が枯れる。ようやく二、三度深呼吸をする。黄色い錠剤を口に放りこんで水なしで飲みこむ。それが喉に引っかかり、ふたつの小石のようにぶつかりあう。なんとか飲みくだす。虫男は死んではいない。たぶん。生きていることを祈るだけだ。気にしている暇はない。じっくり準備している暇もない。行かなければ。

急いで荷物をまとめる。寝袋とテントとライター。浄水タブレット、針金ひと巻き。家じゅうの缶詰を集める。たいしてない。桃、黒インゲン豆、スープ。少し迷ってから、バーボンの瓶をつかんで荷物に加える。暖かいセーターも何枚か突っこむ。荷物がいっぱいになると、ジャケット二枚を重ね着して靴下も二枚履く。暑くなるだろうが、入りきらない服は着ていくしかない。ひとつ残らず突っこんだ黄色いピルケースがポケットのなかで音を立てる。冷静さが不可欠なときがあるとすれば、いまがそうだ。

それから庭に出てナイフを掘りだす。土を払ってから、それをベルトに差す。

オリヴィア

ローレンの声が夢の奥深くに届く。パニックの混じった、キンキンした響きだ。「助けて、オリヴィア。わたしたち連れていかれる」

わたしは片耳だけ動かす。まわりの闇は静かだ。せっかく夢に甘いクリームが出てきて、とびきり幸せだったのに。ローレンの話なんて聞く気になれない。

もう、なに？

「テッドが外に連れだそうとしてる、森に。助けて」

へえ、とそっけなく答える。**悪いけど、わたしはただのばか猫だから。助けるなんて無理。**

「お願い。頼むから助けて。怖い」ガラスを引っかくような声。「お願い、オリヴィア。時間がないの。テッドはわたしたちを神にしようとしてる。これが最後のチャンスよ」

わたしは存在してないし。だから、そっちの問題でしょ。

ローレンが泣きだす。うちひしがれたすすり泣きだ。「わたしが殺されたら、あなたも死ぬ。わからないの？　わたしは死にたくない」洟をすする音。思わずちょっぴり気の毒になる。ローレンは傷ついた子供だ。あのひどい言葉も本気で言ったわけじゃない。

やってみる、とためらいながら答える。**でも約束はできない。とりあえずひとりにして。集中しないと。**

いつもいつも、みんなが猫を当てにする。む《g》かつく《d》。はっきり言って、〈テッド〉たちは役立たずだ。む《g》かつく《d》。

わたしは暗闇にうずくまっている。これがうまくいくといいけれど。まえに一度、箱がローレンとわたしをつなぐドアのような働きをしたことがあった。またそれを開くことができるかもしれない。家のなかの音に耳を澄ます。蛇口から滴る水音、床のきしみ、ベニヤ板と窓ガラスのあいだに囚われたハエの羽音。キッチンのリノリウムのにおいと、テッドがときどき思いだしたように使う消臭スプレーの香り。鉤爪を出し入れしてみる。カーブを描いた爪の先は美しく危険に尖っている。気持ちの悪い〝テッド・スーツ〟なんて着たくもないし、手もいらない。ぞっとする。それなのに。

しかたない、はじめよう。

二階の廊下を見上げて、大好きなもののことを頭に描いてみる。まずは〈主〉を、それから夢のなかで舌を包んでいた白くて濃厚なおいしいクリームを。でも集中できない。尻尾がばたつき、ひげがひくひくする。気が散ってしかたがない。

しっかりして。目を閉じてつぶやく。

ローレンのことなら考えられそうだ。姿は浮かばない、見たことがないから。なによりローレンは頭がいい。わたしたちを救うこの計画を立てたのだから。でも、ときどきむかつくこともある。わたしをばか猫と呼ぶときはとくに。

なにも起こらない。だめだ。精いっぱいやったのに！　もうお昼寝に戻ってしまおう。悪いことは寝てやりすごす、それがいちばんだ。

なのに、目を閉じて心地よい眠りに戻ろうとするたび、後ろめたさにちくちくと苛まれて目が冴えてしまう。

手は尽くしたんだ、と声に出して言ってみる。これ以上は無理！　答えてくれるのは沈黙だけだ。それでも、あの方の思し召しは感じられる。情けない声が漏れる。〈主〉は不誠実をお喜びになられない、それがわかっているから。

冷凍庫の扉を頭で数センチ押しあげる。細く差しこむ明かりに目がくらむ。

外に出たとたんローレンの悲鳴が聞こえる。その声が家じゅうに響きわたり、カーペットの床を駆けめぐる。ローレンの恐怖がベニヤ板の覗き穴からもぐりこみ、キッチンの蛇口からあふれだすのが聞こえる。助けてあげないと。

〝ローレン袋〟のなかにもぐりこむなんて、考えるだけで恐ろしい。嫌悪で尻尾がこわばる。ううっ、気持ち悪い！　すてきな毛並みを失って、つるつるの豚みたいなピンクの肌になるなんて。前肢があんな不気味なものに変わるなんて！　強烈な生々しさにうめき声が出る。だけど、ローレンはわたしだけが頼りだ。ちゃんと考えないと。

聖書のところに行って、テーブルから落とす。大きな音を立てて床に落ちた瞬間、家ががたがたと震える。こだまに似ているけれど、もっと騒々しい。

求めなさい。そうすれば、与えられる。探しなさい。そうすれば、見つかる。門をたたきなさい。そうすれば、開かれる。

誰でも、求める者は受け、探す者は見つけ、門をたたく者には開かれる。

ああもう。正しさって、たまにいらつく。少しまえから、ある考えが頭に浮かんでいた。わたしはただの飼い猫だけど、〈主〉のお顔をいくつも見てきたし、この世には奇妙なことが起きるのも知っている。ローレンはなんでも知っている気でいるけれど、違う。わたしたちは階段じゃなく、暖炉の上の気持ち悪い人形みたいなものだ。ローレンとわたしはその内側で重なりあっている。だからひとつを叩くと全部がいっせいに響きあう。

ほら、よく考えて！

冷凍庫の扉をあけたとき、わたしは怒っていた。あんなに怒ったことはないくらいに。テッドとの絆の紐も感じなかった。わたしはわたし、それだけだった。

だから、怒ってみることにする。難しくはない。テッドのこと、彼がローレンにしたことを考えればいい。でもそうするのは本当につらい。ローレンは正しかった。わたしはなんてばかな猫なんだろう。テッドの嘘を信じこんで、真実を知ろうともしなかった。お昼寝して、撫でてもらうことしか考えていなかった。弱虫だった。でも、弱虫とはもうさよならだ。ローレンを助けたい。

尻尾が逆立ち、怒りの刃《やいば》になる。先っぽに点いた火がわななく尻尾を炎に包み、わたしを燃えたたせる。ローレンに痛めつけられたときの熱さとは違う。これはわたしの思いが生んだもの、わたしの火だ。

壁ががたがたと震えはじめる。すさまじい音が遠ざかっては、またわたしを包む。玄関ホールは出来の悪いテレビ映画みたいにぐらついている。床は荒れくるう海だ。

足をすべらせ、悲鳴をあげながら、ドアの前まで行く。勇気を振りしぼろうと決心したからといって、怖くないわけじゃない。すごく怖い。覗き穴から見えるのが本物の外でないことはもうわかっている。いま見てみると、錠は三つとも外れている。ぞくっとする。そう、ドアに鍵はかかっていない。行くべき場所は上ではなくて、外だ。そして家に出入りする方法は誰でも知っている。小さく声が漏れる。正しさなんて本当はいらない。後肢で立ち、前肢で取っ手を引く。ドアが大きく開く。白い炎に包まれる。目がくらむ。星のなかにいるみたいだ。絆の紐にも火が点いて、首のまわりに燃えひろがる。どうなるの？　わたしは焼け死ぬの？　そうならいい気もする。外にはなにがあるかわからない。

家の外に一歩踏みだす。紐がすさまじく熱い。白く熱した炉のなかにいるみたいだ。地面が揺れ動き、ひっくり返る。まばゆい星たちがわたしを呑みこんでどこかへ運び去る。吐き気がして息ができない。肺から空気が抜けてぺしゃんこになる。

白い閃光が薄れていく。星たちは縮み、熱い暗闇にあいた小さな穴に変わる。穴の向こうにちらちら動くものが見える。色と薄明かりが。きっと月の光だ。あんなふうに見えるんだ。

荒波に揉まれる舟のように身体が揺られている。嗅ぎなれたテッドのにおいが鼻を満たす。背負われているみたいだ。かばんか、でなければ袋に入れられて。小さな穴がいくつかあいているのは、きっと空気を通すためだ。わたしの身体はひどく大きい。むきだしの皮膚にはミミズみたいに毛がぜんぜんない。肢の先には肉でできたひょろひょろの蜘蛛みたいなものがついていて、丸っこくてやわらかいすてきな鼻は、みっともなくとんがっている。最悪なのは、尻尾があるべきところになにもないことだ。

ああ、〈主〉よ。もがいてみても動けない。抵抗できないように縛られているみたいだ。まわりじゅうから音が聞こえる。木の葉、フクロウ、カエル。得体の知れないものたち。どれも、いままで聞いたことがないほどはっきりした音だ。空気も違う。かばんのなかにいてもそれを感じる。ひんやり、ぴりっとした感じ。それに動いている。

ローレンのすすり泣きが聞こえる。わたしのへんてこな胸のなかから。肋骨の奥の洞窟から。ちっぽけでよく見えない目に涙がにじむ。思ったとおり、最悪だ。

ねえ、と心のなかでローレンに話しかける。**身体に入れたよ。**

「ありがと、オリヴィア」ぎゅっと抱きしめられたので、わたしもそうする。

ローレン、どうして空気が動いてるの。まるで生きてるみたい。

「あれは風」と囁きが返ってくる。「風が吹いてるの、オリヴィア。外にいるから」

ああ、なんてこと。恐ろしい。頭が真っ白で、しばらくなにも考えられない。それから訊いてみる。

外ってどこ？

「森のなか。においでわからない？」

そう言われたとたん、そのにおいがわっと押し寄せる。信じられない。鉱物と虫ときれいな水とむっとする土とたくさんの木――ああ、これが森のにおい！　近くで嗅ぐと交響曲みたいだ。こんなものだったなんて夢にも思わなかった。

「テッドはナイフを持ってる。信じられる？　埋めてあったんだ」

わたしたちを散歩に連れてきただけかも。ためしにそう言ってみる。**熊が怖いからナイフを持ってきただけじゃない？**

「森に連れていかれた子猫たちは誰も帰ってきてない」

そのあとはふたりとも黙りこむ。家のなかに戻りたくてたまらない。でも、ローレンをひとりにはできない。勇気を出さないと。

テッドはでこぼこの地面を一時間歩く。けわしい岩の斜面をのぼり、小川を渡り、谷を抜けて、丘を越える。どんどん森の奥へと入っていく。

ようやくテッドが足を止める。あたりには石のにおいが漂い、夜空の下で木々がおしゃべりをしていて、水の流れる音も聞こえる。袋の口のわずかな隙間から覗いてみると、そこは小さな谷間で、奥に滝がある。テッドはふうふう言いながらせっせと野営の準備にかかる。わたしたちを包んでいる黒っぽい布の向こうでちらりと明かりが灯る。火だ。頭上では木の葉を撫でる風の音が聞こえる。見えるのはわずかでも、はてしない空の広さを感じる。風が雲を吹きはらっている。**本当のことなんて知りたくなかった**、とわたしはローレンに話しかける。**外って怖い。壁がないから。どこまでも続いてるみたい。世界ってどこまであるの？**

「丸い形をしてるから、ひたすら進んだら、ぐるっとまわって戻ってくると思うけど」

なんて恐ろしい。そんな最悪な話、聞いたこともない。ああ〈主〉よ、お守りください……。

「よく聞いて、オリヴィア」

このかばんから出してもらえると思う？　おしっこするときとか。

「ううん、それはないと思う」ローレンが猛然と頭を回転させる音が聞こえる。「計画を変更しよう。ちょっとだけ。方向転換するの。状況に合わせて。テッドはナイフを持ってる。腰のところに。だからそれを奪えばいい。そして殺す。計画どおりに。かえって都合がいい。なにもないところだから、誰も助けに来ないし。テッドの計画を利用してやるってわけ、どう？」もしかしてローレンはテッドのバーボンでも飲んだのだろうか。しゃべり方が酔っぱらったテッドとそっくりだ。恐怖を感じると、お酒を飲んだときと同じように言葉が切れ切れになるんだろうか。

体格のことを気にせずにはいられない。わたしたちの弱々しくてか細い身体と、テッドの巨体と腕力。風が冷たい指で背中を撫でる。風のにおいを嗅いでみる。大昔からあるような、それでいて生まれたばかりのようなにおい。これが最後に感じるものになるんだろうか。

凪ってすてき。それがわかってよかった。ほんとは本物の魚も食べてみたかったけど。

「そうだね」

やっぱりだめ、ローレン。できるかと思ったけど、無理みたい。

「これはわたしたちのためだけじゃない、テッドのためでもあるの。あいつだってこんな状態を望んでると思う？　モンスターでいて幸せだと思う？　テッドだって囚われてる。助けなきゃ。最後にもう一度」

ああもう、どうすれば……。

「もういいよ」ローレンがあきらめたように小さく言う。「そんなに苦しまずにすむかもしれないし」

わたしは丸い世界のことを考える。歩きつづけたら同じ場所に戻ってしまう世界。

そして心でつぶやく。勇気を出さないと。このためにここに遣わされたんだから。深呼吸をひとつする。**わかった、やる。ナイフを奪ってテッドを殺す。**

「お利口ね、オリヴィア」ローレンが息をはずませる。「すばやくやって。チャンスは一度きりだから」

わかってる。

奥深くの暗闇でナイトタイムがうなる。つながれた紐をいっぱいに引っぱり、巨体をよじらせる様子が浮かぶ。

なんなの？　いま忙しいの。相手してる暇なんてない。

返ってきた咆哮が耳に響きわたり、背骨を震わせる。**おれの出番だ、おれの出番だ、おれの出番だ。**
でも、しっかりつないであるので、上がってはこられない。

テッドはそわそわと落ち着かない。わたしたちを背負ったまま離そうとしない。燃えさかる炎が、針の先ほどの袋の穴から赤い光を注ぎこんでいる。テッドがくぐもった声でつぶやく。

「母さん、まだここにいるの？」

夜明け間近になって、テッドは居眠りをはじめる。呼吸が深くなるのがわかる。ぐっすり眠っているようだ。はるか高いところで空が息をひそめている。

なにか見える？

「ナイフは左手に持ってる」わたしたちの手をそちらへ伸ばす。手を使うのが気持ち悪くてたまらない。腐った肉でできた手袋をしているみたいだ。力が抜けたテッドの手からナイフを取る。思ったより軽い。

そして、前に手をまわしてテッドのお腹にそれを突き刺す。リンゴを齧ったみたいな小気味いい音とともに切っ先が肉を切り裂く。ぶよぶよの肉ばかりだと思っていたけれど、なかにはいろんなものがごちゃごちゃ詰まっている。刃が押しもどされて、なかなか深く刺さらない。想像していたのよりずっと恐ろしい。自分の泣き声がテッドの悲鳴にかき消される。声に驚いて近くの草むらから鳥が一羽飛びたち、空へ舞いあがる。わたしもいっしょに行けたらいいのに。

最初に痛みが来る。全身の神経に火が点く。黒い布がばさりと落ちる。ローレンとわたしはでこぼこの地面にうつぶせに倒れる。濡れた落ち葉や小枝の山に頬が叩きつけられる。身体の半分が小川に浸かり、冷たい水が脚の上を流れていく。心臓が乱れ打っている。故障寸前の車みたいに。

ローレン、なんでわたしたち血が出てるの？　なんで立てないの？

ディー

ディーはテープレコーダーをテーブルに置く。見つけるのに苦労した。アウトレットの家電ショップにはどこも在庫がなく、町のレコード屋で法外な値で買うしかなかった。

カセットテープを入れ、震える指で再生ボタンを押す。

「お願いです、テッドを捕まえに来てください。殺しとか、ほかにもいろんな罪で。この州に死刑制度があるのは知ってます……」か細い、必死な声。

一分ほどの短い録音だ。最後まで息を詰めたままそれを聴く。巻き戻してもう一度。さらにその先まで再生してみる。別の録音が残っているかもしれない。でも、聞こえてきたのは医学生の備忘録らしきものだけだ。話しているのは女性で、どこのものかわからないかすかな訛りがある。澄んだ鈴の音のような声だ。

ディーは椅子の背にもたれる。ルル。昔より大人びてはいる。でも、妹の声を聞きまちがうわけがない。ようやく証拠をつかんだものの、これをどうすべきだろう。胸に手をあてると鼓動が速い。心臓がぱんぱんに膨らんで、いまにもはじけそうだ。

くたくたのカレンになにもかも打ち明け、テープを渡さないと。そうしよう。両手にうずめた顔を上げられさえしたら、すぐにでも。

外から聞きなれた音が聞こえる。カチャン、カチャン、カチャン。

全身に電流が走る。真っ暗な窓のところへ急ぐ。テッドが裏庭に出てきて、しばらくそこに立って耳を澄ましている。あたりを見まわす。ディーは身をこわばらせる。月明かりが窓ガラスに反射して、こちらの姿を隠してくれますように。どうやら見られずにすんだらしく、テッドは安心したようにうなずき、庭の東の角で生い茂っているブルーエルダーの木のそばへ行く。両手で土を掘り返しはじめる。

そしてなにかを掘りだす。土を払い、鞘から少し抜く。長いハンティングナイフだ。刀身が月明かりにきらめく。そのナイフをベルトに差して、テッドは家のなかに戻る。

数分後にまた出てきたテッドはバックパックを背負っている。ゆっくりと庭を出て森に向かう。見ていると、バックパックが動いているようだ。薄明かりの下でたしかに小刻みに蠢いている。

ディーの心が決まる。どうすべきかは明らかだ。カレンに連絡する暇はない。ひとりでルルを助けだす。そしてモンスターを始末する。**さっさとやってしまおう、ディー・ディー。**

クロゼットに走り、蛍光塗料のスプレー缶とネイルハンマー、ヘビよけの分厚いブーツをひっつかむ。このときのために買っておいたものだ。パーカーとジャケットを着て、震える手で靴紐を結ぶ。玄関を出て静かにドアを閉じると、ちょうどテッドが森の奥へ消えていこうとしている。懐中電灯の光が夜の闇に躍っている。

ディーは低く身をかがめ、しのび足で追跡をはじめる。今回はなにものにも邪魔させない。

森に入って十五メートル、街灯の明かりが木々の枝ごしにかろうじて届くあたりでディーは足を止め、ブナの木の幹に黄色の蛍光塗料でしるしをつける。枝が顔をこすり、脚を引っぱる。夜の森はすべりやすく、しきりにまとわりついてくる。息を静めなくては。

テープに残された言葉が頭のなかで何度も何度もリピートする。〝最後は静かな闇だけが残る〟。ルル。

テッドが遊歩道を外れ、覆いかぶさるような枝々に月明かりがさえぎられる。ディーは十五メートルごとに幹にしるしをつけていく。テッドの懐中電灯の明かりを見つめつづけているせいで、その光が星の輝きのように潤みはじめる。しばらくして、森の様子が変わったことに気づく。ここはもう家族連れが散歩に来るような場所じゃない。熊がうろつき、ハイカーの骨は発見されない、手つかずの自然のなかだ。

木々の囁きが、振りたてられた尾が発するガラガラという音に聞こえてくる。うるさい、とディーはうんざりして自分を叱りつける。ここにはガラガラヘビなんていない。いつまで恐怖に囚われているつもりなのか。何年も何年も。いいかげん自由にならないと。

泥にまみれた枝で足がすべる。その枝が足の下でもぞもぞ動く。と同時に、手にした懐中電灯の光がそれを捉える。右足のすぐ先の地面に。見間違いようのない菱形の斑紋。袋のなかで米を振っているような、鋭く軽い威嚇音。ヘビは悪夢のような優雅さでゆっくりと鎌首をもたげ、攻撃の体勢をとる。緑にきらめく瞳。体長は一メートルと少しで、まだ若い。激しく揺れる懐中電灯の光がヘビの後ろに積み重なった石を照らしだす。そこが棲みかなのだろう。

恐怖がインクのように血管に広がっていく。悲鳴をあげるが、かすれ声しか出てこない。ヘビの首がぐらつく。目が覚めたばかりでぼんやりしているのか、それとも懐中電灯で目がくらんだのかもしれない。とにかく、いまがチャンスだ。

ディーは懐中電灯をしっかりかまえてヘビに近づき、反対側の腕を振りおろす。外せば一巻の終わりだ。

ハンマーがヘビの平たい頭を直撃する。さらに一撃を加えると、ヘビは地面にのびて動かなくなる。ディーは息を切らしてそれを見下ろす。「まいったか」

長いその胴を指でつついてみる。触れると冷たく、すでに力なくぐんにゃりしている。軽くつまみあげる。この瞬間を覚えておきたい。「ベルトにしてやる」喜びが身をつらぬく。生まれ変わったみたいだ。

ヘビの死骸をポケットに入れようと持ちあげたとき、その頭がぴくっと動いて向きを変える。時がスローモーションになる——ヘビが頭を突きだし、前腕に牙を食いこませる。ディーの大きく開いた口から声にならない悲鳴があがる。必死に振りはらおうとすると、だらんとしたヘビの身体も生きているように激しくのたうつ。死んでもまだ動くなんて。咬まれた傷の痛みはひどい。でも、こんなふうに食らいつかれている恐怖に比べたらなんでもない。身体の一部がモンスターになったみたいだ。

やっとのことでヘビの口にハンマーの先を差しこみ、こじあける。牙は青白く、懐中電灯の光を受けて透きとおって見える。ぐちゃぐちゃになった死骸をできるだけ遠くに投げ捨てる。

身体の奥からなにかがこみあげる。悲鳴をあげるわけにはいかない。でも出てきたのは笑いだ。息が切れ、へとへとになるまでディーは笑いつづける。涙がとめどなく頬を伝う。やっぱりヘビはいたのだ。

気は進まないものの、傷をたしかめないわけにはいかない。咬まれたところは早くも腫れあがり、一週間前の痣のように変色している。

さっさとやってしまおう、ディー・ディー。くすくす笑いつづけながら、傷が腫れあがってきつくなった袖を肩のところで引きちぎる。助けが来るまでに一時間はかかる。前に進むしかない。そして決着をつける。前方の木々の向こうでテッドの懐中電灯の光が小刻みに揺れている。意外にも、ヘビと遭遇してから一分とたっていないらしい。ディーはよろめきながら光を追いはじめる。

吐き気がしてくる。ほかにも異変が起きている。木々が白くなり、幹のあいだを飛び交う赤い鳥たちが目に入る。ぎょっとして、瞬きでその幻を追いはらう。いまは夢のなかじゃない。髪の毛でできた巣だってない。腕がずきずきする。そこにも心臓があるみたいだ。ヘビに咬まれたら安静にすべきなのは知っている。動けば毒がまわる。でも手遅れだ。毒にやられたのはずっと昔なのだから。

テッドを追って西に進む。懐中電灯は消す。月明かりがあれば足りる。テッドの懐中電灯は点いたままだ。あれだけの荷物を背負っていると、足もともおぼつかないにちがいない。荷物が必死に抵抗しているかもしれないし。

無事なほうの手でポケットのなかのハンマーを探る。乾きかけたヘビの血でべたついている。怒りの炎が燃えあがり、身の内を舐める。テッドにはかならず報いを受けさせる。十五メートルごとに木の幹に黄色の蛍光塗料を吹きかけていく。妹を連れてここを引き返すはず、そう信じるしかない。

できるだけ距離を縮めて追っていたにもかかわらず、テッドを見失う。ちらちらと揺れる光がいきなり消えてなにも見えなくなる。足もとの地面が崩れ落ちていくように感じ、脚がぐらついてパニックが押し寄せる。それでもまた理性が働きはじめる。どこか下のほうで水の流れる音がする。テッドは水辺でひと休みするはずだ。夜明けが近いことは空気のにおいでわかる。ディーはつるつるした木の幹にもたれて息を整える。少し落ち着かなければ。暗いなかで転ぶわけにはいかない。夜明けを待とう。もうじきのはず。

薄暗い朝日があたりを鈍色に染める。ディーは水音を頼りに岩肌をそろそろと下りる。小さな谷間の縁に出る。岩だらけの底には流れの速い小川が銀色に輝いている。流れが狭まった場所には、ぽっかりと口をあけた寝袋が置いてある。消えかけたたき火の煙がほの白い空へ立ちのぼっている。

ああ、これが週末の場所だ。ついにこのときが来た、そう思うと身が引きしまる。厳かにさえ感じる。たくさんのことに決着がつくのだから。

震える足で斜面を下りる。毒がまわった腕は石のように重たい。川べりの岩のひとつに、どす暗いものが飛び散っている。血だ。ここでなにか起きたのだ。

乾きかけた血の跡をたどってシラカバの木立に入る。そう、動物は死ぬときに姿を隠すという。でも怪我をしたのはどっちだろう、テッド、それともルル？　ふと既視感を覚える。淡くまだらな木漏れ日。木々の囁き。まえにもあった。ディーが森に入って出てきたとき、誰かが死んでいた。あのときのことが重なる。トレーシングペーパーでなぞったみたいに。でももちろん、あれは夏の午後で、湖のほとりだった。それにシラカバではなく松の森だった。頭をよぎる記憶にホワイトノイズをかぶせて消し去る。

すぐには死体が見つからない。やがて脱げかけたハイキングブーツが片方、イバラの茂みから突きだしているのが目に入る。テッドは斜めに傾いた格好でうつ伏せに倒れている。口からどす黒いものが漏れている。ああ、あの子は逃げられて、こいつは死んだんだ。歓喜があふれだす。でも、この手で殺したかった。

そのとき、テッドがうめき声をあげて仰向きになる。地球の自転のようにゆっくりと。泥と腐葉土が黒いタトゥーみたいに身体にへばりついている。ナイフが腹に刺さったままだ。そのまわりから血が噴きだし、ぬらぬらと光りながら流れ落ちている。ディーに気づいたテッドが仰天した顔になるのを見て、思わず笑いそうになる。この男はまるで知らないのだ。ディーがどれだけ自分のことを調べあげ、徹底的に見張っていたか、ふたりの運命がどれだけ絡みあっているのかを。「助けてくれ。きみも怪我を?」と、ディーの腕を見てテッドが言う。

「ガラガラヘビに」ディーは気もそぞろに答える。テッドから目が離せない。ネズミを追いつめるヘビの気持ちがいまわかる。

「ぼくのかばんは、小川のそばだ、傷口用の接着剤がある。ヘビに咬まれたときのキットも。効くかどうかわからないが」そうやって気遣われることにディーは満足を覚える。テッドは当然助けてもらえるものと信じている。ディーを必要としている。

「あんたが死ぬのを見届けてあげる」驚愕の表情が相手の顔に広がっていく。

「なんでだ?」かすれた声でテッドが言うと、口の端から血が滴る。

「当然の報いだから。いや、こんなのぜんぜん足りない、あんたのやったことを考えれば」ディーは薄暗い木立のなかを見まわす。ほかに動くものはない。「あの子はどこ? 居場所さえ教えたら、さっさとすませてあげる。楽にしてあげる」荒涼とした空の下、ひとりぼっちで怯えているルルが目に浮かぶ。ディーはテッドの目の前に指を突きつけ、左右に揺らす。テッドの目がそれを追う。「ほら、じきに時間切れよ、チックタック」

テッドがあえぎ、赤い泡を吐く。口から音が漏れる。泣き声だ。

「自分がそんなにかわいそう?」ディーは怒鳴る。「あの子のことは思いやろうともしなかったくせに」立ちあがると視界が揺れ、周囲が灰色にかすむが、どうにか足を踏んばる。「あの子を探しに行く」ルルと戻っていっしょに暮らすのだ。あの子の傷が癒えるまで、何年でも辛抱強く待つ。お互いの傷を癒しあう。「死ね、モンスター」そう言い捨てて背を向け、滝の音を目指して歩きだす。黄金色の日の光が雲間から差しこむ、新たな一日を目指して。

背後で少女の囁き声がする。「この人をそんなふうに呼ばないで」

ディーははっと振りむく。自分と瀕死の男しかいない。

「モンスターなんかじゃない」少女のか細く弱々しい声は、テッドの青ざめた唇から聞こえている。カセットテープに録音されていたのと同じ声だ。「わたしが殺さなくちゃならなかった。でも、これは父さんとわたしの問題。首を突っこまないで」

「あなたは？」赤い翼のはためきが耳をざわつかせる。

「ローレン」大男の口が少女の声で答える。

「騙そうったって無駄」これは幻覚、毒の作用だ。「あいつはルルを攫った。女の子たちをたくさん攫ってる」これが真実のはず。でないと、すべてがひっくり返る。

「そんなことしてない。わたしたちはお互いの一部なの。父さんとわたしは」

テッドの身体のほうへ引き返すと、ディーの脚はぐらつき、視界が傾く。「シッ。黙って。あんたなんか幻だ」そう言ってテッドの鼻と口を手でふさぐ。テッドが身をよじって抵抗し、足をばたつかせて木の葉や土を舞いあげる。そのまま手を押しつけていると、やがて抵抗がやむ。血まみれでよくわからないが、呼吸は止まったようだ。ディーは立ちあがる。死んだほうが楽なほど疲労困憊している。視界の外側がかすんできた。腕はどす黒く光り、腫れあがっている。

周囲にはぼんやりとした白いものが立ちならんでいる。どうにかそこを抜けて、テッドのバックパックのところへ戻る。黄色いポーチが見つかる。ラベルに描かれたヘビが鎌首をもたげる。ぎょっとして息を呑む。説明書の文字がぐらぐら揺れる。止血帯を巻いて吸引器のカップを傷口にあてる。そこはぱんぱんに腫れて黒ずんでいる。痛い。レバーを引くとカップに血が溜まっていく。心なしか早くも身体が楽になり、意識もはっきりしてきたようだ。さらに何度か吸いだしてから腰を上げる。これでなんとかなるはずだ。

バックパックのポケットに接着剤が突っこんである。それを流れの速い小川に投げこんで「念のため」とつぶやく。なにしろ、死んだガラガラヘビだって咬みついてくるのだ。

必死であえぐテッドの鼻と口をふさいだ自分の手が脳裏をよぎる。あれでよかったのだ。そうされて当然の人間なんだから。すぐにすべてが明らかになるはず。あの男が少女の声で話したと思ったのは、毒のせいで混乱していたからだ。視界がさらにぼやけてくるが、根気よく探すと、遠くの木の幹に黄色い目じるしが見つかる。そこから谷を出られる。よろめきながらそちらへ向かう。これからルルを見つけて、住む家を用意して、ふたりで幸せに暮らす。いっしょに小石だって探せる。でも、湖はだめ。二度とごめんだ。

「ルル、行くからね」光と影の柱が立ちならぶ森のなかをディーはよろよろと歩きだす。背後で犬の吠え声が聞こえる。急がないと。

オリヴィア

これ、ローレンの身体じゃなかったの？ わたしは泣いている。**彼のだったんだ。わたしたち、テッドの身体のなかにいるんだ。**

「うん」ローレンがため息をつく。「でもずっとじゃない。ありがたいことに」

どうして、どうしてなの？ わたしは子猫のように泣きじゃくる。**わたしたちを殺させようとするなんて。わたしたちみんなを。**

「決着をつけるのにあなたの助けが必要だった。ひとりじゃできなかったから」

自分はとても利口だと思っていた。でも、ローレンはいともたやすくわたしをここまで導いた。この瞬間へ、わたしたちの死へ。

嘘ついたのね。酢のことも冷凍庫のことも、なにもかも……。

「あれはみんな本当。ただ、テッドとわたしの両方に起こったことだけど。わたしたちがどんな目に遭ってきたか知らないでしょ。人生は長いトンネルなの、オリヴィア。光があるのは出口だけ」

頭のなかにようやくローレンの姿が見える。か細い身体、大きな茶色の目。自分の身体についてローレンが言ったことは全部本当だ。**でも殺すなんて。**

どこかでテッドのあえぎが聞こえる。ひどくいやな音が混じっている。赤くて濡れた笛の音みたいな。お腹の傷を押さえている手をテッドが持ちあげる。てのひらから滴る血をみんなで見つめる。熱くてひどくぬるぬるしている。落ちたしずくが地面にしみこむ。テッドの身体、わたしたちの身体はもう動かない。

ああ、テッド。わたしは必死に呼びかける。**ごめんなさい、本当にごめんなさい。どうか許して、傷つけるつもりなんてなかった……。**

「傷つけてなんかない」ローレンの声は囁きにも叫びにも聞こえる。「わたしたちが彼の痛みを引きうけてるの。あなたが心の痛みを、わたしが身体の痛みを」

ちょっと黙ってて。しゃべりすぎ。ねえ、テッド。聞いてる、テッド？　どうしたらいい？

テッドの口から赤い血がひと筋こぼれ落ちる。聞こえてきた言葉はくぐもっているけれど、テッドのことならわかっているから理解できる。「聞いてごらん」まわりの木々で夜明けの鳥たちがさえずっている。

絆の紐は白くやわらかで、輝いている。それはわたしたちの三つの心をつないでいる。やがて白い光は輝きを増し、あたりに広がりはじめる。そのときようやく気づく。紐はわたしたちだけでなく、木々や、鳥たちや、草や、ありとあらゆるものをつないでいるのだ。世界のすべてを。どこかで大きな犬が吠えている。

太陽が昇っていく。空気が温まって黄金色に輝きはじめる。〈主〉のお姿がわたしの前に現れる。燃える炎に包まれて。四本の優美な肢。やわらかな声。**猫や、おまえが守らなければならなかったのだよ。**目を上げて〈主〉のお顔を見ることができない。もうわかっている。今日そこにあるのはわたしの顔だ。

テッド

誰かが上からぼくのお腹の穴を押さえているのがぼんやりと見える。温かい息が耳に吹きかかる。手にはますます力がこめられるが、それでもまだぬるぬるの血があふれてくる。その誰かが小さく悪態をつく。真っ暗な世界から朝日のもとへとぼくを引きもどそうとしている。

無駄だと伝えられればよかった。ぼくたちは死ぬ。身体は冷たい土くれに変わろうとしている。めいめいがそれを感じている。ゆっくりと脈が打つたび血の気も意識も地面に流れだしていく。一回ごとに呼吸が苦しく遅くなり、熱が奪われる。規則正しく打っていた胸の鼓動もいまは乱れ、じゃれまわる子猫か、へたくそなドラムのようだ。力なく、不安定になっていく。

さよならを言う時間はない。冷えびえとした静けさがただしのび寄る。指からてのひらへ、爪先から足首へ。じわじわと脚を這いのぼる。小さい子たちが深い穴の底で泣いている。あの子たちは誰にもなにもしていない。そんなチャンスすらなかった。あかあかと燃える世界が闇に落ちていく。

血に染まった森の地面に木漏れ日が縞模様を描いている。近くで、遠くで、犬の鳴き声がする。

すべてが消える。

オリヴィア

わたしはまた家にいる。なにがどうなったのか、考えている暇はない。すてきな耳や尻尾を取りもどせてほっとしている場合でもない。ここは危険だ。

肺がつぶれるみたいに、まわりの壁がじりじりと迫ってきている。天井からは漆喰の塊が落ちてくる。窓ガラスが内側に砕け、氷の欠片になってばらばらと降る。あわててソファの下にもぐりこもうとすると、ソファはなくなっていて、代わりに濡れた巨大な口がぎざぎざの歯を覗かせている。覗き穴の向こうで稲妻が光る。床から黒い手がいくつも伸びてくる。紐がきつく首を絞めつける。いまは透明、死の色だ。鼻がまるで利かない。そのせいだろうか、じきに死ぬのだと悟る。

魚。その味を知ることはもうない。きれいなあのトラ猫。あの子にももう会えない。そしてテッド。自分が彼にしたことを思うと、とうとう涙があふれだす。ほかのふたりはもう行ってしまった。尻尾でそれを感じる。いま初めて、わたしはひとりぼっちになった。そしてじきにわたしも消える。

いまは隅々まで自分の身体を感じられる。心臓、骨、細かく張りめぐらされた神経の先の先まで。それに指の爪も。爪ってなんて不思議なものなんだろう。でも見た目なんて関係ない、たとえ毛皮や尻尾がなくても。それでもわたしたちのものなんだから。

子猫みたいにめそめそしてちゃだめだ。ほら、しっかりしないと。もしかすると、この身体を救えたら、ふたりが戻ってこられるかもしれない。

でも玄関に目をやると、ドアがあるべきところにはぎらつくナイフが山ほど待ちかまえている。刃が空を切り、ぶつかりあう音が響きわたっている。そこから外へは出られない。

だったら二階だ。階段の上は、廊下も寝室も屋根もなくなっている。あるのは荒々しい空だけだ。すさまじい嵐が巻き起こっている。タールと稲妻の嵐。頬の肉をだらんと垂らした怪獣たちが騒々しく吠えたて、目をらんらんと燃えたたせながら、雲のなかを転がるように駆けまわっている。

全身の毛が逆立ち、心臓が早鐘を打つ。細胞という細胞がくるりと背を向けて逃げだしたがっている。どこか静かな場所に隠れて死を待ちたい。でも、そうしたらおしまいだ。

勇気を出すんだ、わたし。一段目に前肢をのせ、次の段へ。うまくいくかも！

階段がすさまじい音を立てて崩れ落ちる。破片がそこらじゅうに飛んでくる。埃で喉が詰まる。糸を引いたねばねばの黒いタールが毛皮を焦がし、目をふさごうとする。もうもうと舞う埃がおさまってみると、残ったのは瓦礫ばかりだ。崩れ落ちた壁が階段をふさいでいる。物音ひとつ聞こえない。閉じこめられてしまった。

いやだ、とつぶやいて尻尾を打ちつける。いやだ、いやだ、いやだ！　でも出口はない。崩れかけたこの家がわたしのお墓になる。終わりだ、みんな終わりだ。

〈主〉に呼びかけてみる。返事はない。

どこかで低く身じろぎの音がして、わたしは飛びあがる。尻尾がぱんぱんに膨らむ。暗い居間の隅っこでナイトタイムがうなり、頭をもたげる。耳はぼろぼろ、胴体にも深い傷が何本も走っている。ナイフでつけられたみたいな傷だ。そう、死にかけている。でも死んではいない。まだ。

必死に考えをめぐらせる。上にも外にも行けない、でもほかに行ける場所があるかもしれない。

痛えな、とナイトタイムが低くうめく。

そうよね、ごめんなさい。でも、助けてほしいの。わたしたちみんなのために。あなたの棲みかに連れていってもらえない？

ナイトタイムがフーッとうなる。地中から噴きだす蒸気みたいな荒々しい音だ。無理もない。ローレンのことを忠告しようとしてくれていたのだから。

お願い。いまこそ、本当にいまこそ、あなたの出番なの。

ナイトタイムが進みでる。優雅な物腰は消え、肢を引きずり、痛々しいくらいにゆっくりと歩いてくる。すぐそばで向きあうと荒々しい息遣いが聞こえる。その口ががばっと開く。だめだ、殺される。心のどこかではそれを望んでいる。でもナイトタイムはわたしの首根っこをくわえて持ちあげる。母さん猫みたいにやさしく。

おれの出番だ。その言葉とともに家が消える。わたしたちは闇のなかをどこまでもどこまでも落ちていく。なにかにばーんと叩きつけられる。そこは別世界だ。

ナイトタイムの棲みかは想像よりもはるかにひどい。古い古い闇がただ広がっている。大平原、大空、峡谷、なにもかも黒い幻だ。ここには距離というものがないらしい。すべてがはてしなく続いている。丸い世界とは違って、自分のいた場所に戻ってくることもない。

着いたぜ。ナイトタイムがわたしを下ろす。

息が苦しい。寂しさで肺が押しつぶされそうだ。それとも、命の最後の一滴が尽きようとしているんだろうか。

だめ、もっと下まで行かないと。

返事はないが、怯えが伝わってくる。ナイトタイムでさえ近づけない奥深くの場所があるのだ。

連れていって。

ナイトタイムがうなり声とともにわたしの喉に深々と牙を食いこませる。血が噴きだし、凍てつく空気に触れて氷の飛沫に変わる。ここでは身体の仕組みも上とは違うのだ。

わたしも声をあげて噛み返す。小さな歯で相手の頬に傷をつける。ナイトタイムが驚いて身をこわばらせる。**あそこへ下りると死ぬぞ。**

行かなきゃ。でないと本当に死んでしまう。

ナイトタイムはあきらめたように首を振り、わたしの首を抱えて黒々とした地面の下へもぐりはじめる。

真っ暗な海の底に沈んでいくような感じだ。耐えがたいほどの力で締めつけられる。暗い土のなかをどこまでも下りていきながら、すぐそばでナイトタイムが苦しげにうめく。お互いの身体がぎゅっと押しつけられ、肉や骨がつぶれはじめ、目玉が破裂する。どろどろに凍った血が血管からあふれだす。全身が押しつぶされ、鋭く尖った骨の欠片だけが残る。あらゆるものの重みがのしかかり、わたしたちを消し去ろうとする。やがて骨は粉々に砕けて塵と化す。もはやオリヴィアも、ナイトタイムもいない。**お願い、早く終わりにして。**これ以上、苦痛に耐えられない。これが死なんだろうか。ナイトタイムの気配はもう感じない。でも、わたしはなぜかまだここにいる。

遠くに光が灯る。一番星みたいだ。すすり泣き、息をあえがせながら、必死にそこを目指す。どこかでナイトタイムが頭をもたげて雄たけびをあげる。驚いたことに、その声はわたしの胸のなかで轟いている。

身体に力がみなぎってくる。毛並みはつやつやとして、大きくて立派なお腹が波打っている。**あなたはどこ？　わたしはどこにいるの？**

どこでもない、ここだ。

あなたはまだナイトタイム？

違う。

わたしももうオリヴィアじゃない。それはたしかだ。

わたしはひと声咆えて、光に向かって駆けだす。大きな前肢を暗闇に振りかざし、光の穴に鉤爪を立てて引き裂く。力を振りしぼって暗闇を這いだすと、そこは木漏れ日が縞模様を描いた森のなかだ。身動きができない。地面に倒れた冷たい血まみれの死体のなかに閉じこめられてしまった。赤毛の男の手が傷口にきつく押しあてられている。流れだす血は少なく、じきに止まりそうだ。深呼吸をして、その身体をわたしで満たす。冷えきった骨に、血管に、肉に、くまなく行きわたるように。**戻ってきて。目を覚まして。**

わたしたちの心臓がかすかに動く。

鼓動がひとつ、静まりかえった身体に雷鳴のように響きわたる。もう一度、またもう一度、そして猛然と血が駆けめぐりはじめる。わたしたちがあえぐと、テッドは深く深く息をつく。細胞のひとつひとつに火が灯り、身体がふたたび目覚めていく。そして生き生きと歌いはじめる。

ディー

ディーは朝日のなかを駆ける。腕の咬み傷はぎざぎざの穴になり、まわりに茶色い土埃がこびりついている。病院に行くべきなのはわかっている。吸引器で毒は吸いだせたはずだが、傷が感染しているかもしれない。それは考えないことにする。大事なのはルルを見つけることだ。

つまずきながら森を進み、光と影の模様を何度も顔に見間違える。そのあいだも妹の名前を呼びつづける。ときには大声で、ときにはかすれた囁きで。前方でかすかな音がする。クロウタドリが鳴いたのか、それとも子供の泣き声かもしれない。さらに足を速める。ルルは怖い思いをしているはずだ。

人殺し。その言葉がベルのように頭のなかで鳴りつづけている。自分は人を殺したのだろうか。ニードレス通りにはもう戻れない。森じゅうに血まみれの自分の痕跡が残っている。テッドの身体じゅうに。ひとつ明るみに出れば残りも続く。秘密とはそういうものだ。鳥のように群れをなして現れる。

木々のあいだをさらに駆けぬける。行く手が見えにくくなってくる。過去がそこらじゅうにちらつき、朝日に輝く世界を覆いかくす。情景が、声が甦る。二本の木のあいだで揺れるポニーテールが見え、自分を呼ぶ怯えた囁き声が聞こえる。最後に会って話したときの、くたくたのカレンの顔がちらつく。

「本当にあの日のことを全部話してくれた、デライラ？　あなたはほんの子供だった。みんなわかってくれるはずよ」カレンの目はやさしかった。その場で打ち明けてしまおうかとも思った。本当に。あのときほど迷ったことはない。

カレンが疑いを抱いたのは、そう、ルルの白いビーチサンダルのせいだった。トイレにいた女の人は、それを誤ってバッグに入れたりはしていないと断言した。誰かがすべりこませたにちがいない、と。ディーは自分に腹を立てた。あの人がそんなに鋭かったなんて。

「なんの証拠もないでしょ」と食ってかかると、カレンは疲れた目で探るようにディーを見た。目尻には火山地帯のひび割れみたいな深い皺が刻まれていた。

しばらくしてカレンが言った。「いまのままだと、じきに心が蝕まれて食いつくされてしまう。わたしを信じて。吐きだしてしまったほうがいい」そう、それからだった、ふたりの関係がこじれたのは。

吐き気がしてディーは足を止める。しゃがみこむと鮮やかな色彩と記憶があふれだす。呼吸がひどく速い。ホワイトノイズを呼びだして、頭をいっぱいにする雑念を消し去ろうとする。うまくいかない。冷たい水と、火照った肌に塗った日焼け止めローションのにおいが漂っている。

ディーは家族から離れ、市松模様を描くブランケットの迷路を抜けて湖のほとりに出る。

ブロンドの男の子が「やあ」と言う。青白い肌に白いローションを塗りたくった跡が残っている。にっこり笑うと少し重なりあった二本の前歯が覗く。それがワイルドで感じがいい。

「どうも」ディーも言う。相手は十八歳以上には見える。たぶん大学生だ。見つめあうと、自分がハンターにも獲物にも見られていることがわかる。そんなことは初めてだ。複雑なその感じにぞくぞくする。だからトレヴァーが握手しようと手を差しだしたとき、ディーは鼻で笑う。怒ったような、傷ついたような表情がちらりと浮かび、トレヴァーの青白い肌が赤く染まる。

「家族と来てるの？」これは仕返しだ。家族といっしょに湖に来るなんてお子様だなという意味だ。

ディーは肩をすくめる。「うまくまいてやったとこ、ただしこの子は無理だった」

トレヴァーがにっこり笑う。冗談が気に入ったみたいだ。「親はどこ？」

「あっちの見張り台のそば」ディーはそちらを指差す。「寝てるから、退屈しちゃって」

「この子は妹？」

「ついてきちゃったの。止められなくて」退屈したルルがつないだ手を振りほどこうとする。小声でなにかつぶやきながら、まぶしげに細めた目でにこりともせず遠くを見ている。空いたほうの汗ばんだ手には、ピンクのリボンがついた麦藁帽子を持っている。

「この子何歳？」

「六歳。帽子かぶらないと日焼けするよ、ルル」

「やだ」ルルはそれを宝物のように大事にしていて、かぶろうとはしないのだ。

羽根のようにそろりと、憎しみがディーを撫でる。どうしてうちの家族はこんなにうざったいんだろう。帽子をひったくって乱暴に妹の頭にかぶせる。ルルの顔がゆがむ。

トレヴァーがしゃがみこんでルルに言う。「アイスクリーム食べたい？」

ルルは何十回もうなずく。

ディーは少し考え、肩をすくめる。みんなで列に並ぶ。トレヴァーとディーはアイスクリームを買わない。ルルはチョコレートアイスを選ぶ。顔も服もべとべとだから、ふたりして母に叱られるにきまっている。でもいまはどうでもいい。トレヴァーと自分の手が一ミリの距離に近づき、やがて指と指が軽く触れあう。なにかが起きようとしている。かげろうのように、雷鳴のように、なにかがそこに漂っている。

トレヴァーによそへ行こうと誘われたとき、ディーは断らない。アイスクリーム屋を離れ、ハンバーガーのにおいをぷんぷんさせた色とりどりの人の波を抜けて、木立のほうへ連れていかれるときも。両親はなんて言うだろうと思いながらも、反発心がそれに勝る。いまだけでいい、自分の好きにしたい。

縞模様の松の木陰を、三人はトラのように音もなく歩く。混みあったビーチはすぐに遠ざかり、さわさわと鳴る緑のタペストリーの向こうに消える。じきに黒い湖水が石を洗う音しか聞こえなくなる。石ころだらけの浜辺を歩き、岩や折れ枝やイバラの茂みを越えて進む。ルルもおとなしくついてくる。来てはいけないはずの場所にいるせいで、すっかり興奮しているようだ。でこぼこの地面を歩くには、ルルの白いビーチサンダルは薄っぺらすぎる。足首から下は引っかき傷だらけだが、それでも不平は言わない。ルルが越えられない場所に来るとブロンドの彼が抱えて運ぶ。

はやる気持ちを抑えきれず、ディーは先に立って彼の手を引いて歩く。やがて少しひらけた草地に出る。松の葉はやわらかそうで、棘のある草も少ない。カヌーみたいな形の岩が湖に張りだしている。ディーは彼と見つめあう。ついになにかが起きようとしている。

「おうちに帰りたい」ルルが言って、片方の拳で目をこする。頬は日に焼けて真っ赤だ。帽子は松の木陰のどこかでなくしてしまった。

「だめ。ついてきたんだから待ってて。それに告げ口なんかしたって、嘘っぱちだと言うからね。さあ、湖で遊んでおいで」ルルは唇を噛んで泣きそうな顔をする。でも泣かない。ディーがまだ怒っているのを知っているので、おとなしく従う。

ディーは彼のほうに向きなおる。なんて名前だっけ？　心臓が高鳴る。なにもかもおじゃんになるかもしれないことはわかっている。ルルは本当に口が軽いから。それでもかまわない。これは現実だ、いまからなにか起きるんだ。妹を口止めする方法はあとで考えればいい。

彼の顔が近づいてくる。もう顔というより、ばかでかくてばらばらなパーツにしか見えない。唇は濡れて震えている。これはディープキス？　いい感じに盛りあがりそうな瞬間が何度か来るものの、ふたりともうまくタイミングをつかめない。むやみに口と口を押しつけあって、唾でべとべとになるばかりだ。彼はかすかにホットドッグの味がする。ほかのこともしないと気持ちよくないのかもと思い、ディーは相手の手を自分の胸に押しつける。湿った水着に触れるその手が熱い。いい感じだ、うまくいった。今度は彼の手が、ぴたぴたのデニムのショートパンツのなかにもぐりこんでくる。きつすぎて手がつっかえたので、自分でボタンを外し、腰をよじってパンツを下ろす。そこでふたりとも少しためらう。あまりにあっけなく未知の領域に足を踏み入れようとしている。森のなかで男の子に水着姿を見られている、そう考えるとひどく妙な気分になり、ディーはくすくす笑いだす。

そのとき、音がする。スプーンでぽんと卵を叩いたような音。ディーはショートパンツを引っぱりあげながら呼びかける。「ルル？」返事はない。浜辺へと駆けだす。彼もジーンズに足を取られながら追ってくる。

打ち寄せる波に半分呑まれた格好でルルが倒れている。腰から下が水に沈み、岸に這いもどろうとしていたように見える。水中に広がった血が鮮やかな花を咲かせている。いつのまに飛びこんだのか、気づくとディーも腰まで水に浸かり、妹の小さな身体のそばに立っている。音は大きくなかったが、頭を岩に強くぶつけたにちがいない。拳で殴られたように頭蓋骨がへこんでいる。そこは見ないようにする。

学校の救命講習で習ったおぼろげな知識を頼りに、ディーはルルの唇に自分の唇を押しあてて息を吹きこむ。でもきっと手遅れだ。見る見る変色していく皮膚。蠟みたいに青ざめた顔。髪のなかから幾筋も血が流れだしている。どことなく赤い鳥の隊列のようにも見える。子供が飛ぶ鳥の群れを描こうと、白い空に描きこんだ線のように。

名前をまだ思いだせないブロンドの男の子が、出産中の妊婦みたいに息をあえがせる。そしてふたりを置き去りにして森へ駆けこんでいく。

ディーはざらざらの砂の上に横たえられたルルの手に触れる。緩んだ拳には石が握られている。深緑色で、何本も白い筋が入っている。楕円形をした表面は波と年月に洗われてつるつるだ。**きれいな石。**ディーはうめく。ルルの頭からまた血があふれだし、水のなかに滴り落ちる。それがぱっと膨らんで深紅の雲になる。

ディーの手足は湖の水と血ですっかり濡れている。もう一度かがみこんで、ルルの口に息を吹きこむ。ルルの胸から音がする。木の枝がきしむような重たい音だ。

ルルの身体の下から黒々とした細長いものがのたくりながら現れる。ヘビはディーの太腿をかすめてルルの上に這いのぼる。ヌママムシのように見えるが、このあたりにはいないはずだ。続いて小さな黒い影がいくつも現れる。孵ったばかりの子ヘビたちだ。ルルの腫れあがった足首に咬み傷が見つかる。それで倒れたのだ。

ディーは水のなかで石と化す。ヘビたちの腹が太腿にそっと触れるのを感じる。ディーを湖か岸の一部だと思っているようだ。ディーは大きな水飛沫をあげて水から飛びだし、熱くなった岩によじのぼる。小さな小さなヘビが手から十五センチのところでとぐろを巻いている。白い口をあけて向かってこようとするが、波に呑まれて暗い岩の割れ目に落ちこんでいく。ディーは悲鳴をあげてやみくもに駆けだし、ルルを置き去りにする。半分水に浸かったままの身体を。

目がよく見えない。ハエの大群のような、ハリケーンのようなものが視界をさえぎっている。瞬きしても消えないので、ディーは足を緩め、やがて立ちどまる。血に染まった冷たい湖の水が脚の後ろを伝い落ち、息切れがおさまらない。気絶してしまいそうだ。しばらくじっとしていないと。折れた木の根もとにもたれる。色褪せて枯死した古木だ。足もとを見下ろすと無数のヘビが目に浮かぶ。やめて、と身体と頭に命じる。やめて。ここにヘビなんていない。頭をはっきりさせなくては。

別の声が囁きかける。**少なくとも、ルルに告げ口される心配はなくなったね。**ディーは泣き声を漏らす。なんでこんなひどいことを考えられるの。

ブヨが血に誘われて寄ってくる。払い落とそうとしてみるものの、震えが止まらない。それにショートパンツにはもう血のしみができている。しかたなく腰にセーターを巻いてできるだけそれを隠す。血、血。ぼんやりと頭でつぶやく。また血が伝い落ちる。次の瞬間、考えが閃く。ナイフで身体を刺しつらぬかれたように。ルルはまだ血を流していた。テレビで見たので、それがなにを意味するかは知っている。ルルは死んでいない。

ディーはもと来たほうへと必死に駆けだす。ルルのもとへと。激しい動きと焼けつくような暑さのせいで肺が破裂しそうだ。なんで置き去りになんてしたのか。今度はそんな失敗はしない、絶対に。ルルのそばにいて、誰かが来るまで助けを呼びつづける。まだ間にあう。まだ終わってない。でも、急がなければ。

走り、よじのぼり、つまずきながら、妹のもとへと急ぐ。永遠にたどり着けないような気がする。それでも、ようやく下草がまばらになってカヌーの形の岩が見えてくる。さらに足を速め、野ウサギのように大ジャンプを繰り返して石ころだらけの浜辺を突っ切る。何度も転び、てのひらと膝と肘をすりむく。それに気づきもせず、身を起こしてまた走る。岩の前までたどり着くとそこで立ちどまる。怖くて岩に足をかけられない。

「しっかりして、ディー・ディー。赤ん坊じゃあるまいし」そうつぶやき、カヌー岩によじのぼる。

岩の陰の、ルルが横たわっているはずの場所にはなにもない。花崗岩に波が冷たく打ち寄せ、飛び交うブヨが灰色のピリオドを打っている。生きたルルも死んだルルも、そこにはいない。

ここじゃなかったのかもしれない。いや、やっぱりここだ。岩の上に乾きかけた血の筋が残っている。湖面には白いビーチサンダルが片方浮かんでいる。と、ぬかるんだ波打ち際に足跡が見つかる。かかとの部分にはすでに茶色の水が溜まっている。大きな足跡だ。ルルやディーのものにしては大きすぎる。さっきの男の子のものかもしれない。でも違う。なぜかそう確信する。

そのとき、近くでなにか聞こえる。ひどく日常的なありふれた音だ。悪夢のなかにいるせいで、すぐにはなんの音かわからない。車のエンジンがかかり、アイドリングをはじめたのだ。ドアの閉まる音が続く。

ディーは男の子といちゃついていた草地を突っ切る。もはや大昔のことのようだ。藪をかき分けると未舗装路に出る。たったいまタイヤに巻きあげられたように、もうもうと土埃があがっている。車のバンパーが道の向こうに消えていくのが見えた気がする。耳の奥がわんわん鳴り、エンジン音をかき消す。待って、待って、妹を返して、と必死に叫ぶ自分の声すらよく聞こえない。車は行ってしまう。足もとの土埃のなかに深緑色の石が落ちている。白い筋が入った、きれいな楕円形の石。

藪のすぐ向こうで、なにかが日の光を受けてきらめく。クロムめっきとガラスに覆われたものが何列も並んでいる。ディーはけたたましく笑いだしそうになる。遠く離れた場所にいると思っていたのに、駐車場のすぐそばだったのだ。

トイレに入ると、眉をひそめた女性たちにじろじろ見られる。白いタイルの壁にもたれ、ハンドドライヤーの音を聞きながら、ディーは起きたことを理解しようとつとめる。でも無理だ。洗面台の前で吐こうとすると、列に並んだ人たちがさらに顔をしかめる。誰かに言わないと。そう考えると寒気がし、頭が麻痺する。

両親に打ち明けたときの母の顔が浮かぶ。ディーを許そうとつとめる父の声も。

頭のなかで囁き声がする。**打ち明けたら、パシフィック・バレエスクールに行けなくなるよ。**ルルを案じながらも、どろどろした怒りがこみあげるのを感じる。両親がかわいがるのはいつもルルだった。あの子が生まれてからずっと。ずっとそれを思い知らされてきた。あまりに不公平だ。自分はなにもしていない、本当に悪いことはなにも。ここは現実の世界だ。大昔の小説じゃあるまいし、女の子が男の子といちゃつくのがとんでもなく罪深いことで、そのせいで誰かが死ぬだなんてありえない。けれども心の底ではわかっている。自分の過ちは彼といちゃついたことじゃない。

そもそも、打ち明けるべきことなんてあるだろうか。役に立ちそうな情報はなにひとつない。土埃のせいで車もちゃんと見ていない。車があったかどうかも、いまとなってはあやしい。ルルの身体は沖に流されたのかもしれない。それとも動物に運び去られたとか。たとえば熊に。ルルは意識を取りもどして両親のところに戻ったのかもしれない。きっとそうだ。安堵が押し寄せる。そうに違いない。ディーが戻ってみると、ルルはブランケットにすわって小石で遊んでいるはずだ。そしてこっちをにらむだろう。大きな子たち向けの退屈な遊びをするために、放っておかれたからだ。でもちょっとくすぐったら、そのうち許してくれる。だから打ち明ける必要なんて本当にない。

ショートパンツから水っぽい血がまたしみだし、脚を伝い落ちる。「誰かナプキン持ってません？」怯えを隠すために、わざと怒った口調でディーは訊く。みんなが見ているまえでショートパンツを脱ぎ、手洗い場で洗う。大げさにやったから、あとで思いだしてもらえるはずだ。ディーはここにいた。ほかの場所ではなく。ルルが両親といっしょなら、なぜこんな小細工が必要なのかとは考えないようにする。〝アリバイ〟という言葉が頭をよぎる。それをぐっと脇に押しやる。

これは生理だ。何度も何度も自分に言い聞かせる。血が垂れてくるのはそのせいだ。ダンスのリハーサルと同じように、ステップのひとつひとつに意味をこめ、ストーリーに仕立てればいい。自分にもそれを信じこませられるだろうか。頭のなかで慎重に話を組みたてはじめる。アイスクリームを食べに行く約束のブロンドの彼に置いてけぼりを食い、ルルが森のなかまでついてこなかった一日の話を。

そこまで決まればあとは簡単だ。隣の洗面台で疲れた顔の母親が手を洗っていて、三人の子供がその袖をつかもうとぴょんぴょん跳ねている。足もとの籐のバスケットにはものがぎっしり詰まっている。ティッシュにグラノーラバー、バケツ、スコップ、おもちゃ、日焼け止めローション。ディーはポケットから白いビーチサンダルを出し、こっそりバスケットの中身にまぎれこませる。この人は家へ帰ってから、子供のものといっしょにうっかり持ってきてしまったのだと思うだろう。ルルとのつながりが疑われることはけっしてない。もしカヌーの形の岩のそばでそれが見つかったら、警察が鑑識にまわすかなにかして、自分がそこにいたことがばれてしまう。

両親のところに戻りながら、ディーはつるつるの緑の石を湖岸の藪のなかに捨てる。

ディーは手の甲で口を拭って起きあがる。いまは森の別の場所にいるようだ。さっきよりも暗く鬱蒼としている。ノボロギクとツタは膝の高さまである。木にしるしをつけるのを忘れないようにしないと。巨大なシダの葉が顔を撫でる。いらいらとそれを押しやる。どうしてこの土地にあるのは、こんなに荒々しく恐ろしいものばかりなんだろう。

怯えたような乱れた足音が行く手から聞こえる。子供が駆けている。

「ルル、待って！」

ルルが笑い声をあげる。ディーはにっこりする。楽しんでいるならいい。もうちょっと鬼ごっこを続けるのも悪くない。

あとになって考える余裕ができたとき、隠しごとをする恐ろしさが病のようにディーを蝕みはじめた。**いまさら話したって手遅れだって。**また囁きが聞こえた。**刑務所行きでもいいの？**　母が去って、父が亡くなったあとは、打ち明ける意味もなくなった。許してほしい人はもういないから。

そしてやるべきことに気づいた。ルルを攫った者を見つけだす。それができたら、いい人間に戻れるチャンスもあるはずだ。やっとすがれるものが見つかった。なのに、くたくたのカレンは捜査の対象者をどんどん減らしていった。時が過ぎるにつれ、ルルが見つかる見込みも容疑者の数も少なくなる一方だった。ディーのいらだちは募った。

あきらめかけたとき、テッドのことを知った。

テッドにはアリバイがあるとカレンは言った。ディーは信じなかった。カレンはそうやってごまかして、オレゴンでの騒ぎを繰り返させまいとしているのだ。だから慎重にやらないと。まずはテッドを見張ることだ。今回は行動を起こすまえに証拠をつかまないといけない。なのに、また先走ってしまった。それは認めるしかない。

歯止めがきかなくなったのは日付のせいだ。七月十日。ルルがいなくなった日。毎年その日はディーにとってのブラックホールだ。闇に引きずりこまれないよう、必死に抗うしかない。抵抗しきれないときもある。それがオレゴンで起きたことだ。黒々とした孤独に捕らえられ、誰かを罰せずにはいられなかった。

引っ越しまでの数日間、テッドを見張った。朝いちばんに鳥たちが舞い降りてくるのを、テッドがベニヤ板の穴から覗いているのがわかった。かいがいしく餌や水の世話をしているのも。ディーが知らないことはたくさんあるが、愛がどんなものかは知っている。それでなにをすべきか悟った。

身を裂くような喪失の痛みを、いくらかでもテッドに味わわせてやりたかった。だから鳥たちを殺した。やりたくはなかった。罠をしかけるときには吐き気がした。でもやめられなかった。ひたすらこう考えつづけた——今日で十一年。ルルから奪われた十一年。

そのあと、テッドが鳥を悼んで泣くのを見た。肩を落として両手で顔を覆った姿を。その悲しみをディーも胸の奥に感じた。ひどいことをしてしまった。やむにやまれず。

そしていま、ディーはよろめきながらルルを追っている。樹液でべたつく細枝につかまり、かろうじて前へ進む。

「待って。お願い、ルル。怖がらないで。ディー・ディーだよ」

空が赤く染まり、太陽は火の球になって地平線に沈んでいく。息が切れ、枝をつかむ指は腫れあがっている。黒く狭まってきた視界を広げようと瞬きを繰り返す。

来て、ディー・ディー。

胃のなかのものがあふれだすが、立ちどまっている暇はない。また駆けだしてみると、今度はずっと速く走れる。華麗に木々のあいだを縫い、でこぼこの地面や折れ枝の上を軽やかに駆けぬけ、やがて足が地を離れる。静かにすばやく、矢のように宙を疾走する。聞こえるのは風と、森が織りなす音だけだ。セミ、ハト、木々の葉。どうして飛べるのを知らなかったんだろう。ルルにも教えてあげよう、そうしたら二度と地上へは降りないで、どこまでも飛んでいける。ずっといっしょにいられるし、わたしが捕まることもない。自分がなぜあんなことをしてしまったのか、ちゃんとルルに説明できる。

目の前の丘の上にルルが見える。夕日を浴びたシルエットが。小さな身体、麦藁帽子。足に履いた白いビーチサンダルもかろうじて見える。ディーはルルめがけて宙を駆け、緑の丘のてっぺんにそっと舞い降りる。

振り返ったルルには顔がない。その頭が破裂して、赤い鳥の群れが飛びたつ。ディーは悲鳴をあげて両手で目を覆う。

勇気を奮ってようやく目をあけると、森のなかにひとり取り残されている。また夜だ。ぞっとしてあたりを見まわす。ここはどこだろう。どのくらい歩いてきたんだろう。膝からくずおれる。なんのためにここまで来たのか。ルルはどこ？　見つかるはずの答えはどこ？　恐怖と悲しみの絶叫がほとばしる。その叫びを雨音がかき消し、かすかな囁きに変える。頰が冷たい。濡れた地面に横たわっているせいだ。腕は黒く腫れあがり、石のように重い。死ぬんだ、とディーは悟る。この世に少しくらいの正義がほしい、それだけだったのに。

視界が黒くぼやけ、鼓動がゆっくりになっていく。と、頭にごく軽く触れられたように感じる。日焼け止めローションと温かい髪と砂糖のにおい。「ルル、ごめんね」そう言おうとするものの、心臓が止まり、ディーは息絶える。

かつてディーだったものは、どの道からも遠く離れた場所にある。毒で黒く腫れあがった手にはまだ黄色いスプレー缶が握られている。

鳥やキツネ、そしてコヨーテや熊やネズミたちがやってくる。ディーだったものは土の肥やしになる。熟しゆく腐葉土にばらばらの骨が沈んでいく。生い茂る木々の下をさまよう幽霊はいない。すべては終わった。

テッド

ぼくは死んでいない、それはわかる。緑色のタイルの床にスパゲッティが一本落ちているからだ。死後に待っているのが悪いことかいいことかはわからないが、こぼれたスパゲッティでないのはたしかだ。白くて硬い病院用のベッド、傷だらけの壁。昼食らしきにおいがぷんぷんしている。こちらを見ている男がひとり。オレンジジュース色の髪に光があたってきらめいている。「やあ」

「あの人は？　隣の家の。女の子の名前を言っていた。具合が悪そうだった」腕をヘビに咬まれたようだった。ぼくのかばんに入っていたキットを使ったとは思うが、あんなものが役に立たないことは誰でも知っている。どうして持ち歩いていたのかもわからない。記憶はひどくあいまいだが、彼女は様子がおかしかった。なにもかもが。

「見つけたときはひとりだったよ」相手がまじまじと見るので、こちらも見つめ返す。命の恩人とどんなふうに話せばいいんだろう。

「どうやってぼくを？」

「誰かが若木に黄色い塗料でしるしをつけていたんだ。ぼくはキング郡のパークレンジャーをしていてね、だから気になったんだ。木を傷めるからね。それで、しるしをたどってやめさせようと思った。

そうしたら、犬が血のにおいを嗅ぎつけたんだ。それがきみだったというわけさ」

医者が来たので、オレンジ色の髪の男は話を聞かないように廊下に出る。医者は若く、疲れた顔をしている。

「よくなってきているようですね。診てみましょう」やさしい手で触れられる。「発見されたときに持っていた薬のことを訊きたいんですが」

「ああ」不安がマントのように身を覆う。「あれは必要なんです。心が落ち着くので」

「なるほど。それはどうかな。医師から渡されたものですか」

「そうです。オフィスで出してくれました」

「その医師がどこで入手したかは知りませんが、わたしなら飲むのをやめますよ。十年ほどまえに製造中止になった薬です。重大な副作用があるので。幻覚とか記憶障害とか。急激に体重が増える人もいます。喜んで代わりの薬を紹介しますよ」

「でも、高くて買えないんじゃないかな」

医者はため息をついてベッドにすわる。そんなこと、もってのほかだ。母さんがいたら許さないだろう。でも疲れ果てているようなので、なにも言わずにおく。「難しいところですね。サポートや資金援助が十分でないので。でも、申請書を用意します。助成の対象になるかもしれない」そこで間がある。「気がかりなのは薬のことだけじゃない。背中に火傷の痕がたくさんありますね。脚にも腕にも。手術痕も無数にある。通常なら、子供のころに何度も入院歴があると考えられます。ただ、あなたの医療記録にはそういった記載はないようです。医療機関の介入を示す記録はなにも」目が合わせられる。「誰かが気づくべきでした。あなたが受けていた仕打ちを誰かが止めないといけなかった」

母さんを止めることができるなんて思いつきもしなかった。少し考えてから答える。「それは無理だったんじゃないかな」でも、気にかけてもらえたのはありがたい。

「あなたの病歴を詳しく調べてくれる人を紹介することはできますよ。話を聞いてもらえるはずです……なにがあったか。遅すぎることはないでしょうし」

はっきりしない口ぶりだ。気持ちはわかる。遅すぎることもあるからだ。ようやくぼくにも現在と過去の違いが理解できたような気がする。「また今度にします。いまはちょっと、セラピーに疲れてしまって」

医者がさらになにか言いたげな顔をしながら、言わずにいてくれたので、感謝のあまりぼくは泣きだす。

オレンジ色の髪の男が、売店で買った歯ブラシとスウェットパンツとTシャツ、それに下着も届けてくれる。下着を買ってもらうのは気恥ずかしいが、ないと困る。服は全部血でだめになってしまった。

医者たちがくれる薬で世界は水中に沈む。なかにいるほかのみんなもおとなしくなる。何年かぶりに静けさが訪れる。でも、そこにいることは知っている。みんなそっと時間を出入りしている。

窓の外には高いビルがそびえ、日の光に輝いている。森をひどく遠くに感じる。窓をあけてくれるように頼んでも、看護師はだめだと言う。熱波はもう去ったそうだ。あたりは涼しく青々としたいつもの姿を取りもどしている。戦争が終わって故郷に帰ってきたような気分だ。

看護師たちはやさしくしてくれ、ぼくのことを面白がっている。早朝の森で足をすべらせてハンティングナイフの上に倒れこんだ、ただの不器用な男として。

次に目を覚ましたときにも、オレンジ色の髪の男はそばにいる。知らない人が部屋にいると落ち着かなくなるはずだ。でも、そんなふうには感じない。彼が穏やかな人だからだ。

「どんな気分だい」

「よくなってきたよ」たしかにそう思う。

「訊いてもいいかな。本当にすべってナイフの上に倒れたのか、どうなのか。止血しようとしていたとき、きみの目つきが気になったんだ。恐れてはいないように見えてね、その、死ぬことを」

「ややこしい話なんだ」

「ややこしいことには慣れてる」彼が帽子を脱いで頭を撫でると、髪がつんつんに逆立つ。ひどく疲れているようだ。「よく言うだろ。救った命には責任を持てって」

本当のことを話したら二度と会えなくなるだろう。でも正体を隠しつづけるのにも、いいかげんうんざりだ。頭も心も身体も、そのせいでくたびれ果てている。母さんの言いつけを守っても、なにもいいことはなかった。一か八か、話してみようか。

ローレンが身じろぎする。気になってたまらないようだ。

「おまえが先に話すかい」

ローレン

これから話すのはあのネズミのことと、テッドが内側の場所を見つけたいきさつだ。

夜の時間《ナイトタイム》はリトル・テディにとって特別なひとときだった。白い服を着た母さんの温かい身体の隣で眠るのが、テディは大好きだった。でもそのまえに母さんはテディの傷の手当てをした。まえは月に一度くらいだったけれど、そのうちテディはひどい怪我ばかりするようになって、母さんが傷を縫うのにひと晩かかることもしょっちゅうだった。テッドにはそんなにひどくは見えず、なかにはほんのかすり傷もあった。それに傷には透明なものもあって、見ても触ってもぜんぜんわからなかった。母さんはそういうのがいちばん危険な傷なのだと言った。そしてそれを切りひらいて、消毒して、また縫いあわせた。

必要だからそうしているのだと、テディはわかっていた。不注意な自分が悪いのだと。でも、母さんがベッド脇のライトをつけて角度を調節する瞬間はひどく怖かった。トレイが置かれ、ハサミとメスがその上でぎらりと光る。そして脱脂綿と、父さんのお酒みたいなにおいがする瓶。母さんが皮膚みたいな白い手袋を着けると、手当てがはじまった。

テッドはわたしをあまり好きじゃなかったと思う。とくに最初のころは。テッドは礼儀正しくて穏やかな子だ。わたしは気性が激しい。すごく怒りっぽい。すぐに怒りの波に呑まれてしまう。でも、テッドに好きでいてもらうのがわたしの仕事じゃない。わたしの仕事は彼が傷つかないように守ることだ。わたしはテッドの痛みをいくらか軽くした。わたしが前に出て、痛みを分けあうことで。完全に消すことはできなかった。でもその痛みでさえ、ましに思えることもあった。最悪なのは音だ。肉が切り裂かれるときのかすかな音。テッドはそれをひどくいやがっていた。

あの夜、メスの刃先が背中に触れたとき、わたしはいつものように痛みを引きうけようと前に出た。「じっとして、お願いだから、セオドア」と母さんが言った。「そんなふうにされると、とてもつらいから」それから記録をとるために、ピアノの鍵盤みたいな赤いボタンをカチッと押した。「三カ所目は真皮上部までを浅く切開する」その言葉に手の動きが続いた。

テッドは母さんが正しいとわかっていた。抗ってもつらくなるだけだ。おとなしく従わないと古い冷凍庫に押しこめられて、酢と熱湯の殺菌風呂に入れられる。だからされるがままになった。いい子でいようとした。でも、痛みと音に耐えかねて声を出してしまうことを恐れていた。そんなことをしたらどうなるかわかっている。

わたしは隣に横たわり、テッドの考えと恐れのすべてを感じていた。苦痛に耐えながら、同時にそちらも受けとめるのはつらかった。

そのとき、テッドがしくじった。「あっ」と小さくうわずった声を漏らしてしまったのだ。ほとんど聞こえないくらい、ごくかすかに。でもその声は、池に投げ入れた小石のように静寂を破った。わたしたちははっと息を呑んだ。母さんが手を止めた。「ほら、お互いひどくつらい思いをすることになったでしょ」そう言って、酢の風呂を用意しに行った。

いっしょに冷凍庫に入れられたとき、テッドがひどく泣きはじめた。わたしほど強くはないから。

闇が四方から迫ってきた。わたしたちの皮膚が炎に包まれた。テッドがあえぎ、咳きこむ。わたしが守るしかない。テッドにはこれ以上耐えられないはず。

「ここから出て、テッド」わたしは言った。「行って」

「どこに?」

「わたしがいつもやってるでしょ。ここを離れて。いなくなるの」

「できないよ!」その声は悲鳴に近かった。

わたしはテッドを押した。「ほら行って、坊や」

「無理だ!」

「でも、今回は母さんがやりすぎるかも。そしたら、ふたりとも死ぬ」それはいい手だと気づいたのはそのときだ。「テッド! いいこと考えた!」

でもテッドはいなかった。ドアを見つけたのだ。

テッド

まわりの空気がなんとなく変わった。立っているのは家の玄関ドアの前だった。でも、通りも森もナラの木もない。そしてすべてが雲のなかのように白かった。怖くはない。安心を覚えた。ドアをあけて家のなかに入ると、そこは暖かくて薄暗く、静かだった。すぐにドアに鍵をかけた。カチャン、カチャン、カチャン。これで母さんは入れない。

そのとき、喉を鳴らす音が響きわたった。やわらかい尻尾がぼくの脚を撫でた。見下ろしたとたん、はっとした。信じられない。美しい緑の目がそこにあった。カクテルに入ったオリーブと同じ大きさと形の。その子はぼくを見上げ、優美な耳を不思議そうにぴんと立てていた。たちまち消えてしまうかもしれない、半分はそう思いながら、ぼくはしゃがんで手を伸ばした。つやつやとした石炭みたいな色の毛並みだ。頭を撫で、胸の白いところに指を這わせた。

「やあ、子猫ちゃん」そう声をかけると、その子はまた喉を鳴らした。「やあ、オリヴィア」オリヴィアは8の字を描くようにぼくの脚にまとわりついた。居間には温かみのある黄色い明かりが灯り、やわらかいソファの上でぼくはオリヴィアを膝に乗せた。そこは上にある家とほとんど同じに見えた。違いはほんの少しだ。ずっと嫌いだった冷たい青色のラグが、こちらではオレンジ色に変わっていた。

冬のハイウェイに沈む太陽みたいな美しく深い色合いの。

ソファにすわったままオリヴィアを撫でていると、なにかが聞こえた。ゆったりとした規則正しい息遣い。大きくて立派な胴体が上下する音。怖くはなかった。物陰に目をやると姿が見えた。横たわる山のような身体、こちらを見つめるライトみたいな目。手を差しのべると、ナイトタイムが暗いなかからするりと現れた。

ついにぼくは猫を手に入れた。望みどおり、いや、それ以上だ。二匹だから。

こうやってぼくは内側の場所を見つけた。そこへは下りていくこともできるけれど、冷凍庫をドアとして使うほうが簡単だ。内側の場所を城やら豪邸やらにすることもできたと思う。でも城や豪邸だと、どこになにがあるか、どうやって探せばいい？

ぼくはもうビッグ・テッドだが、リトル・テディはまだここにいる。ぼくの記憶が飛ぶとき、代わりに前に出てくる。リトル・テディは表情の作り方が大人と違う。だから怖そうに見えるかもしれない。でも、誰のことも傷つけたりはしない。青いスカーフを拾って、バーの駐車場の車のなかで泣いていた彼女に返そうとしたのはリトル・テディだ。でもリトル・テディを見て相手は悲鳴をあげた。追いかけたけれど、彼女の車はあっという間に雨のなかを走り去った。

ローレン

テッドがいなくなったので、ふたりで分けあっていた痛みが一気にわたしのなかへ流れこんだ。身体がこれほどの苦痛に耐えられるとは思ってもいなかった。わたしもテッドのあとを追って行こうとした。内側に。でも、ドアに鍵がかかっていて入れなかった。わたしの悲鳴は聞こえていたのだろうか、あそこにいるテッドに。きっとそうだと思う。

終わったあと、母さんはわたしたちを小さなベッドに戻した。傷口のガーゼがちくちくしたけれど、引っかいてはいけないことは知っていた。部屋には影たちが蠢き、ケージのなかのネズミがピンクの目を光らせていた。

怖い、とテディに伝えようとした。テディの返事はなかった。黒い尻尾と緑の目とやわらかい毛皮に囲まれたすてきな場所にこもっていたから。こらえきれずにわたしは泣いた。

テッドがやさしい声になって言った。「眠っていいよ、ローレン。見張り役はほかにもいるから」

ナイトタイムが大きな肢で上がってくる音がした。わたしはやわらかな闇に沈みこんだ。

朝、テッドの泣き声で目を覚ました。ケージのなかで血まみれの骨だけになったスノーボールを見つけたのだ。ひどく悲しげだった。「かわいそうなスノーボール」何度もそうつぶやいた。「こんなのひどいよ」ネズミを思って、たくさん涙を流していた。わたしたちの背中に新しく増えた、小さい線路みたいな黒い縫い目のことよりも。縫われるときその場にいなかったから、感じなかったのだ。わたしは感じた。ひと針、ひと針を。

テッドはナイトタイムが悪くないとわかっていた。ナイトタイムは本能に従っただけだ。だから母さんに、ネズミがケージから逃げて野良猫に捕まったのだと言った。ある意味、真実だ。もちろん母さんは信じなかった。テディを森に連れていって、自分の正体を隠すようにと教えた。母さんは息子のなかに抑えきれない衝動があると思っていた。テッドはオリヴィアとナイトタイムを取りあげられないかと心配した(そうしたら、わたしとふたりきりになる。それがいやだってこと!)。だから、古くからの病を受け継いだのだと母さんに思わせておいた。〝イリーズ〟の地下墓地にペットを閉じこめていた母さんの父親と同じ病を。

テッドには受け入れられないこと、受け入れるのを拒んでいることがある。それがわたしにもわかってきた。その考えが浮かぶたびに、テッドはそれを下に沈めた。強く、強く。けれどもそれは、コルクや溺死体のように何度でも浮かんできた。病はたしかに遺伝していたけれど、受け継いだのはテッドではなかったのだ。ロクロナンの人たちに母さんを追いだした理由を訊いてみたら、どんな答えが返ってくるだろう。母さんの話とは違うかもしれない。病を抱えていたのは父親ではなかったのかもしれない。

学校ではテッドの変化にみんなが気づいた。中身のないただの仮面になってしまったことに。誰もテッドに話しかけなくなった。テッドは気にしなかった。猫たちと内側の場所にこもれるようになったから。初めてひとりじゃないと思えた気がするんだとテッドは言った。

わたしに。母さんの手当てを受けるあいだずっとそばにいたこのわたしにそう言ったのだ。


テディは内側の家を週末の場所と呼ぶようになった。そこには仕事も学校もないからだ。じきにほかのものも足せることがわかった。オーバーンの自動車修理工場での仕事は続かなかったから、地下室をこしらえてそこでエンジンをいじれるようにした。テディはエンジンが好きだった。そこはちゃんとした作業場で、道具がぎっしり詰まったぴかぴかの箱が並び、エンジンオイルのいいにおいがしていた。抽斗には白い靴下をしまった。女の子が履くものだからと、母さんが買ってくれなかったからだ。階段の上には天窓をこしらえ、気が向けばひと晩じゅう空を眺められるようにした。そこなら覗き見するのは月くらいだ。オルゴールを修理して、ロシア人形も暖炉の上に戻した。週末の場所では壊してしまったものをなんでも元どおりにできた。母さんと父さんの写真も壁から外したりしない。オリヴィアは興味しんしんに尻尾をぴんと立て、そこを自由に歩きまわった。テッドはオリヴィア専用の覗き穴もこしらえた。オリヴィアの目には、外はいつでも冬だった。テッドの好きな季節だ。

テッドはナイトタイムが下にいるときだけ狩りができるようにした。スノーボールのことがあったからだ。週末の場所にたくさんのネズミを放して、ナイトタイムをいつも満足させておいた。悲しい思いはもうしたくなかったから。

屋根裏部屋もこしらえ、いつも鍵をかけておいた。そこにはいやな記憶や考えを押しこんで、ドアを閉めておくことができる。家のなかにはテッドが好きになれない住人もいた。かつては少年だった、細長い指をした緑のものたちだ。その緑の少年たちが、湖で行方不明になった子たちではないかとテディは恐れていた。でも、それも大丈夫。屋根裏部屋に閉じこめておけばいい。夜中にそこから音がすることもあった。骨ばった長い指で床板を引っかき、すすり泣く声が。

テディが内側の家で過ごす時間が増えるにつれ、そこはどんどん鮮明で詳細なものになっていった。やがて、好きなときにいつでも行けることもわかった。そこにいると時間の感覚もなくなった。テレビは好きな番組を見放題。上の家で起きていることを画面でチェックすることもできる。なにかいいこと、たとえば母さんがアイスクリームを買ってきたとか、そういうことがあると、玄関のドアをあけるだけで上に戻れる。たいていは酸っぱいにおいのする暗い冷凍庫に横たわっていて、星のように光る空気穴が目の前に待っていた。時が過ぎるにつれ、テディはますます上を避けるようになった。

そしてますますわたしを母さんとふたりにするようになった。母さんがライトの角度を調節すると、テディは週末の場所に下りていって子猫を撫でた。

わたしは澄ましかえったあの子猫が嫌いになった。テッドもそれを知っていた。ときどきわたしが下りていこうとすると、テッドはわたしをふたつの場所のあいだの、真っ暗で酢のにおいがする冷凍庫に閉じこめた。あの猫が下にいるから。猫がいなくなると、やっとわたしの番だった。わたしが気に入らないことをしたときも、暗い冷凍庫にずっと閉じこめておくようになった。

家の外では、わたしが前に出るのは難しい。テッドが許さないかぎり。できることもあまりない。それにもちろん、脚を使わなくてもできることでないといけない。ほんの少しのあいだテッドをぼんやりさせるとか。たとえばレギンスの内側に走り書きを残すとか。テッドの壊れた頭がどうしてわたしをこんなふうにしたのかはわからないが、どうしようもない。わたしは抱えて運んでもらうしかない。脚が悪くて非力だから。そのせいだろうか、ふたりが生き延びられたのはわたしの強さのおかげだということを、テッドはときどき忘れてしまう。

テッドは臆病だ、そう思っていた。すぐにそれが間違いだとわかった。

ある日、わたしたちはミントがないかと母さんの抽斗をあさった。母さんはキャンディは食べないけれど、息をすっきりさせるためにミントをしばらく口に含んでから、ハンカチに吐きだすようにしていた。隠し場所は変わるものの、たまにうまく見つかることもあった。どんなにお腹がすいていても、食べるのは一個だけだ。母さんが数えていたから。でも一個なら〝誤差の範囲〟だ。

母さんはへんてこなものを抽斗に入れていた。表紙に熊の絵が描いてある古い歌の本、片方だけの白い子供用のビーチサンダル。テディはその日うっかりしていた。母さんのストッキングを湿った手で撫でたのだ。

「ばれちゃうよ、テディ。やめて、伝線しちゃう！」テディが顔を上げたので、化粧台の鏡に映ったわたしたちの姿が見えた。そのときテディの表情に気づいた。別にいいさ、とそこには書いてあった。母さんはきっと罰としてわたしたちの身体に悲鳴をあげさせる。そして酢を注いだ大きな箱に閉じこめる。でもテディは下りていけばいい。痛みを感じるのはわたしだ。

「テッド。そんな……」

テッドは肩をすくめ、丁寧にキャミソールに包まれたミントの缶を手に取った。うっとりとした顔でゆっくり蓋をあけ、唇に持っていく。そして缶を傾けてミントを口に流しこんだ。いくつかは唇からこぼれて床に転がった。

「テッド、やめて！　嘘でしょ！　母さんにお仕置きされる」

テッドは缶を振って最後のひと粒を口に入れた。口のなかは白くて丸い粒でいっぱいだ。パニックになったわたしもその味を感じた。なんて甘くて……。だめだ、テッドを止めないと。

「大声をあげてやる。母さんが飛んでくるよ」

「それで？」テッドはもごもごとミントを噛みながら言った。「来たっていい。痛いのはそっちだ、ぼくじゃない」

「お仕置きできるのは身体だけじゃないよ。週末の場所のことを言いつけてやる、猫たちのことも。母さんはほっとかないはず。どうするかはわからないけど、きっとそうなる、わかるでしょ。母さんは身体だけじゃなく脳みそにも言うことを聞かせられるから」

テッドはうなり声をあげ、鏡ごしにわたしを見ながらぱっと頭を振った。いきなり口が空っぽになった。味も消える。テッドがわたしの感覚を切り離したのだ。わたしと同じくらいテッドも驚いているようだった。そんなことができるなんてふたりとも知らなかった。

「ミントを取りあげたって、口はふさげないよ」

テッドは化粧台の上の針山から針を抜いた。その先端を親指の膨らんだ部分にゆっくりと刺していく。

ひと筋の赤い炎につらぬかれ、わたしは悲鳴をあげて泣きだした。

テッドが鏡の前に立った。母さんそっくりの、医学的な興味に駆られたみたいな表情を浮かべて。そして何度も何度も針を突き刺した。「言わないって約束したらやめてやる」

わたしは約束した。

わたしは人生について、テッドには知りようのないことを知っている。それがあまりに痛みに満ちたものだということを。あれほどのつらさに誰が耐えられるだろう。それをテッドにわかってもらおうとした。**苦しいよ、テディ。母さんはいかれてる、知ってるでしょ。おかしくなっちゃったの。そ**

のうち歯止めがきかなくなって、きっと殺される。ましな終わり方を選んだほうがいい。ずっとがまんしてる必要なんてないよ。ほら、ナイフを持って、ロープを結んで。湖に隠れるの。それから森へ入って、緑しかないところまで歩けばいい。それで楽にさよならできる。テディは耳をふさごうとしたけれど、もちろんわたしを完全にシャットアウトすることはできなかった。わたしたちはふたりでひとつだから。そのはずだった。

それからまもなく、わたしは初めて自分たちを殺そうとした。失敗に終わったけれど、テディはそのせいで死ぬのが怖くなった。それで、わたしを従わせる方法を考えだした。わたしを痛めつけるときに母さんのレコードをかけるようにしたのだ。あまりにひどい苦痛のせいで、じきに音楽が流れてくるだけで痛みを感じるようになった。楽になれるのは、上と下のあいだにある暗い冷凍庫にすべりこんで、身体を空っぽにするときだけだった。だからすぐに、ギターが最初の一音を鳴らした瞬間にそこへ引っこむことを覚えた。

テッドにも知らないことはある。わたしはまだ抵抗を続けている。それに彼が思っているより強い。ときどきテッドの記憶が飛ぶとき、現れるのはリトル・テディばかりじゃない。わたしもだ。われに返ったテッドが手にナイフを持っていたりしたら、それはわたしがしたことだ。やるべきことを果たそうとして。

でもわたしの力は足りなかった。テッドにがっちり押さえつけられているから。だから猫にやらせるしかなかった。それでこんなことになったのだ。

テッド

母さんは追いつめられそうだと悟ったのだろう。警察は母さんが昔働いていた病院へ行って聴き取りをした。母さんの新しい勤め先の幼稚園の子供たちが急に不注意になった。以前はテディが誰よりも不注意で、大きくて痕が残るような手当を受けるのもテディだけだった。でも、そのうち母さんはもの足りなくなったのだ。転んでもいないのに傷を縫いあわされた子供たちが大勢出ていた。

あの日の前夜、母さんは長い時間をかけてぼくの手当てをした。ぼくはまだそのショックで震えていた。水を飲もうとキッチンに入った。母さんが椅子の上で爪先立ちになって、両手に長い洗濯紐を持っていた。雨の日にはよくそうやってキッチンに洗濯紐を張って、膝上までのストッキングを干した。パンストじゃない、母さんはパンストを穿かなかった。

「テディ。あなたのほうがのっぽだから、これを吊るすのを手伝って。梁にかかってくれないの、いまいましい」少し癖のある上品な口調のまま悪態をつくのを聞いて笑いそうになった。ぼくは椅子に上がり、洗濯紐を梁に引っかけた。

「どうもありがとう」と母さんは丁寧に言った。「さあ、アイスクリームを買ってらっしゃい」ぼくはびっくりして母さんを見た。アイスクリームを食べるのは年に一度、母さんの誕生日だけだ。

「でも、虫歯になるよ」

「いいから言うことを聞いて、セオドア。戻ってきたらやってもらいたいことがあるの。これから言うことを全部覚えられる？　メモしちゃだめ。それに母さんはすぐに出かけるから、一回しか言わない」

「覚えられると思う」

「捨ててほしいものがあるの。ここに、キッチンに置いておく。それを森に持っていって。家から持ちだすのは暗くなってからにしてね。森にものを埋めちゃいけないから」

「わかったよ、母さん」母さんは十ドルくれた。アイスクリームを買うには多すぎる。

玄関のドアを閉めるとき、母さんが小声で言うのが聞こえた。「ヤー、マ・アンクー」ますますわけがわからなかった。

アイスはバニラにした。母さんはその味しか食べないから。冷たい容器に指を触れたときのしびれるような感触をいまも覚えている。蓋の表面に薄く張った氷も。

キッチンに入ると母さんが見える。ある意味では、あれ以来それればかり見ているようなものだ。瞼の内側に光景が焼きついている。宙吊りになった母さんが静かに揺れている。恐怖の振り子だ。母さんが行ったり来たりするたびに洗濯紐がきしむ。最後の瞬間に迷いに捕らわれたように下唇を嚙んでいる。

揺れ動く足の下には、母さんのお気に入りのものたちがまとめて置いてある。小さな化粧バッグ、なかには薄い生地の青いワンピースとナイトガウンと香水。雌鹿のお腹の色をした、やわらかいスエードのハンドバッグ。化粧バッグの上のメモはフランスの小学生が習うような丁寧な筆記体で書かれている。〝森へ持っていくもの〟

夜までそのまま待った。そうしろと言われたから。でも、母さんを吊るしたままにしておきたくはなかった。誰かがノックして、無理やり入ってこないかと心配だった。そうしたら見られてしまう。面倒なことになるのを心配したんじゃない。ゆがんで青くなった顔でそこにぶらさがった母さんがあまりにも無防備に思えた。他人の目に触れさせたくはなかった。

だから母さんを下ろした。触れるのはつらかった。まだ温もりが残っていた。その身体を小さく折りたたんで、シンクの下の棚に入れた。「ごめんなさい」何度も何度もそう言った。それから床を掃除した。首を吊った下のところが汚れていたからだ。

母さんの服も全部いっしょに持っていきたかったけれど、大きなスーツケースが見つからなかった。しかたなく小さな旅行かばんにいくつか選んで詰めた。森で必要になるかもしれない日用品を。縫合セットも入れた。ベッド脇に置いてあった『イソップ物語』も入れた。母さんは寝るまえにいつも本を読むので、冷たい森のなかで眠れずにいることがないように。

夜が毛布のようにあたりを覆った。母さんと持ち物を背負ってぼくは出発した。母さんの身体は硬くこわばり、じっとりと冷たかった。なにかが漏れてきていた。母さんが見たらひどくいやがっただろう。それでも森に連れていかないといけないのはわかっていた。木々の下に入ると気持ちがしゃんとした。

夜の森を奥へ入るにつれて母さんは重たくなった。息が切れ、足がふらつく。背骨がつぶれそうで膝も震えだした。それを喜んで受け入れた。これは困難な道のりであるべきなのだから。

小さな草地のまんなかの、ネズミのスノーボールの近くに母さんを埋めた。それから南の端に青いワンピースを、西には母さんの好きな革のハンドバッグを、東には香水を埋めた。土をかぶせるとそれぞれが神になった。穴のなかに母さんを横たえたとき、土がその身体を腕に抱いたように感じた。「この胸に抱いているよ」とぼくは囁きかけた。母さんが生まれ変わりはじめる。白い木々が百の目になってそれを見守った。

ローレンが耳もとで囁いた。「穴に入って。いっしょに横になろう」

少しのあいだ、そうしようかと考えた。でもやがて気づいた。自分が死んでしまえばオリヴィアも、ローレンもナイトタイムも、小さい子たちも死んでしまう。そんなのはいやだ。

神々をそれぞれの場所にしっかりおさめたあと、土をかぶせた。埋めたあともそこから放たれるものを感じた。暗い土のなかで輝くものを。

母さんはぎりぎりのところで間にあった。二日後に警察が来た。ぼくは外に出て、燃えさかる星みたいな日差しの下に立っていた。新聞社の人に写真を撮られた。捜索ではもちろんなにも見つからなかった。かばんと服が少しなくなっていただけだ。

〝お母さんはどこに?〟と訊かれた。ぼくは首を振った。本当にわからなかったから。

母さんはまえもってチワワ＝ダックスフント＝テリアのおばさんに手紙を出していた。おばさんはメキシコに旅行中で、戻ってきてからそれを読んだ。保養のために留守にするとそこには書いてあった。母さんは自分のことを話すのを避けていた。徹底的に。死ぬときでさえ知られたくなかったのだ。母さんのことでぼくが本当に理解できたのは、それだけかもしれない。

そうやって母さんはいなくなり、まだ見つかっていない。あの女の子もいなくなったままだ。同じ場所にいるとは思わないが。

ぼくのところに来たときローレンは六歳で、長いあいだその年齢のままだった。考えたこともなかったが、アイスキャンディの女の子がいなくなったときと同じ年だ。

そのうちローレンが成長をはじめた。ぼくよりはゆっくりだったが、だんだんと大きくなった。それにつれて怒りも大きくなる一方だった。手がつけられないほどに。

「気持ちのやり場がどこにもない」といつも言っていた。ひどくすまない気持ちだった。ぼくの痛みを引きうけてもらっていたから。だからローレンのことが大事だった。なにをされようと。ローレンはこの身体を憎んでいる。大きすぎるし、毛深いし、まるでしっくりこないはずだ。好きな服も着られない。星のスパンコールがついたレギンスも、小さなピンクの靴も。小さすぎるから。その手のものでぴったりのサイズは売っていないのだ。ショッピングモールでのことは最悪だった。ひどく悲しい思いをさせた。ぼくは父親がするようにローレンを守りたいと思う。そうなってみせるとあの子に約束もした。うまくやれていないのはわかっている。自分自身がめちゃくちゃだから、誰かを支えるなんて無理なのだ。

慰めがほしいときは内側の家へ行った。オリヴィアがかわいらしい肢と好奇心でいっぱいの尻尾でいつでも迎えてくれた。オリヴィアは外の世界のことはなにも知らなかった。それがうれしかった。いっしょにいるときはぼくも考えずにすんだから。

もちろん、完璧なものなんてどこにもない。週末の場所も同じだ。ときには思いもかけないものが見つかった。白いビーチサンダルや、屋根裏部屋のドアの向こうで泣いている、ずっと迷子の少年たちが。

ぼくは口を閉じる。終わりまで話したらしい。ローレンはいない。ひどくくたびれていて、水のように蒸発してしまいそうだ。

「気づいてもよかったのにな」オレンジ色の髪の男が言う。「チャンプはわかってたんだ」

「え？」

「あいつはきみが好きなんだ。なのに、まえに一度、大騒ぎしたろ。通りできみに吠えかかったね。あのとき、きみの目つきが気になったんだ、ちらっとね。別人がそこにいるような感じだった。気のせいだと思ったが」

「あれはオリヴィアさ、ぼくの猫の。外に出ようとしてたんだ。気にしないで。また今度話すよ」

相手は立ちあがって出ていこうとする。だろうと思った。

「犬の面倒は誰が？」そう声をかけたのは、少しでも引きとめたいからだろう。もう会えないのだから。

「え？」

「きみの犬。夜も昼もここへ来てくれたから。そんなに長いこと犬を放っておいちゃいけない。よくないよ」

「大丈夫だ。チャンプならリンダ・モレノが預かってくれてる」ぼくのとまどった顔に気づいたようだ。「チワワを飼っているおばさんがいるだろ」

「あの人はいなくなったと思ってた。電柱にポスターが貼ってあったから。そこに顔があったけど」

「大西洋クルーズに行っていたんだ。若い男とね。それを娘に知られたくなかったらしい。だから娘が心配してね。でももう戻ってきた。見事に日焼けして」

「よかった」喜びが胸にあふれる。チワワのおばさんのことはずっと心配だった。誰かが無事だと知るのはうれしい。

「また明日」と言われはしたが、もちろんもう会えないだろう。彼は帰っていく。無駄話はしないらしい。

闇が訪れる。いや、街のなかでは闇にいちばん近いものが。ベッドのライトは点けずにおく。駐車場の照明灯から天井に差しこんだ四角い黄色の光をぼんやり眺める。看護師が来て、白いネオンのようなまぶしい光ではっと目が覚める。水が飲めるように口もとにプラスチックカップが近づけられる。そこに病院の名前が印刷されている。名前を覚えるのは苦手なうえに、睡眠薬と痛み止めでぼんやりしているせいで少し時間がかかるが、やがて気がつく。ここは母さんの病院だ。母さんはここで働いていて、子供たちにしたことを理由にクビになった。これもまた、不可思議な時の輪が一周したということだろう。自分がそのはじまりにいるのか終わりにいるのかはわからない。看護師がいなくなり、また暗闇に残される。そのとき、おそらくは初めて、母さんが本当に死んだのだとぼくは悟る。

「おまえにはぼくを殺せないな」とローレンに話しかける。「ぼくもおまえを殺せない。だから、もっとうまくやっていける方法を見つけないと」

ローレンの手を取ろうと手探りしてみる。でもそばにはいない。眠っているのか、ぼくを締めだしているのか、ただ黙っているだけかもしれない。ぼくの言葉が聞こえているかどうかは知りようがない。

チワワのおばさんのことが頭をよぎる。若い恋人と楽しい休暇を過ごせただろうか。緑の窓枠と黄色い壁のすてきな家でくつろげているだろうか。

手のなかでカップをまわす。病院の名前も回転する。母さんの場所。でもここにはいない。家のシンク下の棚のなかでぼくを待っている。

なにかが頭に引っかかり、しきりにつついている。チワワのおばさんとメキシコ旅行のことだ。違う、と首を振る。おばさんはクルーズに行っていたのだ、メキシコじゃない。メキシコに行ったのは前回だ。なにかを忘れている、その感じがまた頭をつつく。でもじきに消えてしまう。

退院の手続きをしていると、オレンジ色の髪の彼が現れる。思わず二度見してしまうが、やっぱり彼だ。ぼくはひどく驚き、妙に気恥ずかしくなる。このあいだの夜、長い打ち明け話をしたせいだ。なんだか裸になったみたいな気分だ。

「車が必要だと思ってね」

森が近づいてきたにおいがする。わが家の通り、傷だらけの標識、見渡すかぎりの木々。それを見ると心からほっとする。

でも、彼に惨めなわが家を見せたくはない。窓をふさいだベニヤ板、たくさんの自分といっしょにひとりで暮らしている埃だらけの暗い部屋。帰ってほしい。なのに、彼はぼくに手を貸して車から降ろすとそのままなかへ入る。尋ねもせず、さっさと手際よくそうしてしまう。

入ったあとも、蜘蛛の巣にもあちこちの傷みにも気づかない様子で、玄関ホールに立ったまま帰ろうとしない。なにか勧めないわけにはいかない。冷蔵庫は傷んだ牛乳の酸っぱいにおいがぷんぷんする。終わりだ、と胸がうずく。

「ビールをもらうよ」中身を見て彼が言う。

「どうぞ」たちまち元気を取りもどし、ぼくは戸棚を覗く。「賭けてもいいけど、ピーナッツバターつきのピクルスは食べたことないよね」

「当たりだ」

　裏庭の壊れたローンチェアに腰を下ろす。すばらしい天気だ。傾いた日差しのなかでタンポポの綿毛が踊っている。かすかな風に木々がさらさらとそよぐ。ぼくはそれを見上げる。みんながやるようにこうして庭で残暑を楽しみ、友達とビールを飲んでいると、つかのま自分が普通の人間と変わらない気がする。

「病院にいたから、外が恋しかっただろうね。森が好きだろ」

「いままではね」

「おい」それはぼくに言ったんじゃない。トラ猫が草むらから出てきたのだ。いちだんと痩せたようだ。「どうした?」猫は錆びついた椅子の脚にまとわりつく。彼が地面にピーナッツバターを置いてやると、それを舐めて喉を鳴らす。「かわいそうに。元は飼い猫だったんだろうな。爪を抜かれて捨てられたんだ。ひどい人間がいるもんだ」猫は彼の足もとに寝そべる。日差しが埃だらけの毛並みをきらめかせる。

　普通の人間が訊きそうなことを思いつこうとしてみる。「パークレンジャーの仕事はどう?」

「気に入ってるよ。子供のころから、自然のなかで働くのに憧れていたんだ。街育ちなんでね」ビルの谷間や混みあった歩道にいる彼の姿は想像もできない。広々とした場所でひっそりと過ごすために生まれてきたように見える。

「まえにも話をしたことがあるね。バーで何度か挨拶した」

「ああ」バーでのことはろくに覚えていないが、それを教えるのはばつが悪い。最後のほうはいつも、リトル・テディに交代していたのかもしれない。あの子は大人と話すのが得意じゃない。それか、ぼくがべろべろだったか。「女性と会うのにあの店を選んだんだ。まったく、間抜けだな」それから青いワンピースの彼女との待ち合わせの話をする。

「でも、そのあとも通ってたろ、ひとりで。どういう客が来る店かわかってからも」

「ああ、うん、飲みにね」

ふたりのあいだの空気になにかが起きようとしている。時間の流れがどことなくゆっくりになる。錆びついた椅子の上に置かれた彼の前腕から目が離せない。白い肌を覆う細い毛が、日の光を浴びて燃える針金のように輝いている。

不安が押し寄せる。「ぼくは普通の人間じゃない。ぼくでいるのはつらい。そばにいるのはもっとつらいかもしれない」

「普通の人間ってなんだい。誰だって、できることをやるだけだろ」

口をすぼめて嫌悪を浮かべた母さんの顔が思い浮かぶ。ぼくの変人ぶりを本に書こうとしていた虫男のことも。「できるなら、帰ってほしい」


足を引きずりながら車のところまで行くと、彼はもうシートベルトを締めている。

「本気じゃなかったんだ。ごめん。ひどい一カ月だったから。いや一年。それか、いままでずっと」

彼が両眉を上げる。

「頼むよ、戻ってきて。もう一本ビールをどうかな。今度はきみの話をしよう」

「退院したばかりだろ。休んだほうがいい」

「車を追いかけて通りを走るのはごめんだ。退院したばかりだから」

少し考えて、彼はエンジンを切る。「わかった。こっちの話もややこしいんだ」

彼の名前はロブで、双子の兄弟として生まれた。子供のころは、双子に付き物のいたずらを残らずやった。母親を混乱させ、片割れのふりをし、高校では入れ替わって授業に出たりもした。ロブは理系、エディは英文学などの文系科目が得意だった。そうやってふたりともいい成績を取った。でも大人になってからは入れ替わって両親をからかうのはやめ、ガールフレンドにもけっしてしなかった。たちの悪いトリックだから、愛する人に使うのはやめようとふたりで決めたのだ。やがてロブは女の子と付きあうのをやめた。エディには言わなかった。町のレストランで働く男性と知りあって胸がときめいたことも。ふたりは付きあいはじめた。

ある晩、レストランの彼が通りの向かいにいるロブに気づいた。愛しさのあまり、彼は通りを渡ってロブを抱きしめた。ところが触れた瞬間、それがロブでないとわかった。でも遅かった。エディは両目がふさがるほど相手を叩きのめした。

レストランの彼はよそへ引っ越した。エディは口をきこうとしなくなったが、こっちもお断りだとロブは言った。「それでも、片脚をなくしたみたいな気分なんだ。あいつなしで歩く方法を一から覚えなきゃならなかった。しばらくは誰とも会う気がしなくてね。犬がいて森があればそれでよかった。とくに早朝が好きなんだ、誰もいないから」

ぼくはいま聞いた話のことをしばらく考える。

そしてこう言う。「きみの身にそれが起きなかったら、ぼくは死んでた」

「なるほど」ロブは驚いた顔になる。「たしかにね」少しのあいだふたりで見つめあう。そして黙ってそこにいる。

夕闇がしのび寄るころにロブは帰る。太陽は低く沈み、紫の影があたりを包んで夜の準備をはじめている。ビールの缶を拾いあげたとき、高いところに黄色いものがちらっと見える。ブナの木の上だ。ゴシキヒワのさえずりが暮れゆく空を満たす。鳥たちが帰ってきている。

ナイト＝オリヴィア

みなさん、こんにちは。第一回《ナイト＝オリヴィアはニャにしてる？》へようこそ。今日はすばらしい番組をお送りします。テーマは光。日の光や暗闇の種類についてお話しします。お昼寝に最適なものとか、あなたの目を不気味なランプみたいに輝かせる夕闇とか。それに、夜中に黒い稲妻みたいに獲物を狙っているとき、身を隠すのにぴったりな影についても。

でもまずは、見て見ぬふりをされがちな問題について取りあげます。上の世界、いわゆる現実の世界の話をしておかないと。みなさんご存じのとおり、そこは内側の世界ほどいいところじゃありません。とにかく陰気で、なにもかもひどいにおいがします。ラグの色も最悪。きれいなオレンジではなくて、死んだ〈テッド〉たちの色なんです。気は進まないけれど、わたしはときどきそこへ上がってみます。自分が関わっているもののことは、ちゃんと知っておかないといけないので。ときには外にも出てみます。だからもう家飼いの猫じゃありません。これまでは下にある内側の場所からにおいと音だけで感じていた世界を、いまは見たり触ったりできます。気が向いたら上に行って、テッドが落ち葉のなかを散歩するのに付きあうこともあります。日が短くなって初霜がおりたら、その冷たさに触れてみたりも。

でもそう、外の世界はがっかりなことばかり。期待外れ、というか。ここにはトラ猫がいるけれど、わたしが愛した猫とは違います。最初に彼女を見たときは、〝哀れな子〟と思いました。目は濁った茶色で、覗きこむと、そこには飢えた獣がいるだけ。小さくて痩せっぽちで、爪もないし、よろよろと肢を引きずって歩きます。毛艶も悪いし。オレンジ色の髪の〈テッド〉はすぐに餌をやろうとします。あの〈テッド〉は木こりみたいだけど、中身はとてもおセンチなんです。それに例の怪獣のにおいをぷんぷんさせていて、げんなり。テッドはあの怪獣が森で血のにおいを嗅ぎつけてわたしたちを見つけてくれたと何度も言うけれど、わたしはそんなふうに助けられたなんて話は信じません。なんにしろ、テッドがオリヴィアなしでやっていけるか心配だったけれど、うまくやれているみたいでなによりです。

週末の場所に下りていって、もうひとりの子、美しいあの子が窓の向こうで毛づくろいする姿を眺めるのがわたしの楽しみです。あの子はアップルイエローの目でヘビみたいにこっちを見るんです。もちろん、あの子もわたしたちの一員です。別の一面というか。もっと早く気づいてもよかったのに。あの子はしゃべりません。いつか話しかけてくれたらうれしいけれど。それまでは、そっと見守りながら待つことにします。必要ならずっと。上の様子はテレビの画面でいつでもチェックできるので。

ときどき〈主〉がキッチンの壁を抜けて入ってきたり、階段を上がったところの天窓へと浮かんでいったりするのが見えます。そして、こちらを振りむいて、丸い魚の目だとか、鏡みたいなハエの目でわたしを見ます。〈主〉はテッドの空想の欠片なんです。母さんからたびたび話を聞かされたせいで、アンクーがここにも現れました。母さんの神様が遠いブルターニュの村からはるばるやってきて、テッドを通じてオリヴィアの世界に入ってきたというわけです。そうやって神様は旅するんです。心から心へと。

オリヴィアがテッドやローレンを助けたのは、〈主〉の思し召しだったからではありません。オリヴィアはただ役に立ちたかったんです。やさしい猫だったので。わたしもやさしいけど、そうじゃない面もあります。

わたしとテッドをつないでいた紐はもうありません。なくなってしまうと、なんとなく寂しい気もします。彼とわたしは絆で結ばれていて、あの紐はその象徴でした。そのときどきの状況を、いつも忠実に示してくれていました。上の世界には、そんな便利なしるしはほとんど見つかりません。寒々しい、わびしい世界です。でっぷりした身体でのたのた歩きまわらないといけないし、なかにいるわたしたちはロシア人形みたいにぎゅう詰めだし。はっきり言って、うんざり。

それでも、いま上の世界ではみんないっしょにいられます。テッドもローレンもわたしも、そしてまだ名前を知らないほかの子たちも。その子たちも明るいところへ出てこようとしているところです。下の居場所でしていたのと同じように、わたしたちは上でもおしゃべりしたり、喧嘩したり、なんでもできます。ときには何日も下へ戻るのを忘れてしまうことも。だからある意味、いまは上の世界もわが家になったのかもしれません。

テッド

秋のなか、曲がりくねった遊歩道をのぼる。キノコと紅葉の香りがする。木々が空に向かってほっそりとした指を伸ばしている。ロブの温かい身体が隣にあり、その髪が炎の束みたいに帽子からはみだしている。朝の森での出来事から三カ月になるが、すでに一生が過ぎた気がする。すべての出来事が内側で重なりあっている。そして響きあっている。はじまりはアイスキャンディの女の子だった。あの子にも見送る者が必要だ。だからここへ来た。

駐車場から湖までは四百メートルかそこらだが、歩くにはかなりかかる。ぼくは治りかけの傷を気にしてすり足でそろそろ進む。痛みを感じられないと、身体をぼろぼろにしかねない。「マフラーを巻きなよ」とぼくはロブに言う。自分たちの世話を焼いてくれる友達がずっとほしかった。不思議なことに、こうして友達ができてみると、こっちが世話を焼きたくてたまらない。

木々がまばらになり、湖のほとりに出る。今日は冷える。灰色の空の下、砂は薄汚れてくすんで見える。ハイカーや犬たちがちらほら歩いている。湖は黒いガラスのように輝きを放っている。水面はあまりに静かで、絵か幻みたいだ。思い出のなかの湖よりも小さい。でも、もちろん変わったのはぼくだ。

「なにをすればいいんだろう」ぼくはロブに訊く。生きている者が死者になにを言えるだろう。アイスキャンディの女の子はいなくなり、どこにいるかもわからない。母さんは本当はシンクの下にはいないし、父さんも物置小屋にはいない。

「なにもしなくていいんじゃないか」

だから、あの女の子のことにできるだけ頭を集中させて、その子がかつてここにいて、いまはいないことを頭に刻む。ロブの手が背中に置かれる。ぼくは精いっぱいの気持ちをその子に捧げる。湖と空と落ち葉と足もとの砂や小石に向けて。そして、〝きみをこの胸に抱いているよ〟と頭で呼びかける。誰かがそうしてあげるべきだから。

雨が降っているが、靴を脱ぐ。ロブもそれにならう。ふたりでぬかるんだ砂に足をうずめて湖を眺める。雨粒が黒光りする水面に円を描き、それが外へ外へとはてしなく広がっていく。

そのうちロブが言う。「しかし冷たいな」現実的なのだ。

ぼくはあきらめて首を振る。なにを期待していたんだろう。ここにはなにもない。

ふたりとも無言で車に戻る。駐車場までは曲がりくねったくだり坂だ。雨に打たれた地面に明るい色をしたものが落ちている。ぼくはかがみこんでそれを拾いあげる。楕円形をしていて、つるつるした手触りだ。苔のような緑色に白い筋がいくつも入っている。「ほら、きれいな石だ」ロブに見せようと振り返る。とたんに足もとの地面が音もなく崩れる。すべり落ちる土と小石に足を取られ、天地がひっくり返る。そして地面に強く叩きつけられる。

身体の奥でなにかが裂ける。もう一度殺されようとしているみたいだ。でも今回は違う。奥深くから紫と黒の衝撃が押し寄せる。キンキンした音が神経を激しく逆なでする。痛みの感覚が全身を駆けめぐり、細胞という細胞に行きわたる。

心配で口をこわばらせたロブが覗きこむ。病院へ、と声がかかる。

「一分待って」ぼくは言う。「感じたいんだ」笑いだしたいが、痛みが激しすぎる。あの子がこちらへ来られたのは、きっとその痛みのせいだ。ふたりのあいだのバリアが消えようとしている。

ぼくがポケットに入れたんだ。澄んだ幼い声。

リトル・テディかい。

ぼくたちのポケットに入れておいたのに、ゴミ箱に捨てたでしょ。

ぼくはズボンのポケットに手を入れる。どこかから血が出ている。シャツが台無しだ。

「なにしてるんだ」ロブの声には冷たい灰色の恐怖が混じっている。「血が出てるじゃないか!」そう言って携帯電話を取りだす。

「やめて」叫ぶように言ったせいで、激痛が走る。「待って!」

指が紙に触れる。それを引っぱりだす。〝犯人〟。ぼくが書いたリストがテープで貼りあわせられている。最後に書かれた名前に目が釘づけになる。〝母さん〟

リトル・テディは鳥殺しの犯人のことを言っているんじゃない。そのことは知らないはずだ。別の殺しの話だ。

ずっと合図してたんだ。リトル・テディが言う。**でも気づいてくれなかった。**

リトル・テディの記憶が痛みとともに押し寄せる。感情と、色と、濡れた土と、人けのない通りを照らす月光が。においと手触りのある映画を観ているみたいだ。

リトル・テディ

ぼくたちは分けあってる。時間と痛みを。ビッグ・テッドは母さんを森に連れていって神様にした。でも、ぼくはそのまえの晩に起きたことを見たんだ。

ぼくは居間にいる。父さんはもう何年もいない。〝アイスキャンディの女の子〟がこのまえ湖からいなくなった。みんなとても心配してる。

目の前のテーブルには紙がのっている。仕事に応募するための申込書だ。ぼくは鼻歌交じりに黄色のクレヨンで自分の絵を描いている。煙草の煙と苦いコーヒーのにおいがキッチンのドアの下からしのびこんでくる。テリアのおばさんが母さんに話してる。

「朝は缶詰半分、夜はドライフードをお願い。でも、お散歩を先にしてね。やだ、忘れるところだった。シダの鉢植えは週に三回水をやらないといけないの、それ以上でも以下でもだめ。多すぎるって言う人もいるけど、土は少し湿ってたほうがいいと思うから、シダにはね」

「まかせて」母さんがやさしく言う。

「よろしくね」テリアのおばさんの鍵束がジャラジャラ鳴る。「緑のリボンのほうが玄関のドア、こっちは裏にある避難用の地下室のよ。滅多にあけないけど。ああ、メキシィィコォ。毎日、朝食にカクテルを飲むつもり。パラソルが刺さったやつを。泳いで、日なたに寝そべって、仕事のことなんか一度も考えない。これっぽっちも」

「当然よ」母さんの声は温かい。「ストレスが溜まってるんだから」

「ほんとにそう」

おしゃべりがやんで、ガサゴソと音が聞こえる。それからほっぺたにキスする音。テリアのおばさんが母さんをハグしてる。ぼくはドアにぎゅっと耳を押しつける。うらやましい。不満でいっぱいになる。

暗くなったあと、窓から外を覗いてると、母さんが出ていくのが見える。大きなスーツケースを持ってるので、テリアのおばさんとメキシィィコォに行ってしまうんじゃないかと心配になる。置いてきぼりはいやだ。でも、スーツケースは空っぽらしく、母さんはそれを手に持ってぶらぶら揺らしながら歩いている。驚いた。そんな母さんを見るのは初めてだ。はしゃぐことなんてぜんぜんないのに。ぼくにも誰にもそんな姿は見せたくないはずだ。今夜は街灯が全部消えてる。近所の子供たちが石を投げて割ってしまって、母さんはツイてた。

母さんは森に入っていく。ずっと戻ってこないから、ぼくは泣きそうになる。今回はほんとに行ってしまったんだ。

ぼくはひたすら待つ。

何時間にも思えたけど、たぶん一、二時間だろう。母さんが森から出てくる。歩道の並木の陰を歩いてくる。銀色の月明かりの欠片の下を通ったとき、スーツケースが重たくなってるのがわかる。小さな車輪は歩道をゆっくりゆっくり転がっている。母さんはうちの前では止まらないで、顔も上げずに通りすぎていく。なんで？　どこに行くの？

テリアのおばさんの家の緑の窓枠が、月明かりの下で灰色に見える。母さんはその家の裏にまわる。ぼくはベッドに入ってシーツにもぐりこむけど、眠らないようにする。ずいぶんたってから、母さんは静かに戻ってくる。バスルームの水の音と、歯を磨く音がする。それから別の小さな音も。母さんが鼻歌を歌ってる。

朝になると母さんはいつもどおりだ。朝食に小さなアップルソースの瓶とパンを一枚出してくれる。その手からじめじめした地下室の土みたいなにおいがする。あの大きなスーツケースはそれきり見ないから、母さんがメキシィィコォに送ったんだと思う、自分は行かずに。母さんがビッグ・テッドにアイスクリームを買いに行ってきてと言ってる。

ずっとずっとビッグ・テッドに伝えようとしてた。緑の窓枠の黄色い壁の家に何度も何度も連れていったのに、気づいてもらえなかった。ビッグ・テッドも心の奥底では母さんがやったとわかっていたと思う。でも、そうじゃないことを必死に願ってたんだ。もう真実からは逃げまわれない。ガツン、ボカン、パンチを食らったみたいだ。

ビッグ・テッドの泣き声が聞こえる。

テッド

「動くんじゃない。もっとひどくなる」ロブの顔が空に浮かんでいる。いつにも増して青白い。「誰かに伝えないと」ぼくの髭は涙で濡れている。「あの子がどこにいるかわかった。ねえ、頼むよ、いますぐ行かないと」あれこれ訊いて時間を無駄にしないのもロブの長所のひとつだ。

すべてがあっという間に、そしてのろのろと進む。やっとのことで車に戻ると、ロブの運転で警察へ向かう。そこで長いこと待たされる。ぼくはまだ少し出血しているが、ロブになんと言われようと病院へは行かない。だめだ、だめ、だめ、だめ、だめ、**ダメ！** どんどん大声になる〝だめ〟にロブはたじたじだ。そしてようやく、目の下に隈があるくたびれた男が現れる。ぼくはリトル・テディが見たことを話す。その人が何本か電話をかける。

さらにほかの誰かが着くのを待たされる。非番の女の刑事を。急いでやってきたので、釣り用の長靴のままだ。ボートに乗っていたらしい。見るからにくたくたで、ちょっとオポッサムに似ている。そういえば、十一年前にぼくの家の捜索に来たはずだ。よかった。今日は脳が絶好調だ！　ぼくの話を聞いているうちに、オポッサム刑事の顔からどんどん疲れが飛んでいく。

さらに別のプラスチック椅子にすわって待つ。まだ警察かって？　いや、ここは怪我人ばかりがいる。病院だ。やっと順番が来て、傷がホチキスで閉じられる。変な感じだ。痛み止めは断る。痛みを感じたい。短いのだ、人生は。

ロブに家へ送ってもらうころには夜が明けている。うちの前の通りに入ると、チワワのおばさんの家の前にヴァンがとまっているのが見える。きれいな赤と青のライトがついた車も何台かいて、その光が緑の窓枠と黄色い下見板の上で躍っている。おばさんは泣いていて、心細げにチワワをぎゅっと抱きしめている。チワワがその鼻を舐める。おばさんが気の毒だ。いつでもやさしくしてくれたのに。母さんはおばさんの身体を傷つけはしなかったが、それでも傷つけたことに変わりはない。

チワワのおばさんの家は大きな白いビニールシートで覆われ、誰もなにも見えなくなる。ぼくは居間の窓のそばでそれを見守る。なにも見えないとしても。何時間もかかっている。深く掘らないといけないのだろう。母さんは徹底的にやる人だ。ぼくたちはみんな、ひとつの身体のなかで目を覚まし耳を澄まして、白いビニールシートを見つめている。リトル・テディが静かに泣いている。

やがて、あの子が運びだされる。アイスキャンディの女の子が。通りすぎるときその子の気配を感じる。それは雨のにおいのように漂っている。


隣の家の彼女は戻ってこない。ぼくから離れて森のなかへ駆けだしていったとき、彼女はあの女の子の名前を呼んでいた。それで思いついた。オポッサム刑事に彼女のことを話したのだ。彼女の家と持ち物がなにからなにまで調べられたので、すまない気持ちになった。いろいろあったにしても。今度は向こうがあれこれ探られる番だった。そして彼女がアイスキャンディの女の子の姉だとわかった。それを聞いてこう思った――だったら、ふたりとも死んでしまったんだ。そう確信した。なぜかはわからない。

隣の家からは母さんの黄色いカセットテープが見つかった。そこにアイスキャンディの女の子についての記録が残っていた。オポッサム刑事によると、母さんが連れ去ったとき、その子はもう死んでいたらしい。それでも、まだそのことを考える気にはなれない。

きっと母さんは、その子を男の子と間違えたのだろう。母さんが女の子になにかしたことはなかったから。母さんがその子を連れ去ったのはいくつもの偶然が重なったからだ。髪型、湖への旅行、道に迷ったこと。胸が痛む。この気持ちが消えることはないだろう、けっして。癒えない切り傷みたいに。

オポッサム刑事とぼくは裏庭でソーダを飲んでいる。釘を山ほど抜いたので、ふたりとも指が痛い。そこらじゅうに割れたベニヤ板が積みあがっている。窓の覆いがなくなった家を見るとどうにも落ち着かない。いまにも瞬きしそうに思える。日なたはまだ暖かいが、日陰に入ると寒い。地面には落ち葉が積もっている。赤にオレンジに茶、どれもロブの髪の色だ。じきに冬になる。冬は大好きだ。

オポッサム刑事のことは好きだが、家のなかに入れる気にはまだなれない。ほかの人の目にさらされると知らない場所になってしまう。刑事もわかってくれているみたいだ。

「お母さんがどこにいるか知っている?」いきなりオポッサム刑事が訊く。ラッコの話をしている最中に(ラッコのことは実際詳しいらしい)。ぼくはにっこりする。刑事はラッコの話を楽しみながら、それを捜査にも利用している。不意打ちでぼくから真実を引きだそうとしているのだ。気に入った。有能な刑事だということだから。「まだお母さんを探す必要がある? 教えて、テッド」

どう答えようかと考える。刑事はぼくを見つめながら待っている。

世間のことには詳しくないが、骨が見つかったらどうなるかはわかる。掘り返され、新聞に写真が載り、テレビにも流れる。母さんが復活する。子供たちは夜な夜な滝へ行って肝試しをするだろう。殺人看護師の話で持ちきりになる。母さんは神のままだ。

だめだ。今回は本当に死ななければならない。つまり、忘れ去られなければならない。

「もういない。死にました。間違いなく。それだけです」

刑事はぼくを長々と見つめる。「なら、この話はなかったことにしましょ」

オポッサム刑事を車まで送る。家に引き返すとき、通りの標識の〝ニードレス〟《Needless》の最後のsが消えかかっているのに気づく。目を細めると完全に見えなくなって、針《Needles》通りになる。ぼくは身震いして、あわててなかへ入る。

虫男は消えた。オフィスは空っぽだ。見に行ってきた。いまは虫女と話をしている。病院で診てくれた若い医者の紹介だ。その人が家に来ることもあれば、ぼくがその人のオフィスに行くこともある。オフィスは氷山のなかみたいに涼しくて白い。椅子の数は普通だ。その人はとてもやさしくて、虫にはぜんぜん見えない。でも、まだ名前を覚えるのは苦手だ。それにいろんなことがすっかり変わった。ひとつくらい、ちょっとしたことを変えずにおきたい気もしている。

その人の勧めで、録音したカセットテープを再生してみることにした。自分が忘れてしまったことを確認するためだ。十二本もカセットを使っていたことがわかってびっくりしている。そんなにたくさん録音していたとは思いもしなかったが、だからこそテープが必要なのだ。それくらい記憶が当てにならないから。

番号が振られていたので、1からはじめる。最初の二十分くらいは想像どおりだ。レシピがいくつかと、森の草地と湖についての話。それから空白がある。終わりだろうかと思ってスイッチを切ろうとすると、テープの静寂のなかで誰かの息遣いが聞こえはじめる。吸っては吐く音が。手足に寒気が走る。ぼくの呼吸じゃない。

それから、少したためらうような、澄ました声が聞こえる。

〝肢のかゆいところをせっせと舐めていたとき、テッドに呼ばれました。もう、いま忙しいのに〟

心臓が口まで跳ねあがる。まさか——でも、そうだ。オリヴィアだ。ぼくのきれいな迷子の子猫。あの子が話せるなんて知らなかった。テープレコーダーが見つからなかったわけだ。声はやさしくて、心配そうで、先生みたいだ。聴いていると、とてもうれしいのに切ない。赤ん坊の自分の写真を見ているみたいに。話ができたらどんなによかっただろう。もう遅い。いつまでも聴くのをやめられない。なぜ涙が出るんだろう。

統合と呼ぶのだと虫女が教えてくれる。ぼくたちのような状況ではたまに起きることだそうだ。〝統合〟なんて、工場かなにかの話みたいに聞こえる。きっとオリヴィアとその片割れはいっしょになりたかったのだ。なんにしろ、オリヴィアは消えてしまい、もう戻らない。

虫女はいつも、感情を受け入れ、締めださないようにと言う。だからそうしようとしている。つらい。

オリヴィアの録音のほかにも、いくつか声が入っている。知らない声ばかりだ。言葉になっていないものもある。うなり声、長い沈黙、舌打ち、かん高い歌声。そういう声は、小さな冷たい幽霊みたいにぼくのなかで悲しげに蠢く者たちのものだ。これまでは屋根裏部屋に閉じこめようとしてきた。いまは時間をかけて聴くようにしている。あまりに長いあいだ耳をふさいできたから。

最近は夜明けに目が覚める。赤と黄の羽根でいっぱいの夢からゆるゆると浮上する。自分のものではない緑色の音と思いが頭に響く。口に血の味がする。夜寝るとき自分が誰の夢に入っていくかはわからない。でも、最近は身体がちゃんと休まっていて、寝ているあいだに誰かに使われているような感じはしない。だから、眠る意味はある。

ほかにも変わったことがある。週に三回、町の反対側にある食堂の厨房で働いている。歩きながら、周囲の町がゆっくりと成長していくのを見るのが好きだ。いまは皿洗いだけだが、じきに揚げ物係の見習いにしてもらえるかもしれない。今日は仕事がない。ぼくたちのためだけの一日だ。

窓のベニヤ板がなくなったせいで、家じゅうが光でできているみたいに思える。脇腹のホチキスが外れないように気をつけながらベッドを出る。ぼくたちの身体は古い傷痕と新しい傷が織りなす絶景だ。立ちあがると、奥深くでひとしきり取っ組み合いがはじまる。身体が危なっかしくぐらつき、みんな胸が悪くなる。ローレンが膨れっ面で主導権を譲る。ぼくは壁に手をついてみんなを支え、深呼吸する。一日じゅう、こんなふうにふらつき吐き気を覚えながら格闘ばかりしている。まだ学んでいる最中なのだ。心のなかにみんなをいっぺんに抱いているのも楽じゃない。

今日はこのあと、ローレンが身体を乗っとるかもしれない。自転車に乗るか絵を描くか、それともみんなで森へ行くか。ただし、草地はだめだ。滝も。そこには行かない。朽ちかけたオーガンザの青いワンピース、古い化粧バッグ、骨。みんな放っておかなければならない。神であることをやめて、ただの古いものに戻るように。

ぼくたちは木々の下を歩いて、秋の森の音に耳を澄ます。

くたくたのオポッサム刑事と警察は湖の周辺の森を捜索している。母さんが攫った少年たちを見つけるためだ。全部で六人にものぼるかもしれないという。子供は迷子になるものだから、たしかなことはわからない。ほとんどは恵まれない家の子か、家のない子たちだった。母さんはいなくなっても心配されない子を選んだのだろう。アイスキャンディの女の子のことが大ニュースになったのは両親がいたからだ。

いつか少年たちは見つかるかもしれない。それまでは、彼らが安らかでいてくれたらと思う。森の緑の下、やさしく土に抱かれて。

夕方にはナイト＝オリヴィアといっしょに、ソファでモンスタートラックを見ながらうとうとするつもりだ。闇が降りると彼らは狩りをする。濡れた木の葉にうなじを撫でられたように、ちらりと不安がよぎる。ナイト＝オリヴィアは大きくて強い。

とりあえず、今日はいい天気で、いまは朝食の時間だ。居間の横を通りながら、しばし新しいラグに見とれる。そこにはすべての色がある。黄、緑、ベージュ、赤紫、ピンク。とても気に入っている。母さんがいなくなったあと、いつでもあの古い青のラグを捨ててしまえばよかったのだ。いろんなことが起きるまで思いつかなかったなんて不思議だ。

ぼくたちはキッチンに入る。いまのところ、全員の好物はひとつしか見つかっていない。朝はときどきみんなでそれを食べる。作るときは声に出して説明するようにしている。そうすればみんなが覚えられる。レシピの録音はもういらない。

「作り方はこうだ。冷蔵庫から新鮮なイチゴを出してくる。冷たい水でそれを洗う。ボウルに入れる」朝日のなかでイチゴがきらめくのをみんなで見る。「布巾で拭いてもいいし、太陽が乾かしてくれるのを待ってもいい。どっちでもかまわない」

これまでは、なまくらなナイフをぎこぎこ引いてイチゴを四等分にしていた。鋭く尖ったものをひとつも家に置いていなかったからだ。でもいまは、木のケースに入ったシェフ用ナイフのセットをカウンターに置いてある。「これが信頼というもんなんだ」イチゴを切り分けながらぼくは言う。「誰かさんにはスパッとわかってほしいな。ナイフだけに」おやじギャグ、とローレンが言いそうだ。

ナイフを入れると刃の腹に赤い果肉が映る。甘く素朴な香りが漂う。うれしげな身じろぎを内側に感じる。「いいにおいだろ」指にナイフを近づけるときは要注意だ。自分の痛みをみんなに押しつけるようなことはもうしない。「イチゴはできるだけ薄くスライスして、バルサミコ酢をかける。古くなってどろっとしたやつがいい。それから窓辺に置いた植木鉢のバジルの葉を三枚取ってくる。それを細長く切ってにおいを嗅ぐ。バジルをイチゴとバルサミコ酢に加える」レシピのはずが、ときどき呪文みたいに聞こえる。

数分間そのままにして味をなじませる。この時間は考えごとをしたり、空を眺めたり、ただ自分らしくいたりするのに使う。

そろそろいいかと思ったところでぼくは言う。「イチゴとバジルとバルサミコ酢を混ぜたものを、パンにのせる」パンは茶色でナッツみたいなにおいがする。「その上で黒胡椒を挽く。よし、外に出よう」

空も木々も鳥たちでいっぱいだ。その歌が風に運ばれてきては遠ざかる。日差しに肌が温まり、ローレンがほっとため息を漏らす。

「さあ、食べよう」

あとがき

本書を未読の方は、この先は読まないでいただきたい。長いネタばらしとなるので。

これはわたしがホラーの形を借りてサバイバルについての本を書くことにした経緯だ。二〇一八年の夏、わたしは一匹の猫についての本を書いていたが、その理由が見つからなかった。以前からわたしは、共感能力に欠ける人々がペットにだけはごく自然に強い愛着を示すことに興味を引かれていた。連続殺人犯デニス・ニルセンの飼い犬ブリープは、彼が確固とした関係を築くことのできた唯一の生き物だったと言われている。ニルセンはブリープをかわいがり、逮捕後の気がかりは犬の行く末だけだったという。これこそ書くべき物語かもしれないとわたしは思った。猫のオリヴィアはテッドと暮らし、彼がローレンという幼い少女を攫って監禁するような人間であるにもかかわらず、心の癒しになっている、そんな話はどうだろう。けれど、うまくはいかなかった。テッドは殺人犯にも誘拐犯にも見えなかった。彼への共感が詰まったポケットばかりが見つかった。思い浮かぶのは加害者の物語ではなく、苦しみとサバイバルの物語だった。それにオリヴィアの振る舞いも本物の猫とは違った。猫らしい性質は備えているものの、その語りは人間でも猫でもなく、なにか別のもののようだった。

テッドの一部のようにも思えた。テッドに囚われているらしき少女、ローレンもまた同じだった。

幼少期の虐待の影響について調査していたとき、ネットである動画を見つけた。それは、解離性同一性障害（DID）を持つエンシーナという若い女性がみずからの症状を説明したものだった。彼女は自分のなかにいる少女の別人格について、非常に率直に、思いやりを込めて語っていた。その子を自分の子供として扱い、母親のように接し、世話を焼き、怖い思いをしないよう、車の運転のような難題に直面することのないよう、つねに気を配っていた。少しのあいだ少女の別人格も現れて話をした。ひどく孤独なのだと彼女は語った。自分が入っている身体が大人のもので、そのことを理解してもらえないので、遊び相手がいないのだ。彼女たちが話す姿はわたしの人生観を変えるほどのものだった。この動画の情報は参考文献一覧に記載している（***What It's Like To Live With Dissociative Identity Disorder (DID)***）。自分が書いているのは、オリヴィアという猫の話でも、ローレンという少女の話でも、テッドという男の話でもない、とわたしは気づいた。それらの人格すべてを内包した人物の話なのだ。ホラーではなくサバイバルと希望を、そして人の心が恐怖や苦しみに対処するさまを描いたものなのだ。

ＤＩＤについては、なんとなくは知っていた。ホラー作品のおなじみの題材でもある。ただ、虐待に対処するための解離がいかに起きたかをエンシーナの人格が語るのを見ているうち、それまで欠けていた世界のピースがあるべき場所におさまった気がした。世界は馴染みのない、けれどもよりリアルなものになった。人間の心理がそのように働くことは、奇跡のようで、至極当然にも思えた。

心理療法士の友人に電話した。彼女は人身売買や拷問の被害者のケアを専門のひとつとしている。

「これは本当なの？」とわたしは訊いた。「つまり、本当にあることなの？」うまく説明することができなかった。

「わたしの経験から言えば、正真正銘、本当のことよ」と友人は言った。

一年以上のあいだ、わたしはＤＩＤに関するあらゆる文献を一心不乱に読んだ。そしてあるとき突然に、書こうとしている本がどういったもので、どこへ向かうべきなのかを理解した。

精神医学の世界にも、一般社会にも、そのような障害は存在しないと固く信じている人たちはいる。ＤＩＤは人の世界観を脅かすもののようだ。それが魂の概念を左右するためだろう。ひとつの身体に複数の人間が存在できるという考えは、ある意味では恐ろしい。多くの宗教の根幹を揺るがすものであるのは間違いない。

この障害にまつわる経験談は例外なく恐ろしいものだ。ＤＩＤが耐えがたい苦痛や恐怖に直面した心にとっての最後の逃げ場だからだ。大変幸いなことに、この障害を持つ人々のためのイギリスの主要な支援団体である〈ファースト・パーソン・プルーラル（一人称複数）〉に協力をいただき、この複雑な疾患についての理解を深めることができた。当グループのウェブサイトとオンライン・リソース集を巻末に掲載した。

自身も解離性同一性障害を持ち、同じ障害を持つ仲間と働いているという人と会う機会も得、午後いっぱいかけて話を伺うことができた。匿名を希望するとのことだった。駅で待ち合わせをし、近くのカフェで話した。最初はお互いに緊張してぎこちなかった。初対面で話すにはあまりに立ち入った内容だからだ。それでもその人は、みずからの過去と生活を、ためらうことなく率直に語ってくれた。

聞かせてもらった話によれば、ＤＩＤは最初から障害として現れるわけではないという。それは耐えがたいほどの試練から子供の心を守り、命を救う働きをする。大人になり、必要でなくなったときに初めて障害になるのだそうだ。言葉を話さない〝両脚《レッグズ》〟という別人格についても話してもらった。レッグズの唯一の役割は、虐待のあとで身体をベッドへ運ぶことだったという。また、虐待を受けているあいだはいつも、身体を分解してばら撒くようにしていたことも明かしてくれた。片足の親指だけを残しておき、それを使ってあとから散らばった身体を呼び戻すのだという。別人格のなかには虐待される身体を嫌悪しているものもいたそうだ。年齢や性別や見た目がなぜ自分の思っているものと異なるのかを理解できないものたちもいる。すると彼らは怒る。なかには身体を傷つけようとするものもいたという。一方、ほかの人格たちから距離を置き、〝真空パック〟のなかに閉じこもろうとするものもいる。他と交わることのない独立した生活を望んでいるのだそうだ。個々の別人格の目的ははっきりと定められている。仕事に行く別人格は、家族やパートナーが日中に電話してきたり、会いに来たりすると、そっけなく振る舞う。仕事担当の別人格がするのは仕事だけだ。

さらに、独特な記憶の仕組みについても説明してもらった。各人格はそれぞれ独自の経験を持っている。記憶はつながっておらず、いくつにも分かれた部屋のなかにおさめられている。「あなたがどんなふうにものを覚えるのか、わたしにはけっしてわからないでしょうね」とその人は言った。そのせいで、単純とされる作業も難しいという。たとえば、レシピに従って料理するとき、一度に五つ以上の材料は覚えられない。抱えている情報が多すぎると、ほかにも覚えることが出てくる可能性があるので厄介なのだ。知識を共有する必要がないように、入れ替わるときに間を空けて、しばらく身体を空っぽにすることもあるそうだ。旅行の荷造りもひと苦労だという。めいめいが必要なものを覚えておいて、スーツケースに詰めなければならない。年齢の異なるすべての人格用の服を。さらに、内面の世界に各人格が集まる場所があることも教わった。十字路にあって、どこから敵が近づいてきても確認できる田舎の家とか、軍隊に守られた遊び場とか、ビーチとか。

その人は快方に向かっているとのことだった。過去を消し去りたがっている別人格が写真を破り捨てることもなくなった。何年ものセラピーと家族の支えによって、ひとりの人間としてともに生きていくことを学んでいるという。

インタビューが終わりに近づいたとき、わたしは訊いた。「この障害についてどんなことを知ってほしいですか。理解されていないと感じることは？」

「わたしたちがいつもよいほうへ向かおうと努力していることを知ってほしいと思います。いつもあの子を守っているのだということを」

この複雑な障害を理解するには一生分の時間がかかるかもしれない。患者によって症状はさまざまに異なり、ＤＩＤの現れ方には無数のパターンがある。テッドは特定の患者をモデルにはしていない。完全なる想像の産物であり、誤りはすべて著者に帰するものである。ただ、本書でわたしはＤＩＤを抱える人たちをふさわしく描こうとつとめた。あの日の午後、冷めていくコーヒーのカップを前に伺った話をしっかり心に留めて。解離性同一性障害は、小説においてホラー的な仕掛けとして使われることが多いかもしれないが、わたしのささやかな経験によれば、それとはかけ離れたものだ。障害を克服した人たち、障害とともに生きている人たちは、いつでもよいほうへ向かおうとつとめている。

謝辞

すばらしいエージェントのジェニー・サヴィル、あなたがテッドとオリヴィアとローレンを信頼してくれたおかげで、ここまで続けることができました。彼らのために闘いつづけてくれたことには感謝の言葉しかありません。わたしたちが出会った日はきっと、星のめぐりあわせがよかったんでしょうね。アメリカのエージェントである優秀なロビン・ストラウスと彼女の同僚のケイトリン・ヘイルズは、本書をアメリカで出版するために力を尽くしてくれました。感謝の気持ちを忘れることはありません。

根気強く頼もしい編集者のミランダ・ジューエスは、ときに厳しく、そしてやさしくこの本を完成に導いてくれました。タコの一団を率いてピカデリーを走らせるようなものだったでしょう。彼女をはじめ、ニーヴ・マリー、ドリュー・ジェリソン、そしてこの本のために尽力してくれたヴァイパーのチーム全員に対する賞賛の気持ちでいっぱいです。本書のアメリカ版は完全無欠のケリー・ロンサム・オコナーが編集をつとめてくれ、トーア・ナイトファイアというアメリカでの最高の居場所を得ることができました。このようなすばらしい出版関係者のみなさんと仕事ができたことを、とても喜ばしく思っています。

最初の最初からずっと助けてくれた母のイザベルと父のクリストファーには、変わらぬ愛と感謝を送ります。ふたりと同じように、妹のアントニアとその家族のサムとウルフとリヴァーにも支えてもらっています。

明るくて心やさしい、最高にすてきな友人たちにも感謝します。エミリー・キャヴェンディッシュ、ケイト・バーデット、オリアナ・エリア、ディア・ヴァナガン、ベリンダ・スチュワート＝ウィルソン、喜んでこの本を読んでくれ、つらいときに頭を預ける場所を貸してくれ、たくさんの慰めの言葉と手厳しい意見を寄せてくれ、ワインとたっぷりの叡智を与えてくれて、本当にありがとう。長話に付きあってくれ、すばらしいアイデアと尽きることのない機知を授けてくれたナターシャ・プーリーに、深く深く感謝します。ジリアン・レッドファーンの支えと友情はわたしの頼みの綱です。早い段階で原稿を読んでくれたニーナ・アラン、ケイト・バーデット、エミリー・キャヴェンディッシュ、マット・ヒル、みんなの励ましがわたしを奮いたたせてくれました。ユージーン・ヌーンが与えてくれた喜びと創造性と友情は、長いあいだわたしを力づけてくれました。思い出のなかでもそれは変わらないでしょう。彼がいなくなって、わたしもみんなもとても寂しいです。

無限の才能に満ちたすばらしいパートナーのエド・マクドナルド、その支えと心の広さと鋭い編集眼に心から感謝します。わたしは本当にラッキーです。ふたりでさらなる冒険に出るのが待ちきれません。

支援団体の〈ファースト・パーソン・プルーラル〉はＤＩＤに関するきわめて貴重な知識を提供してくださり、この複雑な障害とともに生きることについての洞察を授けてくれました。解離性同一性障害をリアルに理解するための、貴重な参考となりました。ふさわしい物語が書けたことを願っています。

参考文献

American Psychiatric Association, 2013. *Diagnostic and Statistical Manual of Mental Disorders: DSM-5*, Arlington, VA: American Psychiatric Association
　日本精神神経学会監修、高橋三郎・大野裕監訳、染矢俊幸・神庭重信・尾崎紀夫・三村將・村井俊哉訳『DSM-5　精神疾患の診断・統計マニュアル』医学書院、二〇一四年

Anonymous, no date. 'About Dissociative Jess', *Dissociative Jess* [blog]. https://dissociativejess.wordpress.com/about/ [accessed September 2018]

Barlow, M.R., 2005. *Memory and Fragmentation in Dissociative Identity Disorder* [PhD thesis], University of Oregon. https://dynamic.uoregon.edu/jjf/theses/Barlow05.pdf [accessed 2 November 2018]

Boon, S., Steele, K., and van der Hart, O., 2011. *Coping with Trauma-related Dissociation: Skills Training for Patients and Therapists*, London: WW Norton and Co.

Chase, Truddi, 1990 (1987). *When Rabbit Howls*, New York: Jove

Dee, Ruth, 2009. *Fractured*, London: Hodder & Stoughton

DID Research, 2017. 'Cooperation, Integration and Fusion'. http://did-research.org/treatment/integration.html [accessed 9 August 2018]

DID Research, 2015. 'Internal Worlds'. http://did-research.org/did/alters/internal_worlds.html [accessed 5 July 2017]

DissociaDID, 2018. InnerWorlds (*Debunking DID*, ep. 8) [video]. https://www.youtube.com/watch?v=CB41C7D7QrI [accessed 5 January 2019]

DissociaDID, 2018. *Making Our Inner World! – Sims 4* [video]. https://www.youtube.com/watch?v=gXLhEWSCIc4 [accessed 5 January 2019]

DissociaDID, 2018. *Why We Won't Talk About Our Littles (Switch On Camera)* [video]. https://www.youtube.com/watch?v=ZdmPlIjIrBI [accessed 11 November 2018]

Hargis, B., 2018. 'About Alter Switching in Dissociative Identity Disorder', *HealthyPlace* [blog], 14 June. https://www.healthyplace.com/blogs/dissociativeliving/2018/6/about-alter-switching-in-dissociative-identity-disorder [accessed 11 March 2019]

Jamieson, Alice, 2009. Today I'm Alice, London: Pan Macmillan

Johnson, R., 2009. 'The Intrapersonal Civil War', *The Psychologist Journal*, April 2009, vol. 22 (pp. 300–3)

Karjala, Lynn Mary, 2007.*Understanding Trauma and Dissociation*, Atlanta: Thomas Max Publishing

Kastrup, B., Crabtree, A., Kelly, E. F., 2018. 'Could Multiple Personality Disorder Explain Life, the Universe and Everything?'*Scientific American* [blog], 18 June. https://blogs.scientificamerican.com/observations/could-multiple-personality-disorder-explain-life-the-universe-and-everything/ [accessed 13 March 2019]

Matulewicz, C., 2016. 'What Alters in Dissociative Identity Disorder Feel Like', *HealthyPlace* [blog], 25 May. https://www.healthyplace.com/blogs/dissociativeliving/2016/05/the-experience-of-alters-in-dissociative-identity-disorder [accessed 12 March 2019]

MedCircle, 2018. 'What It's Like To Live With Dissociative Identity Disorder (DID)' [video]. https://www.youtube.com/watch?v=A0kLjsY4JlU [accessed 3 August 2018]

Mitchison, A., 2011. 'Kim Noble: The woman with 100 personalities', *Guardian*. https://www.theguardian.com/lifeandstyle/2011/sep/30/kim-noble-woman-with-100-personalities [accessed 3 June 2017]

MultiplicityandMe, 2018. 'Dissociative Identity Disorder Documentary: The Lives I Lead' [video], BBC Radio 1. https://www.youtube.com/watch?v=exLDxo9_ta8 [accessed 11 December 2018]

Noble, Kim, 2011. *All of Me*, London: Hachette Digital

Nurses Learning Network, no date. 'Understanding Multiple Personality Disorders'. https://www.nurseslearning.com/courses/nrp/NRP-1618/Section%205/index.htm [accessed 3 December 2019]

Paulsen, Sandra, 2009. *Looking Through the Eyes of Trauma and Dissociation: An Illustrated Guide for EMDR Therapists and Clients*, Charleston: Booksurge Publishing

サンドラ・ポールセン著、新井陽子・岡田太陽監修、黒川由美訳『図解臨床ガイド　トラウマと解離症状の治療　EMDRを活用した新しい自我状態療法』東京書籍、二〇一二年

Peisley, Tanya, 2017. 'Busting the Myths about Dissociative Identity Disorder', *SANE* [blog]. https://www.sane.org/information-stories/the-sane-blog/mythbusters/busting-the-myths-about-dissociative-identity-disorder [accessed June 2018]

Psychology Today, 2019. 'Dissociative Identity Disorder (Multiple Personality Disorder)'. https://www.psychologytoday.com/gb/conditions/dissociative-identity-disorder-multiple-personality-disorder [accessed 7 September 2019]

Steinberg, Maxine, Schall, Marlene, 2010. *The Stranger in the Mirror: Dissociation, the Hidden Epidemic*, London: HarperCollins ebooks

Truly Docs, 2004. 'The Woman with Seven Personalities' [video]. https://www.youtube.com/watch?v=s715UTuO0Y4&feature=youtu.be [accessed November 2019]

Van der Kolk, Bessel, 2015.*The Body Keeps the Score*, New York: Penguin Random House
　ベッセル・ヴァン・デア・コーク著、柴田裕之訳『身体はトラウマを記録する――脳・心・体のつながりと回復のための手法』紀伊國屋書店、二〇一六年

West, Cameron, 2013 (1999). *First Person Plural: My Life as a Multiple*, London: Hachette Digital
　キャメロン・ウエスト著、堀内静子訳『多重人格者として生きる　25の人格をもつ男の手記』早川書房、一九九九年

オンライン・リソース集

https://www.aninfinitemind.com/
http://didiva.com/
http://did-research.org/index.html
https://www.firstpersonplural.org.uk/resources/training-films/
https://www.isst-d.org/

http://www.manyvoicespress.org/
https://www.sidran.org/essential-readings-in-trauma/
https://www.sidran.org/recommended-titles/

解説

ミステリ評論家
千街晶之

他者が最も覗き込むことが難しい密室はひとの心だろう。そして、ひとが住む家とは、そんな心の密室を同心円状に包み込んでいる閉ざされた空間である。

例えば、親しい友人の家に招待されることがあったとしても、その家のすべての部屋に立ち入らせてもらえるわけではない。来客に見せても恥ずかしくないように綺麗に整えられた部屋の隣には、ひょっとすると他人に絶対見せられないような何かが放置してあるかも知れない。ホラー小説では往々にして、屋根裏や地下室に死体が隠されていたり、開かずの間に精神を病んだ人間が監禁されていたりする。そのような場合、家はそこに住む人間（個人であれ、秘密を共有する一家族であれ）の心の、二面性がある構造の反映となっている。エドガー・アラン・ポーの「アッシャー家の崩壊」（一八三九年）然り、ロバート・ブロックの『サイコ』（一九五九年）然り、ジャック・ケッチャムの『隣の家の少女』（一九八九年）また然り——。精神科医の春日武彦が、「さて、濃密な妄想に満たされた家というものは、そのような存在を想像するだけで何か根源的な無気味さというか不安感を我々にもたらす。それはおそらく、家というものは安息と安全感を保証するのが本来の役割であり、それは精神の安定につながる筈であるという思いが、我々の内にあるからだろう」（『屋根裏に誰かいるんですよ。――都市伝説の精神病理』、一九九九年）と述べている通り、安らぎの場たるべき家が妄想と恐怖に支配されている光景は第三者にとってはおぞましいものだが、住人にとってはそのような家での生活がもはや日常と化している場合もあるだろう。カトリオナ・ウォードの『ニードレス通りの果ての家』（原題 *The Last House on Needless Street*）もまた、そんな閉ざされた家と、そこに住むひとの心の密室の物語だ。

著者はアメリカのワシントンD.C.に生まれ、家族の引っ越しに伴ってケニア、マダガスカル、イエメン、モロッコなどを転々としながら育った。イギリスではオックスフォード大学のセント・エドマンド・ホールで学び、その後ニューヨークを拠点に俳優をしていたこともあったが、現在はイギリスに居住している。二〇一五年、ホラー小説 *Rawblood*（アメリカ版のタイトルは *The Girl From Rawblood*）によって作家デビューを果たした。彼女はこの作品で英国幻想文学大賞最優秀ホラー長篇賞（オーガスト・ダーレス賞）を受賞したが、第二作 *Little Eve*（二〇一八年）、そして第三作の本書（二〇二一年）でも同賞を受賞しており、デビューから三作連続で受賞という前代未聞の快挙を達成している（*Little Eve* はシャーリイ・ジャクスン賞も受賞）。また、本書は惜しくも受賞は逸したものの、二〇二二年の世界幻想文学大賞にもノミネートされた。更に、本書はスティーヴン・キングやジョー・ヒルといった名だたるホラー作家たちから絶賛されており、二〇二二年に《エスクァイア》誌に掲載されたホラー小説のオールタイム・ベスト五十作にも選ばれている。

では、そこまで高く評価されている本書はどのような物語なのだろうか。実は非常に紹介が難しい作品なのだが、まずは書いてもいいあたりまであらすじを紹介してみよう。

アメリカのワシントン州の田舎町、暗い森に面したニードレス通りの突き当たりに、一軒の家がある。そこで娘のローレンや猫のオリヴィアと暮らすテッド・バナーマンは、かつてある事件に関して容疑をかけられたことがある。十一年前、ルルという六歳の女児が行方不明になったという事件だ。そのルルの姉のディーは、テッドこそが自分の妹を奪った犯人だと信じている。彼女はテッドの家の隣りに引っ越してきて、彼の様子を窺いはじめたが……。

物語は、テッドの独白、オリヴィアの独白、ディーの行動を三人称で描くパートなどで構成されている。こうした複数主人公の小説の場合、「信頼できない語り手」がいたとしても、誰かは客観を保証する信頼すべき人物であるのが普通だろう。ところが、本書はそれに全く当てはまらない。

まずテッドは、どうやら精神を病んでいるらしく、その一人称は混濁を極める。彼は他人の名前が憶えられず、近隣の住人を「チワワのおばさん」や「オレンジジュース色の髪の男」、カウンセラーを「虫男」といった具合にしか認識できない。のみならず、しばしば記憶が飛んでいる様子だし、屋根裏に緑の少年たちがいるという妄想に囚われている。裏口の扉は普段から三重に施錠しており、他者の立ち入りを拒んでいるため、家の中で何が行われているのかは窺い知れない。そんな彼の家の周囲で、ある朝、忌まわしい出来事が起こる。犯人は誰なのか。テッドは容疑者のリストを作るが、その末尾には彼自身の名前も書き込まれる。

ルルの姉ディーは、ひたすら過去に囚われ続けている女性だ。十一年前、彼女は両親や妹とともにポートランドから湖畔に遊びに来たが、その際に妹は忽然と姿を消した。ルルの失踪が原因で一家は崩壊し、残されたディーは学費を払えずに高校を中退、ドラッグストアで働きつつ、あの日湖畔にいた男性全員を突き止め、疑わしい者を洗い出そうとしている。しかし、アリバイのある人物を犯人だと決めつけて騒ぎを起こしたりしているため、今も捜査を続けている刑事カレンからも警戒されつつある。そんなディーが新たな容疑者としてテッドの存在を見出した時、何が起こるのか……。家族の崩壊という悲惨な経験をしているとはいえ、彼女の言動にはどこか常軌を逸したものが感じられるのだ。

　最も問題なのはオリヴィアのパートだろう。猫である筈の彼女の独白が人間の言葉で記されていること自体が問題なのではない——そのような前例は幾つもあるのだから。奇妙なのは、猫の思考が人間の言葉に置き替えられているのではなく、オリヴィアが明らかに人間の言葉を理解しているとしか思えない点だ。例えば、「でも、いつもこうやってむかつく《ガッデム》自転車をほったらかしなんだから。おっと。〝gd〟と言わなきゃ、神様の罰が当たる《ガッデム》だなんて」といった独白は、人間の言葉を理解できなければ絶対出てこないものだろう。また、ホワイトボードにローレンが落書きした「テッドはテッド。オリヴィアは猫」という文字もちゃんと読めている。何かにつけて〈主〉を持ち出し聖書を引用する敬虔なオリヴィアが、少なくとも普通の猫ではないことは確実だ。

　こんな奇怪な視点人物（および視点猫？）たちに加えて、何故かローレンの視点だけがなかなか出てこないことも不安を募らせる。もちろんそこには何らかの意図がある筈だが、それが一向に浮上しないのが不気味なのだ。また、視点人物ではないものの、濃密な存在感を放ち続けるのがテッドの母親である。彼女が音声を吹き込んだカセットテープは、この物語で大きな役割を担っている。

　こうした視点が無秩序に入り乱れ、どこまでが現実でどこからが妄想かも区別し難い構成なので、気が短い読者は途中で混乱してしまうかも知れない。しかし、読み進めるうちにさまざまな事実が少しずつ明かされ、ミステリアスな語りの奥からひとつの物語が像を結ぶのだ。

　ある程度まで話が進むと、どのような結末が待っているか見当がついたという読者も出てくる筈だ。しかし、恐らくそうした予想は部分的にしか的中しないだろう。というのも、納得できる構図に着地するかに思えて、その先にまだ新たな秘密の暴露が待ち受けている構成になっているのだから。テッドの家にあるマトリョーシカさながら、秘密の中にはまだ秘密がある。ニードレス通りの果ての家、その三重に施錠された扉の内側にある闇は、容易な想像を許さないほどに深い。
本書の巻末にある著者の「あとがき」は、この物語がどのように生まれたかをかなり具体的に記したものであり、完全なネタばらしなので先に読むことは絶対にお勧めできないけれども、ただ一語、「サバイバルについての本」という言葉だけはここに引用しても差し支えないだろう。本書をハッピーエンドと捉えるか否かは読者によって異なるだろうが、サバイバルという見地から読み解いた場合、そこにはある種の救いが存在すると考えるべきだろう。霧の中を手探りで歩くようなこの読書体験の果てにある光明。そこに辿りつくために本書の迷路のような構成と語りは設計されている。

ところで、二〇二一年、「ロード・オブ・ザ・リング」シリーズなどで知られる俳優のアンディ・サーキスが、本書を映画化することが決定した——と報じられている。サーキスの製作会社イマジナリウムが映画化権を獲得し、イマジナリウムと原作者自身が製作総指揮を務める——というのだが、こうした映画化の話題というのは実現せずにいつの間にかフェードアウトすることも多いので、本書の場合も最終的にどうなるかはわからない。ともあれ、デビュー作の *Rawblood* と第二作 *Little Eve*、そして本書に続いて発表された第四作 *Sundial*（二〇二二年）といった未訳作の一日も早い紹介が待たれる。他の作品も本書に通じる作風なのかどうかは不明ながら、著者がただならぬ筆力を持つ作家であることは、本書一冊を読んだだけでも明白なのだから。

二〇二二年十二月

訳者略歴　京都大学法学部卒，翻訳家　訳書『マンハッタン・ビーチ』ジェニファー・イーガン，『衝動』アシュリー・オードレイン（以上早川書房刊），『ゴーン・ガール』ギリアン・フリン，『白墨人形』C・J・チューダー他多数

ニードレス通《どお》りの果《は》ての家《いえ》

2023年1月20日　初版印刷
2023年1月25日　初版発行

著　者　カトリオナ・ウォード
訳　者　中谷友紀子《なかたにゆきこ》
発行者　早　川　　浩

発行所　株式会社　早川書房
東京都千代田区神田多町2－2
電話　03-3252-3111
振替　00160-3-47799
https://www.hayakawa-online.co.jp

印刷所　中央精版印刷株式会社
製本所　中央精版印刷株式会社

定価はカバーに表示してあります
ISBN978-4-15-210199-0 C0097
Printed and bound in Japan
乱丁・落丁本は小社制作部宛お送り下さい。
送料小社負担にてお取りかえいたします。

早川書房の単行本

メキシカン・ゴシック

MEXICAN GOTHIC

シルヴィア・モレノ＝ガルシア
青木純子訳
46判上製

〈英国幻想文学大賞、ローカス賞、オーロラ賞受賞〉一九五〇年メキシコ。若き女性ノエミは、従姉から助けを求める異様な手紙を受け取る。彼女は従姉の嫁ぎ先である、廃鉱山の頂にそびえる古い屋敷に赴くことに。その地に住まう一族の秘密とは――？　ホラー文学賞三冠を果たし、世界中で激賞を浴びた新世代のゴシック・ホラー小説。